浅草文芸ハンドブック

金井景子
楜沢健
能地克宜
津久井隆
上田学
広岡祐
著

勉誠出版

はじめに

浅草には「大衆」という言葉がよく似合う

浅草こそ「大衆」の町にほかならない、「大衆」は浅草にいる。かつてそう述べたのは明治から大正にかけて、浅草の街頭で演歌師として一世を風靡した添田唖蟬坊であった。その息子・知道との共著『浅草底流記』(一九三〇)には、「浅草のあらゆる物の現われは、粗野であるかもしれない、洗練を欠いてもいよう。しかし大胆に大衆の歩みを歩み、生々躍動する」と記されている。

浅草には「大衆」という言葉がよく似合う。浅草に「市民」は似合わない。「庶民」では生ぬるい。「労働者」や「プロレタリア」では、整然とし過ぎていよう。「民衆」ではやや学問的だ。「国民」など論外だ。やはり、浅草には粗野で、洗練を欠いた、雑然とつかみどころのない「大衆」という言葉がぴったりくる。

かつて浅草には「大衆」がいた。浅草は「大衆」の町であった。添田唖蟬坊をはじめ、本書で取り上げた芸術家、文学者は、みな浅草に渦巻く「生々躍動する」「大衆」の混沌とした力とエネルギーに引き寄せられた。「市民」や「庶民」や「国民」の町であるなら、それはもはや浅草ではない。「労働者」や「プロレタリア」という言葉では掬い切れない、混沌とした力とエネルギーが、「大衆」という言葉には秘められ、渦巻いている。おそらく浅草という町への関心は、「市民」や「国民」や「労働者」という言葉やまとまりに対する異和や抵抗と無関係ではない。

隠れている浅草、見えにくい浅草、抑圧されている浅草

翻って、今日の浅草はどうであろうか。「観光立国」なる官主導のスローガンのもと、浅草にも多くの観光客が集まっている。観光客を待ち受ける人力車の車夫、仲見世をはじめとした商店の店主らの活気で、街全体が賑わっているように見える。浅草は「観光」の町になろうとしている。ここに「大衆」はいるのか。いまもなお、浅草は「大衆」の町といえるのか。「市民」はいるが「大衆」はいるのか。「消費者」はいても「大衆」は存在するといえるのか。浅草を歩いていると、町の片隅から、時折、この空疎な観光地的賑わいを冷ややかに眺めている視線を感じることがある。その視線の主こそ、かつて浅草を浅草たらしめていた「大衆」なのではないだろうか。「大衆」は、見えにくいが、いまも存在している。それは「市民」の影に隠れている。「消費者」という仮面の裏に潜んでいる。

隠れている浅草、見えにくい浅草、抑圧されている浅草。かつて、そしていまなお芸術家や文学者を引き付けてやまない、浅草に渦巻く大衆の力とエネルギー。その痕跡と欠片を拾い集めるべく、私たちは過去から現在へ、現在から過去へ、「歩く」ことを開始した。

「歩く」には、修練が要る

もっとも、隠れている浅草、見えにくい浅草、抑圧されている浅草と出会うことは、簡単ではない。雷門の前で観光客を待ち構えている「人力車」にいくら乗っても、浅草を歩いたことにはならない。浅草を歩くためには、浅草と出会うためには、横山源之助や樋口一葉の「人力車」にも、あわせて乗ってみなければならない。明治の貧民・貧困ルポルタージュの古典として知られる横山源之助『日本之下層社会』(一八九

九）には、「東京市中五万の人力車夫」の実態が克明に記されている。「人力車夫」は、「人足日傭稼」と並ぶ、明治新時代を象徴する最底辺労働のひとつであり、その数がもっとも多かったのが浅草であった。横山と親交のあった樋口一葉の小説には、そうした人力車夫たちの「もうどうでも厭やになった」という慟哭が、くりかえしくりかえし書き留められている。

見えにくくなった浅草、失われた大衆。その歴史の古層の奥へ、奥へと入り込んでいくためには、ヴァルター・ベンヤミンの言葉を借りるなら、「修練」がいる。「森の中を迷い歩くように都市のなかを迷い歩くには、修練が要る。迷い歩くひとには、さまざまな街路の名が、乾いた小枝が折れてポキッと音を立てるように語りかけてこなくてはならない」（『一九〇〇年頃のベルリンの幼年時代』）

過ぎ去ったもの、失われたもの、見えにくくなったものが、浅草の現在と閃光のように出会い、衝突する瞬間を、ひとつひとつ浮かび上がらせ、見届けること。浅草の現在に、忘れていた過去の時間が不意に訪れ、侵入してくるまで、ねばり強く歩きつづけること。

本書は、そのささやかな記録である。

著者一同

浅草文芸ハンドブック【目　次】

はじめに 2

巻頭インタビュー

10 作家戌井昭人氏に聞く
浅草という体験

32 「十和田」の冨永照子さんに聞く
「浅草」をつなぐ おかみさんの声

浅草文芸選

44 外国人の見た幕末・明治の浅草
ロバート・フォーチュン『幕末江戸探訪記 江戸と北京』
ピエール・ロチ『秋の日本』

58 明治四十一年の江戸情調
木下杢太郎『浅草観世音』『浅草公園』

74 隠蔽する十二階／暴露する瓢箪池
室生犀星「幻影の都市」

88 九月、浅草の公園で
江馬修「奇蹟」

凌雲閣から見えない浅草　江戸川乱歩「押絵と旅する男」　102

「感情の乞食」が浅草で拾ったものは何か　川端康成『浅草紅団』　114

現在を語ることの難しさ　堀辰雄「水族館」　126

あの機械は、機械の悲しさにたとえ宮様のお通りでも、十銭入れなきゃ廻らないんだ　貴司山治「地下鉄」　138

靴と転業をめぐる「マジな芝居」は書かれたか　高見順『東橋新誌』　150

ぼっちゃん、おじょうちゃんへの浅草教育　幸田文「このよがくもん」　160

行き場のないフラヌールの邂逅　水木洋子・今井正『にっぽんのお婆あちゃん』　170

浅草の美、その映像的表現　加藤泰・鈴木則文『緋牡丹博徒　お竜参上』　182

ハダカと浅草の遠近法　井上ひさし「入歯の谷に灯ともす頃」　196

浅草の「見世物」から浅草という「見世物」へ　寺山修司「浅草放浪記」　210

墨堤からながめる浅草　沢村貞子『私の浅草』　222

吾妻橋コレクション　半村良『小説　浅草案内』　236
芸人によって重ねられた都市の年輪　ビートたけし『浅草キッド』　250
焼跡と復興と、戦災孤児のゆくえ　木内昇『笑い三年、泣き三月。』　262

【コラム】

奥山の伝統をつないだ風狂の人　55
浅草一丁目一番地の愉楽——神谷のバアと朔太郎と　68
劇場・陋巷・探偵趣味　84
震災と浅草——復興と明治の終焉　98
パロディと幻想——エンコの六・江戸川乱歩・浅草紅団　110
演歌の〈誕生〉——神長瞭月と浅草の映画館街　124
吾妻橋西詰のモダニズム——永井荷風『断腸亭日乗』の浅草風景　134
モダン浅草の残像をたどる　146
浅草にマリアがいた——北原怜子と「蟻の街」　158
浅草みやげ　168
路上の叡智——添田唖蝉坊・知道『浅草底流記』　178
映画のなかの〈写された／作られた〉浅草　194

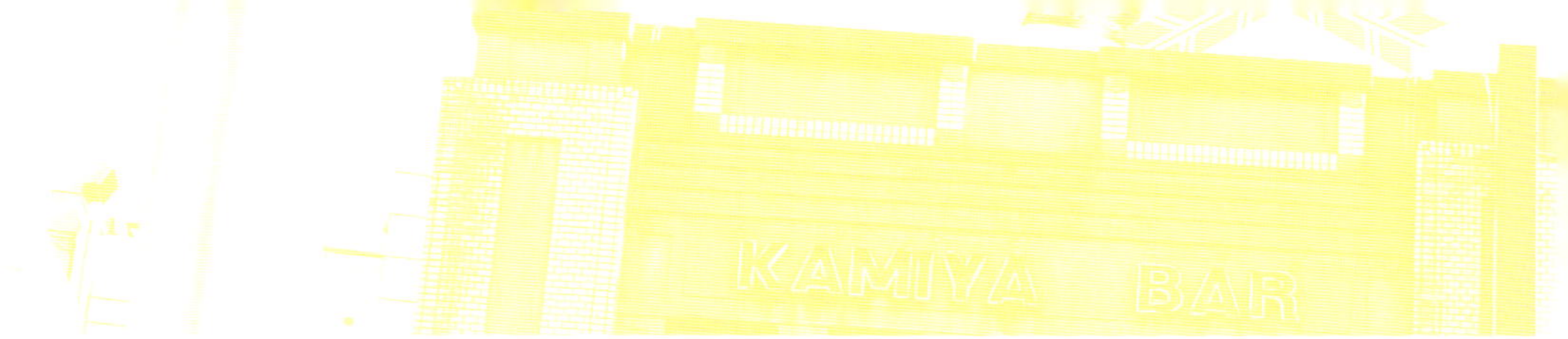

地上げと原っぱ――八〇年代浅草の、とある風景 206
〈見世物〉としての演芸――小沢昭一の叙述から 220
浅草への陸路――雷門から入る啄木／雷門から入らない犀星 232
浅草の銭湯・温泉 246
浅草の祭り 258

【浅草散歩】

①浅草をちょっと知っているつもりの先生と初めて浅草を訪れる学生の半日 272
②歌舞伎女子、新春の浅草にお芝居と歴史を訪ねる 276
③落語家・金原亭馬治さんと歩く浅草 280

【浅草の石碑を歩く】

浅草寺新奥山――記念碑・句碑でたどる浅草 286
明治二五年の正岡子規を想う 287
川柳発祥の地碑――川柳こそ浅草の文学 288
鳥獣供養碑――震災の傷跡 289
驚きの発見 290

人名・書名・作品名索引 左i

※本文中、特に出典のない図版・写真は、執筆者が所蔵するもの、撮影したものである。

【巻頭インタビュー】

作家戌井昭人氏に聞く
浅草という体験

いぬい・あきと――一九七一年、東京都生まれ。文学座研究所を経て、一九九七年、パフォーマンス集団「鉄割アルバトロスケット」を立ち上げる。その後、作家としても創作を始める。二〇〇九年「まずいスープ」、二〇一一年「ぴんぞろ」、二〇一二年「ひっ」、二〇一三年「すっぽん心中」で芥川龍之介賞候補になる。二〇一四年には、「すっぽん心中」で川端康成文学賞受賞。二〇一四年「どろにやいと」で芥川龍之介賞候補。二〇一五年には、『俳優・亀岡拓次』が映画化され話題となった。

浅草との出会い

――まずは浅草との出会いから教えてください。

戌井　大学時代、浅草のだんご屋*でバイトをしたんです。お店をやってる人が学校の先生の友だちで、紹介されて。それから、浅草に出入りするようになったのが始まりですね。

――もともとの出身はどちらなのですか？

戌井　世田谷のはずれ、生まれは千歳烏山で、育ったのは調布、深大寺とかのほうです。だから、バイトで浅草に来だしてから、全く違う世界が広がっていて。学生のころはよく新宿とか下北沢とかで飲んだり遊んだりしてたんですけど、当時の浅草はすごくさびれてて、あまり人がいなくて変な店もたくさんあった。

バイト先のだんご屋のトモコさんと言う方はずっと浅草にいる人で、仕事が終わったあと、焼き肉屋とかお好み焼き屋とか、いろんな飲み屋に連れてってもらった。元芸者で体の大きい女の人がやってるお店とか。芸者のころは、客が頼んだものをどんどん食べちゃうって有名だったみたい。いまはもうなくなっちゃって、違うお店になっちゃったけど、アンズサワーがおいしかった。あとは、『まずいスープ』にも書いたけど、おじいちゃん同士が手をつないで歩いたりして

*団子屋「浅草　よ兵衛」。仲見世通りの裏にある。

**一九九七年の春、東京根津の宮永会館という寄席で結成されたパフォーマンス集団。いまも定期的に公演を行っている。

***明治二八年、牛めし屋として開業した老舗。現在は牛肉の加工品のほか、すき焼きなどが知られる。また、百貨店などの催事では牛丼の実演販売を行っている。

****風流お好み焼き浅草染太郎。高見順『如何なる星の下に』にもモデルとして登場する。現在も西浅草で営業を続ける。

る界隈のおかまバーとか。女の人が歌うと怒るんです（笑）。だから、浅草は面白いなという気持ちがあった。大学卒業してから、就職しないで、ずっとバイトをしてたんです。鉄割アルバトロスケット＊＊を始めたころは、根津で公演してたんです。今でもお菓子とか配ってるけど、最初はお客さんがこないからだんごを配ろうってことで始めた。そのだんごも、バイト先のだんご屋から仕入れてました。あとは、お花見の時期に、向島の土手で芸者さんがおだんごを売るから、その時期は向島でだんごを卸したり。「なんでおれ、こんなことやってんだ」と思いながらやってたけど、今にして思えば、だんご屋でバイトしてよかったなと思います。そのだんご屋をもうやめてやる、みたいになったのが、催事で函館に行ったとき。いまでも新宿のデパートとかで、京都の催事展とかやってるじゃないですか。あれの下町版みたいなので、浅草名物として、今半＊＊＊の牛丼とか、染太郎＊＊＊＊のやきそばとか、雷お

こしとか、いろいろ売ってた。おれはそこにだんごを焼きに行かされた。催事ってテキヤみたいな感じなんですよ。同じメンバーが各地をずっと回ってる。おれは初めてだったから新参者みたいな感じでした。そこでだんごを売る値段でもめたんです、細かい話だけど（笑）。

――じゃあ、小さいころから遊びに来てたとか、縁があるとかいう訳ではないんですね。

戊井　そうですね。でも、父方の祖父が浅草が好きで、一年に何回かは連れてこられましたね。浅草から抜けられなくなったのは、やっぱり商業の町だから。商業の人とつながってると、面白いんですよね。だんご屋をやめた後、少し間は開くんですけど、浅草に住んでました。国際通り*沿いに友達の家があって、そこは元々、彼のおばあちゃんの家なんだけど、よく遊びに行くようになった。それで彼が飲み屋を開いたからよく飲みに行って、いつも帰れなくなるまで飲んで、飲み屋の床とかで寝てたら、「おまえはもうこっちに住めばいいじゃないか」みたいになって、引っ越してきた。

かつての浅草／いまの浅草

戊井　高校の時は八〇年代だったので、浅草でいもようかんとかまめかんを買って帰るとかしてましたね。バイトのときは九〇年代だったけど。

――八〇年代の浅草は、たぶんおいしいものを食べに行ったり、買って帰るという場所だった。「東横のれん街」も当初は、渋谷では買えない（手に入らない）浅草や上野のものが買えるということが売りだったぐらいですから。その頃の浅草はどんなイメージでしたか？

戊井　洋食屋さんが多かった。あとはロシア料理とか、天ぷらとか、すきやきとか。おれ釜飯が好きだったな。だから食べ物のイメージは大きかったかな。あとは、じいちゃんが浅草が好きだったというのもあって、

＊国際通り　かつて松竹歌劇団や美空ひばりの公演などを行っていた浅草国際劇場にちなんだ通り。いまも映画館や寄席のほか、食事所や土産物屋、宿泊施設もある。

古くさいという印象はずっと持ってた。そこが好きだったのかもしれない。そこにすごく興味があったんですよね。だから子どものころは、「なんかおかしいぞ」みたいな感じもあったけど、いいイメージのある所だった。ここから先は「ヤバイ」みたいな、あぶないところまでは行かなかったけどそれを想像して、なんかすごいとこだなって。

――他にはどんなことをしてましたか？

戌井　浅草寺*でおみくじ引いたりとか（笑）。浅草寺は凶が多くて有名ですけど、友だちと飲んだあとにおみくじを引いたら凶が出て。凶を引いたやつが、「おれはもう一回引くよ」って四回ぐらい引いたのかな。でも全部凶で（笑）。「ふざけんな！」って言って、そいつが柱を蹴ったんですよ。だから、「おまえ、駄目だよこんなことやっちゃ」っておれが怒ったら、案の定、階段のところからゴーンと落っこっちゃって（笑）。浅草寺の階段って石だから硬いじゃないですか。だからバーンて頭が割れて、そのまま倒れて血がプワーッてなって。人も集まってきちゃって、その中の犬の散歩中の人が来たら、犬が血をぺろぺろなめはじめて、「やめろ！」みたいな状況になったり（笑）。もうドタバタですよ。おれらはタクシーで追いかけてたから後から聞いたんですけど、救急車の中で救急隊員が「どうしたんですか」ってきくから「浅草寺の階段から落ちて頭を打ったんです」「浅草寺で頭を打ったんです」って言ったら、「なんで落ちたのか」と聞かれたらしくって。だから「おみくじで凶を四回引いたからです」って（笑）。そしたら救急隊員も電話で「凶、四回引いたそうです」って医者に伝えてさ。医者は「凶、四回引いたって？それはまあしょうがねえな」って（笑）。結局頭を病院で縫ったんだけど。

――なにがしょうがないんだか（笑）。ほんとにおみくじのとおりになっちゃった。

戌井　そう、なっちゃったんですね。頭が宇宙人みたいに腫れちゃってましたね。

――武田麟太郎も**「大凶の籤」という短編を

*雷門の奥にある、東京都内最古の寺。「浅草観音」「浅草の観音様」として、広く親しまれている。

**武田麟太郎（たけだりんたろう、一九〇四―一九四六）代表作に「日本三文オペラ」などがある。プロレタリア作家から後に転向し、「市井事もの」とよばれるシリーズが人気を博した。

書いていて、それも浅草寺で凶を引く話です。浅草にまつわるもので、読んだりしたものってどんな小説がありますか？

戌井　一番興奮したのはビートたけしの『浅草キッド』*です。実は、『ぴんぞろ』のはじまりのところ、田原町から降りて立つところは、『浅草キッド』の始まりと同じにしました。抹香の匂いがしてというのが。だからたけしさん気づいてくれないかな、みたいな思いがあります。まだ気づかれてないんですけど。たけしさんが住んでたのはここら辺なんです。あと、野坂昭如さん**が名前をつけた「かいば屋」***もこのあたりです。そこには田中小実昌さんとか、殿山泰司さんとか集まってて、たけしさんもたまに行ってたらしいんです。いまは店をやめちゃったんだけど、以前行ったときにはたけしさんのぽち袋が壁にブスッと刺さってて、「こないだ持ってきた」とか言ってた。かつては芸人の町でしたけど、いまは少ないのかな。まだ雰囲気は残ってるけど、建物とかはどんどん変わっちゃった。あと、色川武大さんの『あちゃらかぱいッ』****は好きですね。これも浅草の芸人のことが結構書かれてる。ほかにも、川端康成とか、谷崎とか、江戸川乱歩とか。意識してなくても、だれかの小説読んでたら浅草がパッと出てくるときがありますよね。ただ、あまり読んでないですよ。

――それは何となく感じていました。最初に『ぴんぞろ』を読んだときは、これはもう乱歩だろう、川端の『浅草紅団』*****だろうと思ったんですよ。でも乱歩や川端を読んでなくても、こういう性や風俗や、それから人を通じて広がっていく世界というものが浅草にあるとすれば、浅草を書くだけでなんか似てくるんじゃないかと。浅草を描くと、なんか似たような問題にかかわっていく。

戌井　川端も読んだのは『ぴんぞろ』を書いた後からです。

――意識しなくても、『ぴんぞろ』の最後にちゃんとスカイツリーが出てくる。やっぱ

***ビートたけし『浅草キッド』**（書影は新潮文庫、一九九二年）本書〈**ビートたけし、二五〇頁**〉も参照。

****野坂昭如**（のさかあきゆき、一九三〇―二〇一五）作家として執筆活動を行う傍ら、歌手、作詞家、タレント、政治家としても活躍。

*****昭和五〇年創業の老舗だったが、現在は閉店。野坂昭如が競馬好きの先代の為に屋号を付けたと言われる。

******色川武大『あちゃらかぱいッ』**（書影は河出文庫、二〇〇六年）

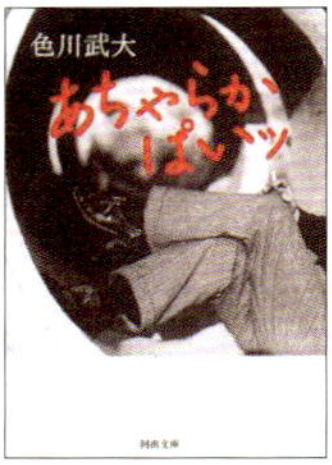

り「塔」というのも浅草には絶対に欠かせないわけですよね。

戌井　ああ、江戸川乱歩か。

――浅草を舞台にした作品には、「十二階」が必ずといえるほど出てくる。浅草にあれが建ったということに大きな意味がある。それがもう一度、スカイツリーとなって出てくる。だから、読んでいなくても、乱歩が「押絵と旅する男」*で描いたような世界になってしまう。

浅草での日々

――実際に住んだのはどれぐらいだったんですか？

戌井　スカイツリーができる前だったので、二年ぐらいですね。住んでたら、遊んじゃうかなと思ってたけど、そんなに遊ばずに、淡々と生活してました。風呂屋**が多いので、昼間にずっと台本とか小説を書いて、夕方には切り上げてどこの風呂屋に行こうか考える。何軒もあるから、「きょうはどこの気分だ」とかいって自転車で行ったり。

――風呂屋に行くと、老人とかいろいろな人がいますよね。

戌井　たいていは老人かヤクザかホモですね（笑）。ある種、劇場ですよ。坊主で、背中にナスカの地上絵みたいな入れ墨を描いてるオッサンがいたり。あやしげな男が二人で座ってて、どういう話をしてるのか聞いてたら「一緒におしゃれなとこ住みたいよねえ」とか、結構ミーハーな話をしてたり（笑）。外からみるとあやしいけど、楽しんじゃえばいい。たまに電話かかってくるほぼアル中の知り合いがいるんだけど、その人はいろんなところに出入りしていたから話をきかせてもらったりしてます。

――その知り合いの方のように、戌井さんの小説を読んでいると、町へ誘う案内人がいるんです。必ず人を通じて、変な世界に連れられていく。

戌井　自分自身がそうだったからですね。国

****本書〈**川端康成、一一四頁**〉参照。

*本書〈**江戸川乱歩、一〇二頁**〉参照。

**浅草には、昔ながらの銭湯が多く残っている。写真は、浅草寺の側でいまも営業をしている浅草観音温泉。

際通りに住んでいる友だちとか、だんご屋の人とか。あと、いとうせいこう＊さんも浅草に住んでるので話すこともありました。せいこうさんが「住んじゃうと、お祭りとかもあるし、浅草との関係が生まれちゃう。だからあまり浅草のことは書けない」って言ってたことがある。でもおれは、住んではいたけど地元でもないし、ずっと住むつもりもなかったから、常にワンクッション置けるし、あまりよくないことも書けちゃう。住んでるときから、どっぷりはまらないようにしようと思っていました。二年間住んでたけど、ずっと旅行者みたいな気分でいました。

——東京って東と西でかなり違う世界なんですよ。歴史が違う。震災とか空襲があったから東から西へ、人が移住した。だから土地に断絶があるんですね。よく言われるのは、東京にいる人よりも、地方に来た人にとってのほうが浅草は近い。戌井さんのように東京の「西」にいる人にとってみれば、東京の「東」はかなり遠く感じる。

戌井　そうですね。上野が終着駅だったりする電車もありますもんね。浅草にいる人は、地方から来ている人のほうが多いかもしれない。だから、西側で育ったおれからすると、浅草は未知の、不思議な場所でしたね。

——だから、旅行者だったり、ストレンジャーのような感じがあるんだろうなと。それが作品にも出ている。遊ぶにしたって、ひょんなことで浅草に来ちゃうけど、普通はこの距離というのは大きい。

戌井　おれの場合、案内人がいたからちょっと入り込むことができたけど、地元の人とかが知り合いじゃなかったら、なかなか入るに入れないところでもあるのかな。「あそこの裏に変な店があるぜ」とか、そういう情報は地元の人しか知らないから、案内人がいてよかったなと思いますよ。

——だから外国人のような、外から見たような視点がある。戌井さんの小説を読むと、石が転がるように、人を介して偶然、町の

＊いとうせいこう（一九六一―）作家の他、俳優やミュージシャンとして活躍。浅草在住。二〇〇八年から開催されている映画祭「したまちコメディ映画祭in台東」の総合プロデューサーもつとめている。

復元前の松屋デパートと東武鉄道の浅草駅入り口。

中に入っていくことが多い。『ぴんぞろ』もそうですけど、出会った人次第、偶然で物語が進むところがある。そこからどんどん奥へ入っていくような印象があるんです。

戌井　ちょっとかたぎではないような人にいろいろ話しかけてみたり、偶然の事故のようなものに自分から突っ込んでいったこともありましたね。一緒にバイトしてたやつが「吉原行ってみますか」みたいなことを言い出したら、みんながバーッと集まったり。クリーニング屋のおっさんが吉原を知ってるから紹介してやるとか、みんなで行こうとかなりまして、そしたらだんご屋のトモコさんが、犬の散歩があるからついでに行くって言い出して、まだ小学校ぐらいの子どもと犬つれて吉原の店の入り口まで付いてきて、犬と子どもとトモコさんに見送られる（笑）。犬と子ども連れて「じゃ、行ってきなよ」とか。そんなバカなことがたくさんありました。知り合いがいると、小さい町の中でババババっと話が広がるんですよ。クリーニング屋のオッサンが、「すごい可愛い女の子と飲んでて、ホテル入って行ったら男だった」とか、そういうありがちなバカ話をみんな持ってる。そういう人たちがいるから、バカなことでも、地元の人間関係がワッとつながって、一気にお祭りになっちゃう。

――お祭りになるんですね（笑）。それに巻き込まれると、仲間になる。この中におまえも入ったなという感じになるんですね。

戌井　だから「巻き込まれてやろう」って少し意識して動くと、簡単に巻き込まれる。それが強くなり過ぎると面倒くさくなってくるけど（笑）。

『ぴんぞろ』と花電車

――『ぴんぞろ』には「花電車」*なんか出てきますけど、これもうわさを聞いたりしたものなんですか？

戌井　「花電車」は浅草じゃないんです。若

一九八一年の開催から人気を集め、いまや浅草を代表するお祭りとなったサンバカーニバル。写真は二〇一四年に撮影したもの。

＊花芸とも言う。元は大正時代に始まったといわれる遊廓のお座敷芸で、女性器を使ったパフォーマンス。

い頃に鹿児島で見たストリップとか、伊香保温泉の近くにある珍宝館で話を聞いたり。浅草にはもう、ストリップにしても、あぶない感じのものはないですね。きれいなショーになっちゃってる。

――それは浅草が観光地になってるからですよね。浅草で「花電車」が見られたころは、それこそ「ストリップがあるから浅草なんだ」*という感覚がどこかにあった。いま話を伺って思ったのは、地方に行くと、いまはもう浅草にはない浅草で全盛だったものがかろうじて残っているということですね。『ぴんぞろ』にも描かれているように、浅草の文化が郊外に散らばってる。かつての浅草の記憶は、もう浅草には残っていないんじゃないかという感じがしてしまいます。

戌井　残っているのは、鬼怒川とか、浅草から電車でつながるようなところかもしれないですね。そう考えると面白い。

――浅草で食えなくなるから、地方に芸がわたっていく。浅草が地方に残っている。これが、『ぴんぞろ』の世界なんだと思います。スカイツリーも含めて、浅草が観光地化している。浅草が抱え持っていた核が、バラバラになってる。

戌井　つくばエクスプレスができて相当変わった。おれが学生のころは、お祭りとかハレの時には人が集まるけど、普段はほとんど人がいない場所だった。

――外の人間が入りにくいということもあったんですね。

戌井　そうですね。さらに、出て行く人もいないから、中の人が固まって変なことが起きたり。芸人の町だった浅草が、エノケン**とかが亡くなって廃れていく。常盤座***がつぶれる前に映画とか見に行きましたね。最後の頃は斎藤寅次郎****の映画を特集でやってたんです。二階のバルコニーみたいなところから観ました。昔の造りの劇場でしたね。新しいビルがどんどんできて、六区の通りもすごい変わりましたね。

――わたしも最後のころに行きました。男芸

＊ストリップ劇場を舞台とした小説作品に、井上ひさし「入歯の谷に灯ともす頃」がある。〈**井上ひさし、一九六頁**〉も参照。

＊＊榎本健一（えのもとけんいち、一九〇四～一九七〇）。浅草を拠点として活躍した。「日本の喜劇王」とも呼ばれた、第二次世界大戦期前後の日本を代表するコメディアン。

＊＊＊一八八七年に根岸浜吉が開業。一九九一年に閉鎖するまで、浅草六区を代表する劇場であった。「浅草オペラ」発祥の劇場。のちに常盤座、トキワ座と改称。

＊＊＊＊斎藤寅次郎（さいとうとらじろう、一九〇五～一九八二）。映画監督。喜劇映画を得意とし、喜劇の神様とも称される。

者の、櫻川ぴん助*さんとか、そういう人たちがでてたのを覚えてます。

浅草という場所が許すもの

――『すっぽん心中』では、社会が人を縛る力を、「鬱陶しいもの」として描いている印象があります。この作品にも浅草が出てきますが、浅草が中心というよりは、その周辺をぐるぐる回っている感じですね。ほかの作品とはすこし違う。

戌井　ほかの作品は、浅草に住んでるときに書いたからかもしれないですね。『すっぽん心中』は、引っ越した後に書いた。

――『すっぽん心中』では霞ヶ浦が出てきますけど、場所をぼかすんじゃなくて、具体的な地名を出すことが多いですよね。

戌井　そうですね。あとは、地名を書かなくても大体わかっちゃう。『ひっ』では、三浦半島とは書いてないのに、みんなわかってる。

――霞ヶ浦を「哀愁の漂う場所」と表現してましたが、同じように言うなら、浅草はどんな場所ですか？

戌井　どうだろう……　バカな場所だとは思います（笑）。そのバカさ加減のいい場所、バカさ加減がいい加減の場所（笑）。ただ、おれはいま実際に住んでないから何とも言えないけど、そのバカさ加減がクリアに、きれいになっている気がします。

――浅草は長い間、貧民とか、最下層の人たちを調査する場所でもあった。ある意味、国家の視線がずっと入り続けている。だから、権力に対する反発もある。そういうせめぎあいが、浅草にはある。戌井さんの小説や芝居にも同じ反発を感じます。「生きてるだけでいいじゃない。生きてるだけで何がいけないの」というような、「何かできなきゃいけない」といった強制力から解放されているものを肯定する力がある。それを許さない力が、いまはすごい強い。だから逆に、ただ生きていることが何で悪いのかと言

＊櫻川ぴん助（さくらがわぴんすけ）は江戸芸かっぽれの家元名。かっぽれは、大阪・住吉大社の住吉踊りに端を発した大道芸。現在でも、浅草神社（三社様）境内で踊りをみることができる。

浅草寺にある喜劇人の碑。古川ロッパ、清水金一、榎本健一、トニー谷、渥美清、森繁久彌など、浅草を代表する面々の名が刻まれている。

える世界、それに反発する場所として、「浅草」に関心を持たれているという側面もあるのかなと思います。例えば、大学生の就活でもそうですけども、「なんでこの会社を受けたの?」という質問に、「生きていくためです」とは答えられない。それだけでいいと思うんだけど、そういうことを言うだけでは許されないような社会になっている。

戌井　「個性」とかね。

――求められるものが息苦しい。そういう息苦しさからどこか自由だったり、批判的な場所として、「浅草」というものが出てくる。だから、戌井さんの「バカの肯定」も、そんな息苦しさから来ているのかなという感じがするわけです。バカさを肯定してくれないと、つまりはあるがまま生きているということ自体が許されなくなっていく。

戌井　そうかもしれないですね。おれは就職もしなかったし。二〇代の頃はバブルだったから、みんな浮かれきってたけど、おれはそこに乗れてない。世間はワーッとなってるけど、おれはそこで肯定されるような人間じゃなかった。だから、浅草に来てよかったって思えたところもあるかもしれないですね。今は浅草もだいぶ時代に追いついてきたのかもしれないけど、八〇~九〇年代の最初の頃とか、ぼくがいたときは、浅草が町として落ち込んでる時期だった。その落ちてる感じが、自分には心地良いものでもあった。でもね、ここにずっと住んで、ここで楽しくなってしまうとまずいなという思いはあった。このままここにいると、やらなくなっちゃうなという気持ちもあったから、出ないといけないなと。浅草に来たから書けた小説って結構多いんですよね。『松竹梅』*も『ぴんぞろ』もそう。住んでるときに書けた小説も多いから、そのイメージを広げるためにも、また違う場所に行かなきゃなと思ってます。いまは実家にある屋上の小屋に一時避難みたいな感じで住んでますけど。実家の小屋みたいなところに荷物バッと入れて、さあどうしようかと思い

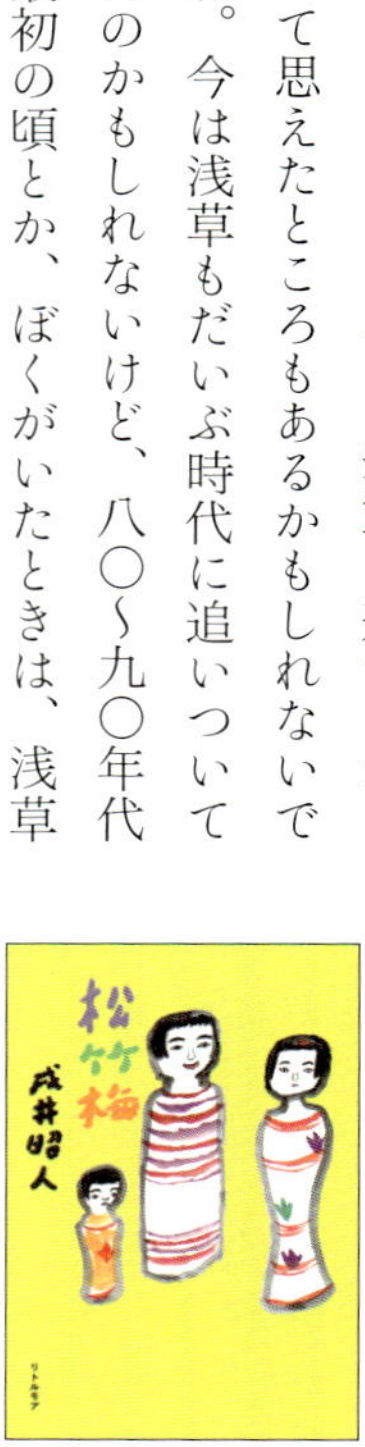

*戌井昭人『松竹梅』(リトルモアブックス、二〇一二年)

ながら、まだ動かないでいる。

――あとは、作品の中に出てくる人物が、身体的に欠落しているということが多いですよね。目が見えないとか（『どろにゃいと』）、首が曲がっちゃってるとか（『すっぽん心中』）、『ひっ』＊でも、ずっと指が立ちっぱなしになってますよね。戌井さんの作品では、そうした人たちのほうが、活き活きとしているような感じがします。ある意味、クリーンになってしまうような世界に対峙させているのでしょうか？

戌井　欠落しているほうが、魅力的じゃないですか。奥底にそれはあるのかもしれないけど、あまり社会に対してという意識はないかもしれない。ちょっと負荷を負っている人間のほうが魅力的になるし、書きやすい。と、言葉にするとひどいですね（笑）。

――「植木鉢」という小説では、妻が旦那に向かって「いつもあんた見たことしか言わない。想像力ってないの？」という場面があります。それに対して夫は何も言えない。でも、そこから想像が広がっていく。

戌井　「見たことしか言わない」というのは、ほんとにつきあっていた女性に言われたことなんです（笑）。「なんかつまらんことしか言わないな」とか言われて。だから、そこから始まる想像力を描きたかった。「あまりにも何々のような」という文章を、最初のころはよく書いていた。形容が多かったんだけど、友だちに「おまえちょっと、形容が多すぎるんじゃねえか」って言われて。だから最近は、「何々のような」って書けなくなっちゃった。全然浅草と関係ないんだけど、おれはブコウスキー＊＊が好きなんです。ブコウスキーって、結構見たものを連ねている。見たものをババッと書くことによって、想像が膨らむこともある。すごくカッコつけると、パッと写真を撮ったみたいに書く、文章にしたいというのはあるんです。パッと見て絵になる場所もある。そう考えると、浅草も、パッと見たものをズラズラと連ねるだけで描くことができる。

＊戌井昭人『ひっ』（新潮社、二〇一二年）

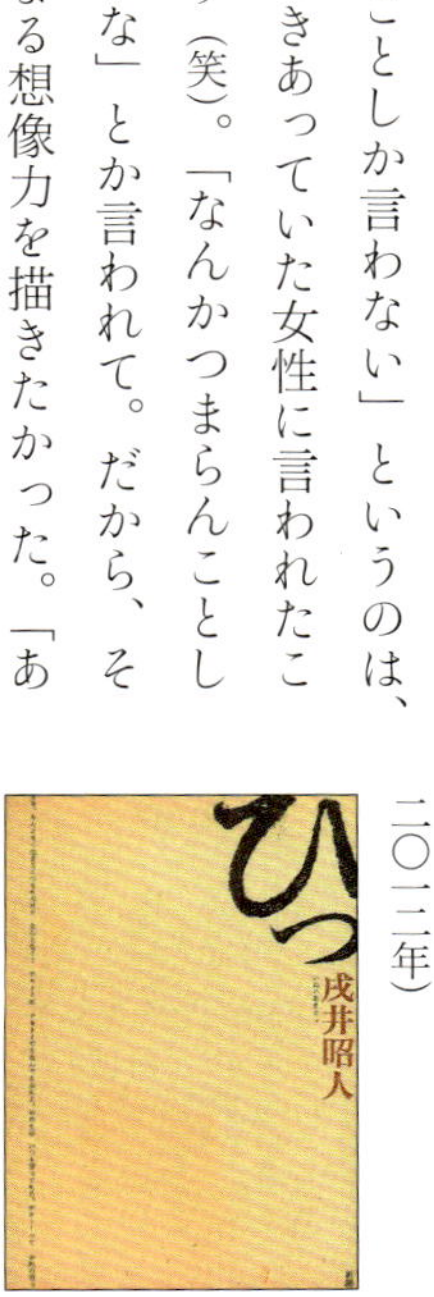

＊＊ヘンリー・チャールズ・ブコウスキー（Henry Charles Bukowski, 1920-1994）。アメリカの詩人、作家。『町でいちばんの美女』『ありきたりの狂気の物語』『くそったれ！　少年時代』など、日本語に翻訳された作品も多い。

そういう、想像力をかきたてられる場所が好きなんですね。いろいろな場所行って、いろいろな場所が持っている力を題材にして、書いていきたいなというのはあります。

舞台と小説

――鉄割アルバトロスケットという活動もされているように、むしろ小説よりも、落語とかの影響が強いのかなと思いました。『まずいスープ』の中に「粗忽長屋《そこつながや》」*が出てきたり、鉄割でも客に向かって「なんでおれがいるんだよ」って言っていたり。その語り口には自嘲と嗤いがあります。

戌井　立川談志**さんの言葉で「業の肯定」というのがあるじゃないですか。そういう感じですね。浅草に住んでるときに、夕方から風呂屋に向かいながら、「粗忽長屋」を聞いていたんですよ。そしたらその帰りに、六区のところで行き倒れがあって（笑）。やっぱ浅草はこれだ！　「粗忽長屋」はこれだ！　と興奮した思い出がありますね。この町は独り言を言ってる人が多いですね。後ろからワーワーとしゃべってるから振り向いたら、独り言だったり。おれは幻聴だと思ってたんだけど、朝五時になると、練習してるみたいに声のトーンを変えながら、卑猥な言葉を大声で叫んでるオッサンがいて、前に住んでたのは本願寺の裏の菊水通りのあたりですけど。最初聞いたときには酔っ払いだと思ったんですけど、多いときは月に二回ぐらい聞くわけですよ。近くに住んでる人と知り合いになったから、「明け方に卑猥なことを叫んでる人いますよね」って聞いたら「いる、いる」って（笑）。でもその人も「見たことはないんだ」って。本当なんなんだろうあのおっさんは。あれを聞いてる人はかなり多いと思う。そういう人が多いというのは確かにありますね。

――「粗忽長屋」もそうなんですけど、何者でもないような人たち、どこにでもいる、愚かで滑稽で……　でもそうであることの

*【あらすじ】一つ長屋に住む八と熊は、ともにそそっかしい。ある日八が浅草で行き倒れを見て、熊の野郎だときめつけ、死んだ気がしないという熊を無理やり連れてくる。死骸を抱き上げた熊が「死んでるおれは確かにおれだが、抱いているおれはどこの誰だろう」（保田武『ライブラリー落後事典（東京編）』一九八二年、弘文出版）より。「永代橋」と似ている。三代目柳家小さんが得意、五代目柳家小さんの十八番。

**立川談志（たてかわだんし、一九三六―二〇一一）。落語家。落語立川流家元。古典落語に広く通じ、現代と古典との乖離を絶えず意識しつつ、長年にわたって理論と感覚の両面から落語に挑み続けた。古典落語を現代的価値観・感性で表現し直そうとする野心的努力が高く評価された。

自由さってあると思うんですよ。浅草というものを定義するとしたら、そういう愚かで許される自由さというか、何物でもないということが許される自由さ、そういうものがどこかで肯定されるという場所である、あるいはあったことなんじゃないでしょうか。今の浅草は、それが壊れようとしてる。そういうバカであることで盛り上がることが許される「浅草」と、戌井さんの芝居がつながるように感じます。

戌井　それは場所がつくり上げているものじゃないですか。人をつくっているのが場所だったりするから。バカでいい、みたいなのは場所がそれを許してるということが大きいですよね。下北沢とかもバカが多いけど、もうちょっと若いし、カッコつけてる。だから浅草はバランスがいいんだと思います。文化もあるし、ちょうどいい場所なんじゃないかな。

――ロシアに「イワンのばか」*という民話がありますよね。ロシアには、一番許容量があって、面白い人というのは、「聖なる愚か者」であるみたいな、民間伝承のようなものがある。浅草にもそれがある気がします。度量だけは死ぬほど大きいけど、やってることはほとんどトンマみたいなことをしてるみたいな。

戌井　仙台四郎**とか、そういう感じなのかも知れないですね。浅草には、いろいろな人の話に出てくる「乞食のキヨシ」***という人がいましたね。井上ひさしとか、小沢昭一****さんも書いてる。キヨシさんという人は、ずっとお笑いの人たちの中にいた。キヨシにメシおごって、劇場の中に入れると、ワーッと拍手とか盛り上げてくれたりするらしい（笑）。そんなふうに、六区で可愛がられていた人がいたという話がありますね。

――レビューなんかの写真を見ると、乞食のような風貌の人がいっぱい中に入ってる。サクラとまでは言えないんですけど、面白かったら盛り上げる役という感じで入れてもらえている。そういう伝統が脈々と続い

*ロシアの民話にしばしば登場する男性人物。純朴愚直な男ではあるが最後には幸運を手にすることが多い。ロシアの作家トルストイが彼を主人公とした作品でもよく知られる。

**仙台四郎（せんだいしろう）は、江戸時代末から明治時代にかけて実在した人物と言われている人物。ほとんど話しができなかったが、四郎が訪れる店は繁盛するとして存命中から各地でもてなされ、没後に商売繁盛のご利益がある福の神としてその写真が飾られるようになった。

***本書〈**井上ひさし、一九六頁**〉参照。

****本書〈**Ⅰ【コラム】〈見世物〉としての演芸――小沢昭一の叙述から」二二〇頁**〉も参照。

ているのかもしれませんね。

浅草に住む人々

——石角春之助という、浅草の本をいっぱい書いている人がいるんですが、その人が乞食研究みたいなものをいろいろと出しているんです。浅草のこのブロックには、こういう乞食がいる、代表的な乞食はこれで、どういう行動をしてというのが、いろいろ出てくる。

戌井　場所によって違うんですね（笑）。唖蟬坊にも、『浅草底流記』*ってありましたね。たぶん、それがあたりまえの環境なんですよ。だから、その許容範囲がわからなくなる。銀座だったら許容できないことが、浅草だったらまあいいや、みたいな気になっちゃう。気が大きくなれるのかな。

——浅草ではある程度のことは許されてしまう。面白がってもらえる。やっぱり価値の尺度がある意味多様なんでしょうか。

戌井　それはありますね。だから、場所によって許容範囲も違うんですね。住んじゃうとあまり意識しなくなっちゃうけど。

——舞台の台本を書く時には、やっぱり浅草の演芸だったり芸能だったりというのは意識してるのですか？

戌井　浅草で演芸は全然やってないんですけど、飲み屋でよく芸人さんを見かけました。先輩が後輩の芸人さんに説教してたり。後輩ですら、六〇、七〇歳ぐらいなのに、なんかこう、ギラギラしてるというか……めちゃくちゃ酔っ払ってて、ズブズブになってるんだけど、それでも芸の話をしてたりする。なんかこいつらすごいなという驚きはありましたね。

——鉄割の「馬歌舞伎」という演目がすごく面白かった。あれはちょっとずるいです。それまでバカなことやってるように見せていたのに、「伝統的なものもちゃんと知ってるじゃないのさ」と思ってしまう。そういうずるさがあります。昔おじいさんに連

＊『浅草底流記』については、本書〈**【コラム】路上の叡智——添田唖蟬坊・知道『浅草底流記』一七八頁**〉も参照。

現在も浅草で演芸を観ることができる東洋館。永井荷風も熱心に通ったフランス座の閉館後、改装してオープンした。

れられて歌舞伎とかを見てたんですか？。

戌井　母が好きで行ってたんですけど、内容まではあまり覚えてないですね。あとは、浅草に住んでた友達で歌舞伎がすごい好きな人がいたから、大人になってからはその人と行ったりしてましたね。彼は日本舞踊とかもやってたので、こういう演目があるから、こういうのをやろうとか、所作を教わったこともあった。

――「カルメン」のオペラも面白かったです。

戌井　どっちも、ほとんど勢いですけどね（笑）。でも、あれを大劇場でやったら、「何やってんだ、あいつら」みたいに、すごいつまらんものになっちゃう。下北沢のスズナリ劇場みたいに、ハコがちっちゃいからいい。学生のころなんですけど、「カルメン」のエキストラのバイトをしたことがあるんです。ガヤみたいな役で。その時の、オペラの人たちの態度が尊大というか、威張ってて。「おれはイタリア留学から戻ってきましたけど」みたいにいばってて、「何言ってんだ、こいつ」とかずっと思ってた。だから、「あのオペラやろうども」への恨み辛みみたいな気持ちもぶつけてるかも（笑）。

女性の書き方／小説の書き方

――バカな人がいっぱい出てきてという話があったんですけど、一方で、賢い人も出てきますよね。『ぴんぞろ』でも、年に関係なく、学歴もないんだけど、賢い女の人たちが出てきて、読むと励まされる（笑）。林芙美子*の『放浪記』の中にも、すごく賢くて、自分がどういう中に流されちゃってるか自覚してる、わかってる主人公が描かれます。結構強欲だし、わがままでもあるんだけど、すごく暖かい。浅草にはいまも、だんご屋のお姉さんみたいにしたたかで賢い人がいるんだと思います。

戌井　女の人でも、とくにそういう強い人が好きなんでしょうね。だんご屋さんは、自

＊林芙美子（はやしふみこ、一九〇三―一九五一）小説家。代表作である『放浪記』（改造社、一九三〇年）は、日記をもとに自らの放浪生活を書き綴った自伝的小説。井上ひさしは林芙美子をモデルとした『太鼓たたいて笛ふいて』（新潮社）を発表している。

分が浅草に住んでいるということをすごく意識してましたね。チャキチャキいこうじゃないけど、誇りはあったと思います。それがありすぎて、面倒になってきたこともあったけど。そういう女の人のところにボーッとした男を組み合わせると、ちょうどいい感じになりますね（笑）。

――女性を主人公にした作品もあったと思うんですが、男性のほうが書きやすいとかありますか？

戌井　女性は一回だけかな。「鮒のためいき」がそうです。やっぱり男性のほうが書きやすいですよ。「鮒のためいき」のときは、ほんとにデビュー作というか、一番最初に文芸誌に書くときだった。実体験に近い話なんだけど、ちゃんと構想を立てて書きました。最初はカッコつけちゃうなと思ったんですよ。いろいろ知ってることとか入れたいじゃないですか。こういう音楽が好きとか、映画が好きとか。それをやっちゃいそうだったから、訓練じゃないんですけど、全く違うところから始めよう思った。どう書いたらいいかわからないときだったので、自分のための実験としてやりました。女の人を書けば、自分と違うものになる。だからカッコつけられない。そういう気持ちで書いたものです。女の人をまた書きたいなというのもあるし、ほんとうは、もっともっと実験したいんですけどね。

――小説作品を読むと、舞台とかなり書き分けている。表現方法を意図的に分けているところがあるのかなと感じます。

戌井　書き分けているのはある。小説では、舞台みたいにぐちゃぐちゃとしたものは書けないんですよ。書けないというか、どういうふうに書けばいいんだろうみたいな気持ちがあって。もっとぶっ飛んだ小説を書いてやろうとかいう思いもあるんですけど、おれは普通の、オーソドックスなものが好きなんです。鉄割にしても、元の基本はそうなんです。だから、何かこうアバンギャルドなことを小説でやりたいとは思ってい

浅草、千束通りにあるデンキヤホール（東京都台東区浅草四丁目二〇―三　杉平ビル）にて。

ません。規格外の小説みたいなものも、死ぬまでには書けたらいいなとは思ってるんですけどね、ガルシア・マルケス*みたいな（笑）。

――句読点なしとか（笑）。もともと舞台の本を書いている方の場合、会話が多くなる印象があったんです。でも、戌井さんの小説を読んでみると、会話があまりない。

戌井　会話は、意識してすごい削ってますよ。そして小説のときは饒舌にしないように意識している。鉄割はもう、ベラベラ訳のわからないことをしゃべってるけど。

――饒舌体みたいに言われるけど、野坂昭如とか、全然饒舌じゃないですからね。

戌井　ブツブツブツという感じ。自分はブツ切れの文章が好きですね。

――会話に力を入れちゃうと、現実にはあり得ないような「はじめまして」「こんにちは」みたいな感じで読めてしまう。そんな、作り物めいた小説が圧倒的に多い。でも、戌井さんの作品は、会話を読んでいても違和感を感じない。それは、会話の短さが影響している気がします。

戌井　会話で決定的なことを言わせるのを避けているところもありますね。会話で話の流れを作っていくことはあるけど、あまり頼りすぎると、作り物っぽくなっちゃう。会話だけで書こうとしたら、いくらでも書けちゃうんです。無駄なことだったらずっと書けてそうな気がするんです。だから、すごい抑えている。

芥川賞問題

――あとは、芥川賞問題ですね（笑）。

戌井　もう、どうなんでしょうね、このぎりぎりの取れない感は。最初は絶対欲しいぞ！　みたいなのはあったんですけど、最近はそこまで考えが及ばないというか。

――ベテラン感があるんですよ。

戌井　でもね、ベテランじゃないという意識の方が大きいです。まだデビューして

＊ガルシア・マルケス（Gabriel José de la Concordia García Márquez, 1928-2014）は、コロンビアの作家・小説家。代表作に、架空の都市マコンドを舞台にした『百年の孤独』、段落のない長い文章で書かれた『族長の秋』などがある。

五、六年だと思うんで、新人でいたいです（笑）。

――芥川賞はもう、新人賞じゃないんですよ。功労賞になってる。だから戌井さんも、皮肉を込めて言えば、多分あと三年でその可能性が出てくる。

戌井　ほんとに取る人は一回で取るべきものですよ。でも、取れればバーッと売れますからね。それが一番大きい。最近は思うのは、ここまで落ちたからこそ、何かまだあるだろうと。まだ面白いことがあるから、取れないのかななんていう思いもありますよね。

――何回かノミネートされたけど、取ってない作家でも、芥川賞から降りちゃってる人も結構いるじゃないですか。村上春樹、星野智幸とか。芥川賞は、そういう取りこぼしも多い。だから、芥川賞に振り回されている戌井さんを見るのは、非常につらいです。それぞれの作家が賞によって規定されて、文藝春秋中心主義みたいなものに、活動や書くものが全部統制されちゃう。

戌井　おととしの『すっぽん心中』は、全く意識してなかった。短編のアンソロジー用の原稿でしたから。でも、電話がかかってきたんです。おれは別に候補に入ると思ってなかったから、短すぎるので。でも、「候補になりました」って。「短いですけど」って言ったら、「いや、いいんです」ということでした。でも、候補にならなかったら、『すっぽん心中』もあれで単行化じゃなくて、もうちょっと書いてから出しましょうってことになってる。候補になることによって、本ができる。それは悪いことじゃないなという気持ちもありますけどね。

――好きなように、好きなものを。あるいは時々に応じて書くという、その自由さにどうしても抑圧がかかっちゃうような感じがします。どの作家もね、だんだん狭まっている感じがあって。

戌井　五回落ちるとね、自由になってきます

（笑）。だんだんもう、なんでも書けちゃうな、みたいな。編集の人も、次の候補にさせようとか、そういう考えもなくなってきて、もうなんでもいいよ、みたいになってきている。

——長いものを書く予定はあるんですか？

戌井　やってみたいんですけど、まだ余裕がないですね。それこそ、賞とかいただいて、生活が成り立つようになったら、四年ぐらいかけて書いたりしたいですね。すごい長い、上下巻の、歴史のことを考えちゃいましたみたいな。満洲国とか、石原莞爾とか、ああいう感じの話を書きたいですね。

——長い作品も読みたいですね。満洲は、浅草直結ですからいいですね。かつては浅草の貧民、浮浪者を集めて、満洲へ送り込んでいます。

戌井　浅草の人も行ってるんですね。角田光代*さんの『ツリーハウス』でも満洲が出てきますよね。満洲から帰ってきた人たちが新宿で中華屋を開いてって話。あれ面白かったです。満洲から帰ってきたというのはあるけど、行く前の話ってあまりないですよね。それは、面白そうですね。

——『ぴんぞろ』のリッちゃんのお父さんも海外に行ってますよね。

戌井　ラスベガスに行ってますね。たしかにこの辺は、ブラジルから来てる人によく会いますよ。浅草からブラジルへの移民とかを扱う作品も面白そうですね。

＊角田光代（かくたみつよ、一九六七―）作家、翻訳家。『ツリーハウス』（文藝春秋、二〇一〇年）では、中華料理屋を舞台に、三代にわたる一家の歴史を描いている。

――それは面白いですね（笑）。

戌井　場所の話だと、次は小田原とか行きたいですね。『まずいスープ』でも書きましたけど、うちの親父が、一時伊東に逃げてたんですよ。そこで漁師みたいに働いてた。だから、伊東はよく行った。父と二人で、オレンジロードの海岸線で働いたり。三〇歳手前で、「おれは何でこんなことやってるんだろうな」と思いながら。そのときは、小説を書きたいという思いはなかったけど、なんか「おれは違うぞ」みたいな思いだけはあった。はまりきらなかったということですよね。

――そこの人にはならない？

戌井　ずるいんですけどね、常にそこの人になりたくないんです。ストレンジャーでいたい。浅草に住んでたときもそれはあった。イングリッシュマン・イン・ニューヨーク*じゃないんですけどね（笑）。

――でも、長い間、外の人がずっと浅草に関心を向け続けてきたという歴史があるわけです。先ほどの野坂だったり、高見順**だったり、浅草を描いた作家の多くは、浅草の人じゃない。浅草に親しんだ小沢昭一でさえこういうふうに言うわけです。野坂昭如が選挙に立候補したときに、選挙カーに乗って応援しに行った。そのときいつもよく知っている浅草に、新宿、渋谷方面から入っていった。そうすると「高速道路を出て橋を渡ったとたんに、全く別の国へでも来たかのように、町の人々の反応は冷淡になり、冷淡どころか、野坂の名前すら知らないような手ごたえのなさに、私はガクゼンとした」***と書いている。ショックを受けたんですよね。でも、だからこそ一層興味が起こるというふうにも書いてるんです。

戌井　ああ、それはわかりますね。

――浅草は、一〇〇年ぐらい、ずっとそういう関心が注がれてきた。

戌井　下町だからって、人情があるとか、やさしいという感じではないんです。どこか高飛車だったり。だんご屋のトモコさん

* Englishman in New York は、イギリスのミュージシャン・スティング（Sting）の曲。スティングは、七〇年代後半にThe Policeのメンバーとしてデビュー、八〇年代にソロ活動を開始、現在も活動を続けている。

**本書〈高見順、一五〇頁〉参照。

***小沢昭一「浅草と私との間には……」（『僕の浅草案内』一九七八年、講談社）

も、自分はパリジャンみたいな気持ちですよ。「セーヌ川があって、ほら、見てごらん、隅田川があってね」とかなんとか言って。スカイツリーができたから、よけい調子に乗ってるかもしれない（笑）。　《終》

※本インタビューは二〇一四年八月に行った。

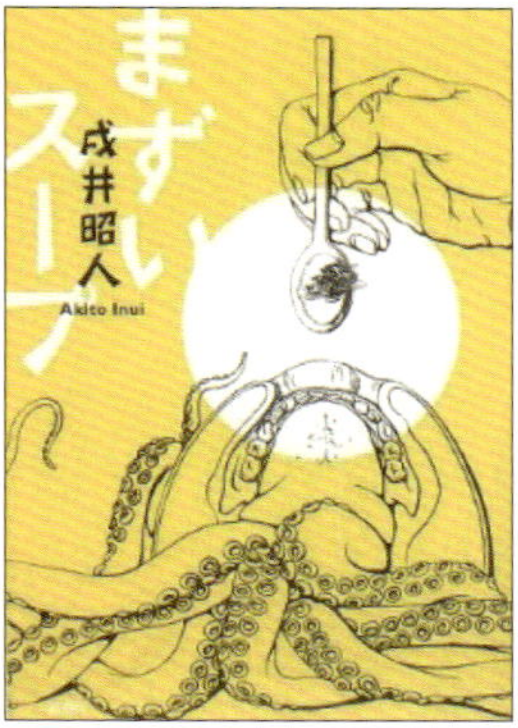

『まずいスープ』新潮社、二〇〇九年刊行。デビュー作「鮒のためいき」と第一四一回芥川龍之介賞および第三一回野間文芸新人賞の候補となった「まずいスープ」を所収。新潮文庫。

『ぴんぞろ』講談社、二〇一一年刊行。作品の冒頭で、浅草・酉の市でイカサマ賭博に巻き込まれる場面が描かれる。第一四五回芥川賞候補作。

『すっぽん心中』新潮社、二〇一三年刊行。第一四九回芥川賞候補、第四〇回川端康成文学賞受賞の表題作の他、「植木鉢」「鳩居野郎」を所収。

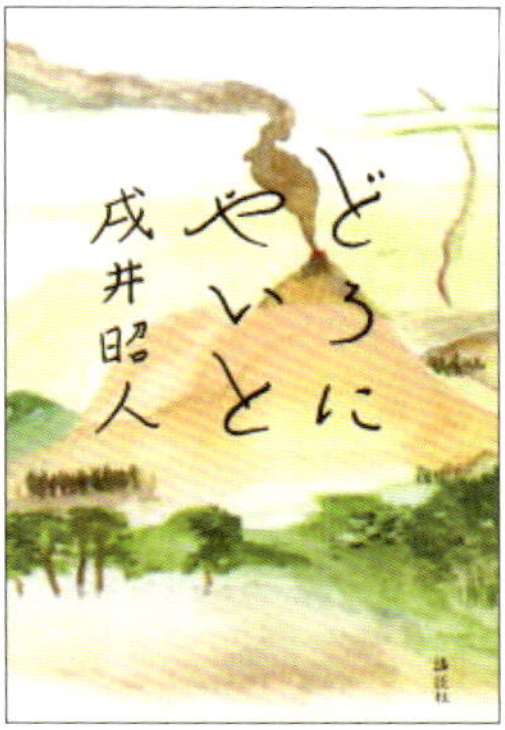

『どろにやいと』講談社、二〇一四年刊行。第一五一回芥川賞候補作品の表題作の他、「天秤皿のヘビ」を所収。

【巻頭インタビュー】

「十和田」の冨永照子さんに聞く
「浅草」をつなぐ　おかみさんの声

冨永さんは、ご存知、協同組合浅草おかみさん会（一九六八〜）の理事長さんである。すし屋通りにあるそばの『十和田』や仲見世のあげまんじゅう店『菊水堂』のおかみさんでもある。一九六四年の東京オリンピック以降、景気が下火になった浅草を盛り立てようと、街おこしのリーダーとして獅子奮迅されてきた。二階建てロンドンバスを走らせ（一九七八〜二〇〇一）、サンバカーニバルを起こし（一九八〇〜）、浅草ニューオリンズフェスティバルは二〇一六年には三〇回を迎える。ここ三〇年あまりの活動は、雑誌『おかみさん』（一九八四・六〜）にも詳しい。

二〇一五年の梅雨の合間、ランチタイムが終わって忙しさも一段落した『十和田』で、冨永照子さんにお話を伺った。インタビューの間も、おかみさんは、幾つものイベントの司令塔として、目の回るような忙しさである。

街を歩き回って、街を肌で感じてみなきゃ、机の上では何にも出てこないと思うのよ。

――お忙しいところ、お時間を作っていただいて、ありがとうございます。

冨永　私でいいの？　これ、文学の本って言ってたわよね。文学のことは何にも話せないわよ（笑）。

――『浅草文芸ハンドブック』を編むうちに、実際にメンバーで浅草を歩き始めたんです。そうしたら街のこと、もっと実際にどういう経過を辿って、今に至っているのかということを知りたくなりまして。それで、雑誌『おかみさん』のバックナンバーを、手分けして調査したりしていたんですが、やっぱり直接、おかみさんのお話を伺いたいよねということで。

冨永　そうなのね。そりゃ、今の浅草のことをちゃんと知った上で、昔はどうだった、どう書かれてるっていうんじゃないと、学者さんたちの自己満足になっちゃうかもしれないわよね。（ここで、電話入る。）ごめんなさいね。今年もニューオリンズからジャズのバンド呼んでフェスティバル、やるのよ。

――あ、僕、いわき市にある大学に勤めてるんです。いわきでもニューオリンズ、やりますよ。来ますか？

冨永　浅草の公会堂の公演が終わったら、八月二八日に、ウチの娘の婿さんが、いわきの平窪出身なんで、ご縁があったのね。いわきの鈴木電気屋さん、知ってる？　あ、知らないの。その鈴木さんがね、ニューオリンズのフェスティバルに一生懸命でね。震災以後四年間、いわきにバンド、連れて行ってますよ。福島、原発のことがあって、たいへんでしょう。今でもね、福島から野菜、取り寄せて協力してますよ。福島の

山田洋次監督を囲んで

おかみさん大いに語る

まかせておいてちょうだい あたしたちに

若かりし頃の渥美清さんをつかまえて浅草のおかみさんが言ったとか。「あんたは、役の名前で呼ばれるようになんなきゃいけないよ」と。寅さんを演じるようになってかれはいつのまにか渥美清ではなく寅さんになってしまった。いつかのおかみさんのアドバイスが実を結んだというべきか。こんなふうに、浅草には芸人を育てる空気があるようだ――山田洋次

すでに34作を数える「男はつらいよ」のシリーズを通して下町の人情味あふれる人たちを描きつづける山田洋次監督を囲んで浅草のおかみさんたちの発言は、夜遅くまで続いた……。

桜並木をそのままにして堤防を補強するのが、豊かな行政ではないか。

山田◆きょうは、皆さんとお話が交わせることを楽しみに出掛けてまいりました。ですから、皆さんのお話をお聞きするほうが、実りのある内容になると思うのですが。しかし、とっかかりに何か思いついたことを喋らせてもらいます。

「寅さん」の渥美清さんは、浅草の劇場、浅草の観客に育てられた人です。妹のさくら、倍賞千恵子さんは国際劇場、SKDで育った。それからおばちゃん役の三崎さんは、お父さんが「やっちゃば」に働いていたという人で、少女時代から浅草の舞台に縁が深い。裏の印刷会社のタコ社長こと太宰さん

34

雑誌『おかみさん』9号、1993年より

おかみさん会の人たちとも話をするとね、子供の健康のこと、皆さん、心配してるわよね。小学生くらいから手帳でも出して欲しいってね。……で、何の話だったかしらん?

——雑誌『おかみさん』をずーっと確認してみたんですが、あそこには、かつて・いま・未来の浅草が詰め込んでありますね。

冨永　私が、初めて雑誌に出たときのがあるわね。待っててよ、持ってくるから。

(二階から資料を持ってきてくださる。『暮しの手帖』の昭和四八年初夏号のページを広げて)

昭和四三年に「浅草おかみさん会」を結成してね。初代の会長は、すきやきの「今半」のおかみさん、高岡恵美子さん。私は事務局長。「浅草刊行案内図」の看板を作ったり、終戦直後を思い出して、ゴザ引いてね、露店やったり。楽市楽座みたいで楽しかったわよ。

そのうち、だんだんおかみさん会の活動にマスコミが注目し始めてくれて、最初が『暮しの手帖』の花森安治先生。「山手のおかみさん　下町のおかみさん」って記事ね。

(記事の一節を読み上げて)「だれが言いはじめたのか、浅草では、養子と後家さんでないと、店は繁盛しない、という」。浅草のことを取り上げてもらえるんだから頑張らなきゃって、会長からも励まされてね。

(電話、入る。「はいはい、当日、いらっしゃるなら四〇〇〇円ですけど。一一月には五〇〇人来るんですけどー、今回は急にやることんなったからまだ、一五〇なんですよ。」)

はい、度々ごめんなさい。あのね、「ふるさと創生ニッポンおかみさん会」ってのを発足するんだけど、そのキックオフの会が迫ってんのよね。

何をするにもね、私は自分が実際にやったことだけを話すから、マスコミでも、自分たちが出してる『おかみさん』でも、相手の顔を見てね、その相手にあった話をしなきゃ、意味がないわよね。街だってそうじゃない?

「地域おこし」とか何とか言ってみても、街を歩き回って、街を肌で感じてみなきゃ、机の上では何にも出てこないと思うのよ。昨日も、京都から学生たちがやって来ていろいろ質問するんだけど、私はまず、「自分たちの街を見て御覧なさい」って言ったの。ちゃんと見ればさ、いま何が問題なのか、分かるじゃない。よそを参考にするにしても、まずは自分の街からよね。

浅草を、人の流れで眺めてみると…。

――いまの浅草、人の流れはどんな感じでしょうか。

冨永　つくばエクスプレスができて、人の流れが変わったわね。伝法院通りが良くなりましたね。浅草に行ったら老舗で美味しいものを食べようって人たちで、今では一流店の「今半」の前に行列が出来てますよ。でも、すし屋通りには来ないの、残念ながら。まっすぐ観音様へ行っちゃうから。浅草寺があるから観光客が来るんだけど、ここ（すし屋通り）は浅草寺のお客はあまり来ないですね。夜の街なんですよ。私の弟の店がメトロ通りにあるんだけど、向こうには今頃はお客はいません。オレンジ通りを境に、昼夜が反転してますよ。

――夜の歓楽街としての浅草は、今も難しいところがありますか。

冨永　そうなのよ。昔から浅草は、「東北の玄関口」って言われ方して来たけど、玄関だけ見てちゃ、ダメですよね。入った人たちが、その後、どういう動きをしているか。今危機感を感じているのが、ホテルはたくさん出来てきたのに、泊まって食事をして、夜八時を過ぎたらどこも行くところがないということ。つくばエクスプレスが出来て、電車が鎌倉から印西市まで繋がって、お客さんを呼び込めたとするじゃない？　でも、遊ぶところがなければ、帰っちゃうし、また来ようとも思わないじゃない？　ただ、電車引けば済むってもんじゃないんです（笑）。

そこで、前の家の車庫だったところを改造して、ジャズ・バー「ＨＵＢ」を作ったんですよ。（「ＨＵＢ」のライブ・スケジュールを見せながら）九時過ぎたらノーチャージですよ。

――今もずっと、街の人たちと一緒に、具体的な仕掛けを重ねておられるんですね。

冨永　今、二〇二〇年の東京オリンピックに向けて、街が変わって行ってますよね。これからどんどん加速すると思います。でもね、オリンピックの終わった後のことを考えなきゃ。一九六四年の東京オリンピックの頃は、浅草、ほんとうにお客さんでいっぱいでしたよ。ほうずき市んときなんかも、オリンピック前まではオールナイトでやってたんですからねえ。でも終わった途端に、お客さんが離れて、浅草は廃れて行きました。だから、今度のオリンピックの後にも間違いなく悪くなる。だから、今度こそ、二〇二〇年のオリンピック後を見越した街づくりをやらなくちゃダメなんです。私たちはそれを一度、経験してるんだから。

今度こそ、いろいろ工夫して、努力を惜しまないでやらないとね。それには、交通の流れを良く見て、街の人の流れを作って行かないと。お役所はね、街づくりは「水と緑」なんて言うけど、私は「人」だと思いますよ。

（電話、入る。「はい、十和田です。はい、どうもどうも。え？　あ、それね。そりゃあ、しょうがないわよ。ん、ん、そう、ちょっとま、でもさ、そのうちまた変わるよ。ん、大丈夫、今度は儲け話でね。普通の人はさ、意志が強くないものね。いろいろ周囲に気、使ってるとねえ」）

古き良きものと新しき良きものの両方が無ければ、街はダメ。

――「おかみさん会」では、ほんとうに様々な試みを次々に繰り出されてきましたね。

冨永　浅草じゃ、三社祭などの伝統行事は旦那衆がやって、私たちはどっちかというと街づくりのイノベーション。浅草サンバカーニバルも、最初は阿波踊りでもやろうかって話だったけど、伴淳三郎さんが当時の区長さんに「阿波踊りは古いよ、サンバカーニバルだ」って言って。古い浅草にはミスマッチのはずだったけど、いかがわし

浅草サンバカーニバル

い格好して踊るから、一番当たってますよ（笑）。やはり少々「いかがわしい」とか「好奇心をくすぐる」といった要素がないと、街づくりの活力にはならないわね。

さっき記者会見があったのね。地方の物産展（「まるごとにっぽん」二〇一五年一二月オープン）をやるところになったんだけど、そこに凌雲閣をね、再現したらどうかって。十二階って、高層建築のはじまりですよね。と言ったって、今からしてみれば大した高さじゃないから作ることは出来ますよ。仏像だけだと、お金にならないです。

――浅草寺さんの参拝者だけでは（笑）？

冨永　そうね。一緒にやってかないと。私、いろんな相談で浅草寺さんへ行くんだけど、「あんた、信心のことで来たことないねえ」って言われてますから。

――雑誌『おかみさん』を見ると、おかみさんたちが、浅草に人を寄せるポイントに、劇場や芸人さんたちを据えて来られたことが分かりますね。

冨永　凌雲閣の再建で皆を納得させた上で、そこに劇場も作りたい。おかみさん会ではね、昭和四五年に浅草歌舞伎をやったのよ。

（電話、入る。「聞いたわよー、どーなったかなーって気になってたんだけど、二二日も、どうなの？　あんた、大丈夫なの。持ってこう

か？　え、今晩？　じゃ、どーする？　袋はあるわよ。えー、やんないと、まずいわよ、そりゃー）

でもね、劇場って言っても、そう簡単なことじゃないわよ。「欽ちゃん劇場」ではダイエーの中内さんに二億円、損させちゃったわね。松竹が常盤座を閉めちゃった時は、おかみさん会で開けてもらって三年間、持ち出しで頑張った。リスクを背負ってやったことで、おかみさん会を辞めた人はいなかったの。むしろ、結束が強まったわね。

——おかみさんは、若手の芸人さんや演者さんもずいぶん、応援していますね。

冨永　欽ちゃん劇団のメンバーだった東ＭＡＸ、深沢（邦之）、はしのえみちゃんたち。いっつも、お腹すかせてね。よく食事に呼んでましたよ。今じゃ、お札で汗拭くのをギャグにしてるけど（笑）。

最近では、尾上松也ね（おかみさんの後ろに、おかみさんと松也さんのツーショットの写真あり）。この子、素質もあるし、やる気もある。

（電話、鳴る。「ああ、どーなってるの？　ん、記者会見、行くけどさ、そうよ、ん、ん、そりゃ、私は相談受けてるからさあ、行きますよ。そう言うんなら、じゃ、説明にきてよ！　いつごろ、来んのよ。あ、そうなの。いいわよ、ん。必ずよ！　はい」）

【雑誌『おかみさん』誌面紹介】

萩本　（中略）今、僕の劇団に若い子いるのよ、それがみんな夜中のアルバイトしてる。僕もそうだけど、コメディアンできたのは、豆腐屋さんが「おい、部屋貸してやるから来い」って、倉庫みたいなところだけど。部屋に入ったら店手伝うよ、金貰わないで。朝ごはん食べさせてくれるから。そういう風にすればよかったの。そうすればその子たちは夜中まで働きますよ。「おばちゃん、ありがとう」って。

そうしないで、金を払って働かせようとするからいけないの。「いいよ、面倒見てあげよう」って言えば、「おばちゃん、ありがとう」って、劇場終わってから働いたはずだよ。「お金はいいよ、メシ食わしてくれるだけでいいよ」って。それができるはずの浅草が、会社と同じように、「労働条件」なんて言い出したとこで浅草は滅びたね。

おかみさん　そうかも知れないね。

イノベーションと気遣いと

冨永　新しいイノベーションって言ったら、今なら浅草寺のライトアップとかね。ライトアップされた境内を観て歩こうってことで、お客さんが結果的に、夜の浅草を歩いてくれるじゃない？　私たちは商人の発想だから、そういうこと、考えるわけです。伝統って言えば、私たち八月に長唄の発表会をゴロゴロ会館でやるけどさ、それは私たちの趣味であって、お客さんたちは興味ないでしょ。そういうところ、ちゃんと見極めないと、暖簾や伝統に胡座をかいて、ズレたことになっちゃう。そういえば昔は、どこの商店の子でも、商売が忙しいから、親がかまってやれないこともあって、習い事させてたわね。でも、それで、人としての振る舞いを教わったのね。気遣いもね。

つくばエクスプレス降りてから駅周辺に、おかみさん会の広告、いったい幾つあると思う？

――幾つあるんですか？

冨永　一〇個あるわよ。多いわよね（笑）。これはね、まだ駅の工事をしてる時に、現場の人にお弁当差し入れたりね、そういう小さなことの積み重ねなのよね。鉄道、一

萩本　だから芸人も浅草からいなくなった。芸人がいなくなったんじゃなくて、働き手がいなくなったの。ここに沢山芸人を置いておいて、コメディアンになりたい、役者になりたいって子をね。僕の劇団には五千人来るんだよ。そういう子たちの面倒を見て。

おかみさん　ほんとね。

萩本　その子たちが有名人になったとき「おばちゃんの世話になったってひとこと言ってごらん。そこにファンの人がドッと来て、今頃、ビル十軒建っちゃったよ。それをしなかった。

おかみさん　ああ、私たち、そういう発想しなかった。

萩本　それをやったのが新宿ですよ。新宿の劇場はそうだった。だけどビルが建って芸人から金を取るようになったから、もっと安い下北沢へ芸人は移ってしまった。僕のところへ五千人来るのよ、芸人になりたいって子が全国から。ただでいいからって。

緒に作ってるって気持ちも湧いてくるじゃない？　伝統文化も必要だけど、街は変わっていくんだから、少しずつイノベーションして行かなきゃ。今時は、「スローライフ」って言葉が流行りだけど、私ら商売人には、スローじゃ間に合わないわよ（笑）。「損益分岐点」ってこと、良く考えるけど、気遣いのある投資は決して損にならない。それから、イノベーションするにも、「錦の御旗」は絶対に放しちゃいけないの。それはね、「浅草を良くしよう！」ってこと。

時々思い出すのよ。昭和五六年に、池袋にサンシャインが出来た。その頃の浅草、特に六区は全くのゴーストタウンでしたよ。ある日、私、それを眺めていてね、いったいどれくらい人通りがあるものか、数えてみたわよ。そうしたら、一時間で犬一匹しか通らなかったの。あの時の、情けなさ！　忘れないわね。

おかみさん会の会費って毎月五〇〇〇円で、高いなあって思うこともあるけど、皆が身銭を切って、リスクを背負ったから、今日までやってこれたと思う。まだまだやりたい事、やってない事がたくさんある。自分の私利私欲じゃなくて、「浅草を良くしよう！」って旗を振って、ブレずに行けば、人はついて来るんです。

《終》

おかみさん　それじゃ、おかみさん会みんなでそういう子を引き受けて。

萩本　劇場《こや》を作ってあげればいいの。「お金はいらないよ」って。「有名になるまでおばちゃんの店も手伝ってよ」って。子供たちはありがたいって言いますよ。ありがたくって、おばちゃんもありがたいでしょ。なんでそれをしなかったのって言うの。

おかみさん　私たち商人はすぐに数字を考えちゃうのね。

萩本　その子たちは浅草を一時頃まで開けますよ。欽ちゃん劇団五千人をここへ持ってきて「みんな浅草のお手伝いをしてあげなさい」って言えばいいの。おかみさんたち、ごはん食べさせてくれれば朝から晩まで稽古もできる。

おかみさん　いいわよ、ごはんぐらい、たやすいことよ。

萩本　おかみさんたち、間違えないでね。今の子は皿洗い、イヤじゃないの。コメディアンやりたい

《インタビューを終えて》

インタビューの合間に、頻繁にかかってくる電話。その、おかみさんの喋り方が、「活きている」と感じた。見事に使い込んだケータイに向かって、早間で小気味良いことばを繰り出すさまに、四〇年以上にわたって浅草の「イノベーション」を同時多発させてきた原動力を見た。インタビューの中の「相手の顔を見てね、その相手にあった話をしなきゃ、意味がないわよね。街だってそうじゃない？」というせりふに納得が行った。

ふと思い立って、浅草ビューホテルで開催された「ふるさと創生ニッポンおかみさん会」のキックオフ講演会に伺ってみた。そこには、昨今、「シャッター商店街」といったフレーズが珍しいものではなくなった、様々な課題を抱える、地方からの「おかみさん会」の面々を、暖かく出迎える、冨永さんをはじめとする浅草のおかみさんたちの姿があった。

キックオフ講演会に参加したことへの労いか、今度は浅草公会堂で開催される「浅草ニューオリンズジャズフェスティバル」のチケットをご恵贈いただいたので、また伺っ

ためなら皿洗いもできるの。

おかみさん　そうそう、タップダンスやっている子がいて、そのために毎朝、三時半に起き出してパン屋さんへ行ってるの。

萩本　そうなの。好きなことをやるためならいろいろやるの。おかみさんたち、その仕事につく人いませんかって言うからダメなの。「あなたを応援するから、私も応援してくれませんか」って言えばいいの。「浅草では芸人を育てます、いらっしゃい」って言えば日本国中からウン万人来る、その人たちで浅草は栄える。

おかみさん　まあ、いいわねえ。

萩本　そしてコメディアンの子が店手伝って「いらっしゃい」って言えばいっぺんに明るくなる。

おかみさん　ほんとね。

（「萩本欽一・関敬六座談会」、『おかみさん』二号、一九八五年）

てみた。そこでのおかみさんたちは、ジャズバンドの演奏に誘われて、応援グッズの愛らしいミニ傘を手に手に振りながら、会場を練り歩く、慣れ親しんだ「祭り」を心から楽しむアットホームな笑顔を見せてくれた。

冨永照子さんは二〇〇一年に『おかみさんの経済学』（角川新書）をまとめておられる。一五年経った今、『おかみさんの経済学』に夢として語られているもののうち、達成されたものもあればまだ実現に至っていないものもある。インタビューの中の錦の御旗＝「浅草を良くしよう！」を巻いてしまわない限り、この先、それらが叶う可能性はある。『浅草文芸ハンドブック』編集の折々、関東大震災と東京大空襲によって、灰塵と帰した浅草の写真を見ることがあった。ポッキリと折れた凌雲閣はもとより、戦火で跡形もない仲見世や観音堂・五重塔を失った浅草寺に集約されるように、「この状態から、よく復興したなあ」としか言いようがない。しかしそれは、まざまざと「私たちの浅草」をイメージし、着々と実行に移した沢山の人々がいたからである。

インフラが復興した後も、浅草は幾度も死に体になった。冨永さんらおかみさんたちの出番である。無数の人々の手と足と、頭と心と声とを総動員して作り出されたのが、「今の浅草」なのである。

わたしたちは「文学作品に描かれた浅草」に学んで浅草を歩き回り、「もう無いもの」を幻視しつつ、「いま有るもの」を見つめ、そして「これから出現するもの」を思い描く。冨永さんの語りは文学者のそれのように身勝手ではないが、懲り無いしたたかさに満ちていた。（構成：金井景子）

浅草文芸選

外国人の見た幕末・明治の浅草

ロバート・フォーチュン『幕末江戸探訪記　江戸と北京』
ピエール・ロチ『秋の日本』

浅草は御城の艮に当たり、浅草橋外より北の方橋場・新鳥越に及び、西は下谷に接し、東は大川に限れり。是今浅草と唱るの地域なり。（「御府内備考」）

ある日の午後、浅草寺とその周辺を散策してみた。雷門の大提燈をバックに楽しげに記念撮影をする訪問者の多くが外国からの訪問者だった。英語、スペイン語、中国語と、さまざまな言葉が飛び交う仲見世を抜けて宝蔵門をくぐると、本堂の前にある香炉を取り囲む人垣が見えてくる。線香の煙を頭や体にあてて微笑んでいるのも、東南アジアから旅行者たち。タイやシンガポールの家族連れが多く、観音堂に向かって真剣な表情で手を合わせているのが印象的だ。

一年を通じて多くの観光客でにぎわう浅草界隈だが、二一世紀に入って海外からの訪問者が急増していることに驚かされる。台東区から荒川区にかけての古い日本旅館は外国人観光客向けに整備され、かつて日雇い労働者が暮らした山谷・泪橋の簡易宿泊施設も、不況と労働者の高齢化から、相ついで若い個人旅行者の宿に変貌、インターネットを通じて海外でも知られている。大きなバックパックを背に、吉野通りを

のんびりと歩く欧米人の姿も日常的なものになった。

浅草をめぐる文学散歩、まずはかつてこの地を訪れた外国人たちの記録に目を向けてみたい。

極東の訪問者

安政五（一八五八）年の日米修好通商条約締結後、江戸幕府はイギリス・フランス・ロシア・オランダとも同様な通商条約（安政の五カ国条約）をむすび、国内各地に開港場とよばれる外国人居留地が形成されるようになった。幕末から明治初期にかけて日本に滞在した外国人のプロフィールはさまざまで、各国の公使や使節団とその随行者、商人や宣教師、明治政府や民間の機関が招聘したいわゆる「お雇い外国人」など多岐にわたっていた。

ロバート・フォーチュン（Robert Fortune, 1812-1880）はスコットランドで生まれた園芸家。エディンバラ植物園の園丁からキャリアをスタートさせ、ヨーロッパを代表するプラントハンターとなった人物である。プラントハンターとは、自国にないさまざまな植物の種子や苗木を求めて世界をめぐった人々で、多分に冒険商人的な側面をもった職業だった。

一八四二年の南京条約締結で、アヘン戦争が終結した。この時期、未知の花や樹木を求めて多くのプラントハンターが極東をめざしている。イギリス東インド会社の依頼をうけたフォーチュンも中国に上陸、辮髪に中国服で清朝の官吏・マンダリンに化けて内陸部に潜入することに成功した。彼は茶の産地を踏破して苦心の末にチャノキを入手、インドに移植した。長いあいだ謎とされていた茶の栽培方法と製法を解明したことにより、イギリスは中国から大量に輸入していた茶を、植民地の主幹産業とすることができたのである。

フォーチュンが日本を訪問したのは万延元（一八六〇）年。『幕末日本探訪記――江戸と北京』（*Yedo and Peking*, 1863）はそのときの記録である。上海訪問をはさんで、フォーチュンは翌年も日本の土を踏んだ。伝説的な中国での冒険行から一〇年あまりの月日を経て名声も高まり、そのキャリアの終盤に近づいた頃であった。

彼は長崎に上陸し、三〇年ぶりに再来日していたシーボルト博士を訪問、歓談している。博物学者で、西洋医学を日本に伝えたフィリップ・フォン・シーボルトは、長崎郊外の鳴滝に居を構えていた。邸宅周辺の豊かな樹木と花々にフォーチュンは魅了された。一週間の長崎滞在ののち、彼は船で横浜へと移った。ちなみに来日の数か月前、桜田門外の変により、幕府の最高権力者であった大老・井伊直弼が落命している。

隅田川界隈　―浅草寺参詣―

浅草の仲店

乗馬で、二時間余りで浅草へ案内された。どっしりした寺が広い通りの奥に浮き上がって見えた。装飾を施したアーチのようなものが大通りにまたがって、非常に人目をひいた。一方に巨大な鐘楼が立ち、マツやイチョウの大樹が寺を取りまいていた。大通りの両側には商店や露店が、バザーのように店を開いて立ち並び、あらゆる種類の日本商品を陳列していた。ブンブンうなるコマ、頭の大きい鳴き人形、知恵の輪、絵本など、種々のおびただしい玩具が、明らかによく売れていた。鏡、きせる、漆器、磁器類は当然代表的なものであった。これらが全部硝子張りの中にあったとしたら、ロンドンの下町の仲店通りを彷彿させるだろう。われわれが大通りにはいると、群衆がついて来た。彼らは以前ヨーロッパ人をあまり見たことがないらしく、少し騒がしかったが、非常に丁重に敬意を表してくれた。

（『幕末日本探訪記　江戸と北京』）

金龍山浅草寺の創建は古く、本尊の聖観音像は推古天皇三六（六二八）年に檜前浜成《ひのくまはまなり》・竹成《たけなり》兄弟が宮戸川（隅田川）河口で漁をしている際に投網にかかったものだといわれている。兄弟は主人である土師真中知《はじのまつち》に相談し、中知の屋敷に像を安置したという。主従三名は浅草神社に祭神として祀られた。三社権現の由来である。浅草寺周辺は長らく門前町として発展してきたが、徳川家康の天下統一ののち、浅草寺は江戸幕府の祈願所として、将軍菩提寺である上野寛永寺の傘下に置かれることになった。

フォーチュンが浅草を訪問したのは一八六〇年一一月二一三日である。安政の五カ国条約では、外国人遊歩規定というものが制定されていた。来日した外国人が自由に立ち回っていい区域のことで、開港場（外国人居留地）から東西南北それぞれ一〇里と定められていた。江戸に近い横浜は例外規定があり、北は六郷川（多摩川下流部）までの五里となっていた。

外国人が江戸を訪問するためには、各国公使館に属する必要があった。フォーチュンはイギリス公使ラザフォード・オールコックの招きで江戸に入り、高輪東禅寺におかれた英国公使館に入っている。移動には案内兼護衛の役人が随行することになっていた。ちなみにオールコックはこの年、外国人として初めて富士山頂に立っているが、この登山にはやはりイギリス人プラントハンターであるジョン・グールド・ヴィーチが同行していた。

『幕末日本探訪記』でのさまざまな記述は、植物学者であるフォーチュンの観察眼が冷静かつ公平であることが注目される。これは先達のシーボルトによるさまざまな記録や、フォーチュンと同時期に来日していたドイツ人地理学者・フェルディナンド・フォン・リヒトホーフェンの日本滞在記などにも共通するもので、いかにも自然科学者らしい記述となっている。フォーチュンの場合、日本人や中国人と、その文化への先入観や偏見が薄いことも興味深い点で、これは園芸に携わったプラントハンターの出自の多くが労働者階級出身であるためかもしれない。彼の父は農場の生け垣をつくる雇われ労働者であり、フォーチュン自身も本国で高等教育を受ける機会に恵まれなかった。

> われわれは大通りの突き当たりで、巨大な寺院の前に到着した。大きな階段を登ると、幅広い扉が開かれていて、須弥壇の上に蝋燭がともり、僧侶達が読経の最中であった。わけの分からぬ音響、太鼓を

打ったり鉦を鳴らすなど、私がしばしばシナの仏教寺院で聞いたのと同じようで、以前の経験談の繰返しであった。

フォーチュンが目にした本堂（観音堂）は、寛永年間に二度にわたって火災で焼失したものを、三代将軍家光が復興したものである。この再建では本堂のほか、五重塔・仁王門（現宝蔵門。現存）雷門を建立している。本堂なその後もたびたび修復が加えられて幕末も迎えたが、昭和二〇年の戦災で炎上している。現在の建物は昭和三三（一九五八）年に再建されたもので、近年の工事で耐震改修が施され、本瓦葺きの大屋根はチタン製の瓦に葺きかえられている。重量は五分の一になったという。

フォーチュンは中国での経験から、仏教寺院に貴重な樹木が保存栽培されているものと考えた。彼は境内のあちこちを丁寧に観察する。

寺には参詣者や信者の便宜のために、多くの茶屋が付属していた。それらに隣接して、しゃれた庭がある。そこには魚を飼っている池や、風致を添える橋、人工の築山、そして梅や桜の並木道があり、それらは日本の茶屋や寺院につきものであるらしい。

ここは江戸の近くで、多品種の美しい菊で有名である。われわれが訪ねた時は花は満開であった。イギリスの花屋はきっと、ハンマースミス寺院や、ストーク・ニューウイントンから、はるばる浅草寺の菊の花を見に来て、どんなに目を楽しませたいだろう。

私は形も色も特種で実にすばらしく、イギリスで現在知られた、どんな種類とも全く異なった品種をいくつか手に入れた。ひとつは、赤色の長い花弁が毛髪のように咲き乱れて、黄色の花蕊がショールやカーテンの房のように見える。ほかのはひろくて白い花弁に赤い線が入って、カーネーションかツバキのようであった。（中略）

茶の木はそこの花屋敷ではありふれたもので、通路のふち取りに使われていた。そこにある茶の木はおもしろい変わった形に刈り込まれていた。この地区の他の場所では、茶の葉を取るために広範囲に栽培しているのを観察した。浅草の花屋敷には見物客の娯楽のために、鳥や他の動物を収集して見せるので、観客がふと博物学の動物類に興味を持つかもしれない。コレクションは、緑色のハト、斑点のあるカラス、立派な大ワシ、金銀の羽を持ったキジ、オンドリ、ウサギ、リスなどが目についた。そこは概して、遊山に来る江戸市民の娯楽と教訓を当てこんで、いろいろなものがある。ここは梅や桜の花時には、本当に楽しい所に違いない。

花屋敷は江戸末期から明治にかけて、千駄木の植木屋・森田六三郎が親子三代にわたって造営した庭園である。文政一二（一八二九）年に浅草寺からこの地を借用した初代六三郎は、さまざまな植物を植えて整備をすすめた。一般に公開がはじまったのは嘉永六（一八五三）年で、茶屋を設けて多くの遊山客を集めることになった。フォーチュンを感嘆させた菊細工は六三郎のもっとも得意とするもので、名物として高い人気を集めていた。

花屋敷が設けられた寺域の西側は「奥山」とよばれた歓楽地で、大道芸人や見世物の興行が行われていた場所だった。ちなみに浅草寺の東側、現在の浅草六丁目にあたる場所が猿若町。天保の改革（一八四二年）による綱紀粛正で、日本橋や木挽町（現・銀座三丁目付近）にあった芝居小屋を移転させた地域で、江戸切絵図を見ると、中村座、市村座

などの名が見える。猿若町には浅草寺の参拝客が流れ、小屋の移転前より多くの観客を集める江戸名所として発展していくことになった。

明治以降、浅草は公園地として拡大整備され、奥山は「五区」に指定された。東京市市史編纂係編『東京案内』（一九〇七年）によると、この地域には汁粉屋・蕎麦屋・銘酒屋などの飲食店が集まり、花屋敷は「奥山観物中の重なるものにして、動物及花卉あり。入場料大人一〇銭、軍人半額、小児五銭也」と記述されている。さまざまな遊戯施設がおかれるようになったのも明治初年からである。

フォーチュンの博物学的興味を満足させた展示も大きく変貌し、「時代の好尚につれて新陳代謝するごとに、絵看板のペンキはますます強悪になり、札売場の美人はますます肉感的になり、喰べ物や飲み物はますます蠱惑的眩暝的になって（中略）、およそ耳から眼から鼻からの刺激という刺激は、昔の江戸っ子たちが夢想だもしなかったほど糜爛し、退廃」（矢田挿雲『新版江戸から東京へ』）してゆくのである。

変貌する明治日本

作家ピエール・ロチ（Pierre Loti, 1850-1923）が、フランス海軍士官として初めて日本の地を踏んだのは、明治一八（一八八五）年のことである。巡洋艦トリオンファント号の艦長だったロチは、ベトナムの支配権をめぐって勃発した清仏戦争で台湾沖・澎湖諸島に出動し、同年七月から一二月上旬まで長崎で生活している。この最初の日本滞在で生まれた作品は二作あり、長崎で同棲した日本人女性「おかね」とのエピソードをまとめたものが『お菊さん』（*Madame Chrysanthème*, 1887）として、また紀行文とエッセイが『秋の日本』（*Japonerie d'automne*, 1889）として発表されることになった。フォーチュンの来日から二〇年あまり後のことである。

江戸　エミール・ブーヴィヨンに　一二月五日、日曜日

（前略）わたしは、この最後の午後を、参詣と礼拝の場所、市と歓楽の場所であるla Saksa（ラ・サクサ　浅草）で過すことにしよう。そこはいつの日も群衆で賑わっている。日曜はとくにそうである。――しかし、そこはエドの一方のはずれにある。俥では、少くとも二時間はつぶしてしまわなければなるまい。

街また街。十重八十重に交錯し合う夥しい堀割の上の、橋また橋。しかしどれもみなすぼらしく、

灰色がかっていて、型に嵌っている。（中略）主要な道路はまっすぐで、かなり道幅もある。まれには二階建もあるが、ほとんど大部分が木造の、黒ずんだ古い木造の、単なる平屋建の小さな家々。商家は昔ながらの様式を保存している。それは大抵店頭もなければ陳列窓もない開けひろげた簡潔な小さい納屋のような作りで、そこには商人たちが彼らの小道具に囲まれて畳の上に坐っている。いうまでもなく、そこではあらゆる種類の日本的な品物が売られている。青銅の器物、漆器物、陶製人形、陶磁器の花瓶といったような品々が。でついには、街から街に沿ってのべつにこういうものを見ていくあげくには、一種の嫌悪の情が、これら数限りもない品々や、似而美術品や、鶴《シゴーニュ》や、渋面《グリマス》などからわきあがっている。多少なりとも格式のある商店はみな、白で縁をとり白い大きな文字を飾った黒布の垂れ幕で外を囲んでいる。（まるでフランスで誰か死人のできた家のように）。むろんこの装飾は日本人にとっては悲しいものには思われない。（中略）それにしても、われわれフランス人の眼には、その装飾の効果はどうしても葬式的な感じとしか受け取れない。で非常に豪華な商店街は、まるで町全体が忌中みたいである。

作中、日本人や日本の文物に対する描写は、かなり辛辣なものも多い。この時期に来日した欧米人の旅行記や記録にたびたび見られるのが、欧化政策や文明開化による西欧文化の急激な導入、そして廃仏毀釈といった政策への違和感や批判である。幕府瓦解以前に来日し、明治に入ってから再訪した外国人のなかには、明治政府の近代化政策に興味をしめさず、失われた風景や文化を惜しむ文章を残している人物が少なくない。

浅草に到着したロチは、雑踏の中の少女たちと店々を生き生きと描写する。

――ラ・サクサ！　つまりそれは、暗紅色の、高くて大きな御堂と、これと同じ色の五重塔とが、数百年を経た老樹のある、売店と群衆でみち溢れている境内に、君臨している場所である。これこそ古い日本の一角であり、また同時に最もすばらしい場所の一つでもある。のみならず、ここには、今日もまたmatsouri《マツリ》（即ち祭礼と参詣）があるのだ。

——わたしはラ・サクサはほとんど年中マツリだろうと思っていた、で、いまもムスメたちの群がきれいに着飾ってここへきている。滑稽なムスメたちや愛らしいムスメたちが。彼女らの自分で結うことのできる、大変よく結えている美しい髷の中には、みんな、どんな実際の花にも似ていない小さな造花が挿してある。そして、お辞儀の世襲的な濫用のために前方に湾曲した、弱弱しい優美な小さいすべての背の下には、非常に凝った色をした帯が、翅形の大きな花結びにされている。——まるで大きな蝶々がそこに翅を憩めにやってきたとでもいったみたいに。

むろん、ここには、いつもきまって日本人の人ごみの中に大勢混っているあのきちんとした身装《みなり》の可愛らしい子供たちの群も見られる。長い着物を着せられ真面目くさって、お互に手をつなぎあい、子猫のような吊り上った眼をくりくりさせて、澄ましこんで歩いているあの子供たちが。それからまた、ずっと後になってさえ、それを思い出すと、思わずほほ笑んでしまうような、あの何ともいいようのない形をした結髪の子供たちが……。

わたしも早速、みんなと同じように、神々を拝みに御堂に出かけるとしよう。が、まず差し当って、わたしも境内にあるあの仲店を見物してみたい。気のきいた物や、滑稽な物や、へんてこな玩具や、いつもその裏にある種の渋面や魔法を——時には想像もつかないような、恐ろしいみだらな物さえ——匿している、あの奇想天外な小道具などを一杯置いているあの仲店を……。

フォーチュンと同じく、ロチも立ち並ぶ店々の魅力を語る。表参道の商店街・仲店（現在の仲見世）のある場所は、本来は浅草寺の子院がおかれていたところで、その板塀沿いに露店が立ち並んでいた。馬道あたりで商いをしていた商人が、境内の掃除をつとめたかわりに、参道脇で営業する許可を得たといわれている。子院が別の場所に移転したのちも、かれらは同じ場所で商売を続けることになった。明治一八（一八八五）年一月、仲見世に赤レンガ造の建物が登場し、浅草の名所となる。同年一二月には参道の敷石も完成している。ロチは完成したばかりの赤レンガ建築を目にしていたはずである。

ある壁龕の中には、不治の病の治療者として日本

中に鳴り響いている一つの仏陀が安置されている。人々は自分の癒したいと思う患部に相当するこの木造仏の部分に手でさわって、それからその手を直ぐ自分の幹部に当てさえすればいいのである。ただそれだけのことでいいらしい。二、三百年前から人々は幾度となくこの仏にさわってきた。今日では死灰に帰してしまった幾多の手が、来る日も来る日も撫でまわしたので、この仏はいまはもう鼻もなければ指もなく、あらゆる隆起した部分が磨滅してしまった、ほとんど相貌をとどめない不格好なてかてかした木片の一部に過ぎなくなってしまっている。

この木造は現存しないが、宝蔵門の左手、浅草不動尊の本堂脇に安置されている賓頭盧像が、同様の「なでぼとけ」として知られている。参拝者は列をつくって頭や肩、膝などを撫でて礼拝する。金属の坐像はすり減りこそしないものの、参拝客が撫でた部分のあちこちがつやつやと光を放っている。

ロバート・フォーチュンを「少し騒がしかったが、非常に丁重に敬意を表して」迎え、ピエール・ロチの心を躍らせた一九世紀の浅草、そして祭礼と参詣者たち。この関東最古の門前町は、本来は城下町・江戸と別の発展をしてきた場所である。前半に紹介した浅草寺のいわれ、隅田川河口で聖観音像を拾いあげた檜前浜成・竹成兄弟とその主人・土師真中知は、元来はこの土地の人間ではなかった。土師氏は大和朝廷の技術者であり、檜前兄弟は大陸渡来系、あるいは出雲系の一族である可能性が高いという。

さまざまな異邦人を受け入れ、多様な文化を拒むことなく消化吸収して、いつの時代も人々を魅了してきた浅草の街にふさわしいルーツといえるのではないだろうか。

（広岡　祐）

〔作者紹介〕
ロバート・フォーチュン（Robert Fortune）――一八一二年九月一六日〜一八八〇年四月一三日。スコットランド・バーウィックシャー生。プラントハンターとして名高い植物学者。英国東インド会社の依頼で中国のチャノキをインドに移植したほか、中国・日本のさまざまな園芸植物をヨーロッパにもたらした。

〔作品紹介〕
初出＝三宅馨訳『江戸と北京』（廣川書店）（*Yedo and Peking* 1863）
所収＝三宅馨訳『幕末日本探訪記　江戸と北京』（講談社学術文庫、一九九七・一二）

〔作者紹介〕
ピエール・ロチ（Pierre Loti）――一八五〇年一月一四日〜一九二三年六月一〇日。フランス・シャラント＝マリティーム県生。本名ルイ・マリー＝ジュリアン・ヴィオー（Louis Marie-Julien Viaud）。フランス海軍士官として世界をめぐり、訪問した各国を舞台にした紀行文と小説を著した。特に各地の女性との恋物語は人気を博している。代表作に、イスタンブールを舞台にした『アジヤデ』（*Aziyade* 1879）、『倦怠の華』（*Fleurs d'ennui* 1882）、『弟イヴ』（Mon frere Yves 1883）など。日本を舞台にした作品では、『秋の日本』（*Japoneries d'automne* 1889）のほか、『お菊さん』（*Madame Chrysanthème* 1887）『お梅が三度目の春』（*La Troisième Jeunesse de Madame Prune* 1905）などがある。

〔作品紹介〕
初出＝飯田旗郎訳『陸目八目』（春陽堂、一八九四）
所収＝村上菊一郎、吉氷清訳『秋の日本』（角川文庫、一九五三・一）

【コラム】
奥山の伝統をつないだ風狂の人

浅草寺本堂の西側から裏手にかけての地域を、かつて奥山とよんだ。金龍山の奥の意で、参詣者相手の大道芸や見世物小屋、茶屋などが立ち並ぶ歓楽街となっていた。さらに北側には天保年間に江戸三座がおかれた猿若町、さらには吉原遊里が控え、浅草寺周辺は聖俗あわせた江戸最大のアミューズメントパークとなっていたのである。

浅草の繁栄は明治になっても続いた。明治六（一八七三）年新政府は太政官布告により浅草寺を公園地に指定、寛永寺、増上寺、飛鳥山、富岡八幡宮とともに整備を開始した。

淡島椿岳

このころ、浅草奥山には江戸の名残を残す奇妙な男がいた。淡島椿岳という人物である。

淡島椿岳は文政六（一八二三）年武蔵国に生まれた。農家の三男として育ち、兄とともに江戸の商家で奉公、日本橋馬喰町の豪商淡島屋に婿入りする。経済的に何不自由ない立場に立った彼は、水戸藩の御家人の株を購入し、さらに憧れていた画業に邁進する。

椿岳の息子で明治の文人淡島寒月は、御一新からまもない浅草寺の様子を自著でふりかえっている。「寺内の奇人団」として実父を紹介している。

> 明治の八、九年頃、寺内にいい合わしたように変人が寄り集りました。浅草寺寺内の奇人団とでも題を附けましょうか、その筆頭には先ず私の父の椿岳を挙げます。私の父も伯父も浅草寺とは種々関係があって、父は公園の取払になるまで、あの辺一帯の開拓者となって働きましたし、伯父は浅草寺の僧侶の取締みたような役をしていました。ところで父は変人ですから、人に勧められるままに、御経も碌々読めない癖に、淡島堂の堂守となりました。それで堂守には、坊主の方がいいといって、頭をクリクリ坊主にした事がありました。ところで有難い事に、淡島堂に参詣の方は、この坊主がお経を出鱈目によむのを御存知なく、椿岳さんになってから、お経も沢山誦んで下さるし、御蝋燭も沢山つけて下さる、

と悦んで礼をいいましたね。堂守になる前には仁王門の二階に住んでいました。

（『梵雲庵雑話』）

仁王門に住むとは今から考えたら随分奇抜です。またそれを見ても当時浅草寺の秩序がなかったのが判ります、と寒月はしるす。愛人とともに伝法院に居住していた時期もあったという。おそらく新政府による廃仏毀釈の混乱が続いていたのだろう。浅草寺に祀られていた檜前浜成・竹成兄弟、そして土師真中知の三人が、神仏分離令によって三社明神となったのが明治元年。浅草神社の創建が明治六（一九七三）年のことである。

椿岳の浅草寺での活躍は続く。

それから父は瓢箪池の傍で万国一覧という覗眼鏡を拵えて見世物を開きました。眼鏡の覗口は軍艦の窓のようで、中には普仏戦争とか、グリーンランドの熊狩とか、そんな風な絵を沢山に入れて、暗くすると夜景となる趣向をしましたが、余り繁昌したので面倒になり知人でもなければ滅多にこの夜景と早替わりの工夫をして見せませんでした。このレンズは初め土佐の山内侯が外国から取寄せられたもので、それが渡り渡って典物となり、遂に父の手に入ったもので、当時よほど珍物に思われていたものと見えます。その小屋の看板にした万国一覧の四字は、西郷さんが、まだ吉之助といっていた頃に書いて下さったものだといいます。それで眼鏡を見せ、お茶を飲ませて一銭貰ったのです。

曲馬が東京に来た初めでしょう。仏蘭西人のスリエというのが、天幕を張って寺内で興行しました。曲馬の馬で非常にいいのを沢山外国から連れて来たもので、私などは毎日のように出掛けて、それを見せてもらいました。この連中に、英国生まれの力持ちがいて、一人で大砲のようなものを担ぎあげ、毎日ドンドンえらい音を立てたので、一時は観音様の鳩が一羽もいなくなりました。

（『同』）

明治一七（一八八四）年、浅草公園は一区から七区まで区画されることになった。一区は浅草寺本堂・観音堂周辺をさし、浅草神社や二天門、五重塔などが立地した地域。二区は仲見世、三区は伝法院界隈、四区は浅草田圃に新たに造成された瓢箪池の付近である。

公園地の北側、奥山の場所が五区。瓢箪池の西に造成された新開地が第六区で、奥山の店舗や見世物小屋はここに移転して、歓楽街を形成することになった。なお浅草区役所や勧工場がおかれた馬道周辺が七区である。

『東京案内』（東京市市史編纂係編）によれば、六区はさらに一号地から四号地に分けられており、次のような店舗が立ち並んでいたという。大正・昭和と興行を続け、戦後もその名が残った施設も見られるのが興味深い。

1号地　大盛館（江川玉乗）、

清遊館（浪花踊）、
猿の見世物、
蓄音機三軒、
釣り堀二軒、
大弓、
碁会所、
新聞閲覧所

2号地　日本館（娘都踊）、
野見（剣術）、
洋食店、
銘酒屋、
写真店

3号地　清明館（剣舞）、
明治館（太神楽）、
電気館（活動写真）、
劇場常磐座、
寄席金車亭、
鳥料理鳥萬

4号地　日本パノラマ、
珍世界（見世物）、
木馬館、
角萬・天亀（天麩羅料理）

大日本帝国憲法が公布された明治二二（一八八九）年九月、椿岳は六六歳で死去した。明治初年の浅草奥山は、江戸期の見世物小屋と、西洋文化の受容による新時代の興行の端境期だった。椿岳の破天荒な行動は、二つの時代のエンタテインメントをつなぐ役割を果たしたともいえるだろう。

平成一五（二〇〇三）年、江戸開府四〇〇年記念・大浅草まつりが開催された。このイベントでは、浅草寺本堂西側に大木戸や火見櫓、演芸場や茶屋などが設営され、また本堂裏手で中村勘九郎（一八代中村勘三郎）ひきいる平成中村座が興行を行なうなど、往年の奥山風景が大規模に再現され人気を集めている。

（広岡　祐）

現在の奥山にある瓜生岩子の碑

映画弁士塚

明治四十一年の江戸情調

木下杢太郎『浅草観世音』『浅草公園』

並木町、駒形、夫から金龍山浅草寺。浅草の観音様は今も猶昔の如く大繁盛だ。一年三百六十五日、鳥の啼かぬ日はあつても此御堂に参詣人の絶えた日とては無いと鳩の豆売の婆様が語つた。考へてみれば予自身も随分幾度か此処へは来た。初めて來たときは未だ稚い時だ。国から一緒に東京見物に来たお千代といふ女が、密つと安産の護符を買ふのを同行の片眼の老翁に看付けられて戯語《ひやか》された。其後詣つた時は、日頃信心もせぬ母の、殊勝らしく賽銭箱の前に額づくのを不思議に眺めた。或いは公けの祭日に、銀座の酒肆に若き日のコンニヤクの杯を鳴らして幾人の同志と市中を練り歩いた時、又この堂に畏敬の頭を下げた、比較的単純な予の生活に於いてすら已に予は幾多の異れる情緒を以て此観音堂に対した。神と獣との間を迨迤《よろめ》いてゐる日々の数千の衆生の、この御堂に詣づるときの七情五慾の有様に至っては挙げて数ふるに堪へないであらう。夫れにも拘らず、この観音の大伽藍は、春夏秋冬、相も変らず、唯一つ、今も亦昨の如く立つている。

時は異れ、風俗は変れ、人の心は古も亦今と違はなからう。江戸は日本橋、唐人も肝を潰す。見るに四方《よも》晴れて、東には海面近く、出船入船もなく行違ひ、西には高く御城、南には雲に添ふ富士、北に東叡山、はた浅草の塔が仄かに見える。薄暮《くれがた》には若き人、恋慕の人、瞽女《こぜ》、市人《いちびと》、宗十郎頭巾を目深かに被る人、天鵞絨の鼻緒の草履、さては塗下駄、様いろいろの時の姿は、昔も猶幻影の都大路を練りゆく。江戸橋を渡れば、岸の下に諸声さはがしく、「駒形に船遣ろ、金龍山に乗合船を遣ろ」と呼ぶ。

河を上り、浅草に船を捨つれば、やがて風神、雷神の門に出る。両側には名物の海苔、金龍山餅を売る店、門前の奈良茶、茶飯、ぎをん豆腐の店、山門を入れば、志道軒、太平記の講釈、砂文字の姿様は当時ゐたかは知らないが、女丈夫に魂を消す、屋敷の仲間、きりぎりす売に集まる子供、豆腐に現を抜かるる田舎侍、さては嚮《さつき》の宗十郎頭巾、十徳姿の御隠居様は、また茲に足を止める。

神秘的光景も亦茲に無いではない。暗き龕のうちに寂然とならべる金仏、緑の燈仄かに、仄かに燃ゆる蝋燭、何れも吾人に不可思議の情緒を喚び起す。併し斯の如きは江戸の浅草寺の得意とする方面ではない。江戸の寺は京都、奈良の古寺に較べると、もつとずつと俗だ。夢幻的よりも現世的だ。その代り市民との関係は一層親密だ。それは沿革の新しいのにも依るだらう。但最も多く、江戸乃至東京人の気象に依って然るだらう。

誰でも浅草に来て、あのベラボオに大きい提燈に魂消ないものは無いだろう。あれこそ江戸（東京）人の心の象徴だ。之を一番初め構案した男はどういふ積りだつたか、固より分からないが、兎に角これも信心の結晶とみてよからう。断食、百度詣等は餘りに面倒くさい。彼らの信仰を表はすにはこの昂大な提燈が尤も適してゐる。生の迷執、死の恐怖、之あるによつて彼らはもとより仏前に相集まる。同時にこの児戯に類する企図の前に、並に、やがてそを顧みて哄笑一番する底の滑稽味に於いて、彼等はまた一致したのだらう。

（木下杢太郎『浅草観世音』）

固より、自分は、十二階の一階一階を、決して吉井勇君のやうに、酒神派的に美しく、且空想的に味ふ能力はなかつたが、第十二階の瞰望は非常に快くあつたといふことは偽られない。全東京市は恰も予が弄具箱《おもちゃばこ》から出たやうに目の前にある。

即ち、彼方に見えるのは本願寺と報恩寺との屋根である。無数の家屋は、涅槃像を囲む萬象の如く此両巨屋を挟んで其末は真直ぐに、何者かを捕へむと欲するやうに遠く走つてゐる。龍の狙ふ珠は上野の森であつた。遠き停車場の一列の屋根の間を掠め起れる白煙は、此黒き影の一部を曇らせる。白煙は刻々の律を刻んで北の方に進む。……

更に紫色にかすむ空と、一円の屋根の海との境に無数の煙突の立つのは本郷、日本橋よりかけて、深川本所に至る市街である。一帯の雲烟模糊として長蛇の如く走れるのは、尾久より霊岸島へ至る隅田川の水蒸気である。自分の鋭き視力は、如之両国の国技館の後ろに、銀色の河面に浮ぶ白帆をも見ることが出来た。

……

（木下杢太郎『浅草公園』）

誰でも浅草に来て、あのベラボオに大きい提燈に魂消ないものは無いだろう。あれこそ江戸（東京）人の心の象徴だ。

明治末年の浅草探訪

『浅草観世音』『浅草公園』は、耽美派の詩人・木下杢太郎の浅草徘徊記である。それぞれ明治四一（一九〇八）年七月、明治四二（一九〇九）年一一月に、美術文芸雑誌『方寸』に掲載された。『浅草観世音』は本名の太田正雄名義で発表されている。

明治四一年は日露戦争の終結から三年目、戦後の不況で労働争議や小作争議が多発しており、初めて南米ブラジルへの日本人移民団が出発した年でもあった。永井荷風の『あめりか物語』や、夏目漱石の『三四郎』は同年の発表で、杢太郎は二三歳の帝大生だった。

明治末期の浅草界隈と浅草寺の姿は、現在も当時の絵はがき写真で振り返ることができる。明治から昭和にかけて大量に販売された帝都東京の観光絵はがきで、おそらく最も数が多いのが浅草を題材にしたものと思われる。寺の伽藍配置や仲見世の建築様式、十二階とともに瓢箪池を取り囲む劇場や小屋の数とかたち、六区興行街の幟など、写真からは発行された年代もある程度把握することができて興味深い。

戦後に再建された五重の塔は、本来は宝蔵門（仁王門）を入った東側にあった。古写真を見ると、この門をくぐったところに九段坂上の常燈明台を思わせる塔が建っているが、これは日清戦争の戦勝記念塔である。仮設のものも含め、明治末期は凱旋門や記念碑・塔など、日清日露戦争のメモリアルが数多く建造されている。

安藤広重の江戸名所百景『浅草金竜山』では、雷門（風神雷神門）から見た浅草寺の雪景色が画題となっている。この版画に描かれているのは、火災で失われた門を寛政七（一七九五）年に再建したもので、「志ん橋」と大書された大提灯は、新橋の職人・屋根屋三右衛門が奉納したものである。

文中に登場する「ベラボオに大きい提燈」は、実は雷門のものではない。江戸名所百景の雷門は慶応元（一八六五）年の失火で失われ、その後約一〇〇年、昭和三五（一九六〇）年に復元されるまで存在しなかったのである。杢太郎が目にしたのは宝蔵門、あるいは観音堂正面に吊られたものだろう。ちなみに江戸時代に頻発した火災や関東大震災、空襲と、幾度となく失われた浅草寺の建築物のなかで、江戸期のままのたたずまいを残しているのは観音堂東側の二天門（慶応二年）のみである。

二一世紀の参拝客も、松下電器奉納の巨大な提灯を見上げて記念撮影し、山門観音堂の朱塗り柱を撫で、線香の煙を体のどこかになすり、日頃信心もせぬ者も畏敬の頭を下げて、みくじに一喜一憂する。大伽藍は春夏秋冬、相も変わらず建っている。昨日の如く立っている。建物は改築されても、やっていることは百年前も江戸時代もまったく変わらないのだ。

『浅草公園』では、浅草十二階・凌雲閣からの眺望が丁寧に描写されているのが興味深い。凌雲閣を題材とした絵はがきは大量に残されているが、一七三尺、五二メートルの高さから俯瞰した写真は意外と少ないのである。李太郎が目にした明治の風景をたどってみよう。

最初に眺めたのは塔の西側風景で、東京本願寺は浄土真宗東本願寺派の大寺院。築地の西本願寺に対して東本願寺とよばれる。江戸時代、将軍の代替わりごとに来日していた朝鮮通信使の宿舎としても使われていた。報恩寺も同じく真宗東本願寺派の寺院。上野寛永寺と浅草寺の間に位置するこの一帯は、明暦三（一六五七）年の振袖火事ののち、徳川幕府の命によって寺社があつめられ、寺町を形成していた。幕府の瓦解後にその保護を失った寛永寺は、広大な敷地の多くが東京府と文部省の用地とされ、のちに内務省に移管、明治九（一八七六）年に上野公園として生まれ変わった。李太郎がこの文章をまとめた二年前の明治四〇（一九〇七）年、この上野公園の敷地で東京勧業博覧会が開催されている。

続いて視点を南側に移して眺めたのは、本郷台地左手の日本橋、本所深川界隈。ちなみに上野駅の西側の崖が本郷台地の東縁で、その先端付近に西郷隆盛像が建っている。上野の西郷さんの除幕式は、死後二十一年目の明治三一（一八九八）年一二月。李太郎が伊東から上京した年の暮れだった。

日本橋・本所・深川は江戸時代よりの町人地、いわゆる下町である。両国国技館の向こうに見えた白帆は、浜町辺りを行き来する川船か。

その後杢太郎は北方の「明治初年の市街情調を想起せしむるやうな旧式の、午後三時の斜日を浴びた」新吉原遊郭を眺め、さらに直下の堂屋と五重塔、そして銀色の池を見下ろす。そして足元の風景を眺めながら、「市民の遊楽を眺めるファウスト博士のような」「博士に伴ったワグネルのような」気分を味わうのである。

青年詩人の視点と江戸情調

木下杢太郎の作風は、しばしば南蛮趣味、異国情調といった言葉で表現されるが、詩人・野田宇太郎はこれについて次のように述べている。

> 異国情調と云ふ言葉は明治四十年頃までは使用されなかつた。勿論、異国と云ふ言葉は在つたが、情調といふ言葉はなかつた。情調と云ふ言葉を作つたのは木下杢太郎であつた。（中略）英語のemotionの譯語として情緒《じやうしよ》と云ふ言葉はあるが、同じ英語のmoodに相当する訳語はない。ムウドに相当する言葉として緒の字の代わりに調の字をはめて「情調」としたのが木下杢太郎であつた。エキゾチズムは異国情緒ではなくて、異国情調である。
>
> （『異国情調の文藝運動』）

『浅草観世音』には、前年の明治四〇（一九〇七）年に雑誌『明星』に掲載された詩編が再録されている。

浅草寺

嗚呼これ暗き人間の胸より出でて、色相の
巨麗に誇る大伽藍、浅草寺《あさくさでら》の山門に
大提燈《おおぢょうちん》を見る人は我心観る思せむ。
渇《かつ》と恐怖《おそれ》と飽饜《ほうえん》の三次に立てる大虚堂。
時めく衣《きぬ》の紅《べに》、浅葱《あさぎ》、色さまざま　幻影に
こがれ、あこがれ、眩暈《めくろ》めき、我は君こそ、身をこ
そと、
刹那も絶えぬ人間の煩悩みては、高塔も
秋の入日の末寒む泫《げん》然として涙しぬ。

木下杢太郎

銀杏樹《いてふ》の落葉《おちば》陽に揺れて寒き地にこそ帰りぬれ、
陰につどへる人の子は日に歓楽の夢さめて
何処《いづち》にかへる、夕霧に文色《あいろ》もわかず日は暮れぬ。
悔恨《くやみ》の華か、夜の灯《ひ》も涙の夢に沈みては、
あな悽惨の死の都、聴け、かくてこそ、造られて
人に後れし大屋《たいをく》の不死に悶躁《あが》ける叫喚を。

杢太郎が参加していた詩人や作家、画家たちの集うサロン、パンの会は、ギリシャ神話の牧羊神である享楽の神パーンからその名をとった異色のグループだった。彼らは隅田川をパリのセーヌ川に見立てて、カフェーならぬ大川端の料理屋で酒をあおり気焔をあげた。後年には上田敏、永井荷風らも参加、若き芸術家たちは世間の注目を集め、パンの會は一躍浪漫派、反自然主義の梁山泊となっていく。

「当時我々は印象派に関する画論や、歴史を好んで読み、又一方からは、上田敏氏が活動せられた時代で、その翻訳などからの影響で、巴里の美術家や詩人などの生活を空想し、そのまねをして見たかつたのだつた」（『パンの会の回想』一九二六）。

杢太郎の口語自由詩にたびたび登場するきらびやかな語句の連なりや美しい比喩は、イメージとしての西洋であり、moodとして紡ぎだされたものだ。とはいえ、この異国趣味は決して付け焼刃なものではなく、少年時代に培われたものでもあった。杢太郎の実家「米惣」は伊東を代表する豊かな商家であり、呉服や荒物を扱う一方、東京から仕入れたさまざまな書籍を販売していた。明治期のベストセラーだった『西洋事情』『パーレーの万国史』などが並んでおり、新約聖書や賛美歌にも早くから触れる環境にあったのである。

『パンの会の回想』では、異国情調とともに興味を抱いた江戸趣味についても触れている。

「是れと同時に浮世絵などを通じ、江戸趣味がしきりに我々の心を動かした。で畢竟パンの会は、江戸情調的異国

情調的憧憬の産物であったのである」（同）

『浅草観世音』で興味深いのは、体温のきわめて高い詩編とは対照的な、浅草寺の静かな描写である。日頃不信心な母親が、そして仲間と酒に酔った自らが頭を下げる心の動きについて触れ、江戸時代より変わらぬ人気の誇るこの大寺のもつ意味を、冷静に分析している。その語り口はほとんど異邦人のようで、先に紹介したフォーチュンやロチの文章を思い起こさせるのだ。杢太郎が江戸期を振り返る視点には、どこか異国趣味、エキゾチズムの匂いが感じられるのである。

明治四一年の東京に生きる人々にとって、江戸時代とは一体どれくらいの距離にあったのだろう。

二一世紀の初頭を生きる日本人にとっての四〇年前の記憶は、石油ショックのあおりで店頭から消えたトイレットペーパーだったり、ロッキード事件で逮捕される総理大臣であったり、冷戦のはざまで函館に飛んできたソビエト連邦の戦闘機であったりする。さまざまな出来事に懐かしさを感じることはあっても、現在と歴史的に大きな断絶はないように思える。

江戸名主の息子で、大政奉還の年・慶応三年に誕生した夏目漱石は、この年四一歳だった。杢太郎のように、江戸期の記憶を異国情緒と等価に味わう新時代の若者たちが登場するいっぽう、不惑を過ぎた人間は「御一新」前の慶応や元治、文久年間の生まれであり、年配者はペリー来航の前に幼少期を過ごしているのである。幕臣から新政府に仕官した榎本武揚が死んだのがこの年だが、伊藤博文や井上馨、山県有朋といった長州藩出身者がいまだ政府の要人で、そして何より、一五代将軍・公爵徳川慶喜が七二歳で健在なのであった。

大正一〇（一九二一）年、杢太郎は初の洋行、三年におよぶパリ留学に出発する。西洋の文化と美に焦がれた青年も、既に三六歳になっていた。パンの会の活動から約一〇年、この間本業の医学とともに、ヨーロッパの古典と語学を体系的に学び、杢太郎は与謝野晶子が「知識も趣味も殆ど際涯がない程に広い」と評した優れた表現者、批評家に成長していた。

隅田川の六大橋余話

浅草寺観音裏から言問通りへ出て東へと進むと、四〇〇メートルほどで言問橋が見えてくる。関東大震災後の帝都復興事業で建造され、昭和三（一九二八）年に完成した全長二三八メートルのモダンな橋梁である。水色に塗られた親柱のポールと、対岸の東京スカイツリーが同じような形で楽しいが、このポールは本来、親柱に設けられたアールデコ様式の照明の支柱だった。この橋が完成するまでは、待乳山下の今戸橋付近から、向島の三囲神社脇を結ぶ竹屋の渡し船があったという。

帝都復興事業で、幹線道路の整備や市区改正などとともに、復興計画の柱となったのが、隅田川の架橋であった。なかでも隅田川六大橋とよばれた相生橋・永代橋・清洲橋・蔵前橋・駒形橋・言問橋は、復興事業のシンボルとして大きな注目をあつめた。

これらの隅田川架橋工事の責任者だったのが、復興局土木部長だった太田圓三。杢太郎の次兄であり、もっとも仲の良い兄弟だった。圓三は東京帝大土木科から鉄道省に入省した技術者で、鉄道省時代は空前の大工事だった丹那トンネルや清水トンネルを担当している。

圓三は設計にあたり、各橋ごとに異なる構造と意匠を取り入れる方針をすすめ、多くの画家や芸術家にデザインの相談をしたという。イギリスの詩人アルフレッド・テニスンやワーズワースを愛したこの四歳年上の兄もまた、文学と美に魅せられた人物だったようだ。圓三の部下には清洲橋、八重洲橋、数寄屋橋などをデザインした山口文象、永代橋、聖橋を手がけた山田守がいる。どれも華麗なデザインと装飾を誇った橋梁であり、帝都の名橋として長く人々に愛されることになった。

なお、圓三はのちに困難を極めた土地区画整理事業のなかで神経を害し、さらに復興局の疑獄事件に巻き込まれて四五歳で自死している。

浅草寺の夕暮風景

午後五時に近づくと、浅草寺の諸堂では戸締りの準備がはじまる。雷門通りの西、かつて凌雲閣を模した仁丹塔が建っていたあたりに夕日が輝き、川向うにたつアサヒビールのオブジェを照らしている。まだ多くの観光客が行き来するなか、六時をまわるころから、仲見世の店舗のシャッターも一軒、また一軒と降りはじめる。

頃日予が見聞した浅草の光景を以て此蕪雑、取急いで殆んど文字を成さぬ予が浅草の感想録を結ばう。何故か予は落日の浅草を好む。暮光が渺々たる蒼穹上より落ちて、彼の巨堂の屋背に迫るとき、大なる人生の模型ともいふ可きこの堂の今日しも亦無限時間の一波を潜り去らむとするとき、堂の前幾間にして龍神の水盤がある。水は金龍の口より出でて、跳つて中空に翻り、再び乱れては縿々として落ち砕ける。「時」は点滴の一つ一つによつて刻々の律を刻むでゐる。刻々の人の心にもたぐへつ可き、水の曲説《メロディ》は斜日の投ぐる刹那の影によつて、淡紅に、はた濃藍に、わづらひの、はたほほゑみの、執のはた迷の色を浮べる。

孤燈はやうやく緑色に輝き初めた。その下なる廣場には数連の長椅がある。無心に、人は長椅に恁《よ》つて噴泉の響きに聴き澄む。

須臾にして寂莫は破れる、遠く人声、活色の濃き衣の街嬢の群が通る。やがて遠き鐘声、やがてまた堂扉を鎖《さ》す音太く、鈍く、忽ちにしてけたたましき奥山の楽隊がクラリネツトをひびかす。

椅子の人は立って懶く欠伸した。

かくて浅草は夜に入つた。

（『浅草観世音』）

「龍神の水盤」は明治三六（一九〇三）年、本堂裏手につくられた噴水の中央に飾られた沙竭羅龍王像。東京府の造献で、高村光雲の手によるものである。彫刻家・高村光雲もまた、パンの会のメンバーの一人だった。この噴水はのちに失われたが、龍王像は昭和三九（一九六四）年、本堂正面に建立されたお水舎の手水鉢の上に移されている。一〇〇年前と同じように、金龍の口から出て中空を翻る水を、二一世紀の参拝客が柄杓に受け、身を清めている。

大伽藍は春夏秋冬、相も変わらず建っている。昨日の如く立っている。

（広岡　祐）

〔作者紹介〕

きのしたもくたろう——本名・太田正雄。一八八五年～一九四五年。静岡県伊東に生まれる。十三歳で上京、獨逸学協会学校（現・獨協中学）から第一高等学校、東京帝国大学医科へ進む。家族の強い意向で医学の道を選ぶが、文学や美術への憧憬は忘れられず、大学在学中の一九〇七年、与謝野寛・晶子主宰の新詩社に参加して『明星』に作品を発表。耽美派の詩人として注目を集めた。北原白秋とともに、若手文芸家・美術家のサロンとなるパンの會を結成、長田秀雄や吉井勇、画家・石井柏亭らと交流を深める。一九〇九年、雑誌『スバル』『屋上庭園』の創刊・編集にかかわった。大学卒業後は皮膚科の医学者、のちに東京帝大教授として業績を重ねる一方、ひきつづき詩作や小説・戯曲・随筆・評論などの文学活動も続けた。代表作に「和泉屋染物店」（戯曲集）「食後の唄」（詩集）「地下一尺集」（評論）など。四〇代から南蛮・キリシタン文献の研究に力を注ぎ、晩年には百花譜と題した膨大な植物写生画を遺している。

〔作品紹介〕

初出＝『浅草観世音』（『方寸』一九〇八・八、太田正雄名義）
『浅草公園』（『方寸』一九〇九・一〇、木下杢太郎名義）

所収＝『木下杢太郎全集　第七巻』（岩波書店、一九八一・六）

【コラム】

浅草一丁目一番地の愉楽――神谷のバアと朔太郎と

朝一番の電気ブラン

やるせなき　心抱きて浅草に
来れる我も玉乗を見る

平日昼前の浅草にて。

観音様をお参りし、三社様にも手を合わせ、しだいに増える参拝客、観光客を眺めつつ、広い境内をてくてくてくてくと散歩する。花やしきからは子供たちの嬌声。足元でごろにゃんとまとわりつくのは近所の飼い猫。寺務所前の掲示板には、本尊示現会法要のお知らせが貼りだされている。戦災殉難者追悼会。二尊仏法楽会。ほう来週から伝法院の公開か。自撮り棒をふりまわすカップルと、アイガー北壁に挑む登山家のような巨大リュックを背負う外国人を避けながら、仲見世の裏を抜けて雷門通りへと戻る。

時計を見ると一一時をまわっていることに気づく。ごはんを食べようか、それとも昼酒にしようか。

人力車夫のあんちゃんの呼び声を聞き流して、吾妻橋方面へと歩く。開店まであと一〇分ほどだ。台東区浅草一丁目一番一号、シャッターが半分開いた神谷バーの入り口につくと、一一時半のオープンを前に、もうすでに一〇人ほどの方々が列をつくっているのでありました。老若男女といいたいところだが、どのお方もみなさんお年を召しておられる。先頭のじいさまは常連らしく、折り畳みの椅子に腰かけて青空を見上げている。

昼から酒場に並ぶなんざ無粋だなあと考えつつも、最近はもう昼を過ぎると入

店できないことが多いことを思い出し、我慢して列の最後尾につく。むかしはこんな混んでなかったんだけどな。壁のタイルの目地を指でなぞりながら、かかげられた緑色のプレートを読んでみる。

文化財　登録有形文化財
第13―0285号
この建物は貴重な国民的財産です
文化庁

平成八（一九九六）年にスタートした登録有形文化財制度は、いままでの国宝、重要文化財といった文化財指定制度のありかたを補充するものとして導入された。二〇世紀も終わり近づいたこの時期、関東大震災や戦災に耐え、高度経済成長期とバブル期の改築ラッシュを生き延びた建築が、老朽化によってつぎつぎと消え始めたのである。文化財指定には時間がかかる上、建物の持ち主から見れば増築・改築にあたっての規制が強すぎ、実際に居住したり店舗や工場として活用しているオーナーから見れば迷惑なものだったのだ。登録有形文化財制度は、緩く広くというコンセプトで、補助金などはないものの増改築への制限も低いのが特徴だった。現在では一万件を超える建造物や土木構造物が、登録有形文化財に指定されている。

神谷ビルは大正一〇（一九二一）年の竣工。浅草に現存するただ一つの大正時代のビルヂングである。東京大空襲で廃墟と化した浅草区の写真や、終戦直後の記録映像を見ると、すぐにこの建物をすぐに見つけることができるはずだ。焼けビルとして残ったのは神谷バーのほか、松屋デパートに地下鉄ビル、国際劇場に六区の映画館と、数えるほどなのである。そして二一世紀の現在、健在なのはついに浅草松屋と神谷バーだけになってしまった。

旧地下鉄ビル（2006 年取り壊し）

前に並ぶご夫婦に続いて、関東大震災の二年前に建てられたオールドビルに入る。考えてみれば、一緒に並んでいたお年寄りたちだって、このビルより二〜三〇歳は若いのである。

カウンターでチケットを買って席に座る。すぐに注文した生ビールのジョッキと電気ブランのグラスが運ばれてきた。

電気ブランをつくった男

何時までも観音堂の廻廊に
柳の散るを眺めて居たりき

あわれかの浅草の人と物音の
中を歩くも心痛めり

ブランデーをベースに白ワインにジン、ベルモット、キュラソーを加え、さらに秘密の成分を配合して作ったカクテルが電気ブランである。愛飲する客の多くはチェイサーとしてビールを注文する。口にすると電気にしびれるように酔うことから命名された、というのは俗説で、明治期に時代の最先端をゆく技術だった電気、エレクトロニクスからのネーミングだったらしい。発売当初コップ一杯七銭。日本酒の上等酒が一升一円、ビール一本二〇銭前後の時代であった。比較的低価格であり、労働者の人気も集めることになった。

神谷バーの創設者・神谷伝兵衛は、ペ

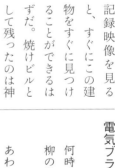

リー来航四年後の安政三（一八五六）年に三河国・現在の愛知県で生まれている。明治に入ると故郷を離れ、横浜の外国人居留地でフランス人が経営する酒類醸造場で働いた。明治八年、東京に出ると、麻布の酒屋で酒の引き売りをして働き、二四歳で独立。明治一三（一八八〇）年、東京浅草花川戸に酒の一杯売り家「みかはや銘酒店」（後の神谷バー）を開業する。公園地に指定された浅草が急発展する時期と重なり、伝兵衛は大きな利益をあげることになった。そしてその利潤をもとに、横浜で経験した葡萄酒の醸造業に挑むことになるのである。明治一八（一八八五）年に発売した蜂印葡萄酒、翌年の「蜂印香竄《こうざん》葡萄酒」は大評判となり、ワイン事業はさらに拡大していく。

牛久葡萄酒の發賣　蜂印香竄葡萄酒の醸造者神谷傳兵衛は先年其子傳蔵健一郎の二名を仏国に遣わし純粋葡萄酒の醸造法及び葡萄酒栽培法を研究せしめたる結果として常陸国牛久の地に葡萄園を設け醸造場、貯蔵庫、試験場などをも建築し一切の設備を仏国流に模して純粋葡萄酒を製造せしに成績良好にして能く薬用に適し既に第五回博覧会に於ては三等銅賞牌を得たるにより牛久葡萄酒の名を以て発売したりといへり

（『東京朝日新聞』一九〇三・八・二二）

記事中にある「牛久の葡萄園」が、茨城県牛久市に現在も残るシャトーカミヤである。牛久シャトーともよばれる美しい建物は明治三六（一九〇三）年築。レンガ造三棟が国の重要文化財に指定されている。

朔太郎のバーカウンター

一人にて酒をのみ居れる憐れなる
となりの男なにを思ふらん

（「神谷のバアにて」）

神谷バーで電気ブランをちびちび舐めていて気づくことがある。一階の客席はほとんどがテーブル席で、いわゆる「バーの止まり木」がないのである。現在の神谷ビルは二階がレストラン、三階が割烹となっていて、家族連れやグループ客にも対応できるようになっているのだが、こちらもテーブル席。ウェイターやウェイトレスがテーブルに置かれた注文のチケットを確認して忙しく駆け回るスタイルは大衆食堂のようで、いわゆるバーとは異なっている。これはむかしからこの形態だったのだろうか。

　実はこの神谷バーは二代目で、先代の店舗は瓦屋根の建物だった。当時の写真を見ると、レンガ造に洋風のファサードを備えたいわゆる「擬洋風」の特徴をも

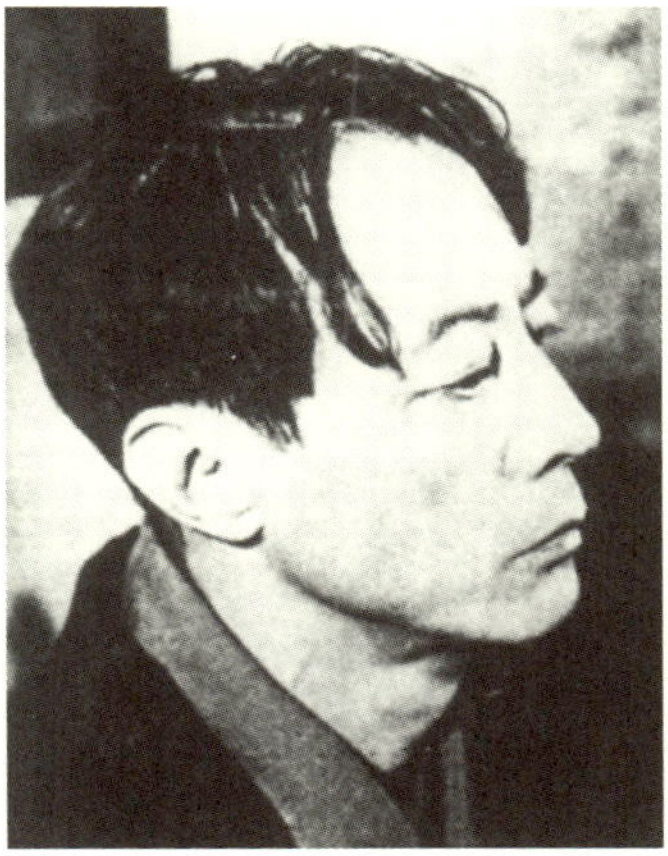

つが、明治の東京で数多くみられた土蔵造の店蔵であった。明治四五（一九一二）年に内部を大改造して洋風のバーカウンターを設けた店舗となり、「神谷バー」の店名となる。現在の建物に改築されるのはその九年後のことである。

冒頭から引用している詩は、詩人萩原朔太郎が大正二（一九一三）年三月、自選歌集『ソライロノハナ』に収録した「あさくさ」と題する一連の作品。

暖秋小春日の午後
浅草公園の雑閙を歩くとき
ほど心たのしきものはあらじ

という巻頭の文章から始まる作品である。このとき朔太郎は二八歳。明治四三年に第六高等学校（のちの岡山大学）を中退し、慶大予科への入学のために上京したが、学校生活は短期間で破綻。数年にわたる東京での放浪生活の時期、彼はしばしば神谷バーを訪れていたという。

朔太郎が電気ブランを呑んだのは先代の店である。店内にはコの字をジグザグにつないだような長いカウンターがもうけられていた。

例の浅草へは毎日のやうに行つた活動写真の人混みの中で知らない女に手を握られることが私のADVENTUREを欲する心を満足させた。（中略）迷路のやうなあの東洋のモンマルトルをほつき歩くことも花瓦斯の光眩ゆい大門をくぐることも、最早私にとつて何等の意義をもたさない程その頃の神経は荒廃し切つて居た。そんな時例の吾妻橋側の酒場《バア》で芳烈な電気ブランを飲むことを決して忘れなかつた。斯うして私は刺激から刺激を求め歩いた。

この時期の朔太郎にとって、浅草の雑踏はみずからの不安と孤独な魂を際立たせる場所であり、神谷バーの止まり木で

「一人にて酒をのみ居れる憐れなるとなりの男」とは、彼自身の姿であった。朔太郎がこの大正二年の二月に放浪生活を終えて前橋に帰郷、『ソライロノハナ』を完成させることになる。

現在の神谷バーは止まり木がないと書いたが、ひとつ気づいた点があった。一階中央には大きな柱があり、そのまわりをとりかこむテーブルは前の席がなく、カウンターのように使われていたのである。カクテルグラスを手にゆっくりと味わう人、文庫本を片手にのんびりとつまみを口にする人、「一人にて酒をのみ居れる客」の中には、どうやらこの場所を好む者も多いようだ。

ちなみに開業当初の電気ブランはアルコール度数が四五度と現在よりも高く、ひとりの客に三杯以上提供しなかったという。現在は三〇度と四〇度のものが販売されている。

大正一四（一九二五）年の二月、朔太郎は妻子とともに上京、まだ震災の傷跡が各所に残る東京に居を構えた。四〇歳になった朔太郎は浅草を回想するが、その筆致にあの頃の昂揚はみられない。

まことに浅草は「夢」であつた。その昔、或いは実際にあつたかもしれない所の、過去の東京の盛り場として、今も尚人々の記憶に残る、伝説的の古き先入見の夢であつた。

朔太郎は震災後の浅草に来て、この建物の扉を開けただろうか。

二杯目の電気ブランをぐいっとあおり、いい気持ちで店を出た。浅草一丁目一番地、周辺はさらに多くの人々で賑わってきたようだ。吾妻橋から大川の水面でも眺めてから帰るとしようか。

浅草の活動写真の人ごみの中にまじりて一人かなしむ

はらからもわが浅草にいくことの深きこころを知らぬかなしさ

（広岡　祐）

隠蔽する十二階／暴露する瓢簞池

室生犀星「幻影の都市」

かれは、そこにある池のなかにゐる埃と煤だらけの鯉をながめてゐた。かれはどういふものか、これらの魚族が決して生きてゐるもののやうに思へなかつたのである。俗悪な活動の絵看板の色彩が雨にでも流れ込んだものでなければ、ふしぎに、紙作りでもされたもののやうに、わけてもあやしい緋の鯉や蒼いのを見つめた。かれらは懶げに、よどみ込んだぬらぬらした池水を重たげに泳ぎ、底泥につかれたやうなからだを水の上にあらはし、ぼつかりと外気をひと息に吸ふのであつた。空気は、さうざうしい人人の埃と煤と雑音とによごれて、灰ばんで池の上に垂れてゐた。しかも、そこには、幾千といふことない看客を呑みこんでゐる建物が、さかさまにそのボール製の窓窓と、窓窓をさし覗く腰のまるい女らの姿をうつしてゐたのである。あるものは悩ましげな藍いろの半洋服で、あるものは膝よりも白い頸をさしつらぬいて、蒼蒼した水の上に、何らの波紋もなく、しんとして映つてゐるのであつた。日かげは、これらの高層な建物のうしろにつづく大通りの屋根屋根の上にかがやいてゐるらしく、その為めななめに陰られて、ベンチの上の悲しげな蒼白い相貌をなほ一層憂鬱に、かつ懶げに映し出してゐるのであつた。かれのからだにも日の光りはあたたかに当つてゐた。

池のなかばにも日があたつてゐた。かれらの悲しげな泳ぎは温かい方へ、そこの明るみに舞ふところの微塵はみな水の上におちて行つた。風船玉の破れや、活動のプログラムを丸めたのや、果物の皮、または半分に引きさかれた活動女優の絵はがき、さういふものが岸の方へみな波打ちに寄せられ、あるかないかのさざなみに浮んでゐた。哀しげなアニタ・スチユワードの白白しい微笑んだ絵はがきが、かれの方から濡れたまま、日の光のまにまに浮いて見えたのであつた。かれはそれを見るともなく眺めてゐるうち、ふしぎにその印刷紙の蒼白い皮膚が濡れてゐるために、ふいに、れいの女のことを思ひ出した。

（室生犀星「幻影の都市」）

室生犀星と浅草

「ふるさとは遠きにありて思ふもの」ではじまる室生犀星の詩「小景異情　その二」（一九一三）の結末に記された、「遠きみやこにかへらばや」の「みやこ」とは浅草のことでもあった。石川県金沢市出身の犀星が初めて上京したのは一九一〇年五月である。上京初日の夜に友人たちに連れられ浅草を訪れたことが、「生ひ立ちの記」（一九三〇）、「弄獅子《らぬさい》」（一九三六）、「泥雀の歌」（一九四二）などの自伝小説から窺える。犀星は初めての都会（東京）の夜を浅草で過ごし、浅草で生きる人々、あるいは浅草という街そのものの持つ悲喜交々の姿に魅入られ、浅草通いをはじめる。犀星の浅草体験は数多くの詩や小説を生み出し、やがて浅草とそこに生きる人々の姿をもとに犀星文学の中で普遍化して描かれていく。まさに浅草は犀星文学の原点であったと言っても過言ではない。

「蒼白き巣窟」（一九二〇）、「魚と公園」（一九二〇）、「幻影の都市」（一九二一）、「ヒツポドロム」（一九二二）などの浅草公園一帯を舞台とした犀星の浅草小説の中で、「幻影の都市」は凌雲閣（十二階）と瓢箪池というかつての浅草公園を象徴する二つのスポットに焦点が当てられている。一九二三年九月一日の関東大震災以前において、凌雲閣（十二階）と瓢箪池の組み合わせは、絵はがきの構図に用いられるほど、浅草公園の代表的な景観であった。浅草公園に実像として聳える十二階と、瓢箪池の水面に映し出される虚像としての逆さまの十二階。この構図は十二階崩壊後も、そして一九四〇年代後半に瓢箪池が埋め立てられてから現在に至るまで、浅草に関心を寄せる人々の記憶の中に強く焼き付けられている。例えば、一瀬直行は「文学作品に現はれた台東区」（『台東風俗文化史』東京都台東区役所、一九五七・二）において、「瓢箪池と十二階はつきもので、池の方から仰いだ時、そこに姿が見えないと、人形の首がとれたようにもの足らなく、淋しい」と関東大震災以後の浅草公園の光景を述懐している。

十二階と瓢箪池（『仁山智水帖』国立国会図書館デジタルコレクションより）

　だが、「幻影の都市」は震災前の浅草公園を舞台としながら、浅草公園の絵はがきに見られる構図の調和したイメージが崩されている。作中において、十二階は確かに存在している。しかし、瓢箪池には十二階が映し出されないのだ。ここに窺えるのは、あるはずのものがないという「もの足らな」さではなく、両者を一体化した絵はがきの風景として眺めていては見えてこない浅草公園の特徴だ。「幻影の都市」の主人公「かれ」は浅草公園で遭遇する人々、池の中の鯉、その街並などあらゆるものが作り物に見えてくる。「かれ」の目の前に確かなものとして存在しているにもかかわらず、それらは現実味を帯びてこない。確かなものの不確かさ、本物の嘘くささ。浅草公園はそうした矛盾を抱え、その矛盾が肯定され街が形成されていく。犀星文学における浅草はまさにそのような場として機能していた。ここでは「かれ」のまなざしに寄り添いつつそうした浅草の特徴を辿ってみよう。

作り物の女性たち

　下宿から出掛ける「かれ」の「足はいつも雑踏の巷に向かっていた。「何かの匂ひにつられた犬のやうに」、「かれの住んでゐる町裏から近い芸者屋の小路」をぶらつく。ここはかつて十二階下の「私娼窟」と呼ばれていた。「浅草公園の闇黒面」（『無名通信』一九一〇・三）によれば、「二人と列んで通られない小路」で、「身体を横にして行かねばならぬ様な処」もあった。この小路を夜歩けば「突然に両側の軒先から袖を引張られて」声をかけられるという。しかし、「かれ」が小路の家々に入る機会は「貧しさ」もあってか与えられてない。「かれ」はその小路の家々の「何処から起つてくるとも分らない」「女の肉声」を聞き、家々の中にいる女性の代替物として、「感覚的愉楽」を味わっていく。また、「かれ」は「派手な女」や「芸者」など、その界隈で見かける「さういふ種類の女」を「何かしら色紙ででも剪つて作りあげたやう」に、作り物としてまなざしながら、この通りを「いつまでも歩きつづける」のだ。

　この、実在の女性を作り物として捉え、本物の代替物として魅入っていく「かれ」の認識のありさまは、外出前に「かれ」が下宿部屋で行っているある行為の延長線上にある。「かれ」は種々の広告画や絵はがき、婦人雑誌のグラビアなど、印刷物の女性を「蒐集」している。小説冒頭には、「かれ」が下宿部屋でそれらの印刷物の中の女性に魅入り快楽に浸っていくさまが記されている。

> かれは時には悩ましげな呉服店の広告画に描かれた殆ど普通の女と同じいくらゐの、円い女の肉顔を人人が寝静まつたころを見計つて壁に吊るしたりしながら、飽くこともなく凝視《みつ》めるか、さうでなければ、やはり俗悪な何とかサイダアのこれも同じい広告画を壁に張りつけるかして、にがい煙草をふかすかでなければ冷たい酒を何時《いつ》までも飲みつづけるのである。
>
> （「幻影の都市」）

　呉服店にせよ「サイダア」にせよ、広告画に描かれた印刷物の女性だけが「かれ」の選択肢の中にあり、はじめから現実の女性は選択肢に含まれていなかった。「かれ」の日常において、女性は自身の実生活に直接的に干渉することのない虚構の存在として認識されていたのだ。むしろ小路から聞こえてくる「女の肉声」やすれ違う紙製（作り物）の女性たちは、実は代替物などではなく、そのこと自体が「かれ」にとっての現実の女性であったのだ。

作り物の街並

「かれ」が日々徘徊している浅草公園の街並みもまた、作り物であった。「かれ」が訪れた瓢簞池の水面に、その姿がはっきりと映し出される。瓢簞池は浅草公園四区に設けられた二つの池の総称である。一八七三年にはじまる浅草寺境内の公園化によって造成された人工池であり、その形状から瓢簞池と呼ばれることになった。一八八二年から一八八四年にかけて公園地整備事業が進み、「観音堂周辺を第一区、仲見世を第二区、伝法院付近を第三区、大池と奥山の一部を第四区、花屋敷と残りの奥山を第五区、そして新たな造成地を第六区というように区分け」されていく（『台東区史　通史編Ⅲ（上巻）』東京都台東区、二〇〇二・二）。こうして区分けされた浅草公園の中で第四区は「大池あり、瓢簞池あり、擂鉢山あり、中の島あり、瀧あり、水族館等あり」と水環境が豊富な「公園中多景多趣の地」であった（東京市役所市史編纂係『東京遊覧案内』博文館、一九〇七・三）。

冒頭の引用文には、この瓢簞池の中に泳ぐ鯉とその水面に映し出される六区の街並が「かれ」にとって作り物として見えてくるさまが描かれている。池の中の「埃と煤だらけの鯉」は「生きてゐるもののやうに思へ」ず、あたかも「紙作りでもされたもの」ように感じていく。また、「幾千といふことない看客を呑みこんでゐる建物」、すなわち六区の活動写真館の建物はその窓が水面上に「さかさまにそのボール製の窓窓」として映し出されていく。六区には一九〇三年に開館した日本初の常設映画館、電気館をはじめ、オペラ館、富士館、三友館、大勝館など、一九〇七年から犀星の上京する前年の一九〇九年まで、次々と活動写真館が開業している。これら多くの人々を引き寄せる活動写真館の中で、観客はスクリーンに映し出された幻影に魅了されることになるが、それ自体が虚構体験であり、それを上映する建物自体もまた、瓢簞池の水面に映し出された瞬間に、紙製のような作り物としての側面が浮かび上がっていく。つまり、瓢簞池の水面に映し出された虚像としての街並は、六区の繁華街の実像が虚構によって構成されているさまを明るみに出しているのである。

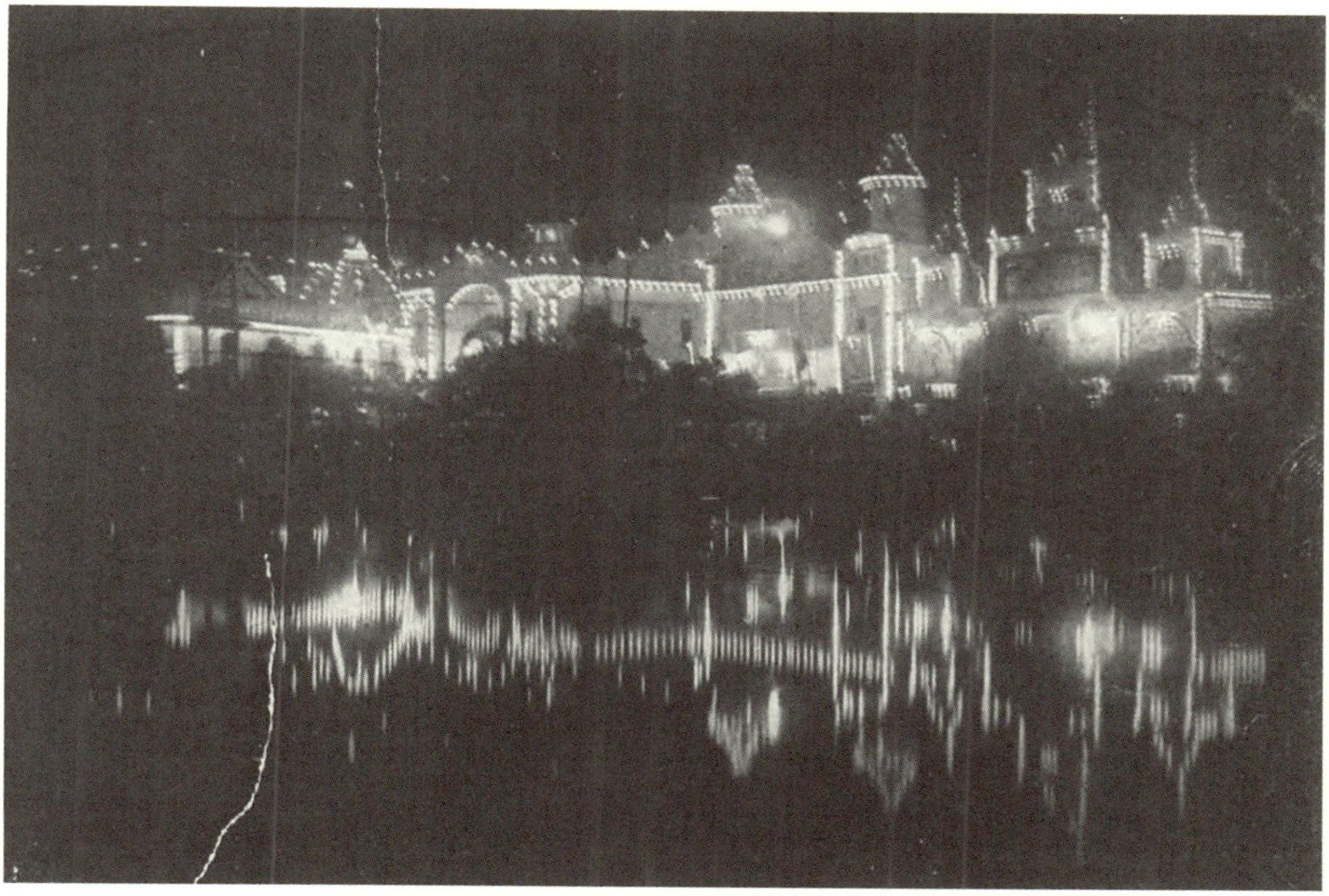

瓢箪池夜景（『仁山智水帖』国立国会図書館デジタルコレクションより）

「電気娘」の両義性

さらに、「かれ」が初めて出会った現実の女性もまた、その実在性が不確かなものであった。かねてから浅草公園界隈で噂されてきた「有名な女」、「電気娘」を「かれ」は目撃することになる。彼女は体内に電気を帯びており、「おんぶした子供」が三人とも窒息死したとか、「外国人の種子」をもっていると噂されてきた、「ふしぎな娘とも女中ともつかない女」であった。その「電気娘」と何度目かに遭遇した際に「かれ」は彼女から声を掛けられたと思い込み、彼女と会話を交わすことになる。やがて往来で「かれ」を見つけると「電気娘」の方から微笑んでくるようになっていく。こうして、「かれ」の実生活の中に確かなものとして存在するようになる「電気娘」だが、一方で「かれ」は「電気娘」の身体が印刷物の女性や街中の芸者と同様、作り物のようにも感じている。「かれ」が初めて「電気娘」を目撃した際に注目したのはその「蒼白い皮膚」であった。

此のふしぎな女の皮膚の蒼白さには、どこか瓦斯《ガス》とか電燈とかにみるやうな光がつや消しになつて含まれてゐて、ときには鉱物のやうな冷たさをもち、または魚族のふくんでゐるやうな冷たさをもつてゐるやうにながめられたのである。
（「幻影の都市」）

「電気娘」の皮膚はマットな質感や適度な光沢を持っており、「街燈の下」か「商店の瓦斯の光」に照らされると、その「洋紙のような白み」が一層際立ってくる。そして、瓢箪池の水面に漂う当時の映画女優、「アニタ・スチユワードの白白しい微笑んだ絵はがき」を眺めているうちに、「ふしぎにその印刷紙の蒼白い皮膚が濡れてゐるために、ふいに、れいの女のことを思ひ出」すのだ。「かれ」は「電気娘」を雑誌のグラビアや印画紙に焼き付けられた写真の中の女性のようにも認識しており、「かれ」にとって「電気娘」は実在の女性でありながら、絵はがきの中の映画女優のような虚構の存在でもあったのだ。さらに「かれ」は夜ごとに見かける「電気娘」の「あやしい姿」と「あるときは黒ずんで立ち、あるときは星を貫いて立つてゐる」「彼の界隈にあるふしぎな十二層の煉瓦塔」とを「むすびつけて考へ」ていく。「十二層の煉瓦塔」もまた、実像が虚像であるという両義的な意味合いを含んでいたのである。

屹立しすぎる十二階、不確かな内部空間

「十二層の煉瓦塔」とは、一八九〇年一一月に開業し、一九二三年九月の関東大震災によって倒壊した十二階建ての塔、凌雲閣（十二階）のことを指す。およそ三〇年にわたって浅草公園六区の北側の千束町に「のっそりと立ちあがって」いた。開業の三年後に刊行された小島猪三郎編『新撰東京案内鑑』（指南社、一八九三・一二）には、「八角形煉瓦造にして英国工学博士ダブリユー、ケイ、バルトン氏の設計に成し一大眺望閣なり此高塔は海面より高きこと二百二十尺直立は其六分強ありこれを十二層に区分せるを以て世俗十二階の称あり」とある。また、東都沿革調査会篇『最新東京案内記　夏の巻』（教育社、一八九八・五）には、浅草公園六区を北上すると、凌雲閣（十二階）が「前面に巍峩雲際に屹立する高塔」として現れてくるとある。

凌雲閣（十二階）は浅草公園を訪れるものにとって、必ず視界に入り込む確かなものとして存在していた。それにも拘らず、「電気娘」と同様、その塔の内実は虚構性に富んでいるように「かれ」は感じていくようになる。結末近くで「かれ」は初めて十二階の内部に入り、頂上を目指

して階段を上っていく。塔の内部で「かれ」は「奇怪な或る幻像」を体感することになるのだ。「第九階にまで昇りつめたとき、そこの壁にさまざまな落書が鉛筆や爪のあとで記されて」あった。「かれ」は「明治四十五年十月五日武島天洋。」という実在しない年月が書き記された落書きに目を向ける。また、頂上に辿り着いた「かれ」は「四囲の窓窓がすべて金網を張りつめられ、そこから投身できないやうにしてあつた」にも拘らず、その金網をすり抜けて「恰も射すくめられたやうな一羽の鴉が舞いおちるやうに、かれ自身がいま地上へ向けて身を投げる」姿が浮かんでくるのだ。そして、自分が「道路の上につツ伏して」いる光景を想起した瞬間、「かれは金網につかまつている指さきが余りに強く摑つてゐるために痺れていること」に気づくのだ。塔の内部では時間に歪みが生じており、存在しない日時や、現実と異なる未来の姿までもが浮かび上がってくるのである。

　さらに、「かれ」は塔の内部が空間的にも歪みを生じている感覚にとらわれていく。地上へと階段を降りていく「かれ」は、「しまひには幾つの階段を上つたり下つたりしてゐるか分らな」くなっていた。

「いつたい此処は何階目なんです。さつきから考へてもわからないんですが……。」番人はぢつとかれの顔をみつめた。その目はうごかなかつた。かれもしばらくぢつとしたが、顔が乾いて熱が出てきたやうな気がした。

「ここは七階目ですよ。あなたは先刻から此処を一体何の気でかけ廻つてゐるんです。気味の悪い方だ。さあ、ここが下り口ですよ。」

（「幻影の都市」）

「かれ」が地上に降り、出口から塔を見上げると、十二階は確かに「呼吸をのんで立ちあがつてゐた」。階段を昇降することによって「足のうらがしいんと脈打」つ感覚を持ったということは、「かれ」が十二階の内部を確かに歩いたということだ。しかし、「かれ」が塔の内部で体験したことは、不確かなもので満たされていた。「かれ」のまなざしが捉えた光景が「ほとんど夢のやうに遠くながめられた」り、時間的にも空間的も歪んだ感覚を持っていく。十二階は塔の内部に確かなものが何一つなく虚構に満ちているということを、塔そのものの姿が隠蔽するかたちで、浅草の地にはっきりとその姿をあらしめているのでもある。

矛盾で構成され、矛盾が肯定される街

「幻影の都市」には、瓢箪池と十二階が醸し出す風景写真の絵はがきの構図のような調和的、連続的な光景は見られない。十二階が、その内部（内実）が虚構に満ちていることを現実に屹立する塔の姿そのものによって隠蔽しているのと対照的に、瓢箪池はこの街並を水面に映し出すことによって虚構に満ちた現実の姿を露わにしている。十二階が瓢箪池に写し出されないのは、両者が相互にその働きを否定し合いながら、浅草公園の一部を構成しているからだ。十二階と瓢箪池が組み合わさった絵はがきは、こうした異質性が浅草公園を浅草公園たらしめていることを逆に隠蔽してきたとも言えるのだ。「かれ」のまなざしは、そうした矛盾を暴露し、六区を中心とした浅草公園の様相を明るみに出していく。

しかし「かれ」は、こうした浅草公園の現実＝虚構の関係の中で自身を位置づける、言い換えれば、そうした秩序のもとで「かれ」自身の生を置き、その世界の内部で生きるまでには至っていない。それゆえ、この街で作り物（虚構）との同化を試みるが「かれ」は何度も失敗する。十二

階の地上に降り立った「かれ」が入口を振り返ると「このふしぎな古い塔のドアがみな閉められはじめた」。いわば虚構に満ちた塔の内部から締め出されるかたちで、「かれ」は十二階を見上げていたのである。また、「かれ」にとってこの街で唯一確かなものであった同郷の幼なじみ、街頭バイオリン弾きの歳太郎は、結末で十二階から投身自殺を図った「電気娘」の妊娠の相手であったことが暗示されている。十二階内部から排除され、「電気娘」との同化も歳太郎に先を越されてしまうのだ。「幻影の都市」は「かれ」が虚構を現実で覆った十二階を背後にし、覆われた現実を虚構の姿に戻す瓢簞池の方へと向かうところで物語は閉じられている。しかし、「かれ」がこの街を外側から見続ける限り、浅草という街に同化しえずに、いつまでも公園一帯を徘徊し続けることになるのだ。

（能地克宜）

【付記】本稿の一部は拙著『犀星という仮構』（森話社、二〇一六・一）第一一章「自伝小説の中の浅草——犀星文学の原点」と重複する箇所が含まれている。

〔作者紹介〕
むろお・さいせい——一八八九年八月一日〜一九六二年三月二六日。石川生。出生後まもなく実父母のもとから離れ、生家近くの雨宝院にて養父母と幼少期を過ごす。長町高等小学校退学後、金沢区裁判所に勤務。そこで俳句に目覚め、文学の道を志すようになる。一九一〇年初上京の後、金沢と東京を往復し、以後東京田端に住む。一九一六年六月、萩原朔太郎と感情詩社を設立し、『感情』を創刊。一九一八年一月、詩集『愛の詩集』（感情詩社）刊行。一九一九年八月から一一月にかけて、『中央公論』に小説「幼年時代」、「性に眼覚める頃」、「或る少女の死まで」を発表後、詩人、小説家として活躍する。代表作に「香爐を盗む」、「幻影の都市」、「あにいもうと」、「女の図」、「龍宮の掏児」、随筆「女ひと」、「かげろふの日記遺文」、「杏っ子」、「蜜のあはれ」などがある。

〔作品紹介〕
初出＝『雄弁』（一九二一・一）
所収＝『香爐を盗む』（隆文館、一九二一・三）
現在入手できる文庫＝東雅夫編『室生犀星集　童子——文豪怪談傑作選』（ちくま文庫、二〇〇八・九）

【コラム】

劇場・陋巷・探偵趣味

劇場の町の誕生
——浅草猿若町とその周辺

現在の浅草六丁目の南東部一帯は、一九六六年の町名変更まで浅草猿若町と呼ばれた。

一九世紀後半までの芝居町は堺町・葺屋町（現在の日本橋人形町）であったが、一八四一（天保一二）年の火事で中村座・市村座および薩摩座（古浄瑠璃）・結城座（人形芝居）が全焼する。これは市中の風紀を乱すものと歌舞伎・歌舞伎役者を苦々しくみなしてきた幕府にとっては、水野忠邦が進める天保の改革での財政再建を目論んだ庶民の娯楽統制と相俟って、悪所である芝居小屋を江戸市中から追放・隔離する恰好の口実となった。現地での小屋の再建が禁じられた後、代替地として提示されたのが浅草聖天町にあった丹波園部藩下屋敷を召し上げた跡地で、翌四二年の中村・市村両座の移転後、森田座が移転してきて猿若町一丁目（中村座・薩摩座の堺町の代地）・二丁目（市村座・結城座の葺屋町の代地）・三丁目（森田座の木挽町の代替地）の芝居町が形成された。

江戸三座は幕府から公的に歌舞伎興行を許可された、中村座・市村座・森田座（守田座）の三つの芝居小屋である。江戸市中からの追放は歌舞伎関係者に打撃を与え為政者の思惑通りのようではあったが、浅草寺と新吉原の間という立地条件から予想外の活況を呈していった。幕府瓦解後には新政府の方針もあって三座は特権的な地位を失い、一八七二年には守田座が新富町へ（後に新富座に改称）、八二年に焼失した中村座は浅草西鳥越町へ（猿若座に改称）、九二年に市村座が下谷二長町へ移転し、芝居小屋は猿若町を離れ市中へ回帰していく。その後の猿若町のそば（現・浅草三丁目）には一八八七（明治二〇）年に吾妻座が開場し、後に隅田川の浅草周辺での古称「宮戸川」にちなみ宮戸座と改称。浅草の人々に愛され、尾上多賀之丞などのように小芝居の劇場ながらその実力で檜舞台の大芝居の俳優に拮抗する役者を輩出したことは、父と兄弟（澤村國太郎・加東大介）そして自身が深くこの劇場に関わった沢村貞子のエッセイに詳しい（宮戸座は浅草の他の興行に押されるようにして一九三七年に終焉。その跡地の石碑の北側には、浅草見番がある）。

新たな劇場・都市空間の成立
——公園六区

一八八四（明治一七）年には浅草公園

浅草に残る宮戸座の石碑

六区が設置され、まず浅草寺裏の通称「奥山」と呼ばれる一帯から見世物小屋などが移転してくる。江川の玉乗りが興行をしていたのもこの頃だ。八七年開業の常盤座を嚆矢とした活動写真館の隆盛に、九〇年の日本パノラマ館の開館、江戸以来の植物園からテーマパーク・動物園へと変貌していった花屋敷、大正期以降は浅草オペラや安来節にレビューが流行し、戦後にはストリップや軽演劇、女剣劇など、新たなジャンルのメディアや演芸へとその流行は変遷を続けていくが、浅草が劇場を中心とした一大娯楽街であったことは言うまでもない。浅草の劇場は人々を集め続けた。

　一方、人々が浅草に惹かれたのは、何も特定の劇場や芝居・演芸に触れるためだけではなかっただろう。新吉原の浅草田圃への移転以来、見世物（花屋敷の前には昭和末期まで常設の見世物小屋があった）にせよ吉原や十二階下の銘酒屋にせよ、人々は非日常の「悪所」を目指したのである。それは明治以後に浅草を訪れた多くの表現者にも通底していようし、現代でも戌井昭人が『ぴんぞろ』（講談社、二〇一一・八）で描くように、サイコロ賭博のイカサマに巻き込まれたことから寂れた温泉場へと逃亡し怪しげな芸人たちとの関係を結ぶはめになる「おれ」の、いわば異界への入り口は浅草である。そしてその設定をきわめて自然で妥当なものと受け入れる読者のありようも共犯関係的に重なってくるだろう。人々は浅草に猥雑さを見続けてきたと言ってよい。言い換えれば、それは浅草に招き入れられることの刺激と快楽である。

浅草の陋巷趣味

　街の猥雑さに加えて、入り組んだ路地は街を謎めいたものに変貌させる。

　其の頃私は或る気紛れな考から、今迄

自分の身のまはりを裹《つつ》んでいた賑やかな雰囲気を遠ざかつて、いろ〳〵の関係で交際を続けて居た男女の圏内から、密かに逃げ出ようと思ひ、方々と適当な隠れ家を捜し求めた揚句、浅草の松葉町辺に真言宗の寺のあるのを見附けて、やう〳〵其処の庫裏の一と間を借り受けることになつた。
新堀の溝へついて、菊屋橋から門跡の裏手を真つ直ぐに行つたところ、十二階の下の方の、うるさく入り組んだobscureな町の中に其の寺はあつた。ごみ溜めの箱を覆した如く、彼の辺一帯にひろがつて居る貧民窟の片側に、黄橙《だいだい》色の土塀の壁が長く続いて、如何にも落ち着いた、重々しい寂しい感じを与へる構へであつた。

谷崎潤一郎が「秘密」（『中央公論』一九一一・一二）の冒頭で描くのは、谷崎自身と同じく人形町生まれの「私」が「派手な贅沢なさうして平凡な東京」から韜晦する先として選んだ浅草松葉町界隈である。その隠遁は浅草界隈の陋巷趣味へ、それまでの哲学や芸術にかわり魔術や催眠術への関心や探偵小説の耽読へ、仏画の鑑賞へと展開していくが、「私」が女物の着物で女装し六区の劇場に出没するようにすらなっていくのは、浅草という街を考えるのに示唆的だ。浅草の町並みが陋巷趣味を誘い、非日常な刺激がその人を変貌させていく。いわば、人は浅草にある劇場を訪れて愉悦を感じるだけではなく、自らも浅草という劇場で演じる快楽を感じるのである。それらはいずれも非日常性の快楽である。

浅草というラビリンス

「秘密」の「私」が松葉町の寺で探偵小説を耽読し始めたように、浅草は陋巷趣味とともに探偵趣味も呼び覚ます。猥雑で謎めいた浅草は、探偵が躍動する場にふさわしい。岡本綺堂の「半七」（浅草寺の奥山には有志による「半七塚」がある）や池波正太郎の「鬼平」が繰り広げる捕物をはじめ、都筑道夫が浅草および吉原に登場させたホテル警備員やソープランド嬢のアームチェア・ディテクティヴ（現場に行かずに部屋にいたままで推理する探偵）たち、サトウハチローが生んだ公園六区と切り離せないキャラクター・エンコの六も探偵であった。

ところで浅草は、「秘密」の「私」も言うように、しばしば「Labyrinth」と表現される。ラビリンスには探偵がよく似合う。浅草の路地や猥雑さを象徴するそのキーワードはよく好まれ、浅草を訪れた多くの表現者がなにに惹かれたのかをうかがわせるが、その語が発せられる起点には注意を払おう。言うまでもなく、街をラビリンスと見る視線は街の外部からもたらされるものである。それは街の印象の描写であるとともに、訪れた表現者の期待を反映したものでもあった。

「秘密」では女装した「私」がかつて関係を持った女と偶然に三友館で再会、再びの関係を期待してアプローチし、女は「私」に目隠しをして雷門前から人力車に乗せることで彼女の家に招き入れる。

男女の〈秘密〉が交差する毎夜の逢瀬は、迎えの人力車を縦横に走らせることで街を迷宮と化すことでおこなわれる。深奥にある宝を求めてのラビリンス探索を思わせるその移動は、もちろん、人為的な仕掛けが生んだものにほかならない。彼女との関係に耽溺できる間は、その〈秘密〉は「私」を虜にする。

このとき「私」は変装して劇場に通う密やかな役者であることに飽き足らず、その舞台を浅草界隈へと拡大した。今や浅草の街自体が劇場と化し、彼女との共犯関係が生む〈秘密〉の行為のどぎつさが、演じる「私」にさらなる刺激を与えていく。言うなれば「秘密」は劇場を対象として描くにとどまらず、人がどのように浅草という劇場の幕を開くかを描き解き明かす小説なのである。

したがって、「私」が彼女との約束事に反してその住所を知りたがるとき、「私」はその幻覚の舞台の役者の位置を放棄して探偵となりつつあったと言ってよい。地名をちりばめて表現される「私」の浅草周辺の踏査は、彼女とともに生み出したラビリンスに正解の道筋を書き込み、浅草の幻想を削いでいく作業であった。陋巷趣味と探偵趣味とは表裏のものであるが、時に相殺しあうものでもある。昼の太陽光の下で見た彼女の家と彼女が魅力を失っているのは、彼女自身の問題ではなく、あらかじめ浅草に抱いていた「私」の〈秘密〉の快楽の崩壊ゆえにである。

「秘密」末尾で「私」は「もツと色彩の濃い、血だらけな歓楽を求めるやうに」浅草を去って行く。これは「私」または谷崎に限らず、浅草を通過していった多くの人々に通じることであろう。劇場がもたらす歓楽は人々を集め続けたが、やがて魅力が失われ飽きられれば人は去って行くことは、戦後の浅草史が物語るとおり。しかし現在、浅草に人はあふれている。現代人には新たな非日常の魅力として映るからであろうか。それとも、浅草の普遍的ななにかが、しぶとく流れているということであろうか。（津久井隆）

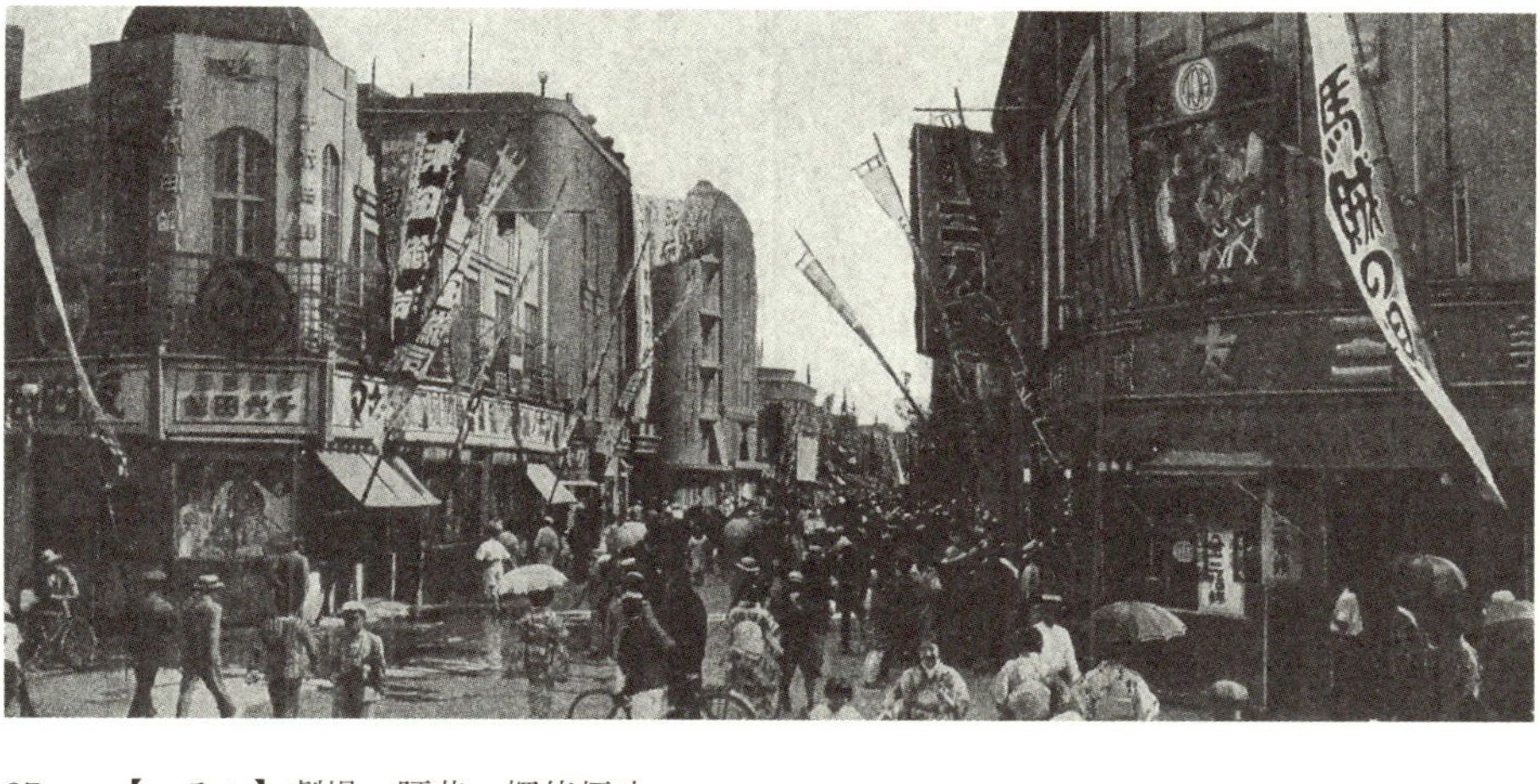

九月、浅草の公園で

江馬修「奇蹟」

今こそ牧野は浅草寺で相当責任のある地位にあり畏くも観世音菩薩に仕える身であるが、かつては青島に出征してドイツ軍と勇敢に戦ったことのある騎兵特務曹長である。そして、彼の言葉によれば、そうした戦場生活の貴い経験が、あの大震災の際、四方八方から押迫る猛火の中で観音堂を完全に守護するのに大いに役立ったというのだ。

（中略）

観音堂は、こうしてとうとうあの恐ろしい不可避的な火災から完全に免れる事ができた。奇蹟は成就されたのだ。そしてこれに感動したのは、そこで命拾いをした数万の避難民だけでは無かった。日本じゅうが驚異の目を見張った。恐らくは外国にまで語り伝えられた事だろう。こうして東京の市民たちは、荒廃しきった焼野原をとおして観音堂を目がけて殺到した。毎日毎日、かつて前例の無いような人出がつづいた。賽銭箱は言葉通り、充ち溢れた。五円や十円の紙幣が投ぜられているのは珍らしくも無かった。そしてそれは俵につめられて、日に何俵という風に算えられた。それを羨望したのも、やはり境内に焼トタンの小屋を築いて土の上に原始人じみた生活をつづけている避難民だけでは無かった。新東京の復興は浅草観音堂から！新聞はこんな風に書き立てた。

（江馬修「奇蹟」）

一九二三年九月一日、浅草

一九二三年九月一日に発生した関東大震災で、浅草一帯は猛火に包まれ、区域全体の九六％が焦土と化した。しかし、不思議なことに浅草寺の本堂（観音堂）付近だけは焼失を免れた。境内に集った避難民が消火活動に力を合わせ、猛火を押しとどめた、といわれている。「同区馬道に住む鳶頭らに指揮された避難民たちは、恐怖心を振り払い、二列縦隊のバケツリレーで猛火に立ち向かって、ついに延焼を防いだのだった」（『図説関東大震災』河出書房新社、二〇〇三・九）。

それは「奇蹟」と呼ばれた。安政の大震火災の際にも、観音堂は難を免れている。だから、関東大震災は二度目の「奇蹟」と呼ばれた。観世音菩薩の神威力、神霊の加護のおかげにちがいない、との評判は、またたく間に世間に広まった。

たしかに「奇蹟」は起きた。しかし、それはもちろん「神霊の加護」などではなかった。「奇蹟」は、必ずしも神仏の神秘的な力のおかげとはかぎらない。神仏を持ち出さずとも、「奇蹟」は起きる。では何が「奇蹟」をもたらしたのか。ほんとうのところ、あの時、いったい何があったのか。

一九二三年九月、浅草の公園で起きたこと。江馬修「奇蹟」は、「神霊の加護」と讃えられ、いまなお信じられている鎮火の「奇蹟」、その闇と真実に光をあてた裏話ともいうべき作品である。

「号令」の集団

九月一日、観音堂のまわりの空き地には、一〇万人を超える避難民が、重い家財を背負って集まっていた。四方八方から迫る猛火に、観音堂も、五重塔も、社務所も包囲されていた。避難で身動きがとれない群集に、消化活動にあたる余裕も当てもない。できる事といえば、火の粉が降り注ぐ中を右往左往しながら、「観音菩薩、南無観世音菩薩」と唱え、奇蹟に頼ることくらいであった。

突如、そこに大きな「号令」が轟きわたる。ひとりの男があらわれ、「軍隊で号令に慣れた声をありったけ振り絞って、群集に向って叫びつづけた」のだ。

「みんなバケツを持って集まれ！」
「バケツ隊を組織して火を防げ！」
「池から水を汲んで、列を作って手から手へバケツを送れ！」

不思議に焼き残れる浅草寺（『大正震災志写真帖』内務省社会局編、1926 年より）

号令をかけたのは、偶然その場に居合わせた牧野という、第一次大戦のときに青島に出征してドイツ軍と戦った経験を持つ元軍人であった。戦争で鍛え上げられた「号令」の声は、うろたえる避難民を覚醒させ、統率するに十分な威力を発揮した。牧野の指図によって、たちまち池のまわりに長い列がつくられ、消化リレーのバケツ隊が編成された。右往左往していた避難民が、突如、整列を開始する。左から右へ、整然とバケツをリレーし、消火活動に取りかかりはじめた。群衆が集団に変身する。号令の集団が、その姿をあらわした。それは驚くべき光景だった。

統率されたリレーの勢いは、あちこちで燃えひろがる火の手の延焼をくいとめることに成功した。運も味方をした。突如、風の向きが変わった。その瞬間、猛火は別の方向へ去って行った。おかげで、一時的にせよ、観音堂一帯は難を逃れることができたのだ。

ばらばらな群衆を思いのままに動かし、整列させ、統率するためには「号令」が欠かせない。上意下達の集団秩序を支える指図と命令の体系。未曾有の災害にあってさえ、群集の身体は号令にきちんと応答した。自動的に、まるで機械のように。考えるより先に身体が反応する。無意識に身体が勝手に動き出す。それが号令というものの力にほかならない。

号令は教育と訓練の賜物である。号令にしたがって隊列を組むという、軍隊の歩兵操練を範にした号令教育は、統制のため、管理のため、支配のため、学校で、会社で、地域で、日常のあらゆる場面で取り入れられ、くりかえし習慣化されてきた。集合、整列、起立、注目、気をつけ、礼、前へ倣え、右へ倣え、休め……。号令を号令とすら意識しないほどに、われわれは号令に慣れ、それを習慣化、身体化、内面化してといってよい。だから、軍人であろうとなかろうと、号令に逆らうことは難しい。

教育と習慣によって培われた号令の集団性が、関東大震災という未曾有の災害で、思いがけず顔を覗かせ、機能する瞬間を、この作品はじつに印象深く、鮮やかにとらえている。

眠る群集を覚醒させる秘薬

とはいえ、猛火の危機は完全に去ったわけではなかった。風向きが変われば、ふたたび火が襲いかかってくるだろう。空いっぱいに舞う火の粉が、いつ群集の髪や衣服、家財に燃え移ってもおかしくない。

ところが、一時的にせよ猛火が去ったため、群集はすっかり安心してしまった。食うや食わずの避難の疲労も重なり、群集はその場で次々とひとりまた一人と、眠りに落ちて行った。猛火の次は睡魔が、彼らに襲いかかった。

「この上は唯もう眠ること、どこへでもぶっ倒れて獣のように眠ること、その外何にも無かった」

場所を選ぶ暇もなく、誰もがその場に座り込み、ぶっ倒れて眠りはじめた。互いに重なり合い、蹴り合いながら、数万の群集は抵抗し難い、深い深い眠りに落ちて行った。

その様子に危機感を抱いたのは牧野であった。このままでは、観音堂を死守することはできない。安心して寝ている場合ではないのである。牧野は、ふたたび、あらんかぎりの大声で群集に呼びかけた。

「おうい、みんな眠っちゃいけない！」

「助かったと思ってまだ油断はならんぞ。みんな目を醒まして観音堂を守れ！」

「起きないと片っ端から殺すぞ！」

しかし、今度ばかりは誰も起きない。誰も応答しない。眠る群集に、もはや号令の声は届かなくなった。深い睡眠に、あれほど威力を発揮した号令は無力と化した。牧野は戦場での「貴い経験」から、疲れきった兵士は、弾丸が飛び交う中であろうと、睡魔の地獄に沈んだまま平気で眠ることを、苦々しく思い出していた。「ほんとに、救い難い眠りに陥ったこの数万の人間の脳神経のどこを刺激したら、彼等を一せいにがばと奮い起させる事ができるだろうか。この際、この秘密を知るためには彼は一切を抛《なげう》ったであろう」。

戦争も、火事も、地震も、眠る群集を覚醒させることはできない。命の危険、死の危機よりもはるかに力のある、効果的な、群集を覚醒させる切り札は、はたしてあるのか。眠る群集を、ふたたび整列させ、思いのままに動かし、服従させる切り札は存在するのか。

それはあった。

恐るべき霊感が牧野に降ってきた。ちょうどその日の夕方、朝鮮人が市内到る所で放火している、見つけ次第殺してしまえ、との噂が飛び交っていたことを思い出したのだ。

覚醒の秘薬。号令の秘薬。

それは、差別であった。

「号令」は、怖い

牧野は、ふたたび大声で眠る群衆に、思いっきり呼びかけた。

「おうい、みんな起きろ、朝鮮人が三百人観音堂を包囲して焼打しようとしてるぞ！」

はたして、群集は目を醒ました。命の危険、死の恐怖を訴えかけても覚醒しなかった眠る群衆が、朝鮮人襲撃のデマには反応し、目を醒ました。ひとりまたひとりと、起き上がった。号令の集団が、また立ち上がった。

彼のつい足もとから一人がむっくりと起き上った。

「何だって？　朝鮮人だ。やっつけろ！」

つづいて、あっちでもこっちでもむくむくと起き出した。

「何？　焼打するって？　畜生、生意気な！」

「朝鮮人を見つけ出せ！」

「朝鮮人をやっつけろ！」

「おい、起きろ、みんな起きろ！」
「おい、男はみんな武装しろ！」
「畜生、朝鮮人はどこだ。見つけ次第やっつけろ！」
「やっつけろ、やっつけろ、やっつけろ！」

人々は騒ぎ出した。初めの驚きは昂奮に、昂奮は激怒に、激怒は際限のない敵意と憎悪になって彼等の間に強烈に伝染した。牧野は最早ひとりで叫びつづける必要が無かった。

差別を梃子に、勝手気ままに眠りについていた群集が、ふたたび整列を開始した。号令の威力が、復活した。ただし、今度は「バケツ」ではなく「凶器」を手にして、差別のリレーがはじまった。牧野は「残忍な歓び」に打ち震えた。こうして、凄惨な朝鮮人狩り、虐殺がはじまった。

号令は怖い。

号令を号令とすら意識しない身体は怖い。号令ひとつで自動的に隊列を組む集団は、とても怖い。ひとり一人の意志や意識によって必ずしも制御できない身体が、デマと煽動をきっかけに暴走を開始したら、はたしてどうなるのか。隊列を組む上意下達の集団性が、潜在的な差別を媒介に動き出し、コントロール不能に陥ったら、いったい何が起きてしまうのか。

江馬修が出会ってしまったのは、「奇蹟」に描かれているのは、その恐るべき瞬間である。

差別が、観音堂を救った

短編「奇蹟」は、江馬自身による震災直後の視察と取材が下敷きになっている。江馬修は、東京の代々木初台の自宅で震災に遭遇した。罹災した近隣住民とともに自警団に駆り出され、号令とデマに翻弄され、パニックに陥る群集の恐ろしさをまのあたりにしている。この時の体験と見聞をまとめたのが記録文学『羊の怒る時』（「台湾日日新報」一九二四・一〇～二五・三、一九二五・一〇。聚芳閣、一九二五・一〇）である。

当時、初台の自宅の周辺には、江馬を慕って集った朝鮮人留学生が数多く住んでいた。地震直後、瓦礫の下敷きになった近所の子どもを全員で手分けして救出する。朝鮮人による暴動の噂を聞きつけた留学生たちは、江馬の制止を振りきって、同胞の消息を確認するために都心に向かう。しかし、彼らはそのまま初台に戻ることなく、行方不明になる。観音堂付近での朝鮮人虐殺の証言は、在郷軍人の大尉の案内により、浅草の区長だった長兄・江馬建とともに作者が浅草寺の社務所を視察したときに遭遇した。「奇蹟」に登場する牧野のモデルとおぼしき「浅草寺で責任ある地位についている」元軍人らしき男が、「朝鮮人が放火している」とのデマを放った経緯を江馬たちに滔々と語る、次のような会話がそこに収録されている。


「で、実際に朝鮮人がいましたか、」と兄がきいた。

「ええ、いましたとも、何十人となく罹災者の中に隠れていましたよ。あいつらときたらとてもずうずうしいんで、石油缶を前に置いてぼんやり火事をみてやがるんですからね。」

「ふむ、良い度胸だね、」と大尉が言った。

「私も観音堂の縁の下にもぐりこもうとしてる奴を二、三人ふんづかまえましたが、こいつが爆弾を二つ持っていましたよ、」と彼は眼を大きくして言った。

「ふむ、どんな爆弾だね、」と大尉がきいた。

「こんなんです。小さいです、」と彼は人さし指を出して見せた。

「その爆弾をどうしましたか、」と兄がきいた。

「朝鮮人から取りあげて、危ないからすぐに池の中へ放ってしまいました。」

「でも、よくそれをあなたに投げつけませんでしたね。」

「勿論私に投げようと思ったのでしょう。でも向うより私の方が機敏だったのです。」

ここで彼の調子は曖昧になった。

「いや、何にしても観音堂の残ったのは君の手柄だよ、」と大尉は言った。

「いいえ、どうしまして。これは全くの神霊の御加護による事でして……」

「ふむ、」と自分はうしろの方にいて、心の中で呟いた、「自分がもし神さまだったら、幾たりかの朝鮮人を犠牲にしてまでこんな建物を残させやしない。それよりもまずこの男から、罰してやるのに。」


差別のおかげで、観音堂は助かった。観音堂を火災から守るために、眠る群衆を起こすために、差別とデマの扇動が行われた。その事実を隠すどころか、元軍人は得意満面に詳しいいきさつを披露しつづける。加えて、それを視察と称し聞いている側も、笑いながら「手柄」と誉めそやし、事件を平然とやり過ごしているのである。

虐殺の記録

当時でさえ、これだけ堂々と事件の経緯が語られ、デマの扇動によって観音堂の延焼を防ぐことができたという事実が明るみになっていながら、その後世間では「神霊の御加護」なる「奇蹟」がまことしやかに広まり、受け入れられているというのは、驚くべきことだといってよい。

これは権力による口封じ、箝口令、情報操作の成果であることはもちろん、しかしそれだけは説明できない事態である。おそらく、群衆による自発的な「右に倣え」の口封じ、箝口令、情報操作の統率なしに、このような「奇蹟」が世間で受け入れられ、まことしやかに伝播するはずもない。号令の威力は、おそらく群衆みずからによる口封じ、黙秘において、最大限発揮されたというべきであろう。

差別は感情の整列であり、黙秘の整列である。江馬が当時まのあたりにしたのは、整列に慣れた集団が、いかに差別に対して無力であり、無防備であるかという事実であったにちがいない。

関東大震災における朝鮮人虐殺の全貌は、いまなお明らかにされていないどころか、国による組織的・計画的な隠蔽が続いている。教科書の記述を「虐殺」から「殺害」に書き替え、虐殺された人数「数千人」を「通説はない」に置きかえる検定の修正が堂々と推し進められている。その中でも、一九二三年九月、浅草の公園で起きた虐殺は、いまなお無視

浅草寺の避難民（『大正震災志写真帖』内務省社会局編、1926年より）

され、封印されたままになっている事件のひとつである。

実際、観音堂付近で犠牲となった朝鮮人はどれくらいの人員にのぼるのか。その数字はおろか、そもそもこの事件に触れている文献は皆無に等しい。数少ない文献のひとつが姜徳相『関東大震災』（中公新書、一九七五・一二）であろう。巻末に「朝鮮人殺害場所および人員」の記録が掲載されている。それによれば、浅草で殺害された朝鮮人の人員は、八〇人（金承学調査）、三人（浅草公園内、吉野作造調査）、九人（浅草付近、「この他公園内にて多数殺害される」とある。黒竜会調査）、記述なし（司法省調査）、記述なし（諸新聞報道）とある。しかし、具体的な証言や事件に関する記述はない。「神霊の御加護」なる「奇蹟」が、いまなお信じられ、生きているのも宜なるかな。

闇に葬られた記録文学「血の九月」

『羊の怒る時』刊行後に、さらにこの事件を詳しく調査して書き改めたのが「血の九月」（一九三〇年八月脱稿）である。第四編（復讐の誓）第一節に「観音堂の奇蹟」と題して、虐殺の経緯がさらに詳細に描かれている。

号令をかける牧野は「痩せた背の高い男で、今は浅草寺の坊主であるが、もとは軍曹で、青島に出征してドイツ軍とも戦った事があるという男だった」と記され、さらに「奇蹟」にも『羊の怒る時』にも登場しない、観音堂境内に避難してたどり着いた、亀戸に住む自由労働者が、牧野に話しかけられ、「貴様は朝鮮人だな！」と詰問され、あやうく殺されそうになる場面が出てくる。おそらく、この自由労働者は、江馬が調査で出会った事件遭遇者のひとりであったと考えられよう。


　塔の下で、牧野に話しかけられたのは外でもない、林だった。

「観音様がついておいでになるんだから、あなたはそんなに余計な心配をしなくっても大丈夫でしょう」

林はもとより皮肉でそう答えた。

「それは勿論そうですが」と牧野はまじめに答えた、「でも我々としてはやはりできるだけ人力をつくす義務がありますからね」

「なあに、東京の焼野原の中に観音堂だけが焼け残って、その威力によって信仰はいよいよ盛んになるだろうし、お上もあなた方もいっそ暮しよくなること請合ですよ」

　この時、在郷軍人の服装をした若者が弓張提灯をもってやってきた。

「朝鮮人が避難者に化けてこの境内に大分隠れているという話ですから気をつけて下さい」そして彼はさらにこの流言を撒き散らすために外の方へ行った。

「畜生」牧野は喚いた。「この神聖な境内へ朝鮮人がもぐりこむなんて！」

林は笑い出した。「朝鮮人だって我々と同様にみんな焼け出されたんじゃありませんか。それを避難者に化けてなんて云うのはおかしい」

牧野はぎろりと林の顔を見た、そしていきなり彼の胸もとを掴んでどなった。

「そういう貴様は朝鮮人だな！」

「血の九月」は脱稿後、校正、校了、製本にまでこぎつけたものの、当時の政治情勢と言論弾圧のもとで出版は拒否された。浅草寺での朝鮮人虐殺の事実は、こうして闇に葬られた。「血の九月」の初版は一九四七年九月（在日本朝鮮民主青年同盟岐阜県飛騨支部・非売品）。その後、創作集『延安賛歌』（新日本出版社、一九六四・一二）に収録され、一九八九年には「在日文芸　民涛」（七～八号）にも掲載された。しかし、いまなお未刊のまま入手困難で、埋もれたままになっている。

江馬修は、明治維新直後の飛騨高山で起きた農民一揆「梅村騒動」を描いた歴史小説『山の民』（一九三八～四〇）で知られる。維新の大義、その矛盾と破綻を剔抉したこの作品は、スケールにおいて島崎藤村『夜明け前』を凌ぐ歴史小説との評価が近年とみに高い。後年、江馬は「関東大震災を体験しなかったら『山の民』で群集をあのように描くことは出来なかっただろう」（天児直美「解説」。江馬修『羊の怒る時』影書房、一九八九・一〇）と述懐している。

（楜沢　健）

〔作者紹介〕

えま・しゅう――一八八九年一二月一二日～一九七五年一月二三日。岐阜県生。本名修（なかし）。小説家。斐太中学中退。田山花袋門下の自然主義作家として出発。『早稲田文学』発表の「酒」でデビュー。その後、人道主義的傾向を強め、「受難者」（一九一六年）がベストセラーになり脚光を浴びる。関東大震災後、プロレタリア文学運動に参加。弾圧が激しくなった一九三二年に郷里高山に帰り、戦中から戦後にかけてライフワーク「山の民」を執筆。一九四六年、日本共産党入党（一九六六年離党）。『人民文学』の創刊、編集に携わる。その他の作品に「追放」「阿片戦争」「本郷村善九郎」「氷の河」「延安賛歌」、自叙伝「一作家の歩み」などがある。

〔作品紹介〕

初出＝『プロレタリア芸術』（一九二八・一）

所収＝楜沢健編『アンソロジー・プロレタリア文学第四巻　事件』（森話社、二〇一六・九刊行予定）

【コラム】

震災と浅草——復興と明治の終焉

花川戸から江戸通りを北に向かい、今戸橋の交差点を左に折れると遊歩道が見えてくる。七〇〇メートルほど続くこの散策路は、江戸時代、吉原行きのルートとして知られた山谷堀の跡である。柳橋あたりを出発した猪牙舟は大川を遡り、今戸橋界隈に立ち並ぶ船宿まで客を運んだ。男たちは堀沿いに駕籠か徒歩で吉原大門へと向かったという。

音無川（石神井川）を水源とした山谷堀は昭和に入って埋め立てられたが、戦後まで船溜りを見ることができた。また現在も堀にかかっていた橋の跡が残っている。

そのひとつ、山谷堀橋に残された親柱には、橋名板のほかに立派なプレートが掲げられていた。

山谷堀橋来歴

本橋は帝都復興事業トシテ新設シタルモノナリ

一、起工　昭和四年五月

一、竣功　昭和四年九月

一、工費　壹萬九千四百圓

東京市

この橋は関東大震災後に架けられた、震災復興橋梁のひとつなのだった。

ウォーターフロント開発の先駆・隅田公園

「傾倒された人間の力　偉なるかな新東京！　今春こそ永遠に記念すべき帝都復興事業の完成」

これは昭和五年（一九三〇）、新春の朝日新聞一面を飾ったタイトルである。紙面には愛宕山トンネル、広大なグリーンベルトをもつ一号幹線道路（現・昭和通り）、清洲橋、隅田公園などの写真が並ぶ。帝都東京に未曾有の被害を与えた関東大震災から七年目であり、この年の三月、帝都復興祭が開催される。

東京の街の近代化を大きく進めた関東大震災の復興事業。このとき建設された大小の公園は二一世紀の現在も都内各所に残り、地域住民のオアシスとして役立っている。

隅田公園と浜町公園（中央区）、錦糸公園（墨田区）は広大な敷地を誇り、復興三大公園と称された。なかでも最大の面積をもつ隅田公園は、隅田川西岸の浅草区（現・台東区）と、東岸の本所区（現墨田区）の川沿いに設けられた、本邦初の本格的リバーサイド・パークである。

　震災復興公園は、復興事業の大きな柱の一つとされたものである。地震にともない各所で発生した火災は、東京市の面積の四〇％を焼失させ、市内だけで七万人近い死者を出した。この惨禍のなかで、実に一五〇万人をこえる市民がさまざまな広場や公園に避難している。なかでも面積の広い皇居外苑・芝公園・日比谷公園・上野公園などは、数多い住民の命を救うことになった。本所被服廠跡（現横網町公園）のように、避難民が炎に巻かれて犠牲となる不運なケースもあったが、明治以後に整備された大小の公園は、災害時に大きな役割を果たすことがわかり、これが復興事業の公園建設を後押しすることになったのである。

　吾妻橋から今戸中学校（現・桜橋中学校）までの川沿い約一・三キロメートルが公園の敷地で、そのうち一万二〇〇〇坪は川を埋め立てて造成したもの。桜の植栽がなされているものの、左手をビル、右手を堤防にはさまれた通路が延々と続く現状からは、低い欄干から川面を眺めながら散策できた戦前の風景を想像することはできない。

　言問橋周辺には、終戦直後から廃品回収を生業とする人々が仮設住宅を建設し、「蟻の町」とよばれる集落を形成していた。四〇〇名を越える住人の立ち退きが終了したのは昭和三三年。以後四年をかけて整備をしたが、皮肉なことに、整備後はあまり人が立ち寄らなくなったという。川の汚染が激しくなったことと、堤防のかさ上げで、川面が見えなくなったことが原因だった。さらに一九六〇年代に入ると、伊勢湾台風クラスの高潮に耐えられるように造成された、高さ六・四メートルの防潮堤・通称カミソリ堤防が視界を完全に奪うことになった。八〇年代の半ばから、川岸に親水テラスを設け、水辺に近づける工夫をすすめたが、臨川公園としての隅田公園の魅力は大きく失われてしまった。

　対岸は源森川にかかる枕橋付近から北、約一一〇〇メートルが公園の敷地。隅田公園の設計者・復興局建築部公園課長の折下吉延は「この由緒ある川をテムズやセーヌ川の公園に匹敵するやうな公園に」と語り、ボートレースを公園の呼び物にしたいと抱負を述べている。公園の北側には帝大・商大・一高などの艇庫が建設され、水上競技を観戦する観客席も配置された。

　染井吉野の並木と水辺の散策路、そして広大なグリーンベルトをもつ開放的な空間は、この公園のハイライトともいえる場所だったが、現在は首都高速六号向島線が頭上を横切り、高架下の墨堤通りが公園を分断する形になっている。南側に水戸徳川家下屋敷のあった一万三〇〇〇坪の土地を買収して建設した日本庭園が残っており、かろうじて往年の雰囲気を味わうことができる。

わが国空前の都市計画・震災復興事業

　関東大震災の復興事業を進めた中心人

物が、岩手出身の政治家・後藤新平である。明治一五年に内務省衛生局に入省した後藤は、台湾総督府の民生長官や初代満鉄道総裁など、官僚としての経験を積み重ねたのち、大正九（一九二〇）年に東京市長に就任している。震災の発生直後に成立した山本権兵衛内閣では内務大臣となり、新設された帝都復興院の総裁として、東京の復興事業で卓越したリーダーシップを発揮していくことになる。彼が進めたさまざまなプロジェクトは、どれも徹底した調査に基づく緻密なものだったが、そのスケールの大きさから、しばしば「大風呂敷」と揶揄された。

スタッフにきわめて有能な人材をそろえていたのも復興院の特徴だった。東京帝大教授で、のちに東京市建築局長として公共建築の不燃化を進める耐震理論の権威・佐野利器や、戦後に国鉄総裁となり、東海道新幹線の開通に尽力する十河信二なども、後藤の下で活躍した人々である。

復興院の当初の計画では、道路の新設・拡張や用地買収などで四〇億円を越える費用が必要とされた。議会の反対でのちに予算は大幅に減額され、省と同格だった復興院は内務省の外局である復興局に縮小されるが、後藤が市長時代にねばり強く進めていた都市計画、東京市区改正事業が、震災復興の一環として実現してゆくことになった。明治維新後の東京は、文明開化の象徴となった銀座の煉瓦街など、一部では先進的な都市開発が行われたものの、江戸時代とまったく変わらない、雨が降ると泥まみれになる悪路や、人口の急増に追いつかない鉄道網など、さまざまな課題が山積みとなっていたのである。

道路の拡張と防火帯の設定、公共建築の不燃化など、震災復興事業が残した遺産にはさまざまなものがあるが、最も名高いのが都内各所を流れる河川に残された近代的な橋梁だろう。御茶ノ水の聖橋（一九二七）など、優美なデザインのものが多いのが特徴で、なかでも隅田川に架けられた大橋梁は帝都復興のシンボルとして親しまれた。平成一九（二〇〇七）年に重要文化財に指定された清洲橋・永代橋・勝鬨橋の三橋をはじめ、さまざまなデザインの橋が、二一世紀の現在も川面にその美しい姿を映し出している。復興橋梁とよばれたこれらの橋は、大小あわせて四〇〇を超えるのである。山谷堀に残る親柱のように、中小の河川や運河に架けられた橋は埋め立てなどで失われているものもあるが、親柱や欄干が記念に残されているところも多い。

震災後の東京の変化を、当時の文人はどのようにとらえていたのだろうか。昭和二年（一九二七）、東京日日新聞に連載された『大東京繁盛記　下町編』は、芥川龍之介や久保田万太郎、泉鏡花など、人気の文士が震災前後の東京の姿を記したものだ。

浅草田原町の足袋屋に生まれた久保田万太郎は当時三八歳。収録された『雷門以北』で浅草風景を活写するが、そこに描かれるのは震災前の街の姿、それも失われた横町への限りない追憶である。

……広小路は、両側に、合わせて六つの横町と二つの大きな露地とをもっている。本願寺のほうからかぞえて右のほうに、現水横町、これという名をもたない横町、大風呂横町、松田の横町、左のほうに、でんぼん横町、ちんやの横町。――二つの大きな露地とは「でんぼん横町」の手前のさがみやの露地と朝倉屋の露地をさすのである。

（『雷門以北』）

記憶に残る横町の名の由来を語り、露地を行き来した「はさみ、庖丁、かみそりとぎ」や朝顔夕顔売りの笛、定斎屋（薬売り）の鐶の音、飴屋のチャルメラなどを思い出していく。

最後までふみとゞまった「大盛館」の江戸の玉乗、「清遊館」の浪花踊り「野見」の撃剣……。それらもついにすがたを消したあとはみたり聞いたりのうえでの「古い浅草」はどこにももう見出だせなくなった。（公園のいまの活動写真街に立って十年まえ、二十年まえの「電気館」だの「珍世界」だの「加藤鬼月」だの「松井源水」だの「猿茶屋」だのを決してもうわたしは思い出さないのである。「十二階」の記憶さえうすれてきた。無理に思い出した所でそれは感情の「手品」にすぎない。）

（同）

「横町」だの「露地」だのばかりをさまよって「大通り」を忘れたと記す万太郎は、新しい浅草の出現は「横町」と「露地」への反逆に外ならないと考えるのである。

市区改正事業にともなう区画整理は、各所で江戸以来の道筋を破壊していった。そし帝都復興事業が完了した昭和七（一九三二）年一〇月、東京府は近隣の五郡八二町を編入して一五区から三五区に再編成、「大東京」と称されるようになった。

現在も東京都心部に残る戦前建築は、この頃に建てられたものが多い。戦前のわが国の頂点とも言える時期だったが、東京大空襲ですべてが灰燼に帰すまで、あとわずか一三年であった。（広岡　祐）

凌雲閣から見えない浅草

江戸川乱歩「押絵と旅する男」

あなたは、十二階へお登りなすったことがおありですか。ああ、おありなさらない。それは残念ですね。あれは、一体、どこの魔法使いが建てましたものか、実に途方もない変てこれんな代物でございましたよ。表面はイタリーの技師のバルトンと申すものが設計したことになっていましたがね。まあ考えてごらんなさい。その頃の浅草公園といえば、名物がまず蜘蛛男の見世物、娘剣舞に、玉乗り、源水のコマ廻しに、のぞきからくりなどで、せいぜい変ったところが、お富士さまの作りものに、メーズといって、八陣隠れ杉の見世物ぐらいでございましたからね。そこへあなた、ニョキニョキと、まあとんでもない高い煉瓦造りの塔ができちまったんですから、驚くじゃござんせんか。高さが四十六間と申しますから、一丁に少し足りないぐらいの、べらぼうな高さで、八角型の頂上が唐人の帽子みたいにとんがっていて、ちょっと高台へ登りさえすれば、東京中どこからでも、その赤いお化けが見られたものです。

（江戸川乱歩「押絵と旅する男」）

「赤いお化け」。

「押絵と旅する男」は、凌雲閣（浅草十二階）を、そう形容している。

陰気で気味がわるい「赤いお化け」

凌雲閣の建設は、一八九〇年（明治二三）一一月。以後、明治文明開化の象徴として、さらに、それまでにないパノラマ的眺望をたのしむ新時代の娯楽施設、見世物として、一九二三年の関東大震災で倒壊するまで、浅草のシンボル、開化東京のランドマークとして広く知れ渡った。

当時、浅草周辺でもっとも高い建築は、浅草寺境内にある五重塔（三三メートル）であった。一八九七年に開業した「お富士さまの作りもの」、通称浅草富士（三六メートル）はすでに暴風雨で倒壊していた。そこに高さ四六間（六七メートル）の高塔が、しかも見慣れない煉瓦を積み上げた西洋建築が、突如、公園全体を見下ろし、視界を遮るように出現したのである。

高いところからの眺望が、新時代の見世物と呼ぶにふさわしい、ハイカラで物珍しい体験であったというなら、反対に、高いところから問答無用に見下ろされ、覗きこまれる体験もまた、それまで遭遇したことのない、唐突で物珍しい体験であったというべきであろう。東京中どこからでも目にすることができ、見上げることができるということは、逆に、その高所からたえず見られ、付きまとわれ、見下ろされることを意味する。高いものに付きまとわれ、高いところから町全体を、生活圏を、行動を一方的に見下ろされ、覗きこまれるような経験に、これまで遭遇したことなどなかったはずである。高塔建築は、逃げても逃げても、追いかけ、付きまとい、覗きこんでくる。それは見下ろされ、覗きこまれる側にとってみれば、パノラマ的眺望をたのしむ新時代の娯楽施設であるより以前に、単なる目障りで鬱陶しい、なおかつ陰気で気味の悪い「お化け」のようなものであった、というのもうなずける。

「悪所」から「公園」へ

十二階建設のきっかけは、同年四月に上野で開催された第三回内国勧業博覧会である。これは「文明開化」「殖産興業」の見本市であり、国策の大々的な喧伝イベントであった。それを意識するように、十二階の眺望室までの各階には世界各国の物産を取り扱う販売店が、まるで博覧会のごとく、観工場のごとく並んでいた。物産を通じた「文明開化」「殖産興業」の見本市・宣伝塔としての役割を、十二階もまた担っていたといえる。

当時の浅草は、一八八二（明治一五）年にはじまった公園地整備事業によって、江戸以来の盛り場の解体と再編が強引に推し進められていた。湿地帯だった浅草寺境内の一角が埋め立てられ、六区に区画化された公園が新たに整備され、銀座煉瓦街の建設のさいに余った煉瓦で仲見世通りの煉瓦舗装も進められた。それまで、盛り場の中心地は観音堂裏の奥山であった。公園地整備事業は、前近代の見世物小屋がひしめく悪所＝奥山の賑わいを解体し、それを近代的な公園空間として再編する計画にほかならなかった。「要するに、浅草公園の整備事業は、それまで奥山を中心にひしめいていた見世物や床店を新しく造成された六区に封じ込め、また風紀上好ましくないものは公園地から排除し、浅草公園を『公園』と呼ぶに相応しい場所に転換させることを目指して行われた」（吉見俊哉『都市のドラマトゥルギー――東京・盛り場の社会史』弘文堂、一九八七・七）。

悪所から公園へ。官主導による強引な近代空間の整備、開化の空間演出の猛威に、浅草はさらされた。その極め付けが、「赤煉瓦」造りの高塔建築であった。蜘蛛男の見世物、八陣娘剣舞、玉乗り、源水のコマ廻し、のぞきからくり、古い浅草の悪所的賑わいを文字通り隠れ杉の見世物など、古い浅草の悪所的賑わいを文字通り「高み」から見下ろし、俯瞰する高塔建築は、有無を言わさぬ開化の象徴＝ランドマークとなった。

戦争のシミュレーション

凌雲閣は陰気で、気味がわるい建築であった。「押絵と旅する男」でくりかえし言及されるのも、その陰気さ、気味のわるさであるといってよい。

凌雲閣は、頂上まで「カタツムリの殻」のように、らせん状に階段がつづいていた。壁一面には、陰惨な日清戦争を描いた油絵が展示されていた。

それに日清戦争の当時ですから、その頃は珍しかった戦争の油絵が、一方の壁にずらっとかけ並べてあります。まるで狼みたいにおっそろしい顔をして、吠えながら突貫している日本兵や、剣つき鉄砲に脇腹をえぐられて、ふき出す血のりを両手で押えて、顔や唇を紫色にしてもがいているシナ兵や、ちょんぎられた弁髪の頭が風船玉のように空高く飛び上がっているところや、なんとも言えない毒々しい、血みどろの油絵が、窓からの薄暗い光線でテラテラと光っているのでございますよ。そのあいだを、陰気な石の段々が、カタツムリの殻みたいに、上へ上へと際限もなくつづいておるのでございます。

戦争画をくぐりぬけて、頂上にたどり着く。逆から見れば、頂上にたどり着くためには、血みどろな戦争の場面を追体験し、くぐりぬけなければならなかった。これは戦争のシミュレーションであろう。頂上（勝利）に至る、徒歩での道のり（戦闘）が、六七メートルにも及ぶ、長い長い螺旋階段に重ねられ、擬せられている。来場者は階段をのぼり、戦闘場面をくぐりぬけ、頂上に到達し、勝利を味わう。そこから見えるのは、勝利によって奪い取った広大な領土であり、占領地にほかならない。戦争の熱狂を味わい、勝利を実感するためには、「高所」と「眺望」が不可欠だ。それこそが戦争の意味と成果を教えてくれる。凌雲閣は、「高所」と「眺望」をめざし、戦争を追体験する装置としての意味合いも担っていた、といってよい。何より本作で乱歩は、その点に注目している。

世界が「おもちゃ」に見える

凌雲閣の陰気さ、陰惨さ、気味の悪さは、戦争からきている。日清戦争の熱狂は、高塔建築とともに、パノラマ館ブームを浅草にもたらした。凌雲閣の近くの六区四号地に建てられたパノラマ館（一八九〇年開場）には、上野のパノラマ館と並んで戊辰戦争やアメリカの南北戦争、日清戦争の戦闘場面が展示され、連日多くの人が訪れた。「内部は直径約三七メートル、高さ約二九メートルのドームとなっており、見物人は中央の観覧台から周囲に展開するパノラマを一望することができた。近景には人形、遠景にはペンキ絵から成り、照明と遠近法によって迫真的な効果をあげたという。十二階が高所から屋外に広がる世界を俯瞰する装置であったとするなら、このパノラマ館は、屋内に人工的につくり出された世界を俯瞰する装置であった」（吉見俊哉前掲書）。

凌雲閣の頂上から見える眼下の世界も、パノラマ館の「人形」や「ペンキ絵」からなる人工的な世界と瓜二つである。

頂上は八角形の欄干だけで、壁のない、見晴らしの廊下になっていましてね、そこへたどりつくと、にわかにパッと明かるくなって、今までの薄暗い道中が長うござんしただけに、びっくりしてしまいます。雲が手の届きそうな低いところにあって、見渡すと、東京中の屋根がごみみたいにゴチャゴチャしていて、品川のお台場が、盆石のように見えております。眼まいがしそうなのを我慢して、下をのぞきますと、観音様のお堂だって、ずっと低いところにありますし、小屋掛けの見世物が、おもちゃのようで、歩いている人間が、頭と足ばかりに見えるのです。

眼下の世界は、まるでパノラマの模型のようではないか。「おもちゃ」という形容がぴったりだ。高所から見れば、世界は自分の力でどうにでも作り替え、弄ぶことのできる「模型」であり「おもちゃ」に過ぎなくなる。

このように凌雲閣とパノラマ館は、日清戦争を背景にした新時代の見世物であった。戦争の熱狂を作り出し、人々を戦争の渦へと引きずり込んでいく俯瞰と眺望の装置。物語はそれを「なんだか気味がわるい」「化物」と呼ぶ。そして実際、語り手である男の兄は、この「化物」に引きずり込まれ、行方不明になるのだ。「兄はこの十二階の化物に魅入られたんじゃないかなんて、変なことを考えたものですよ」。

双眼鏡で「獲物」を探す

兄は異国もの好きの新しがり屋であった。横浜の「シナ人町」で買った高価な「遠目がね」(双眼鏡)を手にして、連日、凌雲閣の頂上を目指す。高所から双眼鏡を覗く行為は、戦場での兵士の身ぶりと重なる。勝利によって奪い取った広大な領土をレンズで見渡し、監視し、敵から守ること。高所からレンズで見えるものすべて、その広大な範囲が、戦争によって獲得した自分たちの新たな支配圏であり、領土なのである。高所を支配するもの、見渡す者こそが、支配者であり、勝者にほかならない。

連日、凌雲閣の頂上から双眼鏡を覗く兄の姿は、まるで獲物を探し、えり分ける狩人のようでさえある。はたして双眼鏡で何を物色し、何に狙いを定めているのか。「観音様の境内」を眺めていると、はたして獲物があらわれる。

人ごみのあいだに、チラッと、ひとりの娘の顔を見たのだそうでございます。その娘が、それはもうなんともいえない、この世のものとは思えない美しい人で、日頃女にはいっこう冷淡であった兄も、その遠目がねの中の娘だけには、ゾッと寒気がしたほども、すっかり心を乱されてしまったと申します。

獲物は「娘」であった。数ある眼下の浅草から、レンズは美しい娘をえり分け、焦点をあてる。はじめから「女」を手に入れようと物色していたわけではないだろう。しかし、高所からレンズを覗けば、眼下に蠢くものは、すべて獲物になる。見るものにとって、世界は「おもちゃ」に変容するのだから。

十二階から見た六区興行街方向（『増補改訂　浅草細見』浅草観光連盟、1976 年より）

兄は娘を見ているが、娘は見られていることを知らない。見るものと見られるものの関係は非対称である。娘からは、すなわち地上からは、双眼鏡を通して眺めている兄を特定することはできないし、覗く行為を見定めることさえできない。べらぼうな高所は、強者の位置であり、支配する側の視点なのである。見るものは強者であり、見られるものは弱者である。

兄は獲物を手に入れようと、その所在と行方を探すのだ。

十二階は、皮かぶりの陰茎

「十二階は、東京名物の奇妙なすっぽん茸。皮かぶりの陰茎」（浅草十二階）と詠んだのは詩人の金子光晴である。「八角型の頂上が唐人の帽子みたいにとんがっ」たデザインは、たしかに「皮かぶりの陰茎」を思わせる。地上から見下ろされる側にとってみれば、凌雲閣は、まるで浅草の土地に「ニョキニョキ」生えた巨大な性器の「お化け」に見える。見かけは巨大だが、中身はスカスカで未成熟。役にも立たない。それでいて傲慢で、恥じらいさえもない。そんな滑稽で皮相な「皮かぶり文明開化」のシンボルこそ浅草十二階。金子の詩からは、十二階に対して、浅草で広く人々に共有されたであろう冷笑と揶揄が感じとれる。

この滑稽で皮相なデザインを手がけたのは、内務省に招かれたお雇い外国人バルトン。計画当初は十階建てであったが、突如、その上に木造で二階分が増築されたため、「すっぽん茸」のような、「皮かぶりの陰茎」のような外観に変貌してしまったといわれている。どこからどこまでがバルトンのデザインであるかは判然としていない（松山巌『乱歩と東京――1920都市の貌』PARCO出版局、一九八四）。

「押絵と旅する男」もまた、凌雲閣を「陰茎」と見なす例え、揶揄、想像力と無関係ではない。物語の主題は恋愛の成就であり、それは凌雲閣に登ることからはじまる。凌雲閣に登らなければけっして美しい女を発見することも、手に入れたいと執着することもなかったにちがいない。その姿は、俯瞰と眺望によって作り出された欲望（所有と支配）の内実を正確に映しだしていよう。

浅草カーニバル讃歌

しかし、兄が頂上から双眼鏡でとらえたのは、人間ではなく、覗きからくりの中の押絵であった。ここに調刺と皮肉がある。

観音堂裏手に江戸からつづく見世物の露店が並んでいる。その一軒の覗きからくり屋の店頭に置いてあった「八百屋お七の覗きからくり」の内部に、たまたまレンズの焦点があってしまった。「その覗きからくりの絵は、光線をとるために上の方があけてあるので、それがななめに十二階の頂上からも見えたものに違いありません」。兄はそれを現実の浅草と錯覚し、取り違えてしまったのである。美しい娘は、生き人形のごとく精巧につくられた縮緬細工であった。

人形を人間と錯覚する。からくりの世界を現実と取り違える。これは凌雲閣から覗いた眼下の世界が、まるで「模型」や「おもちゃ」の世界に見えていたことと符合していよう。塔から見下ろす世界は、「覗きからくり」の世界と瓜二つになる。現実の浅草と、覗きからくりの世界との境

関東大震災で折れた十二階（『さよなら20世紀　カメラがとらえた日本の100年』毎日新聞社、2000年より）

界が消失する。人間と人形の区別もなくなる。大きいものが小さく見える。さらに双眼鏡から覗くことで、小さいものが大きく見える。押絵の娘は、双眼鏡から覗くと、まるで「実物大の一人の生きた娘としてうごきはじめ」るのだ。

俯瞰と眺望のまなざしは、こうして押絵の世界に迷い込んでしまう。新時代の「開化」のまなざしは、いともたやすく「押絵」という前近代の見世物の世界にコロリと騙されてしまうのだ。しかも、ついにその世界から出てこられなくなってしまう。これほど愉快な皮肉はない。滑稽で皮相な「皮かぶり文明開化」に対する冷ややかな嗤いが聞こえてくるようだ。

凌雲閣から浅草は見えない。というよりも、見せない。前近代の見世物がひしめく悪所浅草は、俯瞰と眺望のまなざしを許さない。見るものと見られるものとの非対称で固定的な関係性を認めない。見るものが見られるものになり、見られるものが見るものになる。パノラマという特権的な近代のまなざしを、「押絵」という名の迷宮に誘い、下界に引きずり降ろし、あざ笑う。「押絵と旅する男」は、浅草に渦巻くカーニバル的世界を讃える物語だ。

一九二三年九月一日に、凌雲閣は倒壊する。残骸は、陸軍工兵隊によって爆破され、集まった群衆はそれを歓喜をもって迎えた。

建設からわずか三三年。おそらく十二階は、その間、一度として浅草に根付くことはおろか、歓迎されたこともなかった。明治以来、浅草には根深い反官、反開化、反近代のエートスが息づいている。「押絵と旅する男」は、そのことを教えてくれる。

（桝沢　健）

〔作者紹介〕

えどがわ・らんぽ――一八九四年一〇月二一日〜一九六五年七月二八日。三重生。本名平井太郎。小説家。早稲田大学卒。日本の探偵小説の先駆者の一人。私立探偵明智小五郎の生みの親。一九二三年に「二銭銅貨」（『新青年』）でデビュー。その後、「D坂の殺人事件」「心理試験」「屋根裏の散歩者」「人間椅子」「パノラマ島綺譚」「陰獣」など、斬新なトリックを扱った本格ものから、幻想や怪奇を軸とした変格ものに至るまで、幅広い作風を手がけ人気を博した。一九三六年からは、少年向け推理小説「怪人二十面相」の連載を手がける。戦時中は検閲で執筆不可能になる。戦後は、探偵作家クラブを設立し、新人の発掘に努め、探偵小説界の発展に尽力した。その他の作品に「黒手組」「白昼夢」「一寸法師」「芋虫」「化人幻戯」「防空壕」などがある。

〔作品紹介〕

初出＝『新青年』（一九二九・六）

所収＝『江戸川乱歩全集第五巻　押絵と旅する男』（光文社文庫、二〇〇五・一）ほか各種文庫

【コラム】

パロディと幻想――エンコの六・江戸川乱歩・浅草紅団

浅草のキャラクターたち

その土地ならではの顔というものがある。その風景や雰囲気もさることながら、その場所ならではの人物が代表することもある。現代の都市、ましてや人間が流動し街が日々変貌する東京であっても、渋谷から上野、両国や柴又に至るまで、街と人は密接な関係を維持している。

浅草はどうか？　古くは隅田川のほとりで都を想い歌った在原業平、吉原を舞台に大活躍する花川戸助六ら、創作されて定着したキャラクターがいる。一方、実在した人物に目を向ければ、男根を模した杖を片手に浅草寺境内で説法を繰り広げた講釈師・深井志道軒、侠客そして町火消から浅草寺の門番を務めるに至り維新に際しては徳川慶喜に従った新門辰五郎に、江戸三座や奥山に集まった様々な役者や芸人たち。明治以降なら本書で取り上げられる作家や映画関係者をはじめ、俳優やコメディアンにストリッパー、石井漠や藤原義江を筆頭とし彼らに熱狂したペラゴロたちに至る浅草オペラの関係者――実在の人物から想像上の人物に至るまで、無数の一人一人が「浅草」を形作っているとも言えよう。

ところで、浅草を描くこととは、浅草で活躍する彼らの実像を再現することと同義だとは限らない。助六は歌舞伎のスーパースター（その敵役・髭の意休は浅草の穢多頭・浅草弾左衛門がモデルと言われる）として繰り返しの上演で喝采を浴び続けているが、実在した新門辰五郎もそのドラマティックな生涯が様々な物語のなかに再生され続けている。深井志道軒は平賀源内の『風流志道軒伝』（一七六三）で新たな魅力を得て、井上ひさしの『表裏源内蛙合戦』（新潮社、一九七一・一）や『戯作者銘々伝』（中央公論社、一九七九・九）へとつながり、おそらくはいしいしんじが『とーきょー　いしい　あるき』（東京書籍、一九九六・一〇。後に『東京夜話』と改題し新潮文庫に収録）で描いた浅草寺の哲学的なホームレスの造型に影響しているはずだ。虚実を問わず、彼らを登場させることが浅草を語り続けることに結びついている。

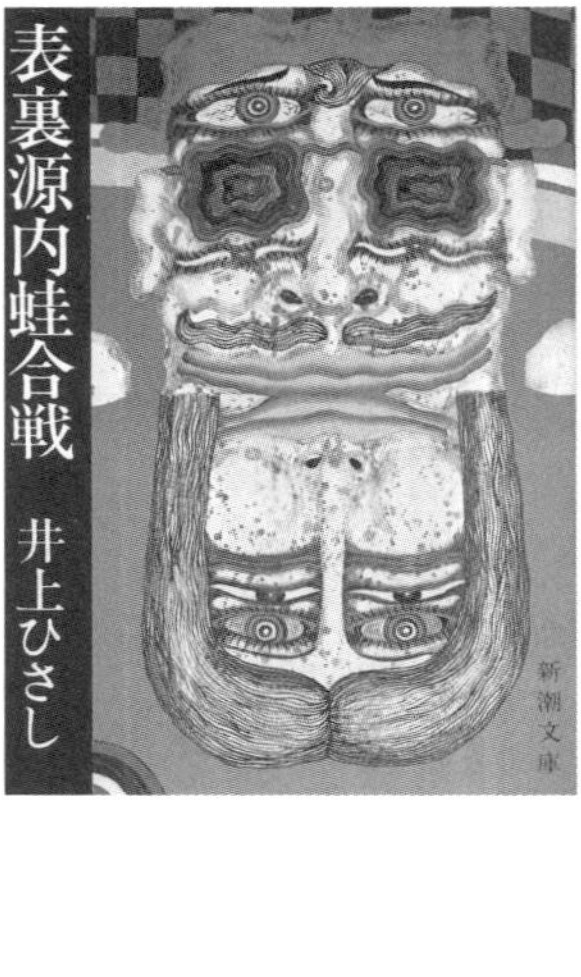

「エンコの六」たち

描かれる人物だけではなく、描く表現者たちもまた、浅草の表情の一つである。サトウハチローによる、浅草を行動範囲とするスリの浅原六造・通称「エンコの六」を描く人情的な探偵小説シリーズは、公演六区の通称「エンコ」と相俟って浅草を代表する作品としてよく知られている。

浅草ビューホテルを思わせるホテルで警備員を務める主人公が殺人事件を捜査・解決する都筑道夫『ホテル・ディック 探偵は眠らない』（新潮文庫、一九九一・七）は、主人公をホテルから外に出すことなくストーリーを展開させつつ浅草の街を巧妙に描き出しており、優れた浅草の都市小説となっている。この小説で、事件解決の糸口を担う老人は、「戦前はエンコの六といわれて、浅草公園では名の知られた掏摸だ。むろん、とうに引退し」現在はかつての経歴を生かして（？）「奇術材料店」を営む「大友六助」として登場する。もちろん都筑道夫は、浅草のイメージを引用しつつ、「六助」と「六」についての周到な目配りを忘れない。以下は「エンコの六」についての紹介に続く箇所。

> 映画にもなって、おれがモデルだ、と自称する人物も現れた。大友六助は、昭和一〇年代のハイティーンのころ、六区で稼ぎはじめて自称はしないのに、エンコの六といわれるようになった。

『エンコの六』復刻版
（みき書房、1982.11）

ここでは「エンコの六」のイメージを参照しつつ、大友老人に「自称」させないことで、通俗的に消費される「エンコ

偽物登場で「ノーネームの六」と改名（『エンコの六』復刻版より）

の六」に吸収されることをさりげなく拒みつつ、しかしそのイメージを巧みに消費する。昭和初期から始まる「エンコの六」の水脈の集大成であるとも言えよう。そして、そのようなキャラクターないしイメージ、あるいはそうした表現者を許容してきたのが浅草という街なのだろう。

パロディとしての浅草
――引用と想像／創造

サトウハチローと彼が生み出した人物だけではない。浅草を訪れた多くの作家は浅草を描いたが、それらが表現として定着した現在では、彼らもまた浅草のイメージの一部として位置づけられてくる。その例を漫画家であり小説家である祐光正の『浅草色つき不良少年団』（文藝春秋、二〇〇七・五）から引いてみよう。

あたしがここで何を致しておりますかといえば、楽屋に陣取りまして、目玉ばかりがぎょろりとした、とっちゃん坊やみたいな顔つきの男と向かい合い、似顔絵を描きながら、気詰まりな思いをしておりました。

あるいは。

六尺近くある大入道が、ちょいと散歩に出たというような、着流し姿で立っています。こいつが、三十五、六の禿頭ときては、驚くのも当たり前でしょう。［中略］煙草片手に、茫洋とした表情のままで云う。少し鼻にかかった声だ。面白みはないが率直な物言いは常識的で［中略］しかしそれでいて、とっつきの悪い、冷たい印象もある。複雑な人物のようでした。

浅草を代表する作家・作品として、川端康成と『浅草紅団』（一九三〇）、江戸川乱歩と『押絵と旅する男』（一九二九）は広く知られているが、右の一つ目の引用は川端、二つ目は乱歩の登場場面だ。戦前の浅草で少年たちを組織し時に素人探偵として活動する「黄色団《おうしょくだん》」と「紅色団《べにいろだん》」（対立勢力として「黒色団」もいた）の活躍ぶりを描く同作は、発表時期からして石田衣良『池袋ウエストゲートパーク』（一九九八～）からの派生作品だと想像するのはたやすい（初出時のタイトルは「幻景浅草《あさくさ》色付《カラー》不良少年團《・ギャング》」で、石田の作品の八年後に同じオール讀物推理小説新人賞を受賞）。そして紅色団という名称は明らかに川端の『浅草紅団』の引用であるのだが、作中では浅草通いの中で紅色団の首領「冬瓜の百合子」の噂を知った川端が小説に描きだしたのだとされる。ここでは創作において参照される川端康成と『浅草紅団』は、その起源が反転して祐光正の小説に取り込まれ、消費されていく。しかも中心的なキャラクターである「紅団」の中性的な美少女・弓子は、「紅色団」では（種明かしとならぬようにあえてぼかすが）夏に雄花と雌花がともに咲く「冬瓜」を通り名として持つ百合子へと変換される。さらに乱歩のイメージは同時代および後世からの視線を意識したものであり、乱歩作品のおどろおどろしさは、ここで引いた「大入道」がまずは「幽霊占い」（出会うと死ぬと噂の奇怪な占い師）として登場することに反映されている。

そうした描写や物語が近代の作家・小説のあからさまなパロディだけにとどまらないのは、その扱い方がただの紹介やイメージの借用にとどまらないからであろう。本書で取り上げる沢村貞子のあの墨堤の場面の参照も、そのことをよく物語る。木訥で武骨な不良少年があの「浅草娘」の場面に出くわしたことで抱いた淡い恋心を一つの縦糸としつつ、探偵小説的なプロットの中で彼女のイメージは双子に幽霊にと様々に変貌しながら、どんでん返しとともに大団円に利用される。「浅草娘」に代表的な浅草らしさを見るだけにとどまらず、書き手が自らの浅草を夢見ようとする意志が、そこにはある。時代考証を重ねた舞台設定に基づいた描写を手堅くまとめつつ、それらを独自に変奏することによって、先行作品へのオマージュともなっているのである。

幻想の風景へ

さらに同作は戦前の浅草に関心を抱いた漫画家「私」が、取材の中で紹介された「黄色団」リーダーの浅草をめぐっての回顧談を聞くという体裁で進行しており、江戸末期の様々な事件を解決した老人の昔話を聞く形式をとった連作である、岡本綺堂の「三浦老人」シリーズを思い出させる。いずれも事件の当事者である老人の話を聞きながら、既に失われた時代・世界が再現されていくが、岡本綺堂もその小説世界に浅草を描き出した作家であることは思い出しておこう。

特に戦前における東京最大の盛り場・浅草を描くまなざしはノスタルジックなものとなりがちであるが、現代の表現者はその浅草と接点を持つことができず、描き出そうとする浅草もまた失われてしまっている。とすれば、過去の表現の参照・引用によって自らの浅草の描写を構成するか、過去の浅草に通じる老人の語りとそれを聞く年少者の関係を仮構して配置したり、より積極的には浅草の近代をめぐる文学や歴史をパロディとして取り込みつつ、かつての浅草を浮上させようとしていくことになる。エンターテインメントとしてのストーリー展開を備えた『浅草色つき不良少年団』は、読者の浅草への幻想を刺激しつつ構成された、作家言うところの「幻景の浅草」を新たに提示しているのである。

（津久井隆）

「感情の乞食」が浅草で拾ったものは何か

川端康成『浅草紅団』

古い浅草の目じるし――十二階の塔は、大正十二年の地震で首が折れた。

私はその頃まだ本郷に下宿住ひの学生だつた。昔から浅草好きの私は、十一時五十八分から二時間と経たぬうちに、友だちと二人で、浅草の様子を見に行つた。

上野の山の人々の噂では、

「驚くぢやないか。江ノ島が浮いたり沈んだりしてゐるつて話だ。」

「ほら、あんなに十二階がぽつきり折れちやつてるだらう。見物が大勢登つてたんだから、たまらないや。皆振り飛ばされたさ。今見て来たんだが、瓢箪池にもその死骸が、うぼうぼ浮いてるんだぜ。」

道ばたに卵の箱が沢山置き棄ててあつた。私たちはその生卵を、盗むでもなし、もらふでもなし、むろん買ふでもなし、六七個も飲んだものだ。

浅草寺境内には避難者が溢れてゐたが、吉原の遊女や、浅草の芸者が目立って、乱れた花畑の色だつた。

今にして思へばだ。尋常五年生だつた弓子も、その中に混じつてゐたはずなのだ。

「ほんたうにね。その私がこんなになつちやつて、それをあんたが小説に書いて――へん、不思議な因縁で。」

と、彼女は瞼をつぼめて、「ありし日」をなつかしむのだ。

「でも、十二階のあつた時分の私つてものは、どこの世界へ、どう消えちやつたのよ？　さう思ふと――いくらお書きになつてもいいわ。そのために公園にゐられなくなつたつて、私はいつかどこかで誰かに、それを読んで聞かせてやりませう。」

その十二階の塔は――さうだ、私と友だちとが行つた時、ちやうどそのまはりの建物が、燃えてゐる最中だつた。六区の興行物街には、まだ火が回つてゐなかつた。

私たちはいかにものんきとんぼらしく、瓢箪池の石に腰をかけ、足の先をちやぶちやぶ水につけて、ビスケツトをかじりながら五六間近くの大火を眺めてゐたものだ。

地震の騒ぎが少し静まつてから、大きい建築の残骸を、工兵隊が爆破して回つた。十二階もその一つだ。――さて弓子は、船の底でその話をしてゐるのだつた。


「朗らかなラツパが、小学校まで聞えて来たわね。見渡す限り焦土で、トタン屋根のバラツクがちらほら建つてゐたけれど、学校の屋上から、公園がまる見えだつたわ。屋上の塔は見物人が一ぱい。一時間も待つたでせう。と、火薬の爆音で、煉瓦の瀧の崩れるのがちらりと見えて、さうだつたわ、一側だけが細い剣みたいに残つたと思ふと、第二の爆音で剣も倒れちやつた。その時ね、学校の屋上の人が一せいに（万歳、万歳）つて。それからいち時に、どつと笑つたでせう。それにはびつくりしたわね。煉瓦山占領。遠くから見てゐて、私達はみんな泣きさうにうれしかつたわ。だけど人間つてどうして、塔が倒れると万歳を叫んだり、煙硝の煙が出てるれんがの山へ駆け上がつたりするものなの？」

（川端康成『浅草紅団』）

若き日の川端康成と浅草

川端康成は、いかにして浅草に縁を持つようになったのか。彼の自作年譜（『川端康成全集』第三三巻、新潮社、一九八二・五）に「浅草」の名前が最初に出て来るのは、大正七年、一七歳の項である。大阪の茨木中学を卒業してすぐさま上京した川端は、浅草蔵前の従弟の家に身を寄せて、予備校通いと浅草公園通いを平行してスタートさせている。「浅草は東京の大阪」（『大阪毎日新聞』一九二七・二・二五）で川端は次のように回想している。

> 大阪言葉がいつでも聞けるところは、やはり浅草よりは他にない。例えば、吉本興行部の万才――彼等のなかには東京弁で押し通さうとする者もゐるが、うつかり大阪弁を出してしまつて、僕を微笑ませる。僕は東京へ出たそのころ、大阪言葉を聞きに、浅草の喜劇へ通つたものだつた。

最後の肉親である祖父の看取りを終えた後、上京した少年が、浅草の小屋で吉本の万才に大笑いしつつも、その実は故郷の言葉に耳を傾けて孤独を慰めるさまを想像すると、寄席の観客一人一人にそれぞれの愉しみ方があったことを、改めて考えさせてくれる逸話である。とはいえ、並々ならない観察眼を備えた川端少年が、浅草に、大阪とは異なる「凄み」と「暗い底の渦巻」、そして「不思議な人々の群」（「浅草は東京の大阪」）を見出すのに、さほど時間はかからなかった。一高、帝大と進学した彼は、石浜金作や今東光ら浅草通の連中に刺激を受け、浅草に魅了されて行ったことは、この時期書かれた掌編小説がしばしば浅草に取材していることにも明らかである。

そして再び、自作年譜に「浅草公園」の存在が再び前景化してくるのは、昭和四年のことである。この年の一〇月に大森から上野桜木町に転居した川端は、浅草公園に通い詰めて、カジノ・フォーリーの文芸部員や踊り子たちと懇意になり、新聞小説『浅草紅団』を執筆することになる。

川端の「浅草もの」と目される作品は、羽鳥徹哉の指摘（「川端康成『浅草もの』をめぐって」、『国文学』一九六六・八）に従えば、「金銭の道」（『苦楽』一九二六・八）から「夜のさいころ」（「婦人公論」一九四〇・五）の約一五年間に及ぶが、そのピークに位置する作品が『浅草紅団』であることは誰しも異論のないところであろう。

一九八〇年代の都市論ブームの最中で、『浅草紅団』再評価の立役者の一人であった海野弘は、この作品を「一九二〇年代に登場した都市遊歩者のルポルタージュの白眉」（「川端康成『浅草紅団』」、『海』一九八二・二）と絶賛したが、冥界の川端がこの評価を、必ずしも喜んだかどうかは解らない。というのも、戦後に書いた回想「『浅草紅団』について」（『文学界』一九五一・五）で彼は、当時の自身を振り返って、『伊豆の踊子』を読んで多くの若い人たちが天城越えに出かけたように、同作の読者たちが浅草に繰り出して、浅草ブームの火付け役になったこと――カジノ・

フォーリーの踊子たちや文芸部員と懇意にし、作中で紹介したことや、朝から晩まで公園内を渉猟して試みた街の「写生」は、臨場感ある浅草ガイドブックとしての役割を果たしたのであった。

興味深いのは川端が同作を、「全く架空の物語」であるとも振り返っている点である。そのポイントは、彼が主人公とも言える浅草紅団をはじめとする不良少年グループの一人たりとも知り合うことがなかったということに起因している。そして自身を「浅草の散歩者、浅草の旅行者」に留まり、「浅草になじむことも、浅草にはいることもできなかつた」と否定的に捉えているのである。

だとすれば、「散歩者」「旅行者」に過ぎなかったことを悔いる彼にとって、浅草におけるあらまほしき自己像とは、どのようなものだったのだろうか。

『浅草紅団』執筆当時の川端の随筆「嘘と逆」(『文学時代』一九二九・一二)に、自身を評した「感情の乞食」ということばがある。幼い頃から野良犬に似た「感情の乞食」であったとする、この見立てに乗ると、この乞食は浅草で何を拾うことができたのか。あるいは、何を拾い損ねて、散歩者あるいは旅行者に留まってしまったのか。

時代の申し子たち――乞食、娼婦、不良少年少女

『浅草紅団』において、弓子や春子、銀猫梅公ら紅団員達の造型に、乞食・娼婦は色濃く影を落としている。

自らを「地震の娘」と呼ぶ弓子は、被災して棲家を失い、避難所である富士尋常小学校に収容される。そこでは、同様に居場所を失った一〇〇〇人もの乞食が集まってきたために、その群に混じって時を過ごすこととなった。ことに、隣に起居していた乞食夫婦に寄せる弓子の親近感は、下降志向などというものではなく、同族意識そのものである。

弓子の片腕である不良少年の梅公はと言うと、浅草公園の乞食に拾われて、駒形の大芥溜(乞食仲間の符牒では、「吾妻ホテル」と呼ばれている)を経由して千葉あたりまで浮浪した経歴の持ち主で、その頃を「一生に二度とない」罪のない楽しい季節だったと記憶している。

作品後半に活躍する春子は、地方出身の少女が浅草で身を持ち崩す典型であるが、自分を騙した不良少年を本気で愛し抜いて、売り飛ばされた自身を黒幕から買い戻させるという奇跡を起こした過去がある。とはいえ、震災後のどさくさを行きのびるためには「どんな女よりも、どこかが

より女」である彼女が、犯罪がらんだ性の売買を生業にしてきたことは疑う余地がない。

水茶屋、楊枝屋、楊弓屋、新聞縦覧所――この流れの下のもう一つの流れを、諸君は聞いたことがあるにちがひない。けころ、提げ重、勧進比丘尼、夜鷹、それから今のゴウカイヤだ。宿なしお勝、稲葉のお玉、阿呆のお幸、すが目のお久――その名が活字になつてゐるゴウカイヤも多いが、土手のお金は断髪のおよしのやうに乞食の子供でもなければ、馬鹿のお清のやうに生まれつきの薄のろでもないだけに、尚更女の階段をそこまで下りた典型なのだ。

そこで、お金よりも二年も早く稼ぎはじめた竜泉寺の少女はどうなるのか。

また諸君は、弓子の姉のお千代が「おてんたうさまの下で朝化粧する女」であることを知つてゐる。

(『浅草紅団』)

『浅草紅団』の語り手は、神出鬼没に闊歩する団員たちを、瓢箪池の麩を食べて暮らす乞食やゴウカイヤのおしん、ざんぎり娘らの街娼、そして六二歳で亡くなるまで七〇犯以上の前科を重ねながらも娼婦として現役を通した、浅草一の名物女・土手のお金と繋げて同じ一族《トライブ》として描いている。

前章で触れた、浅草を浅草たらしめている要素――「凄み」・「暗い底の渦巻」・「不思議な人々の群」を醸している立役者こそは、有名・無名の乞食や街娼たちだと示唆しているのである。とりわけ土手のお金への肩入れは並々ならないものがあり、二章を割いて彼女のエピソードが綴られている。

『浅草紅団』執筆に際して川端康成が、添田唖蟬坊のルポルタージュ(後に、『浅草底流記』[近代生活社、一九三〇・一〇]に収録)と並んで、石角春之助の『浅草裏譚』(文芸市場社、一九二七・九)を種本として参照したことは、よく知られている。しかしながら川端はそれらを鵜呑みに引用するには止まらなかった。批評的に精査していたことの一例として、『浅草裏譚』と『浅草紅団』との、土手のお金に関する叙述の差異を見ておきたい。

石角は、由緒正しき幕臣の娘であった「加藤金」が、「土手のお金」に成り下がる経緯を紹介した後、六〇代になっても体で稼ぐ様子を「涙ぐましい気持ち」で眺め、そのうち好きな酒も飲めなくなるだろうと同情している。案の定、『浅草裏譚』刊行の後、『浅草紅団』刊行の前に、お金は没したのであった。これを受けて川端は、石角の資料を用いながらも、お金の「のたれ死」を「酔つぱらつて啖呵が切れた」「死花」、そして「女の階段を底まで下りた典型」と捉える。

ここには土手のお金を救済の対象として哀れむ存在ではなく、浅草の下層社会を燃焼し切って生き抜いた、固有名を持つ住人として遇しようとする意志が見てとれる。『浅草紅団』の語り手は、地震の前も後も、浅草を浅草足らしめているのは、最下層で蠢く乞食や街娼たちであると語る。そして、その群の中から出て、やがては群に戻るかもしれない不良少年少女に、時代の申し子の役柄を担わせたのである。

浅草に暮らしてきた乞食や街娼を前景化し、中でも同時代を共に過ごし、多くの浅草愛好家たちの記憶に残る「土手のお金」を焦点化すること。そして、今を生きる紅団員たちをその末裔として位置づけること。いずれもが「私」の価値観に基づく浅草の歴史の語り直しであるのは言うまでもないのだが、また語り手の「私」は、紅団員らに魅了されて付き纏う追跡者《ストーカー》そのものとして設定されている。追跡者《ストーカー》は紅団員たち＝幻影を追いかけ、彼らが浅草の裏面史を彩る下層民たちの「変装」であることに気づく。紅団員を探して歩き回るとき、五感で感じる「浅草」こそが同時代のリアルであるという仕掛けが、そこにはある。

「塔」と「花嫁」たち

明治二三年に開場され、浅草を訪れる観光客たちに愛された凌雲閣、俗称・十二階は、大正一二年九月一日の震災によって八階部分より上部が折れて落下したことはよく知られている。同月二三日の午後三時すぎ、市橋少佐指揮のもと、遺された建物の爆破処理が行われた。冒頭引用部分における弓子の回想は、虚構ではなく事実そのものであった。喜多川周之「浅草十二階とバルトン」（浅草の会二百回記念特集『浅草草紙』未央社、一九七八・一二）には刻々と時を追った写真が紹介されている。

十二階の倒壊が、浅草の地元民に与えた影響とはどのようなものであったのか。富士小学校の屋上で爆破の様子を見て万歳を叫び爆笑したのは、他ならぬ、震災で棲家を失った浅草の住人たちであった。十二階が震災前の時代の象徴であるとするならば、人々にとってその倒壊と撤去のための爆破が落胆や喪失感に結びついてもおかしくはない。しかしそれらを地元民たちが、歓喜をもって迎えたことに、川端の関心は刺激されたのである。つまり、浅草名物の十二階は、その周辺の私娼窟目当ての外来者たちにとってはノスタルジックなイメージをもって眼差されていたが、その下で暮らす細民たちにとっては、どこにいても自分たちを見下ろして来る支配・抑圧の装置として機能していたのである。

ロラン・バルトの『エッフェル塔』(宗左近・諸田和治訳、審美社、一九七九・五)には、エッフェル塔を見たくないばかりに、あえてそのレストランでしばしば食事をしたというモーパッサンの逸話が紹介されているが、浅草の細民たちは自身の中に溜め込まれていた近代の象徴たる「塔」への憎悪を、モーパッサンのように塔の内部に入って塔を見まいとするといった屈折した形ではなく、破壊後の瓦礫に駆け上がって口々に快哉を叫ぶという直接的な表現で示したのであった。子供染みた、しかし直裁なパトスのほとばしりとなって出たところに、浅草の浅草たる所以があると言い換えることも出来ようか。

十二階無き後、その跡目を襲うごとく、雷門近くの地下鉄に付設する食堂が入ったビルに、四〇メートルの尖塔がそそり立つ。上野―浅草間に東洋初の地下鉄が開通したのは一九二七年一二月三〇日のこと、浅草駅雷門ビルに地下鉄食堂が開業したのは、一九二九年一〇月一日のことである。『浅草紅団』の新聞連載スタートが同年の一二月一二日だから、まさに開業間もない超近代的な施設が舞台に選ばれていたということになる。近年になぞらえれば、完成間近のスカイツリーを、超美形のバーチャルなアイドルに案内させるといった趣向とも言えようか。

地下鐵ビル

追跡者《ストーカー》である語り手は、雷門の交番にある告知板に記された「――花川戸に集まれ。紅座」のメッセージが地下鉄塔を指すと当たりをつけて、花川戸へとぶらぶら歩きをし、団員の春子に遭遇する。実はこのとき、隅田川に浮かぶ屋形船の上では、弓子が姉の敵討ちのために赤木を毒殺するドラマが同時進行しているという凝った趣向なのだが、春子は「私」の関心をそれから逸らすがごとく、切れば血が出るような実名入りの町かど情報をふんだんに語って聞かせる。中でも春子の経済講義は切れ味抜群である。地上四一〇メートルの景観を愉しむお供は、駄菓子に水道水。ガイドブックよろしく食堂の新メニューは一通りさらって見せるが、食堂には入らず、金梨地の蒔絵が施されたエレベーターに乗り込む。

「いやだわ。定員十三人だつて、これ。――三年に二百五十円で、一日いくらにあたりますの？　上に着くまでに暗算してよ。これを買ったお菓子屋、年季奉公ですつて。三年二百五十円だから、一年が八十三円三十三銭三厘三毛。一月七円足らず――あら、もう六階なの？」
　エレヴエタアの前が調理室だ。その横を屋上庭園へ出て、黒と白の化粧煉瓦の市松模様を踏みながら、「一年三百六十五日とすると、一日が二十三銭足らず。朝の八時から夜の十一時半まであいているからあの店、十五時間半の労働――暇な時だつてあるでせうけれど、一時間一銭五厘になるかならずだわ。賃金として、どうなんですの。いい？　悪い？　私なら厭だな。」と、春子は見晴しの街に眼もくれないのだ。

（『浅草紅団』）

「私」から計算が怪しいと突っ込まれる春子だが、「一銭五厘」とはハガキ一枚の価格（ちなみに一九二三年からは二銭に値上げされているが）を指す言葉であり、後には召集令状の隠語としても用いられたのはご存知の通りである。地下鉄食堂のコーヒーは一杯五銭、ライスカレエは二五銭だから、塔の眼下に蠢く労働者の賃金は立ち眩みがするほど安いということが分かる。このプロレタリアートに成り代わって搾取の現実を明かす「受け売り」を、春子が誰から仕入れたのかは定かではないが、アイドルの他愛もないお喋りだと気を許していると、中毒する批評性があるのは確かである。
　また、引用箇所にあるように、通常ならば厳重に管理されているはずの芸娼妓たちが、地震のために日中から浅草寺境内に溢れ出しているさまは、遊興を一大産業とする都市が何を内蔵し、不可視化し、搾取しているかを災害によって白日のもとにさらけ出す瞬間でもあった。『浅草紅団』の語り手は、彼女らを「乱れた花畑」と評してはいるが、いたずらに物見高ではない。震災後、富士小学校に一〇〇〇人いた避難民は、四〇日後には二〇〇人となり、やがては弓子姉妹二人と乞食親子三人だけになったのだが、弓子には姉が男に騙されて発狂し、やがては街娼になるという二次災害が待っていた。

古い浅草にも、新しい浅草にも、「一銭五厘」の稼ぎから漏れ落ちた女たちが、一夜の「嫁」として不断に供給されている在り様を、告発や窃視趣味に留まらず遺すこと。『浅草紅団』の挑戦の一つがそこにあった。

この後、塔から見える鉄製のクレーンに眼を止めた春子は、綺麗に着飾ってクレーンに吊り下げられ自殺をしたいと語り、「私」からそんな想像力は古いと貶され、向きになって浅草の人間の古さを言い立てる「私」に対して、「学校を失敬して、浅草通ひして、時々狩り立てられる学生さん」みたいなことを言うとやり込めるシーンが続くのだが、言葉敵としてこんな好敵手を少女娼婦に見出すことそれ自体が、『浅草紅団』のフィクションの中核にある。加えて、一連の対話の締めくくりに春子は、尖塔の展望台で四、五人の男たちに朗らかなキスを与えながら自身を「浅草の塔の花嫁」であると言挙げしているのだが、現在絶賛上演中の帝京座での劇中歌を歌いながらの趣向は、これが実はレヴュウ仕立ての街頭劇だったとも取れる幕切れなのである。

思えば「私」の設定は、知り合った紅団員たちから紅座として世間をアッと言わせる奇想天外な催事をする際の脚本を頼まれている「物書き」であった。しかしながら実際には、彼らの後追いを繰り返しては煙に巻かれている。脚本家＝「私」は常に、役者＝紅団員たちの想像力に遅れて、「浅草」という舞台をむやみに右往左往する。

「感情の乞食」が浅草で拾ったものは何だったかという本稿の問いの答えは、作品の冒頭近くに登場する千社札に集約されるものかもしれない。神社仏閣に参拝した証として添付される千社札は、個人や結社がそこに来たこと／居たことの証である。浅草の懐に飛び込んで目を凝らす「私」は、波間から魚鱗を煌めかせるような、幻想の不良少年少女たちに誘われて、浅草の正史が遺さない下層民たちの生きた痕跡を言葉にしようとする。彼ら彼女らの生が、他ならぬ浅草だからこそ可能であったことを。と同時に、見ようとして朝昼晩と浅草に張り込めば張り込むほど、見たいもの／欲しいものは見えないし拾えないことが明らかになる物語でもある。『浅草紅団』のラストは、一銭蒸気に乗り込んだ「私」が椿油売りに扮した弓子と遭遇するのだが、明らかに弓子は一仕事終えた後か仕事に向かう前かであって、「私」は弓子の仕事に立ち会うことができない。殺人、窃盗、強請、恋愛、セックス、人助け、親孝行、密談、大儲け等々、いずれもが事前か事後でしかありえない。それが、「物書き」が浅草に関わる際の宿命であることを自身にも読者にも知らせたところで、『浅草紅団』は尻切れ蜻蛉で終わるのである。

（金井景子）

〔作者紹介〕
かわばた・やすなり――一八九九年六月一四日～一九七二年四月一六日。大阪生。幼少時に父、母、祖母、姉を相次いで喪い、一九一四年に最後の肉親である祖父を喪い、孤児となる。一九一七年に茨木中学を卒業後、上京し、浅草蔵前の従兄宅に下宿。一高、東京帝大と進学し、一九一八年に初めて伊豆を旅して、後に『伊豆の踊子』を執筆。一九二〇年に浅草小島町に転居。一九二三年九月の関東大震災の折には、本郷に下宿していたが、友人とすぐさま浅草に視察に赴いた。一九二九年、上の桜木町に転居し、一一月に佐布里つされた浅草のカジノ・フォーリーの文芸部員や踊子と交流し、暮から『浅草紅団』を連載する。一九三四年からは越後湯沢に通い始め、後に『雪国』を執筆。一九四二年には『満州日日新聞』の招きで、中国東北部を旅し、一九四五年には陸軍報道班員として鹿屋飛行基地に滞在する。一九四八年に日本ペンクラブの会長に就任。一九六八年一〇月に日本人初のノーベル賞を受賞する。代表作に『山の音』、『千羽鶴』、『眠れる美女』、『たんぽぽ』などがある。

〔作品紹介〕
初出＝『東京朝日新聞』（一九二九・一二・一二～一九三〇・二・一六）、『新潮』（一九三〇・九、「浅草赤帯会」として）、『改造』（一九三〇・九、「浅草紅団」として）
所収＝『浅草紅団』（先進社、一九三〇・一二）
現在入手できる文庫＝『浅草紅団・浅草祭』（講談社文芸文庫、一九九六・一二）

【コラム】

演歌の〈誕生〉──神長瞭月と浅草の映画館街

浅草を彩る歌は数多い。浅草を冠した歌謡曲として、「浅草の唄」（一九四七）「浅草姉妹」（一九五九）「浅草キッド」（一九八六）などが知られているし、「東京行進曲」（一九二九）や「東京の屋根の下」（一九四八）でも、浅草は欠かすことができない東京の名所の一つとして歌詞に登場する。また浅草寺の境内には「鳩ポッポ」（一九〇〇）の歌碑が存在し、これはよく知られる「ポッポポッポ」からはじまる「鳩」の唱歌とは異なるが、東くめ作詞、瀧廉太郎作曲の由緒ある童謡である。隣接する隅田川まで含めれば、これまで浅草にまつわる歌は数え切れないほど存在してきた。ただし、ただちに街の風景を想起させるような、現在も一般に膾炙している浅草の流行歌は、ついぞ生まれなかった。それは浅草が、震災や戦災などの歴史の画期を経て、宗教的、尖端的、伝統的など目まぐるしく風景を一変させ、時代に通底する街のイメージを築けなかったことに関連するのかもしれない。

それでも浅草は、近代の流行歌、とりわけ演歌の〈誕生〉と、密接な関係をもっていた。『浅草底流記』（近代生活社、一九三〇・一〇）などの著者である添田知道は、父の唖蟬坊とともに演歌師としても知られている。彼が作詞した、「パイノパイノパイ」で知られる「東京節」（一九一九）で、浅草は、

東京で繁華な浅草は／雷門 仲見世 浅草寺／鳩ポッポ豆売るお婆さん／活動 十二階 花屋敷／すしおこし牛天ぷら／なんだとこん畜生でお巡りさん／スリに乞食に カッパライ

と描かれ、活気ある全盛期の風景が示されている。

演歌というと、現在の私たちは小節《こぶし》をきかせた歌謡曲を想起するが、「東京節」の原曲は「ジョージア行進曲」（ヘンリー・クレイ・ワーク作曲、一八六五）というアメリカ合衆国のマーチであり、それを世相を皮肉った替え唄にしたものである。よく知られるように、初期の演歌は、演説の歌謡であり、自由民権期の政治運動にその起源が求められる。知道の父、唖蟬坊がそうした壮士演歌の雄であったとするならば、その一方で流行歌としての演歌の先駆者が、神長瞭月である。瞭月は明治期に「松の声」「平生の夢」「残月一声」「ハイカラ節」などの流行歌を

次々と生み出した（倉田喜弘『日本レコード文化史』東京書籍、一九九二・六）。

そして、瞭月による流行歌としての演歌の〈誕生〉に、重要な役割を果たしたのが、浅草の映画館街である。瞭月は、開館まもない映画館で西洋音楽を学び、とりわけ伴奏のヴァイオリンに注目して、それを用いたヴァイオリン演歌で一世を風靡した（添田知道『演歌師の生活』雄山閣、一九六七・九）。無声映画を上映していた、この当時の電気館の伴奏の様子は、以下のようなものであった。

> 楽隊の任務は開演三十分位前（観客の入り込む時期）より吹奏を初め、愈々時間が迫まり開演の挨拶の時説明者の出をマーチでも吹き、説明が済み機械場の合図の笛で場内が暗くなる、此の合図を切かけに楽が初まる、写真も映つる（中略）写真中説明の這入る時には舞台からベルが鳴る、説明が済む、又呼鈴をきッかけに楽を奏する（中略）写真中人物の活動に依つて或は挙動を早め、或はいま迄静かなりしが急転直下の勢にて俄かに早き挙動に吹奏したり、（ソロ）も在れば（ピヤノ）に音を静めて吹く、夫れ〱工夫を要し其内何乎機械に故障ありて映画が中止する場合ありても、相図の笛無き時は楽を止めず（中略）又写真々々に依つて種々なる楽を応用し、一回の終りと舞台で述ぶれば客の帰りを賑にブカドンブカドン……（江田不識「活動写真映写法（二）音楽隊」『活動写真界』七号、一九一〇・三）

映画の上映前から上映後はもとより、観客の入退場に至るまで、絶え間なく楽隊が音楽を奏でている様子が理解されるだろう。私たちは一般的に、映画館とは映画を鑑賞する空間だと思い込んでいるが、少なくとも明治期の映画館は、一般の人々が西洋音楽を楽しむことのできる、数少ない空間でもあった。外国映画を観ることは、同時に西洋音楽を聞くことでもあったのである。

浅草が、西洋音楽の普及に大きく寄与したことは、大正期の浅草オペラにも表れている。丸の内の帝国劇場で本格的なオペラ歌劇の移入を目指したジョヴァンニ・ヴィットリオ・ローシーの努力は実らなかったが、その門弟が道を開き、根岸興行部の金竜館を中心に花開いた浅草オペラは、興行的に大きな成功をおさめた。関東大震災で浅草公園六区の興行街は壊滅し、浅草オペラも葬り去られたものの、その命脈は喜劇やレビューといった昭和期の軽演劇に引き継がれていく。浅草は、日本に西洋音楽を土着化させる役割の一端を、十分に担ったといえる。

（上田　学）

現在を語ることの難しさ

堀辰雄「水族館」

私は諸君に、このなんとも説明のしようのない浅草公園の魅力を、出来るだけ完全に理解させるためには、私の知つてゐるかぎりの浅草についての千個の事実を以てするより、私の空想の中に生れた一個の異常な物語を以てした方が、一さう便利であると信ずる。ところで、さういふ物語をするためには私に二つの方法が可能だ。それはその物語を展開させるために必要な一切の背景を―たとへば劇場とか、酒場とか、宿屋などを全く私の空想の偶然に一任してしまふか、或ひはまた、さういふ背景だけは実在のものを借りてくるかである。そして私にとつては、むしろ後者の方が便利のやうに思へる。何故なら、私は経験から、空想といふものは或る程度まで制御されればされるほど強烈になつて行くといふことを、知つてゐるからである。

さて、私がこの物語を、最近の流行に従つて、近頃六区の人気の中心となりつつある、カジノ・フオリーの踊り子たちのところに持つて行くのを、許していただきたい。事実は、私は彼女たちについて何も知らないのだ。そして私がこの物語を物語らしくするために、敢へてそれの無作法になるのも顧みないであらう、彼女たちに関する私の空想は、当の彼女たちをして怒らせるどころか、無邪気な彼女たちをしてただ笑はさせるに過ぎないだらう。私はそれを信じるのである。

諸君の大部分はすでに御承知だらうが、そのカジノ・フオリーといふのは、六区の活動写真街からやや離れたところに、いつも悲しいやうな愉快なやうな楽隊の音を立ててゐる木馬館と並んで立つてゐる、水族館の階上にあるのである。（中略）

埃つぽい木の階段を、下駄の音を気にしながら上つて行くと、いきなり、人々の頭ごしに（彼等はうしろの方の椅子がたくさん空いてゐるのに、それに腰かけずに、立つたまま、舞台を見てゐるのである）、音楽が聞え、踊り子たちの踊つてゐるのが見えるのだ。初めてそこに這入つた人は、よくそのうしろの方の空席に腰を下さうとしたが、すぐその椅子がぐらぐらしてゐて危険だつたり、或ひはその覆ひに大きな孔があいてゐて、そこから藁屑がはみ出してゐて、それがすぐ着物にくつつくのに気がついて、再びそこから腰を持上げてしまふのだつた。そして全体の見物席はといへば、二百人位しかはひれないその二階と、それから百人位しかはひれない上の三階と、それだけだつた。私はいつも三階に上つて見ることにしてゐた。（中略）

踊り子たちの大部分は十四から二十ぐらゐまでの娘たちだつた。彼女らは金髪のかつらをつけ、厚化粧をし、そして某新劇団のお古だと言はれる、それほど上等に見える衣裳をつけてはゐたが、彼女らの前身は、恐らく、女工とか、子守娘とか、或ひはそれに近いやうな裏店の娘だつたのに違ひない。そして彼女らの大部分は、恐らく、その歌の卑猥な意味をはつきり知らずにさういふ歌を歌ひ、その動作の淫らな意味をはつきり理解せずにさういふ踊りを踊つてゐるのかも知れない。彼女らの喉をしめつけるやうなフツトライトのなかで、彼女らは両手を頭のうしろに組み合せながら、胸を出來るだけ膨らますのである。しかし彼女らの胸はまだ小さい。……そしてさういふすべてのものが、このカジノ独特の、何とも言ひやうのない魅力のある雰囲気をば、構成してゐたのである。

（堀辰雄「水族館」）

堀辰雄と浅草

堀辰雄が二歳の時より過ごしたのは、隅田川を挟んで浅草の対岸にある向島小梅町であった。堀にとって浅草は幼少時より慣れ親しんだ場所であり、例えば、自伝小説「幼年時代」（『むらさき』一九三八・九〜一一、一九三九・一、三、四）では、「その頃、私はよく両親に伴はれて、すぐ川向うの、浅草公園へ行つた。さうして寄席へ連れて行かれたり、活動写真を見て来たりした。又、おばあさんとだけやらされるときもあつたが、そんなときには私はいつも球乗りや花屋敷などへ彼女を引つぱつて行つた」と記されている。続けて、「それらの事はまた他の機会にも書けるだろう」とあるように、「手のつけられない子供」（『文学時代』一九三〇・四）、「花を持てる女」（『文学界』一九四二・八）など、堀の浅草を舞台とした小説の多くが、幼少期の浅草を描いたものであるということができる。逆に言えば、堀が作家として活躍したのと同時期の浅草を舞台とした小説はほとんど書かれていないといっていい。そのことは、同時代の浅草、現在進行形の浅草を描くことの難しさを堀自身が感じていたからだとも考えられそうだ。

その中で「水族館」は発表された年と舞台となる時代がほぼ一致した浅草小説である。しかし、時代を一致させた分、現在の浅草を描くことに特殊な方法が用いられている。その方法が実は浅草という街の特質を表現する上で看過してはならない点でもあるのだ。また、物語の語り手「私」は堀辰雄と同じく向島に住み、そこから隅田川を越え、「毎晩のように」カジノ・フォーリーへと通いつめる。「私」が対岸の自宅から川を越えることで、「浅草公園の魅力」は語り出されていくのである。

浅草公園の魅力とカジノ・フォーリー

カジノ・フォーリーとは一九二九年七月一〇日に旗揚げされた軽演劇の劇団の名前であり、その劇場自体をも指す。後に座長を務めた榎本健一は、「一九二九年、夏七月、浅草水族館で徳永政太郎氏がカジノ・フオウリイズを創立し、レヴユウは、こゝに孤々の声を挙げ」、同年一〇月に自身が座長の「若い一座が生れ、エロ・グロ・ナンセンスとして世の中へ出た」と回想している（「浅草奮闘記」、『改造』一九三二・一一）。また、舞台は「浅草公園の林泉地」（東京市市史編纂係編『東京案内（下）』裳華房、一九〇七・四）である四

堀辰雄「水族館」挿絵（岡田七藏畫）（『モダン TOKIO 円舞曲』春陽堂、1930 年より）

区に建てられた水族館の二階にある。本文には「カジノ・フオリーといふのは、六区の活動写真街からやや離れたところに、いつも悲しいやうな愉快なやうな楽隊の音を立ててゐる木馬館と並んで立つてゐる、水族館の階上にある」と記されている。そこで演じられたレビューに出演するのが踊り子たちであり、舞台上の彼女たちが持つ「すべてのものが、このカジノ独特の、何とも言ひやうのない魅力のある雰囲気をば、構成してゐた」のである。また、「一九三〇年の型はレヴイウとジャズ万能」（酒井眞人『東京盛り場風景』誠文堂、一九三〇・一二）と呼ばれるほど、一九三〇年当時、カジノ・フォーリーは人気を博していた。石角春之助『浅草経済学』（文人社、一九三三・六）には、「カヂノが生れた早々は、実に貧弱なもので、芸術上から見ると、何等の価値もない、素人の悪るふざけのようなものであつた。しかし、それで居て、どこかに眼新らしい処があり、近代人の要求する何ものかゞ秘められてゐた。つまり常規を逸した無鉄砲さが、当時の大衆達の感情を惹いたのである」と、その流行の理由が記してある。ここから、「カジノ・フオリーの踊り子たち」から語り始めることが一九三〇年当時における「浅草公園の魅力」を伝える上で、妥当なものであったということができる。

「水族館」というタイトル

しかし、そうした「浅草公園の魅力」を語るこの物語のタイトルが、なぜ「水族館」なのか。この水族館は一八八九年一〇月一七日に開業し、当初は「浅草公園に於ける娯楽場中、優に第一位を占めて居」り、「水族館の如きは、社会が之を熱望しつつある時期に、突然茲に顕はれたので、開業早々観客の山をなし」ていた（岩崎徂堂『新事業発見法』大学館、一九〇三・三）。しかし、一九三〇年の水族館については、本文に以下のような寂れた様子が記されている。

> 水族館といつても、それはほんの名ばかりで、或ひは私が夜間しかそこに這入らないせゐか、ほとんど水槽のなかに魚の泳いでゐるのをば、私は見たことがないのである。しかしよく見てゐると、十分に光線の行きとどいてゐない岩のかげに、眠つてゐるのであらうか、その岩と同じやうな色をした身体をぴつたりくつつけてゐる、いくつかの魚等を見つけることが出来た。（中略）二階のカジノ・フオリーに出這入りするために、この水族館のなかを通り抜ける人々は多かつたが、わざわざここに立ち止つて魚等を見て行かうとする人は、ほとんど無かつたと言つていい。

以降、物語において水族館の内部が記されることはなく、踊り子が出入りする場として、また、結末の場面を象徴的に際立たせるための背景として水族館は作中から後景化していくのである。カジノ・フォーリーという当時の隆盛を極めた娯楽が、衰退の途をたどる水族館二階の余興場で行われていく。建物の構造的にはその水族館が隆盛まっただ中のカジノ・フォーリーを支えているのだ。そうした関係が「浅草公園の魅力」なのだということをも、このタイトルが示しているようでもある。

事実と空想

そもそも、カジノ・フォーリーがこの時期注目されたきっかけは、川端康成の小説「浅草紅団」（一九二九〜三〇年）にあった。前掲『浅草経済学』で石角は、その流行の原因として、「剣劇の如き殺風景な演劇に空いた大衆が、明るい、無軌道式な、全く畸型的な、常識はずれの演劇の出現を欲してゐたこと」に加え、次のように指摘している。

最もカヂノがインテリ層に喰ひ入つたことは、川端康成君が、「浅草紅団」を書いたことにある。即ち浅草紅団は、カヂノを一つの踏み段とし、其の上にさま〴〵な空想を建設してゐる。だから大衆達が、カヂノに好奇心を持つたのも当然なことである。わけてもカヂノが日増しに隆盛に赴くに従ひ、文筆生活者が、次々と押しかけ、カヂノこそ浅草に於ける尖端的な演劇であると許り筆を揃へて書き立てたから、厭でもカヂノが、対社会的にならざるを得なくなった。

川端は「浅草紅団」執筆に際し、踊り子やその他の関係者と接触し、楽屋も訪れていた（高橋勇『文壇資料　浅草物語』講談社、一九七九・五）。それに対し、「水族館」では、「私は彼女たちについて何も知らない」と語っている。さらに言えば、「私」は「この物語を物語らしくするために」「彼女たちに関する私の空想」をもってこの物語を書き記すこと、つまり、この物語はすべて虚構であることを予め告白しているのである。

私は諸君に、このなんとも説明のしようのない浅草公園の魅力を、出来るだけ完全に理解させるためには、私の知つてゐるかぎりの浅草についての千個の事実を以てするより、私の空想の中に生れた一個の異常な物語を以てした方が、一さう便利であると信ずる。

「浅草公園の魅力」は虚構によってのみ語ることができる。「水族館」という物語は一貫してそのことを語っているように思えてくる。

浅草の語りにくさを語ること

現在の浅草について語ろうとすると語り得ない事態に遭遇する。浅草の姿を瞬間的に捉えようとすると、一面的にしか捉えられないからだ。前掲『東京盛り場風景』で酒井眞人は、以下のように記している。

「五年十年浅草に住んだつて、到底現実の浅草、生きた浅草の真相を捉へることは出来ない」。と浅草通はいつてゐる。浅草は何かしら面白いのである、何かしら魅力があるので、かう語るのが一番正直である。目まぐるしい都会の東京でも、特別に流転の激しい一廓である。

このように、隆盛と衰微がめまぐるしく流転するがゆえに現在の浅草を捉えることができないだけではない。浅草の姿を捉え難いのは、例えば、カジノ・フォーリーというこの時代を象徴する場が、一時代前に流行し、現在は衰退していた水族館によって構造的に支えられていたように、相反する性質を持つもの同士が結びつき、それらが同時に浅草という街の一部となっているからでもある。

続けて酒井は前掲書で次のように、「浅草の客種」について触れている。

浅草のひるの客には、家族的の客を多く見受ける。仲見世、花やしき、木馬館、公園の中などを家族連れで散歩し歩くもの、観音詣りの信心者、お上りさんの一団、こうした平凡な堅実の客も立ち去る頃街は明るい灯の街になる。この頃からこの地はあやしいまでも溌剌として活気を呈し、享楽的となる。

浅草は昼と夜、二つの顔を持つ。それらは「平凡な堅実」であり、また「享楽的」である。浅草を訪れる者にとってどちらの顔も浅草の現実の姿となり虚構の姿となる。こうした浅草の特質は、「水族館」において次のようなかたちで描かれている。「水族館」に登場する「二十をすこし過ぎたばかりの、色の浅黒い美少年」は、男装という仮装によって浅草公園に出没していた女であった。彼女は交際中の踊り子、小松葉子の前でのみ、女という現実の姿をさらけ出していた。「私」の友人で葉子に恋心を抱く秦は「隣りの部屋に忍びこんで」「二個の女の裸体が、手足をからみ合つたまま、異様な恰好で、ころがつてゐる」という形で目撃することになる。しかし、彼女が浅草公園で目撃される時は男装という虚構を施した美少年としての姿である。また、彼女が女性として浅草公園に出没しても、「彼と瓜二つの顔をした、洋装の女とすれちがつたが、そのとき一寸それが彼自身であるかのやうな氣もしたが、ずつと老けて見えたから、きつと彼の姉だつたのに違ひない」といったかたちでその存在が否定されていく。浅草公園においては、現実の姿が否定され、男装という虚構が肯定されていく。この「男装した女」こそ、浅草の二面性である現実の姿と虚構の姿を象徴した存在となっている。

ところが、結末において、公演中の葉子を銃撃する際に彼女の現実の姿が劇場内で明かされることになる。

　その少年は、彼を捕まへようとする人々から脱れようとして、彼のかぶつてゐたハンチングを落した。すると彼はふさふさとした女の髪毛をしてゐたのである。それは少年ではなくして、男装した一人の女だつたのだ。

その後、水族館の屋上に逃げ出した彼女は、「新聞社の写真班」が焚いた「不意打ちのマグネシウム」によって「身体の均衡を失」い、「屋上から真逆様に」「墜落」していく。彼女は結末において虚構の姿から現実の姿へ戻ることになるが、彼女が現実の姿を現した場が水族館に支えられたカジノ・フォーリーの屋上であること、また、水族館を含む浅草公園そのものが虚構の空間である以上、転落した現実の姿の彼女はたちまち虚構の空間に飲み込まれていくことになる。「まだ生きてゐるぞ」という人々の叫び声は、彼女の転落死という可能性をも虚構化し、「私」による「浅草公園の魅力」はひとまず語り尽くされるのだ。このように、「水族館」はあえて「空想」（＝虚構）によって物語ることを強調することで、浅草を舞台とした小説が「現実の浅草、生きた浅草の真相」を捉える一つの方法として有効に機能しているのである。

（能地克宜）

〔作者紹介〕

ほり・たつお――一九〇四年一二月二八日～一九五三年五月二八日。東京生。父堀浜之助、母西村志気。父の正妻が上京したのをきっかけに、母と叔母の住む向島小梅町に移り住む。一九二三年五月、第一高等学校在学中に室生犀星を訪ね、以後師と仰ぐ。一九二五年、中野重治、窪川鶴次郎らと雑誌『驢馬』を創刊。一九二九年に東京帝国大学を卒業し、作家活動に入る。代表作に、「聖家族」（一九三〇）、「美しい村」（一九三四）、「風立ちぬ」（一九三七）、「菜穂子」（一九四一）などがある。

〔作品紹介〕

初出＝『モダンＴＯＫＩＯ円舞曲』（春陽堂、一九三〇・五）
所収＝『不器用な天使』（改造社、一九三〇・七）

【コラム】

吾妻橋西詰のモダニズム——永井荷風『断腸亭日乗』の浅草風景

一月初九。晴。暖。午下省線にて淺草驛に至り三ノ輪行電車にて菊屋橋より公園に入る。罹災後三年今日初めて東京の地を踏むなり。菊屋橋角宗圓寺の石の布袋恙くして在り。仲店兩側とも焼けず。傳法院無事。公園池の茶屋半燒。池の藤恙し。露天の大半古着屋なり。木馬館舊の如し。其傍に小屋掛にてエロス祭といふ看板を出し女の裸を見せる。木戸銭拾圓。ロック座はもとのオペラ館に似たるレビューと劇とを見せるらしく木戸銭六拾圓の札を出したり。公園の内外遊歩の人絡繹たるさま戦争前の如し・來路を省線にてかへる。龜戸平井あたりの町々バラツク散在す。(『断腸亭日乗』昭和二三年)

昭和二三(一九四八)年冬、永井荷風は戦災後はじめて浅草を訪問した。翌二月七日には仮本堂となっていた観音堂前で御籤を引き、境内の建物や石碑類の状況を記録している。山東京伝の机塚碑など、多くの石碑が無事だったが、「九世團十郎の銅像所在を失す」と記している。戦争末期の金属回収令で供出されていたのである。あちこちを丁寧に観察記録しているものの、エロス祭やレビューほどの興味は示していないのは明らかであった。東京大空襲で麻布市兵衛町の偏奇館を失った荷風は各地を転々としていたが、この年一二月に千葉県市川市の売家を購入、再び浅草通いを始めることになる。

浅草での荷風の姿を記録した写真は数多く残されているが、しばしば紹介されるのが、地下鉄浅草駅の吾妻橋口の前に立つ、コート姿の荷風の姿をとらえた一枚である。バックには神谷バーと、川端康成の『浅草紅団』にも登場する地下鉄ビルディングが見えている。この写真には「昭和二十二年撮影」というキャプションがついていることが多いが、『断腸亭日乗』の同年の部分には浅草を訪問したという記述は見られない。

浅草寺にあわせたデザインの上屋根をもつ浅草駅の出入口は、地下鉄銀座線が開業した昭和二(一九二七)年当時のもので、現在も吾妻橋西詰のランドマークとなっている。設計者の今井兼次は、早稲田大学の旧図書館(會津八一記念博物館)や坪内博士記念演劇博物館を手がけた建築家。和風の意匠ながら、壁の格子には「地下鉄出入口」の文字をデザインしたアールデコ風の装飾がもうけられていて面白い。同じ銀座線の稲荷町駅の出入口も今井の手によるもので、こちらは直線を基調としたシャープなデザインである。

日本初の地下鉄電車はモダン東京のシンボルとなり、戦前の古い車両が驚くべきことに昭和の後半まで走っていた。駅に到着する直前、一両一両順番に車内の電気が消え、壁際の小さな電球に灯がともるのを記憶している方も多いだろう。

神谷バーは関東大震災前の大正一〇（一九二一）年築。東京大空襲では内部に火が入ったものの、建物自体は焼け残った。特徴ある塔屋をもつ地下鉄ビルは雷門ビルともよばれ、六階建てで高さ四〇メートル。鉄道会社直営の食堂ビルだった。このビルは凌雲閣なきあとの浅草のシンボルとなり、最上階に設けられた展望室には多くの見物客が集まったという。老朽化のために平成一八（二〇〇六）年に解体されたが、改札口に降りる急階段の正面にそなわっていたニッチ（壁龕）の装飾は新しいビルでも踏襲され、階段の低い天井に飾られていた木製の龍の装飾（東京地下鉄道の紋章入り）は、エレベーター通路の壁に保存されている。

関東大震災の復興事業では、区画整理とともに、近代的な商業建築や橋梁、学校施設が建設された。これらの多くは当時流行していたアールデコ様式を取り入れたもので、機能性の中に優美なデザインや装飾を取り入れた魅力的なものとな

っていた。六区につくられた常磐座・金龍館・東京倶楽部の三館は戦後も長く残ったアールデコの劇場だった。現存する浅草を代表する建物が昭和六（一九三一）年築の東武浅草駅（浅草松屋）である。大阪・難波の南海ビルディングを設計した久野節が手がけた東京初のターミナルステーションであり、歓楽地浅草の玄関口にふさわしい大建築となっている。アーチの連続する低層階は実に優美なデザインで、隅田川を渡って大カーブを曲がり、プラットホームにゆっくりと入線する電車は浅草の名物となった。

吾妻橋西詰周辺が日記に登場するのが、昭和二四（一九四九）年の六月。

> 六月十五日。晴。午前木戸氏來話。夕刻より淺草。佛蘭西映画La grande Illusionを見る。歸路地下鐵入口にて柳島行電車を待つ。マツチにて煙草に火をつけむとすれども川風吹き來りて容易につかず。傍に佇立みゐたる街娼の一人わたしがつけて上げませう。あなた。永井先生でせうといふ。どうして知つてゐるのだと問返すに新聞や何かに寫眞が出てゐるぢやないの。鳩の町も昨夜よんだわ。わたし此間まで龜有にゐたんです。暫く問答する中電車來りたれば煙草の空箱に百圓札参枚入れたるを與へて別れたり。（昭和二四年）

三日後、荷風は再びこの街娼に出会っている。劇場に足を運び、終演後の女優たちと喫茶店に寄ったあと、ふたたび地下鉄出入口付近に足を運んだのである。荷風が待っていたのは、神田須田町から上野駅前を抜け、観音通りを通って柳島へと向かう、二四系統の都電であった。

> …（前略）その経歴をきかむと思ひ吾妻橋上につれ行き暗き川面を眺めつつ問答すること暫くなり。今宵も参百円ほど与へしに何もしないのにそんなに貰っちゃわるいわよと辞退するを無理に強ひて受取らせ今度早い時ゆっくり遊ばうと言ひて別れぬ。年は廿一、二なるべし。その悪ずれせざる様子の可憐なることそぞろに惻隠の情をも催さしむ。不幸なる女の身上を探聞し小説の種にして稿料を貪らんとするわが心底こそ売春の行為よりもかへって浅間しき限りと言うべきなれ。（同）

この年、荷風七一歳。橋の上での邂逅は、自嘲したとおり四年後の昭和二八（一九五三）年、短編『吾妻橋』の題材となった。

吾妻橋のたもとで往来の人の袖を引き、遊びをすすめる「道子」は、地味な外見ながら、十数人いる同業のなかでは一番の古顔。南千住の裏長屋に住む大工の娘で、兄は戦病死、父は空襲で焼死している。生き残った母との生活を支えるため、周旋屋の世話で、小岩の私娼窟へ身売りをする。

道子は橋の欄干に身をよせるととも

に、真暗な公園の後ろに聳えている松屋の建物の屋根や窓を彩る燈火を見上げる眼を、すぐ様橋の下の桟橋から川面の方へ移した。川面は対岸の空に輝くアサヒビールの広告の灯と、東武電車の鉄橋の上を絶えず往復する電車の灯影に照され、貸ボートを漕ぐ若い男女の姿のみならず、流れて行く芥の中に西瓜の皮や古下駄の浮いているのまでがよく見分けられる。

（『吾妻橋』）

上野に移った道子は、偶然出会った小岩時代の友人から、浅草で客を取ることを勧められる。客引きの出る場所として教えられたのが「目下足場の掛かっている観音堂の裏手から三社権現の前の空き地」「二天門の辺から鐘撞堂のある弁天山の下で、ここは昼間から客引きに出る女がいる」「瓢箪池を埋めた跡の空地から花屋敷の囲い外で、ここには男娼の姿もみられる」と、実に細かく紹介されていく。

駅周辺では「雷門の辺では神谷バーの曲角」「広い道路を越して南千住行の電車停留所の辺」「川沿の公園の真暗な入口あたりから吾妻橋の橋だもと」「松屋の建物の周囲」とやはり具体的。当時の風俗を切り取ったスケッチのような作品ではあるが、荷風の観察眼と繊細な情景描写はまだ健在だ。

高度経済成長期に入り、浅草にあった戦前の建築は次々と失われていく。東武浅草駅も一九七〇年代、外装が金属パネルで覆われて本来の外観がみられなくなってしまった。古き浅草にとどめを刺したのが、バブル期前後の建築ラッシュで、この頃には浅草の中小の名物建築が消えて行った。

平成二三（二〇一一）年、東京スカイツリーの開業にあわせ、浅草松屋がオリジナルの外観に復元された。磨き上げた外壁は正直言って陰影に欠けているものの、本物のもつ歴史と重みはテーマパーク的な建築物とは全く異なっている。荷風が佇んだ地下鉄出入口に立ち、往時の浅草に思いを馳せてみたい。

（広岡　祐）

あの機械は、機械の悲しさにたとえ宮様のお通りでも、十銭入れなきゃ廻らないんだ

貴司山治「地下鉄」

「うん、殿下をターン・スタイルのところからお通ししては不敬に当るというのでわざわざ出口の方を開いて、そこをお通り口にしてお待ちしていたわけだろう。しかし、殿下ご自身ターン・スタイルをおしてはいってみたいとお思いになったんだ。だからどれだってきかれたんだが、あの方は長く外国で暮らされただけに随分平民的なお方だね、副官のようなお附きの中尉に『おい十銭持ってるか?』とおっしゃったのを『はツ』といったまま その中尉殿、相憎十銭玉がないらしく、まごまごしている。第一財布なんか持っていないらしいんだ。殿下はターン・スタイルの前につつ立ってらっしゃる。いつまでもおまたせしては失礼だと社長と専務の――はははは二人のあわて方ったらない。燕尾服にシルクハットというでたちでさ。チョッキのポケットをさぐって紙幣入れを出したり、うしろの川岸課長に『十銭十銭』なんてせきこんでささやいているんだが課長も相にくポケットの中に財布がみあたらないらしいんだ。盛装の女の連中や、名士、実業家、鉄道大臣なんぞ、一旦設けの通り口からプラットへ入った連中も、宮さんがターン・スタイルの方からおはいりになりたがってらして、にこにこされながらまだ柵の外に立ってらっしゃるのをみると、あわててそっと又外へ出てきてうしろへまわり、来賓は一

人のこらず、ターン・スタイルの方へ集ってきたんだ…ところがあの機械は、機械の悲しさにたとえ宮様のお通りでも、十銭入れなきゃ廻らないんだ。」

（貴司山治「地下鉄」）

一九二七年師走、浅草

一九二七年一二月三〇日、浅草と上野間二・二キロを結ぶ東洋初の地下鉄が開業した。師走の浅草には花火が打ち上げられ、「祝地下鉄開通」の提灯や小旗が町を埋め尽くした。開通式の初運転には、一番乗りとして皇太子殿下（後の昭和天皇）を迎える予定になっていたため、町は護衛にあたる巡査の群れであふれかえった。小豆色の皇族自動車、来賓たちを乗せた上等の自動車が地下鉄の入口に行列をつくり、宮様を一目見ようと無数の野次馬大衆が、巡査の群れと自動車を取り囲むようにして、次から次へと集った。

浅草・上野間の運賃は一〇銭均一。切符ではなく、一〇銭硬貨を入れて十字の柵を四分の一押して入場する自動改札「ターン・スタイル」が採用され、集客の目玉になっていた。一〇銭均一に決められたのも、客寄せの物珍しい話題づくりという面があったことは確かだが、停車駅わずか四駅、乗車時間五分、全行程二・二キロという短い路線ゆえであった。当初の計画通り、浅草から上野ではなく、新橋までの八キロが事業認可され開通していれば、均一料金は採用されず、したがってターン・スタイルという自動改札が採用されることはなかったであろう。実際、ターン・スタイルは、新橋まで全通した七年後の一九三四年六月に廃止されている。

とはいえ、話題づくりは成功し、開業当日には、わずか五分の乗車のために、ターン・スタイルでの入場を目指して、五万人近い人々の長い乗車待ちの行列ができた。地下鉄は、関東大震災によって崩壊した陵雲閣＝塔に代わる、「地下」へと向かう、浅草の新たな名所、シンボル、入口となった。

あの機械は、機械の悲しさにたとえ宮様のお通りでも、十銭入れなきゃ廻らないんだ

切符があれば改札は通れるが、ターン・スタイルは機械だから、そうはいかない。その場で一〇銭硬貨を用意し、一人ずつ、みずから機械を動かすのでなければ、梃子でも動かない。たとえ男であろうと、女であろうと、大人であろうと、子どもであろうと、宮様であろうと、盛装の女の連中であろうと、名士であろうと、実業家であろうと、鉄道大臣であろうと、社長であろうと、専務であろうと、労働者であろうと、ホームレスであろうと、誰であろうと、それは関係ない。一〇銭を用意しないかぎり、動かないものは、動かない。階級の上下も、貴賤も、貧富の格差も問わない平等性、等価性こそが、この入場方式を支えている。まさに「あの機械は、機械の悲しさにたとえ宮様のお通りでも、十銭入れなきゃ廻らないんだ」ということなのだ。

たかが一〇銭硬貨。しかし、誰もが持っているようで持っていないのが硬貨であり小銭なのである。宮様は言うに及ばず、社長も専務も名士も大臣も小銭など持ち歩かないし、その必要もないだろう。紙幣の持ちあわせはあっても、ここでは役に立たない。両替が必要だ。おめでたい開通式の一番乗りのために「両替」しなければならないとは、何とも間抜けな話ではないか。引用にもあるとおり、そもそも、宮様も名士も大臣も、小銭どころか紙幣さえ、要するに「財布」など必要ないので、はじめから持っていないのである。

「このターン・スタイルの仕掛けが珍しくて客がよけいにやってくるだろうというのが、いかめしくひげをはやしている装をしているこの会社の重役たちの考えであった」。そう考えた会社の重役たちが、みずから仕掛けたターン・スタイルを前にして立ち往生し、入場できない羽目に陥る。

それにしても、何とすばらしい、嗤いと嘲りと罵りに満ちた愉快な場面であろう。

嗤う浅草のカーニバル的世界

「ターン・スタイル」と「宮様」の出会い。上野から浅草に地下鉄で行くためには、地上に君臨する権威が、まず「地下」に下りてこなければならない。そして「ターン・スタイル」を通過しなければならない。一〇銭を投じて、一人ずつ、分け隔てなく、誰もが平等に「自分で腕木」を押して入場しなければならない。これが「浅草」にたどり着くために、皮肉にも「地下鉄」が用意した約束であり、通過儀礼であり、思想であろう。いかなる権威も格差も差別も階級も「浅草」は容認しない。「あの機械は、機械の悲しさにたとえ宮様のお通りでも、十銭入れなきゃ廻らないんだ」のとおり、たとえ地上に君臨するもの、支配するものとい

えども「地下」に引きずり降ろされる。上から下へ、地上から地下へと、引きずり降ろされる。地下鉄の計画と設計と建設に関わった会社の重役、官僚、政治家たちは、この皮肉と逆説に、滑稽なことに、まったく気がついていない。それゆえ、彼らは労働者に、野次馬群集に嗤われる。「浅草」に嗤われ、罵られ、嘲笑される。

「うん…ところがね、宮さんにつづいて大勢の来賓がみなターン・スタイルからはいってこようとするんだろう？ おしかけているんだ。宮さんのすぐあとがつるつるに頭のはげた鉄道大臣の小村平吉じゃないか。そのうしろにうちの社長やら、専務やら、松井銀行のそら成田清人やら、それから、地下鉄の工事を全部やった大蔵組のあの缶詰男爵の耳まで切れたような大きな口などが大勢並んでいるんだ。だって一人一人が十銭づつターン・スタイルの穴へ入れなきゃ、はいることできやしないさ。あんな連中は十銭玉なんてものは持ってやしないんだよ。その癖銀行の利子を一厘下げたの二厘上げたのと細かいことばかりいってるんだがね……」

若い男たちはここで、無邪気な笑い声を合奏した。

宮様の初乗りに応対する勤務に、晴れて選ばれた地下鉄労働者の青木は、合宿所に戻り、寝ている仲間にその様子を話して聞かせる。仲間の多くは開通前の昼夜不休の労働のために、または隧道内の湿気と塵埃で眼や喉や肺を痛めたために、床に伏したままでいる。しかし青木の話に、暗く淀んだ彼らの目は輝きを取りもどし、無邪気な笑いの渦が巻き起こる。

この作品は、地下鉄労働者たちの間から湧き上がる嗤い、嘲り、罵りを、じつに鮮やかにとらえている。朝から晩まで一一時間もの間、一度も太陽を拝むことなく地下に押し込められた、文字通り「最底辺」の労働者の視点から、労働の矛盾が、社会の滑稽な仕組みが、とうてい容認できない世界の不合理と矛盾が、哄笑とともに、ひとつひとつ浮かび上がってくる。

かつて川端康成は「浅草には一流のものが何一つない」「もし浅草で一流のものを求めるなら、浅草観音と、香具師と、不良少年と、乞食と浮浪者と、野良犬と——そんなことになりはしないだろうか」と書いた(「浅草」一九三〇年)。ここに現出している、既存の価値と秩序を一切容認せず、すべてを引きずり降ろし、逆さまにしてしまうカーニバル的世界もまた、「一流のもの」を嗤い、ひっくり返し、許さない「浅草」という舞台を背景にして、はじめて可能になっているといえるかもしれない。

一九三二年の「もぐら争議」に取材した作品

貴司山治「地下鉄」は、一九三二年三月二〇日に起きた「もぐら争議」と呼ばれた東京地下鉄争議に取材した未完の長編小説である。

争議は、満州事変に召集された労働者の首切りに端を発し、地下での不衛生な職場環境の改善、デタラメな賃金体系、男女格差の撤廃、便所の設置、食堂・更衣室・休憩所・水道の設置、出征兵士の待遇問題など二七項目の要求を掲げて一五〇人の従業員が決起し、三月二〇日始発から無期限ストライキに突入した。日本労働組合全国協議会(全協)の指導の下、食料を準備して籠城作戦を展開し、警察の干渉にも屈することなく抵抗をつづけ、やがて要求の大部分を獲得して二四日に争議団を解散した。

プロレタリア文学運動に参加していた貴司は、この事件を作品化することを計画し、一九三三年三月に文学サークル「十九日会」を立ち上げ、争議関係者への取材を開始した。「インテリで東京の近代的労働者を知らない自分が、労働者の生活を書くためにはどうしても、サークルかそれに類似の方法による外に道はない」(「日記」一九三四・九・二九)との考えから、貴司は関係者への聞き取りを下敷きに原稿を書き進め、それを再び取材者に読み聞かせ、批評を仰ぎ、書き直すという作業をくりかえすことで作品の構想を練っていった。

「長編小説『地下鉄』序編」「長編『地下鉄』の一部」として、「出郷」（『中央公論』一九三三・一二）、「労働者第一課」（『文化集団』一九三四・一二）、「青服」前篇（『文学評論』一九三五・二）、「青服」後篇（『文学評論』一九三五・三）までの四編が発表されたが、これは争議に入るはるか以前の、長編全体の序章にすぎない。地下鉄開業に向けて、農村から募集採用された三三名の運転士・車掌候補の見習生がはじめて上京し、慣れない浅草・上野での生活と、過酷な訓練と不当な労働環境に直面しながら、次第に「四国の貧しい農民の子弟」が「大東京の労働者」として覚醒し、成長していく一九二七年一二月の段階で、物語は中断している。

これ以後、残された「地下鉄争議ノート」には、続編「一九二八年三月一六日」とともに、「もぐら争議」に至る第二編、第三篇の構想が記されているが、プロレタリア文学運動の弾圧と解体、貴司自身が逮捕投獄されたこともあって、ついに続編が書き継がれることなく放置されたままになってしまった。

奴隷的労務管理の「父」

浅草を始発とする「東洋初の地下鉄」については、これまで創業者である実業家の早川徳次にスポットをあて、「地下鉄の父」と崇め讃える視点のものが圧倒的に多い。パリ、ロンドン、ニューヨークの地下鉄を視察し、その利便性に感銘を受け、いち早く東京にもちこんだ先見の明にみちた実業家の成功譚、立身出世譚として語られるものばかりである。

山梨県出身の早川は、地下鉄開業に向けて、故郷で労働者の募集を行った。貧しい農家の子弟三〇〇人ほどが応募し、その中から三三名が見習生として採用された。これに鉄道学校出身者二〇名が駅員として入社し、一期生あわせて五三名での開業となった。小説では見習生の故郷は山梨ではなく、貴司山治の故郷徳島に設定されている。

地下鉄は地上からは見えない。とりわけ地下で働く労働者は見えない存在だ。それゆえと言うべきか、地下鉄の建設を地下の最底辺で支えた労働者の視点に焦点をあてたものは、ほぼ皆無といってよい。

地上から見えない地下の労働がどのようなものであったか。「地下鉄」で描かれているのは、その具体的な労働世界である。

実際、隧道内の衛生状態は最悪だった。一一時間にも及ぶ長時間労働にくわえ、隧道内に充満する塵埃と、まるで「毒ガス」のような防腐剤の刺激によって、みな目と喉と肺を痛め、倒れていく。失明するもの、肺結核を患うものが続出し、まともな治療を施されないまま、次々と首を切られていく。それは「欧州戦争当時、水のたまったざん濠の中で暮らしている兵士の生活」を想起させる悲惨な労働環境であった。

「地下鉄の父」と呼ばれる早川は、こうした貧民子弟を子飼にして使い潰す奴隷的労務管理の「父」でもあったことを、忘れてはならない。

浅草の地下に謀叛が渦巻く

その夜、合宿所の部屋では、一期生たち五〇人近くが集まって、慰労会が催された。費用は、青木をはじめ、開業式の勤務に選ばれた三人が手にした賞与金六円である。会社が工面してくれるはずもない。

宴会は、酒とうどんとかくし芸で盛り上がる。

「西村は子守唄がうまいんだア！」
と叫んだ。するとみなはかれに向つて「子守唄子守唄」とわめいた。座蒲団を片手で背中に受けとめて、鎮守の森の下かげをよく田圃にゐる父と母を迎へに、元一を背負つて歩いて行つた小学校時代の自分を思ひ出しながら、清はまつ赤な顔をして子守唄を二つばかり唄はなければならなかつた。

東苅屋の――
稲田の娘
米のなる木を
知らんとさ
苅屋々々と
稲田がなけりや
あとは萱野の
け丶す行々子原

稲田は今でも貴族院議員をしてゐるT県第一の大地主の名だった。清の子守唄はかれの故郷に何百何年間地主に対する嘲笑と屈従に培はれてきた貧農の声のやうに暗くて低く、およそこの場ににつかわしくなかつた。

地主の娘は、米がどうやってできるかを知らない。米が果物のように木になるものだと教えてやったら、きっと信じるだろう。無知でいい気な地主の令嬢に対する皮肉とあざけり。惨めな貧農の労苦と呪詛。それが子守唄の主調音だ。子守唄は、いわゆる当て唄であり、ふだんの会話だったらとてもじゃないが口にできない悪口や嘲笑、批判や皮肉を易々と調べにのせる。

買いたたかれて東京に集められた貧農の怨念が、浅草の地下で合流し、渦を巻く。やがて未曾有の大争議がはじまる。

（楜沢　健）

〔作者紹介〕

きし・やまじ――一八九九年一二月二二日～一九七三年一一月二〇日。徳島生。本名伊藤好市。小説家。鳴門尋常小学校卒。大阪で新聞記者となる。新聞懸賞小説でデビュー。「舞踏会事件」を『無産者新聞』に発表し、プロレタリア文学運動に参加。プロレタリア文学の大衆化を唱え、代表作「ゴー・ストップ」「忍術武勇伝」「バス車掌七百人」などを次々に発表。転向後も雑誌「文学案内」「実録文学」を発行し、運動の継続を模索した。戦時中は「維新前夜」を『読売新聞』に連載するなど、時代小説を手がけた。小林多喜二や槇村浩の資料や原稿を戦前から秘匿し、官憲から守り抜いたことでも知られる。その他の作品に「暴露読本」「同志愛」「敵の娘」「石田三成」「戦国英雄伝」などがある。

〔作品紹介〕

初出＝「長編小説『地下鉄』序編」「長編『地下鉄』の一部」として以下四編が発表され、未完。「出郷」（「中央公論」一九三三・一二）、「労働者第一課」（「文化集団」一九三四・一二）、「青服」前篇（「文学評論」一九三五・二）、「青服」後編（「文学評論」一九三五・三）

所収＝貴司山治研究会編『貴司山治研究』（不二出版、二〇一一・一二）、楜沢健編『アンソロジー・プロレタリア文学第五巻　驚異』（森話社、二〇一七、刊行予定）

【コラム】

モダン浅草の残像をたどる

『大東京繁盛記　下町篇』（春秋社、一九二八・九）は、関東大震災後の東京の街と世相を記録した、まことに興味深いアンソロジーである。なかでも味わいのある一編が、北原白秋の作品。江戸期や明治大正を偲ぶ掌編が多いなか、復興と発展への期待と高揚をストレートに表現しているのである。


　バラック、バラック、バラック、バラック。

「復興局の砂利場ですよ、ありゃ」

　そして石垣の蔦かづら、何もかも草ぼうぼうだが新鮮だ。

「あ、龍紋氷室が残っている」

　と、空に白いは半かけ月、月の面には紫の蟹。

（『大川風景』）


龍紋氷室は関西の氷商で、函館で天然氷を採氷、神戸で販売を始め巨利を得た。明治二六（一八九三）年に東京へ進出したが、すでに機械製氷もはじまりつつあったので、古き明治の象徴としての描写なのだろう。

　この作品には「字幕」と称する巻頭言があり、シネカメラで撮影した隅田川の風景を上映するという趣向になっている。それも「フィルムを切りつめて」あるためにスピードが早いのだ。「映画のパッパッパッをご御覧ください」とある。新時代を感じさせるスピーディーさが心地よい。これが明治時代だったら。おそらく覗きからくりかパノラマなのだろう。


　起重機、起重機、起重機、起重機。

生きたる鉄、鉄柱、鉄鋼、鉄網。近代の神こそまさしくその斜塔の頂辺に座す。

　空は碧く、雲はおそろしく美しい。

　しかも架橋工事は半《なかば》である。とても丹朱のガードとガード、宙には突き出す鉄腕の玻璃球、昼は無色だが夜は煌々たる紫か。また点々々と赤か、緑か、小電球の列。一二三四五六七。

　その橋杭の交錯に、ぶつかるぶつかる雨後の濁流、波紋、波紋。

　起重機、起重機。

「凌雲閣ももろかったな」

　何と下手の吾妻橋の線の細さだ。日没前の一時間、南は雷鳴、積乱雲。白虹、白虹。

（同）


　文明開化のシンボルだった凌雲閣・浅草十二階への冷淡さが興味深い。この建物は震災によって中途から崩壊し、残った八階までの部分は陸軍工兵隊によって爆破された。爆破の作業は公開され、廃墟のまわりにはアマチュアカメラマンが大挙して押し寄せたという。

「十二階が完成されて間もなく吉原で火事が起きた時（明治二四年一月）、人々は火事を見ようと十二階に殺到したが、三十年を経て一人一人がカメラを持ち、決定的な瞬間を待つまでになったのである。写真は、まるで十二階の崩壊を待ちうけているかのようであった」（松山巖『乱歩と東京――1920 都市の貌』PARCO出版、一九八四・一二）。

　左岸に白い帝大の艇庫である。――明治時代の木版画。いつも見馴れた言問だが、この墨堤の桜も今はひょろひょろの染井吉野の若木ばかりだ、花が咲くのはいつのことやら、石垣のふちの緑が、ああたゞ虫の音の幅に揺れてる、揺れてるだけだ。

と、乗合自動車だ、駛《はし》る、駛る、ひどい埃だ。

さて、八百善の簡易食堂、サッポロビールの赤煉瓦、また灰色の洋式倉庫の窓、窓、窓。

や、赤だ、や、緑だ、青だ、夜は明滅する広告燈の福助足袋や仁丹、その浅草側の馬道、仲見世、六区のイルミネエション。

『猫とカナリヤって怖い映画だってね』

そこで吾妻橋。

復興と創造と、東京は今や第二の陣痛に苦しみつゝある。この大川風景に見る亜鉛、煤煙、塵埃、鉄鉄鉄の鬱悶と生気と、また銀灰の輝きと、洋行に乱擾する騒音と囂々《ごうごう》音と、何が駒形、何がまたほとゝぎすであろうぞ。架橋だ、開鑿だ、地下鉄道だ、駒形橋は完成されてもまだ通行は開かれぬ。右の袂は桟橋の土舟、土舟、土舟だ、そうら、ざら〳〵〳〵、人夫と泥土と汚水と、来る来る来る来るトロッコだ。わあい。　（同）

この作品の二年後、江戸川乱歩は傑作短編『押絵と旅する男』（一九二九）を発表した。作品の舞台として、明治二八（一八九五）年の浅草十二階や観音裏の覗きからくりが登場する。同じ浅草界隈が登場する作品ながら、躍動感あふれる『大川風景』とまったくリズムが異なることが印象的だ。同じ年、白秋は詩集『海豹と雲』で、近代化と都市と発展のメタファーとしての「神」を力強く謳いあげる「鋼鉄風景」を発表している。この年は世界大恐慌の年でもあるのだが。

昭和の終わりとモダニズムの記憶

一九八〇年代の後半の浅草は、今では信じられないほど閑散としていた。週末はそこそこ観光客や参拝客がいるものの、平日の日中はじつに寂しいもので、参道から外れて奥山から六区に至るあたりは、場外馬券場帰りの男たちばかりが目立った。入場料がなかった頃の花やしきは、酔っぱらいの休憩所でもあったのである。

この頃の浅草歩きは、過去への旅と

いった趣だった。刀の鍔やら額装した御真影の切り抜きやら勲章やらを店先に並べた奥山の古道具屋をひやかして、西参道から六区方面へと歩く。浅草のシンボルだった国際劇場はすでに閉館、取り壊されていたが、六区の常磐座・金龍館・東京倶楽部は戦前の姿のまま残っていたからである。建物は震災復興期に流行したアールデコのデザインである。あの三館だけは残すべきだったのではと、伝統ある映画館がすべて消えた二一世紀の六区を歩くたびに思う。

　昭和四（一九二九）年九月、鉄道省出身の建築家・土橋長俊が「東京各盛場人出分析」という面白い調査を行なっている。それによると、意外なことに当時の銀座の訪問客は学生が最も多く、新宿・神楽坂は奥様方の、上野は娘と子供でにぎわう繁華街だったという。浅草は人形町と並び、「店員」の街だった。この街を訪れる客の二四％は商店の手代や若い衆・小僧などで、青年（一三％）・学生（一〇％）がそれに続いていた。浅草という町が、下町商家の奉公人たちが手軽に楽しむことのできた、身近な盛り場だったことがわかる。

　戦災で壊滅的被害を受けたため、第二次大戦後の浅草は、新宿や池袋などの新興の繁華街にその人気を奪われていく。下町地域の焼失で、ここを娯楽の場とした奉公人の人口が激減したことも、衰退の大きな要因だった。それでも、日本映画が最後の輝きを見せた昭和三〇年代前半までは、六区はまだ多くの来訪者で賑わっていた。

　寺の境内や周囲に配された、僧侶の居住する建物を子院、または塔頭《たっちゅう》とよんでいる。京都や奈良の有名寺院では、拝観料をとって観光客を受け入れているところもあるので、足を踏み入れたことのある方も多いに違いない。

　浅草寺の子院はもともと参道の両側に並んで配置されていた。ちなみに、その板塀沿いには参拝客相手の屋台が数多く営業していたが、子院が他の場所に移転したのちも、彼らは許可を得てそこで商売を続けた。ここがのちに仲見世商店街となる場所である。

　昭和七（一九三二）年、寺では分散していた二一の子院を境内の北側に集めた。このとき、関東大震災の教訓から旧来の木造建築ではなく、鉄筋コンクリート造として不燃化をすすめることにしたのである。設計者は歌舞伎座・明治生命館と、和洋さまざまな大建築を手がけた名手・岡田信一郎である。

　岡田は弟の捷五郎とともに、この子院群を実に瀟洒な住宅街に仕上げてみせた。コンクリート壁には和風の意匠をこらしており、玄関と二階部分に飾られた青緑色の瓦が、丸瓦と平瓦を組み合わせた本瓦葺風に仕上げているのが、いかにも寺院の建築らしい。一階部分が僧侶の居住スペースで、二階に仏間を設けているという。

　建物の不燃化は、この子院群が東京大空襲の被害を免れた大きな要因となった。現在、建物を近くで見てみると、このモダン寺院のコンクリートの状態がよいことに驚かされる。手入れも行き届いているのだろう。同じコンクリート住宅でも、同時期につくられた同潤会のアパート群などは、晩年はかなり老朽化していたのである。

敷地西側に隣接する浅草寺病院（旧・浅草寺医療院）は、浅草寺子院完成の五年後の昭和一二（一九三七）年に竣工したもので、同じデザインの瓦の装飾をもつ建物だった。残念ながら数年前に改築されてしまったが、新しい建物も玄関周りに旧建築のイメージを残している。

最後に浅草の玄関口、吾妻橋とその周辺を見てみよう。西詰に水上バスの乗降場が設けられ、多くの観光客でにぎわう吾妻橋は、昭和六（一九三一）年に完成した鋼アーチ橋。明治以後の橋としては三代目にあたる。吾妻橋附近は地盤が軟弱で、下流の永代橋と同様にケーソン（潜函）工法で工事をすすめたという。

二代目は立派なトラスをもつ隅田川初の鉄橋だったが、関東大震災のとき、木製の床板が炎上して多くの犠牲者を出した。同様のトラスをもつ新大橋（明治四五年架橋。愛知県明治村に部分保存）がコンクリートの床板を採用し、避難路として多くの市民を救ったのと対照的である。

対岸のアサヒビアホールも、フィリップ・スタルクの独創的なオブジェとともにもう二〇年あまりの歴史をこの地に刻んでいる。ビルの合間から見える東京スカイツリーを、吾妻橋西詰の橋台から撮影するのも名物になったらしい。漫画家・松本零士デザインの隅田川遊覧船・ヒミコは未来的なデザインで評判をよび、現在は二号艇も運行しているようだ。

　雲だ、積乱雲だ、ああ、雷鳴だ、電光だ。
　火花、火花、火花。
　驟雨、驟雨、驟雨、驟雨、驟雨。
　ああ、大東京。
チカ〱〱〱〱〱。

パッ——白。

真っ白になったスクリーンを眺めながら、失われた街角や建物に思いをはせてみる。

（広岡　祐）

靴と転業をめぐる「マジな芝居」は書かれたか

高見順『東橋新誌』

比良が目下書かうとして悩みつつある脚本の話を、古市老にしたのが、きつかけであつた。川辺がいつぞや比良に語つた西村勝三の話、これを時代劇にして書かうか。それとも、川辺が先ごろまで働いてゐた靴屋のご隠居さん、これを書かうか。これも時代劇とすべきか。或は現代にまで持つてくるか。それとも純然たる現代劇にすべきか。比良はその決定に迷つてゐた。

「いづれにしろ、これはどうしてもマジで行きたいと思つてゐるんですが」

「マジとは何ぢやね」

「や、どうも。真面目のマジです。真面目な芝居、――僕はまださういふ奴は書いたことがないんで、それでも苦しんでゐるんです」

「まじめな芝居を書いたことがない？」

古市老は憫れた顔で、

「君は、すると、不真面目な芝居ばかり書いとつたのか」

「弱つたね、これは」

頭をガリガリと掻いて、

「不真面目つて訳ぢやありませんが、喜劇ですね。笑はせる芝居。それを書いてゐたんです。それならお手のものなんだが、いま書かうと思つてゐるのは、どつちにしろマジでないと――おツと、喜劇には扱へませんからね。扱へないことはないが、扱ひたくない」

そんな会話ののち、比良は、佐倉の藩士で靴屋に成つた例の隠居の話をした、国のため靴屋に成つたその人は、川辺達に国のための転業をすすめ、さうして老躯に鞭打つて、古靴の修繕をやつてゐる。…

「ほほう。そんな老齢で今なほ靴直しをやつとるのか」

「偉いもんですね。偉すぎて、書くのが難しい。下手やると、作り話みたいに成る。」

「君。その店を知つてゐいるのかね」

「知つてゐます」

「ふむ」

古市老が深く心に感ずるところがあつたやうだ。

「――わしを案内して貰へんかな」

「どうするんです」

「なに、どうツて訳でもないが、ちよつと、その老人を見てみたい」

川下への逆転は、ここからはじまつたのである。

「死ぬまで働く…ふむ」

古市老は独りで呟いてゐた。

「死ぬまで靴で奉公がしたい…ふむ」

軈て土手を降りて、電車道に出た。電車に乗ることにした。線路の走つてゐる正面の空に、落陽がギラ〱と輝いてゐた。

「日が短くなつたわい」

電車が、いつでも混んでゐた。だが浅草へは一息だ。くるりと曲ると電車は忽ち吾妻橋の上に出た。

ガーッと車輪が鳴る。間もなく橋が切れようとするところで、思ひ掛けない白い鳥の翼が、窓をすれすれに、かすめて行つた。

「――都鳥ぢやな」

（高見順『東橋新誌』）

銅像の応召から始まる物語

『東橋新誌』の幕開け、語り手の「私」は隅田川の堤を散策していて、以前はあったはずの銅像が忽然と姿を消していることを知る。その銅像とは、西村勝三――明治の初年代に、軍靴の製造が急務であると考えて、士族から靴の製造業へと転身した実業家のものである。

　この小説の舞台となっている一九四二年から一九四三年にかけての時期は、ミッドウェー海戦の大敗北を受けて戦

失われた西村勝三像
（『西村勝三翁傳』西村翁傳記編纂會、1921 年）

局が悪化し、武器の製造のために暮らしの中の金物を、軍事物資の原材料として回収するという動きが盛んになりつつあった。墨堤の散歩者たちに親しまれていた西村勝三の銅像も、お国のために「出征」したというわけである。

　この銅像は、『西村勝三翁伝』（西村翁伝記編纂会、一九二一・二）によれば、一九〇六年、西村が亡くなる前年に向島洲崎町にあった桜組製革工場の跡地に、同氏の友人や門下生によって建立されたものである。故人の業績を永遠に残そうとする営為が銅像の建立であるとすれば、銅像の寿命としては四〇年に満たない年月は甚だ短命と言える。

語り手の「私」が、銅像の消失を気にするのは、それ以前に散策の途上で偶然この銅像を目にして西村勝三の存在を識り、興味を持って小説を書いたという経緯があったからである。その小説が縁で、「私」は西村が設立した桜組の後身にあたる製靴会社に呼ばれて、工員たちに従軍談を語ってくれるようにとの要請も受けたのであるが、そこで銅像の「出征」を知らされる。小説家である「私」の従軍記者体験どころではない、死して後、銅像となっても滅私奉公する明治の実業家・西村勝三は、強いインパクトを持って、長編小説の幕を切って落とす。

　かつて士族だった西村勝三がお国のために軍靴の製造業者となったように、物語に登場する主要登場人物は、時局に順応した、川辺（靴職人）や常さん（鮨職人）、桐野（雑誌の校正者）といった前歴を捨てて軍需工場に志願したり徴用されたりした工員たちである。また、靴工場が戦時体制下で接収されたことに対応して、八〇代であるにもかかわらず靴修理の現役に復帰するご隠居も現れる。

　引用した箇所は、やはり重要な登場人物の一人である比良と古市慨堂という老人との対話である。軽演劇の文芸部員である比良は、これまでコントの脚本を書いて糊口を凌いできた、言わば浅草六区の申し子のような存在なのだが、西村勝三の足跡や、それに触発されたご隠居の人生を劇化したいと構想するようになる。靴と転職をめぐる「マジな芝居」を書くことは比良の悲願になるのだが、引用部に集約的に現れている通り、喜劇を書くことが本職の彼もまた、本来の商売を離れて転職を余儀なくされていることに、ヒロイックな使命感を見出そうとしている川辺や常さん、桐野らと同様に、時局に焚き付けられた「マジな芝居」に取り憑かれているのである。

ただ、このシーンで古市老人が「君は不真面目な芝居ばかり書いとつたのか」と図らずも混ぜ返していることに顕著なように、「お国のためではない仕事」が総じて「不真面目」に見えてしまう状況下、当人たちが転職をして生き方を「マジな」方向にシフトチェンジしようと模索するのにもかかわらず、慣れ親しんだ浅草という時空間は、それを空転させたり換骨奪胎させてしまう磁力を発揮してしまう。そこに、この物語の面白さがある。

幕間としての浅草散歩——義太夫と安来節

川辺さんは、靴工場が戦時体制のあおりを受けて「解散」した後、枡谷社長が経営する航空部品の軍需工場に転職するのだが、この枡谷社長との関係がまずもって「浅草的」である。川辺さんの趣味は義太夫で、芸名は利昇。枡谷社長も同じ義太夫の語り連で、喜堂という芸名の持ち主である。一介の新米工員と社長という身分差があるわけだから、本来ならば口もきけないほどの格差であるはずなのだが、「素義（注・素人の義太夫）では義太夫のうまい職人の方が、社長より偉い」という「常識」が先行して、二人は仕事を離れるやお互いを芸名で呼び合い、むしろ枡谷社長が川辺さんをリスペクトする有様である。二人にとって懐かしいのは、和舟さん（実在する和菓子の老舗「舟和」の社長）の豪華絢爛たる見台開きの時の思い出で、「滅私奉公」といきりたってはみるものの、戦争前の、なんの仕事であれ、全てに義太夫が優先する生活を送った日々懐かしくて仕方がない。

元・鮨職人の常さんはといえば、桐野を誘って幸鮨の親方（これも実在の、蔣介石似の、名物親父）のところに出かけ、親方と震災前の鮨屋談義に花を咲かせる。震災前は、鮨職人たちはつけ場の前に座って鮨を握っていたことや、加減の良いシャリの炊き方や握り方へと、どんどん話が脱線して行き、桐野＝元ジャーナリストという聴き手を得た、常さんと親方の問わず語りの魅力は、時局の緊迫をいつの間にか忘れさせてしまうのである。

　実のところ、比良もまた、「マジな芝居」を書くことを誓いつつも、何をしているのかといえば、戦前同様に六区の寄席や芝居小屋を覗いて回るブラブラ歩きを重ねる体たらくで、気がつけば、妻の妹である咲子（＝レビューの踊子の最上純子）が出演する小屋の楽屋を冷やかしたりしている。比良が勤める劇団は、木下華声（これも実在の芸人・二代目江戸家猫八の別名。久保田万太郎が徳川夢声の向こうを張ってつけてやった名だと言う）の軽演劇団という設定なのだが、座長の木下華声が「支那前線の慰問」から戻ったばかりとの情報も描きこまれている。比良はその登場のシーンから、安来節の泥鰌掬いを彷彿とさせる笊を手にした出で立ち（配給の鰯を取りに行く途上という設定）で、まさにその「マジな芝居」ぶりが観る者を笑わせないではいられない設定であることも見逃せない。

　国への「滅私奉公」を誓ったはずの彼らが、結果的には、かつての浅草散歩を繰り返して、風景に触発されては、浅草独特の価値基準や倫理感を掘り起こしてしまう。再三にわたって描きこまれるその「滅私奉公」からの逸脱は、同作品への、「戦時下の新聞小説として、「国家というものから文学を見る」観点に立って戦争協力を進める側面と、小説をいかに構成するのかという、物語作者本来の仕事の側面とをなんとか結合しようとして結局中断された苦心の作品」（川上勉『高見順　昭和の時代の精神』萌書房、二〇一一・八）といった評価には収斂しきれないものがある。なお言えば、高見順の影を色濃く宿した語り手である「私」が、転職した登場人物たちの「マジな」再就職ぶりを描こうと躍起になっても、その舞台が浅草である限り、彼らは街角を曲がるたびにかつての記憶を蘇らせ、底抜けや脱線を重ねてし

現在も浅草に残る靴屋

まうのである。

たとえば、桐野が彷徨い込んだ小屋では、どう考えても時代遅れと思える泥鰌掬いの舞台が、完全に客席と一体になり、客の一人が時局を織り込んだ八木節の替え歌を歌って拍手喝采を浴びている様に打ちのめされる。いよいよ真打登場とばかり現れた古顔・立花家梅奴（これも大正期に一世を風靡した実在の芸人）が、安来節の要所に絶妙に戦時風景を歌い込む技に感服し、シニカルな「ジャナリ屋さん」（出版関係のインテリたちを呼ぶ、踊子たちの用語）だったはずの自身が、徴用工として元・鮨屋の常さんと出会って友情を育んだことを喜ぶ――庶民回帰の感情に浸っているところは、「戦争協力的な小説」（川上勉『高見順　昭和の時代の精神』前掲）と断じられても致し方ない側面を持っている。

しかし、なお執拗にこのテキストを注視してみると、このシークエンスは、桐野が熱狂の小屋を出て、国際通で気になる女に目を奪われるところで幕切れを迎えている。つまり、小屋を出ると熱狂は続かず、「マジな」発見や感動は、自身の奥底からひょいと顔を出す欲望によって、いとも容易く「さっきまでのこと」として後景化してしまうということである。

「撃ちてし止まむ」の掛け声の下、国家からも民衆からも戦争協力のための「マジな芝居」は供給され続けていたのは疑いようもない――『東橋新誌』の「東京新聞」紙上の連載もまたそうであったかもしれない――が、小屋から小屋への移動の際に、あるいはこの小説がメインモチーフとしてタイトルにも掲げる「東橋」＝吾妻橋の袂で大川の風に吹かれてふと我に返るとき、浅草は各々の散歩者に何を思い浮かばせるのかについて綴った小説であることも、見落としたくはない。

「書くこと」は回向になるか
――落語「野晒」に触発されて

桐野と常さんのコンビはほんとうに良く浅草を歩き回るのだが、寒空に墨堤を歩くという思いつきを実行する。インテリの桐野は、先日、古市老人から教わった東湖の絶句を想起して、風流を気取ってみたくなるのだが、案の定寒すぎて、いくらも歩かない内に、常さんが尿意を催す。桐野も誘われて連れションとなるのだが、そこで終わらないのが浅草的教養あるいは想像力なのである。

「酒でなくて小便をかけるんでは、こいつア野晒に成らねえな」

「野晒——芭蕉の？」

「このあいだの晩、柳好がやつてたぢやないか。ラヂオで…」

落語の野晒であつた。二代目林家正蔵の作とされてゐるが鼻の円遊なども得意の売りものにしてゐた有名な落語だ。——

常さんはぶる、と胴震ひをして、

「月浮かむ水も手向けの隅田川——か」（『東橋新誌』）

「野晒」は、向島に釣りに行った男が枯れ葦の中に水死人の髑髏を見つけ、不憫なことと手持ちの瓢の酒を注いで回向をしたところ、その夜に美人が現れて往生が叶った礼を言い、二人（一人と一柱か）は懇ろになるという落語である。男の住まいが浅草門跡裏で、常さんの住まいと重なるところにも乙な仕掛けがあるのだが、『東橋新誌』における「回向」とは、物資不足のあおりをもろに受けて、往時からは見る影もない浅草界隈を「書くこと」それ自体が、果たして何の供養になるのかという謎かけであろう。

　一九三八年、浅草田島町に仕事部屋を構えて、浅草を渉猟し尽くした産物『如何なる星の下に』（『文芸』一九三九・一

かつての吾妻橋

〜一九四〇・三。新潮社、一九四〇・四）を発表した折、登場した一七歳の踊子・小柳雅子は、喫茶店・食堂・飲み屋を経巡る浅草グルメの伴走者であったが、それからたった三、四年後の、二〇代前半の「若いが古い顔」の踊子・最上純子は、配給物資の不足から外食が出来ずに、大きな弁当箱を二つ持参して小屋に通う「舞台労働者」である。喫茶店風景として、入るや否やウエートレスが、「コーヒーか干し柿ですけど」と壊れた蓄音機のごとく注文取りを繰り返すコントも、描きこまれている。改めて確認するまでもなく『東橋新誌』は、『如何なる星の下に』の中で、小説が描けない小説家が浅草を彷徨しつつ、町の妖精とも言える雅子に「いいなア」と憧憬した、あの夢見心地を、国家存亡の季節に西村勝三の銅像のごとく自ら供出し、「マジな芝居」へと方向転換を図った「転向」の書である。しかし、墨堤の川風に誘い出されるようにさまよう登場人物たちは、浅草を歩く中で、かつての面影を宿す種々の髑髏に遭遇し、語らいの中に往時を再現する。

一九四五年三月九日の東京大空襲で、跡形も無く失われる浅草を、戦前のほぼアンカーとして前年に書き残した『東橋新誌』であるが、「書かれること」は何を供養したことになるのであろうか。

（金井景子）

〔作者紹介〕
たかみ・じゅん——一九〇七年一月三〇日〜一九五五年八月一七日。福井県生。婚外子として生まれ、一歳で母と上京し、麻布区に住む。一高、東京帝国大学英文学科と進学し、卒業後にコロムビアレコード会社に就職。一九三二年に治安維持法違反の容疑で検挙される。一九三五年、『故旧忘れ得べき』で第一回芥川賞候補となる。一九三六年に「描写のうしろに寝てゐられない」を発表。一九三八年に浅草にアパートを借り、翌年に『如何なる星の下に』を発表。一九四一年にビルマ、一九四四年に中国へ、徴用令を受け報道班員として赴く。戦中は鎌倉に居住し、東京発声映画製作所の嘱託として文芸映画の製作にも関わった。戦後は、一九五二年から『昭和文学盛衰史』の執筆（一九五九年に完成、毎日出版文化賞を受賞）に取り組み、一九六三年には日本近代文学館理事長に就任して、同館を開館した。同年、がんの宣告を受け、一九六五年に逝去。文化功労者に選出された。代表作に、『わが胸の底のここには』、『激流』、『いやな感じ』、『死の淵より』などがある。

〔作品紹介〕
初出＝『東京新聞』（一九四三・一〇・三〇〜一九四四・四・六）
所収＝『東橋新誌』（六興出版部、一九四四・四）、『高見順全集第二巻』（勁草書房、一九七一・四）

【コラム】

浅草にマリアがいた——北原怜子と「蟻の街」

「蟻の街のマリア」と聞いて、すぐピンと来る人は、今日ではさほど多くはないかもしれない。しかしかつては、松居桃楼作の単行本『蟻の街のマリア』（知性社、一九五八・五）が出版され評判を呼ぶのと同時に、菊田一夫脚色で舞台作品として上演（歌舞伎座、一九五八・七）、五所平之助監督で映画化（松竹、一九五八・一二）と、メディア・ミックスして瞬く間に、全国で知られる存在となった。

とはいえ、皮肉なことに、単行本が出版される年の一月二三日に、「蟻の街のマリア」＝北原怜子（きたはらさとこ、洗礼名はエリザベト・マリア）自身は台東区浅草聖天町にあった「アリの会」において、腎臓病により二八歳で逝去している。生前、マスコミがキリスト者としての行為を献身的美談として書き立てることに戸惑いを隠せなかったという怜子にとっては、死後の伝説化を知ることがなかったことも、あながち不幸とばかりは言えないかもしれない。

戦前、杉並区の農学者の家庭に生まれ育った怜子は、女学校時代を学徒動員で三鷹にあった中島飛行機の旋盤工として働く経験を持っていた。クリスチャンの学校であったことや、爆撃で九死に一生を得たことなどの経験から、修道女として生きる希望を抱いたという。戦後、父が病に倒れたことなどもあり、姉の嫁ぎ先である浅草の花川戸にある履物問屋に身を寄せたことが、「蟻の街」（＝隅田川の言問橋付近の廃品回収を生業とする地域）に赴く契機となった。草履屋の店頭で店番をしていた怜子を訪ねてきたゼノ神父との出会いは、彼女を「蟻の街」の貧民救済——ことに、子供たちへの生活支援や教育へと赴かせる引き金となった。

興味深いのは、労働ばかりで夏休みにどこへも連れて行ってもらえない子供たちが、絵日記のネタに窮していることを知るや、迷わず自身が廃品回収業の鑑札をとって資金調達を試み、周囲を巻き込んで、箱根旅行を実現してしまう行動力である。たった一度の旅行で人生が変わるとは思えないけれど、こういう行動力を目の当たりにしたことそれ自体が、「蟻の街」の子供たちにとって奇蹟だったに違いない。

周辺の資料に目を通せば通すほど、「蟻の街のマリア」は、この街を仕切っていた起業家・小沢求や、街に住み込んで脚本家としてマスコミ対策をはじめとするプロデューサー役を果たしていた劇作家の松居桃楼、自身も長崎で被爆体験を持つゼノ・ゼブロフスキー神父らが作り、北原怜子に演じさせていた側面を見逃すべきではないと感じる一方で、「マリア」が子供達の目にどう映ったのかについては、改めて知りたいなと思う。

「蟻の街」は戦後の浅草の再開発によってその後、東京都の方針によって一九六〇年六月に江東区八号埋め立て地へ移転した。現在その場所はJR「潮見」駅となり、高層の集合住宅が立ち並んでいる。言問橋の袂から東京湾の埋め立て地へ——人の記憶の中で「蟻の街のマリア」は生き続けているだろうか。

（金井景子）

ぼっちゃん、おじょうちゃんへの浅草教育

幸田文「このよがくもん」

その頃うちは向島に住んでゐたから、浅草へ出るのは竹屋の渡しによるか、一銭蒸気に乗るか、人力か歩くかといふことになる。墨壺屋のぢいさんと一緒にゐるのは、正直のところ余りどつとしないから、私達は離れて席を取る。ぢいさん、きょろ〳〵してゐるうちに、やがていやな風体の女ががや〳〵騒いでゐるそばへ席を取つて、例の青貝ずりをはでに振りまわしてゐる。やむを得ない。が、二人とも何が学問のしどころなのかわからない。吾妻橋に著くとぢいさんは、わかつたかと聞く。「あいらあ地獄でさ、おもしろいことを話してたのに惜しいことをしましたなあ」と笑つた。

きやうだいは、はじめて学問のしどころを悟つた。神谷バー、電気ブラン、きんつば、雷おこし。おこしの原料は知つてるか、はじめ豆屋のねえさんの給料はいくらだ、玉乗りの曲芸の一寸法師の年齢はいくつだ。伊勢勘のおもちや、「このすがゝ爪をよつく御覧なさい。どんなに小さからうとも骨は巻き骨、あ、い、細工だねえ」と詠嘆し、私たちはたゞぼうつとした。鮨屋横丁で昼をすませる。鮨をたべるのまで学問だ。あ、やつちやいけない、かうやつちや悪い、うまいとも恥かしいとも云つてゐられない。金車亭へ行く。混んでゐる。その中をぢいさんは、「御免よ御免よ」と

ことわりながら、人のあたつてゐる火鉢なんか跨いで行く。あとに続く私達はじろ〳〵見られるし、ほんとにやつとの思ひで席に着いた。すわると、とたんに高座にゐた人が、「御当今教育が発達して、葡萄茶袴に金ボタン、御規則通りの教育ばかりぢや人間といふものはできない。そこで種のちがふお嬢さん坊ちやんが寄席へ来る。こりや併しよつぽど話のわかつた親御さんだ」と云つた。ぢいさんは、あたりかまはず大いに笑つてる。私は、くそつたれ奴とおこつた。

それから、安来節と看板の出てゐるところへ行つた。いなせのやうな田舎くさいやうな扮装の男が恥しいほど、「いらつしやい、へいいらつしやい」と云つた。場内は暗く舞台だけ明るく、こゝも人が一杯だつた。きやうだいは引率者の姿を見失つた。困つてゐると、かぶりつきの処に例の杖がによつきり出て、赤いきれがひらめいてゐる。二人はうしろの手すりにもたれて、うんざりした。ついて来ないとさとるとぢいさんは、「坊ちやんどうしたあ」とわめき出した。観念の眼をあけて舞台を見る私達をしたがへて、ぢいさんは専ら満足の様子で、だん〳〵と興が乗つて来るらしく自分も一緒になつて、「あらえつさつさ」と囃す、「美人連々々」と手をたゝく、舞台では赤い腰巻のあねさん冠りの美人連が踊つてゐる。そのうち、一人が列を離れて舞台ばなに来た。見物は凄く陽気に騒ぐ。あつといふ間に赤い縮緬は舞ひあがり舞ひさがり、白い丘陵のまぼろしは眼に胸に消え残つたまゝ、膜は降り、怒涛のやうな拍手に場内は明るくなつた。私と弟と二人だけがへこたれきつてゐた。恐ろしい学問であつた。

（幸田文「このよがくもん」）

浅草散歩のときに必ず立ち寄るところとは？

これを読んでくださっているあなたに、質問です。「浅草に行ったら、必ず立ち寄るところ」がありますか？

こうした問いかけから、始めてみたい。

というのも、この『浅草文芸ハンドブック』の執筆メンバーと浅草を初めて歩いた時、気付いたことがあるからだ。とある平日の午後、地下鉄の銀座線の「浅草駅」の雷門そばの出口で編集者も含め七人で待ち合わせ、仲見世から始めて浅草寺、奥山界隈と、足の向くまま大通りや路地を、当て所なく四時間くらい、歩きに歩いた。その間、どこの甘味屋さんにも入らず、喫茶店にも寄らず、浅草に来たら必ず買うはずの「お土産物」も物色せず、「今晩、どこで何、食べようか？」という話題もしなかった。さすがに酒飲み揃いなので、時が経つにつれて、赤提灯や往来にまで漂う煮込みの匂いに誘われて、「そろそろ、やりますか…？」ということになり、ご縁があるすし屋通りの「十和田」さんで大いに飲んだ。

閉店近くまで蕎麦と日本酒を楽しんで、いざ、外に出てみると、夜が早い浅草の街には、開店しているお土産物屋さんはほとんどない。仕方がないので、お土産を何一つ買わずに帰途についた。帰りの電車に揺られながら、私（金井景子）は、自分が生まれて初めて、浅草に行ったのに、「梅園」にも「舟和」にも寄らず、江戸玩具の「助六」や染絵手ぬぐいの「ふじ屋」もひやかさず、「アンヂェラス」で珈琲も飲まず、今夜のご馳走をすき焼きかてんぷらか鰻か洋食かで迷いに迷うということもしなかったことに気がついた。「気がついた」というのは、正確ではない。正直言えば、散歩の途中から、『あれっ？　ここに寄らないの？』、『えーっ、季節の新柄が出てたら、見たいんだけど…』といったフラストレーションを徐々に募らせていたことを告白しておく。

後になってそのことをメンバーに話したら、皆、「言ってくれたら、寄りましたよ（笑）」との返答であったが、それは寄り道に「付き合ってくれる」ということであって、それをしないと浅草に来た気がしない、ということとは違う。翻ってみるに、メンバーの一人一人にも、本来ならば浅草に行くたびに覗くお店や場所があったのかもしれない。

改めて、「浅草を歩く」のには、世代やジェンダーが作用しているなあと気がついた。

寄り道ついでに、森鷗外と妹・喜美子の浅草散歩は？

小金井喜美子は「写真」（『鷗外の思ひ出』八木書店、一九五六・二）という随筆で、尋常小学校三年のときに、首席になったご褒美に、兄の鷗外に浅草に連れて行ってもらったことを回想している。当時、鷗外一家は向島に住んでいたいたので、墨堤を徒歩で浅草入りしている。鷗外が妹のために用意した「浅草散歩」のコースは、

浅草寺参拝↓江崎写真展での記念撮影↓仲見世で、

喜美子へのご褒美の品と留守番の家族へのお土産の購入→人力車で帰宅

というものである。喜美子へのご褒美の品は、玩具のお茶道具と本、家族へのお土産は、雷おこしと紅梅焼であった。明治一〇年代に鷗外がプランニングしたこの浅草散歩コースが、「女、こども」向けの定番であったと決めつけることはできないが、帰宅して喜美子が母に話して「良かったね」と言われているところを見ると、それなりの一般性はあったのであろう。浅草寺のお参り、写真撮影、仲見世での買い物という「浅草の歩き方」を楽しんだ親子や親族は、当時の東京にかなりの数、いたことは想像に難くない。

幸田露伴が用意した、「子ども向け」浅草散歩

いよいよ、本題の幸田文「このよがくもん」である。随筆集『こんなこと』(創元社、一九五〇・八)に収められたこの文章は、『父——その死』(中央公論社、一九四九・一二)に引き続き、文豪・露伴の家庭人としての面影を綴った一連の作品である。鷗外とは紅露逍鷗と並び称される同時代人で、同じく向島に暮らした露伴であるが、浅草見学を通じて、子供たちに随分ユニークな「このよがくもん」＝社会勉強を施したことが見て取れる。

露伴が一〇代半ばの文、三つ年下の成豊に選んでくれた家庭教師は、横尾安五郎という名前のおじいさんであった。露伴はこの老人と床屋で知り合い、意気投合する。元・下総の牧士《まきし》(将軍家の御料牧場をあずかる職)であったという横尾安五郎は、息子の道楽によって零落し、その息子の商売から近所では「墨壺屋のぢいさん」と呼ばれている。当初は姉弟のための素読の先生として蝸牛庵に招かれていたのだが、実は浅草を知り尽くす「教養」の持ち主であるところから、露伴に請われて、「浅草教育」の特別講師を務めることになるのである。

十徳を着込み、頭巾を被った「墨壺屋のぢいさん」は、手に青貝の螺鈿を施した杖を持ち、その杖の先には、「ここが学問のしどころだ」というときに注意を喚起するために振られる赤い布が取り付けてある。

この日のコースは、

一銭蒸気で浅草入り→鮨屋横丁で鮨ランチ→金車亭で寄席見物→安来節の見物

吾妻橋と一銭蒸気

である。引用箇所で示されたように、それぞれの場に、学びどころがあるのだが、どこからどう見ても、良いところのぼっちゃん、おじょうちゃん然とした姉弟は場違いで、見学するよりもされる対象になっている。笑われたり、冷や汗をかいたりの、この「浅草学校」はその後も何度か続けられたようなのだが、面白いのは、姉弟が帰宅して父に子細を報告すると、露伴がそれを興がって聴き、「墨壺屋のぢいさん」と次々にプランを立てたらしいところである。これは若き日に露伴が大いに「浅草学校」で学び、下町である浅草の、食やエンターテインメントの文化を満喫していたとともに、子供たちにも味合わせたい面白いものとして捉えていたことの証左である。「浅草で遊ぶ」人の多くには、その「遊び」の先達がいて、橋渡しや手ほどきをしてくれる経緯があるものだが、子供達の「浅草教育」のために、江戸時代の浅草の賑わいも知る遊び人を推挙するところが、露伴のセンスであろう。

安来節――六区の根強いコンテンツ

浅草のエンターテインメントを語る上で、絶対に外せないのが安来節である。地方発、大阪経由で進化し、浅草六区で大輪の花を咲かせたこの演芸は、幾度もブームを巻き起こした。

手元にあるCD『よそではめったに聴けないはなし 下町浅草人情の街』（キングレコード、一九九八）には、木馬館のさよなら公演（一九七七・六・一〜二八）の時の、稲葉雪子が歌う「安来節」が収録されていて、一九七〇年代末まで浅草では安来節が聴けたことがわかる。安来節はしばしばジャズに準えられることがあるが、まさに緩急自在、アップテンポで聴く者を引き込む調子は、小唄や端唄などのお座敷芸とも異なる世界を持っている。

石田信夫『安来節』（中国新聞社、一九八二・八）によれば、江戸時代に出雲に発祥したこの芸能が東京の浅草で大成功したのは大正後期のこと。出雲から出てきた大和家三人姉妹（来間春子、八千代、清子）が一九一七年以降、浅草の常盤座に進出したことで火がついた。当時の様子を語る春子の回想は次の通りである。

私らの安来節の人気が出たというのは、都会に出て来た人が故郷の歌に飢えてたってことね。それに女ばかりの一群だから、女を残してきた地方の連中はワァーと来る。踊り、芝居、銭太鼓、どじょうすくい、これはおきまりもの。銭太鼓は昔、座敷で枕を使ってやっていた。ところが舞台では小さいので、今のようなのを作った。（中略）
すごい人気で、常盤座を最初に、十二階劇場、玉木座、帝京座、日本館、遊楽座、松竹座、大東京、木馬館と、大きいところはみな出ました。帝京座では、私が全部借り切って段舞台にして、上は三味線、尺八、胡弓、太鼓、琴というものをずらっと並べました。二階は歌い手がずらり。まだ下に六十人、本当にみごとだった。客席がワイワイ波打っていた。あんまりすごくてこわいくらいでした。（『安来節』）

「このよがくもん」に登場する美人連が大和家三姉妹であるかどうかは定かでないが、時期としてはちょうど重なっている。浅草を訪れる客は、昔も今も地方出身者がその基層を成しているが、繰り返しブームが来て延命し続けた六区の根強いのコンテンツが、地方発祥の安来節だったことは、浅草が江戸東京の伝統文化に胡座をかくことなく貪欲に活動し続けていた証でもある。

「見て歩き」の原点としての「浅草教育」

「このよがくもん」の末尾は、「銭太鼓も美人連も二度と私につながらなかつた。しかし横尾安五郎先生、墨壺屋のぢいさんの教へは、いまだに時々私によみがへつて、この世学問のありどころを想ひおこさせてゐる」と締めくくられている。これを綴った四四歳の幸田文は、まさかその後、自身が『流れる』(新潮社、一九五六・二)や『おとうと』(中央公論社、一九五七・九)といったベストセラーの小説家となり、文壇という新たな領域で「このよがくもん」をする羽目に陥るとは夢想だにしていなかったであろう。しかしなお興味深いのは、その後の歩みを辿ると、奈良の法輪寺三重塔の再建事業の舵取り役(『いかるがの記』)や、日本国中の樹木や崩壊地を見て回る活動(『木』や『崩れ』)といった、唯一無比の「見て歩き」を敢行している点である。六〇代から七〇代にかけて展開されたこれらの「見て歩き」には、眼前に在るもの/ことに対して観察者ではなく、貪欲な追体験者であろうとする心身の動きそのものが書き残されている。そしていつの時も、独りよがりに陥ることを嫌うかのように、「墨壺屋のぢいさん」のような卓越した案内人

明治36年頃の常盤座前(『増補改訂　浅草細見』浅草観光連盟、1976年より)

を見つけ出して、感動と発見とを重ねて行く。

向島に生まれ育ち、二〇歳まで同地にいた幸田文にとって、浅草は隅田川を挟んで目と鼻の先にある近しい場所だったはずであるが、「このよがくもん」に描かれた「浅草教育」は、当時の浅草の熱狂を、先入観なしに追体験することで、浅草自体を重層性を帯びた場所として捉える階梯であった。換言すればそれは、「女・こども」だからこそ「女・こども」のお呼びでない浅草を経験することで、人として育つワークショップでもあったのだ。（金井景子）

〔作者紹介〕

こうだ・あや――一九〇四年九月一日～一九九〇年一〇月三一日。東京生。幸田露伴の次女として向島で育つ。幼少時より、隅田川の洪水に度々会い、弟とともに小石川の叔母宅に預けられることもあった。一九一七年に女子学院に入学。この年から父より家事全般に関する独自の教育を受けることになる。一九二三年（大正一二）の関東大震災を機に、小石川へと転居。肺結核に罹った弟・成豊の看護をするが、一九二六年に逝去。一九二八年に新川の清酒問屋三橋幾之助に嫁ぐが、一九三八年に離婚し、以後露伴のもとに戻った。一九四七年七月に露伴が逝去した後、父の最期や数々の思い出を請われるままに執筆し、評判となる。一九五六年（昭和三一）に『流れる』、翌年に『おとうと』を刊行して文壇の寵児となった。代表作に、『みそっかす』、『黒い裾』、『闘』、『木』、『崩れ』などがある。

〔作品紹介〕

初出＝『週刊朝日』（一九四八・九・一九）
所収＝『こんなこと』（創元社、一九五〇・八）
現在入手できる文庫＝『父・こんなこと』（新潮文庫、一九六七・一）

【コラム】

浅草みやげ

　人形焼き、あんみつ、雷おこしなどの和菓子をはじめ、デンキブラン、七味唐辛子など飲食にまつわるものから、和装小物、布製品に至るまで、すでに多くの人々の間でそれらは浅草の名物として認知されてきたと言ってもよいだろう。古くから浅草は、浅草寺参拝、見世物見物、飲食店での食事を中心とした人々の移動を街の活性化の原動力として活用してきた。例えば、浅草生まれの作家一瀬直行の『彼女とゴミ箱　浅草文学』（交蘭社、一九三三・六）には、「飲食店は浅草の胴体である」、「四軒に一軒が飲食店だと聞く」と記されているように、飲食物の方が浅草の名物として想記されやすいのかもしれない。

　そして、これら浅草の名物を浅草の甘味処などで食べることは、まぎれもなく浅草を歩き、浅草で食べ、浅草と一体化する体験を浅草を訪れたものが実践しているといっても過言ではない。例えば、一瀬と同じく浅草生まれの作家野一色幹夫「あさくさ喰べあるき」（『浅草』富士書房、一九五三・一）には、「ボクが一応試験済みの、比較的安心して入れそうな喰べ物屋、亦は昔から有名な店で現在はどうなっているか、など、知つている範囲の店を紹介しようと思う」とあり、続けて以下のような店が記されている。

> 　まず観音様の入口、仲見世かどで眼に映るのは浅草名物、雷おこしの〝常盤堂〟の看板であるが、実は雷おこしの本舗は五十年の歴史をもつ新仲見世通りの〝大心堂〟である。
>
> 　ついでに、しること菓子の老舗を紹介すれば、仲見世を入つてすぐの〝大心堂〟すこし行つたところに、しるこの元祖〝梅園〟がある。観音堂の一寸手前を右へ折れた〝秋茂登〟も、しるこ専門の老舗で安心できる店。
>
> 　和菓子では、明治十年お団子屋でスタートした田原町かどの〝鮹松月〟。その風変りな店名と共に鮹最中、鮹まん、鮹くりは余りにも有名である。

このように、和菓子屋の紹介から書き記されていく。

　これらの名物を浅草で購入し、浅草で消費すること（いわゆる食べ歩き）が浅草の内側で浅草を体験することだとするなら、浅草でみやげを購入し、帰宅してから食べる（あるいは自宅で使う）ということは、浅草を浅草の外部へと拡大していくとともに、浅草体験をもう一度追体験する一つの手段とも言える。それでは、これまでどのようなものが浅草のみやげとして数多くの浅草本では紹介されてきたのだろうか。

例えば、小食通「浅草附近の料理店探検記」（『商業界』一九〇九・一）、石角春之助「浅草料理店カフエー食堂名鑑」（『浅草裏譚』文芸市場社、一九二七・九）などのように、浅草の飲食店が紹介された文章を目にすることが多いのに対して、浅草のみやげについては、観光ガイドブックの類いを除き、それほど多くはない。

そこで、昭和戦後期の一九五〇年代から八〇年代にかけて刊行された以下の四冊の浅草本（①「浅草のみやげもの・たべもの（アンケート）」（高見順編『浅草』英宝社、一九五五・一二）、②大森亮潮『浅草人情地図』（朝日出版社、一九七八・四）、③小沢昭一『ぼくの浅草案内』講談社、一九七八・六）、④「浅草の見どころ・諸施設・銘店」（清水谷孝尚・小森隆吉『東京路上細見④——浅草・河童橋・鳥越・浅草橋』平凡社、一九八九・五））を例に、その中で繰り返し取り上げられた浅草みやげのうち上位六品を紹介してみたい。

一位（四冊中四冊）
「助六」の「江戸趣味小玩具」
二位（四冊中三冊）
「舟和」の「芋ようかん」
「常盤堂雷おこし本舗」の「雷おこし」
「木村屋人形焼本舗」の「人形焼」
「評判堂」の「あられ」「おかき」等
「やげん堀」の「七色唐辛子」

飲食の街という印象の強い浅草において、みやげものとして最も紹介されていたのが、仲見世ホームページに「江戸末期の頃からの日本でただ一軒の江戸趣味小玩具の店」と記された「助六」だ。店内のガラスケースに並べられた数々の「小玩具」は現在訪れても魅力あるものに見えてくる。また、浅草に行かなければ手に入らないのところも浅草みやげの魅力となっているのだろう。

以下、誰もが知る浅草名物の和菓子が続く中でランキング上でもスパイスとして効き目を利かせているのが「やげん堀」の「七色唐辛子」である。「やげん堀」では「七色唐辛子」だけでなく、「葉唐辛子の佃煮」もオススメとある。

ここで注目しておきたいのが四冊中二冊で紹介されている「言問団子」である。浅草から隅田川を渡った先の向島にあるこの店までは浅草駅から徒歩一五分ある。そこで「浅草みやげ」として「言問団子」を買うとなると、その人にとって向島はまぎれもなく浅草という街の内側に含まれるはずである。

みやげものからも、浅草とはどこからどこまでを指すのか、その領域の「際」が拡大・縮小するさまを窺うことができるのである。

（能地克宜）

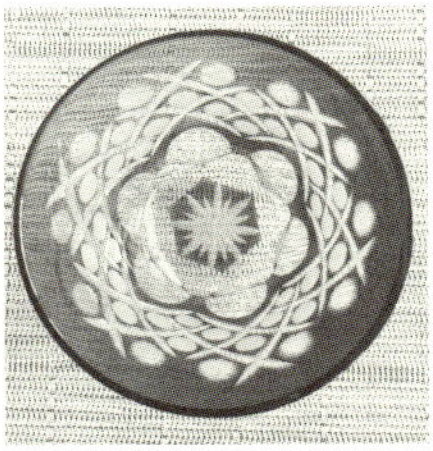

行き場のないフラヌールの邂逅
水木洋子・今井正『にっぽんのお婆あちゃん』

55　吾妻橋

ネオンの中に都電の灯、車のライトが交錯して往来が激しい。

その橋の真ン中に、疲れきった二人がしゃがみこんでいる。が、やがて立ち上るくみにつれられてサトも腰を上げる。

くみ「（やや手さぐりで歩きかけ）このくさい川のにおいて……」

サト「これではとび込む人も考えてしまうわ」

くみ「あぶなくて、歩く先もない」

サト「ほんまに東京もあかんようになったなあ……（と、びっこをひきだす）ああもうかなわんわ。円タクに乗ってトバそうか。それがええ。あんた一緒に温泉にでも行かへんか」

くみ「どこでも行きますよ。どうせ用はない身体なんだから……」

サト「だけど、家で心配しやはらへん？　なんやったら、お近かづきになった間柄としては送らせて貰うてもかめへんわ。あんたの家へ泊ってゆっくり話をば」

くみ「ええ？」

サト「あ、そうしょうか？」

くみ「あたしんとこは駄目よ」

サト「えッ、実はな、かくしとっても水くさいよって、ま、いうなればわたし、家をとび出してきてな」

くみ「あら……」

サト「帰らんつもりで、もう……」

くみ「そんな立派な御隠居さんが、ぜいたくなまあ……」

サト「いいえ、わたしは、いらん人間なんですわ」

くみ「ぜいたくよ、家族があるのに、良い年をして家をおん出るなンてあんた……ちょっと何処？　ね、家へ送ってってあげるわ」

サト「いやア、今夜あんたのとこへ泊めて貰えんやろか。そうしたらまた一晩よう考えてみるけど……ほんまのところ、死んでやろう思ってな」

くみ「あらま……死ぬのは簡単だけど……そこの道路にちょっと立ったら、ひいてってくれるからね」

サト「痛いのはごめんですわ。眠っとるうちにスーウッとな」

くみ「眠り薬だって苦しむよ、あんた。見たよあたし、お爺さんが一人のたうちまわって、他の部屋まで聞こえるような唸り声でもう、見ちゃいられない」

サト「すると何がよろしいのかいな」

くみ「首をつるか、まあ……」

サト「時代遅れやがな」

くみ「いろいろ研究すると、やっぱり轢かれるのがてっとり早いね」

サト「鉄道なら……」

くみ「あれはね、鉄でしょ輪が……」

サト「ええ鉄道やからね」

くみ「鉄の車は重くて、何んだか」

サト「あああれの下敷はかなわん」

くみ「だから、どうせそんならゴムの輪っぱのほうが」

サト「ゴムタイヤ……」

くみ「そう、自動車のほうが空気がはいっていますからね」

サト「あたりが柔らかい」

くみ「うん、まあね。実は私もいろいろ考えたのよ」

サト「あんたもか!?」

くみ「うん」

サト「あれあれ……はあ……」

くみ「もうおいとま貰おうと思ってさ」

騒音で二人は大声を張り上げる。

サト「おいとま？」

くみ「うん」

サト「あんたも……」
くみ「ええ？」
サト「そうですか、ほなら一緒ですか？」
くみ「ええ？（聞こえない）」
サト「一緒ですなア。こりゃ観音様の結びつけですわ。道連れが出来て心強うなってきた（と元気になる）」
くみ「はあ？」

サト「それではな、一緒にお仲間に……」
くみ「あんた、ほんとにやれますか？」
サト「やります！」
くみ「きっと？」
サト「ヘッ？」
くみ「きっとやりますか？」
サト「やります！」

（水木洋子「喜劇 にっぽんのお婆あちゃん」）

昭和三〇年代の浅草

『にっぽんのお婆あちゃん』（一九六二）の主人公は、ミヤコ蝶々演じるサトと、北林谷栄演じるくみの老人二人である。サトは狭いアパートで息子の嫁にいびられ、くみは老人ホームで盗難の嫌疑をかけられ、それぞれが行くあてもなく訪れた浅草で出会い、一緒に街中を巡ることで、お互いの親交を深めていく。そして日が暮れ、行く先が無くなったところで、冒頭の引用のシーンになるのである。結局、自殺を試みた車道への飛び込みは、周囲から老人の無茶な道路横断と間違えられて失敗し、二人は嫌々ながらも、もとの居場所へ帰っていく。

映画初出演となったミヤコ蝶々は、いまだ三〇代にもかかわらず、撮影現場における北林の懇切な助言もあり、老人役を見事に演じている。製作はＭＩＩプロダクションであり、これは脚本家の水木洋子と、監督の今井正、プロデューサーの市川喜一という、『ここに泉あり』『キクとイサム』『あれが港の灯だ』といった名作を生みだした三人の頭文字をとって設立された独立プロである。老人を主役とした本作の企画が、メジャー映画会社の興行的な理解を得られなかったために設立され、資金は三人が出資した（加藤馨『脚本家水木洋子　大いなる映画遺産とその生涯』映人社、二〇一〇・八）。

水木洋子が書いたシナリオのタイトルに、「喜劇」という冠がついていたことや、個性的な俳優が多数出演していることからも分かるように、全体としてコメディの色彩が強い作品であるが、自殺を試みようとする冒頭の引用に示されるように、人間の老いと死をめぐる鋭い風刺が、いたるところに散りばめられている。

この映画は、浅草のロケーション撮影が敢行されており、浅草寺や仲見世、六区、ひさご通りなど、昭和三〇年代の浅草の風景が、さまざまなショットで登場している。しかし、その風景は主人公の老人たちと重なり、どこか衰えゆくものの哀愁を感じさせる。たとえば、サトとくみが訪れた国際通りの「鮒忠」において、十朱幸代演じる昭子に給仕してもらうシーンで、背景に登場するのは、地方からの観光客と思われる農協の団体一行である。その風景には、かつて明治大正期に凌雲閣や浅草オペラで栄えた、尖端的なモダニズムの空間という趣はない。街区の中心だった六区の映画館街は、すでに盛り場としての全盛期を過ぎていた。次の『キネマ旬報』の記事は、この作品が製作された時代の、そうした浅草の状況を物語っている。

一日と二日が雨にたたられ、正月興行らしいにぎわいをみせたのは三日だけ。年々人出が減っている浅草地区だが、今年は昨年にくらべてさらに二〇%ダウン。交通機関が不便だということが決定的だとは各館の支配人が異口同音にいうセリフ。（中略）大映、松竹は不振をかこっていたが、松竹が春日八郎の実演に助けられていたのはいかにも下町らしい興行だった。

（「正月三ヵ日全国景況」、『キネマ旬報』三〇四号、一九六二・二）

そして、この「不振をかこった」松竹の正月封切の作品が、まさに本作だったのである。浅草を舞台にしたこの映画は、当の浅草でも受け入れられず、そのことが図らずも都市としての魅力の喪失を顕してしまったといえる。

ヴォードヴィル的魅力

監督の今井正は、こうした興行的な不振について、次のように語っている。

これはぼくと水木さん市川くんの三人で作ったプロダクションの作品です。蝶々さんが映画は初めてで、北林さんは自分のことのように熱心にアドバイスしてましたね。老人問題は時期が早すぎたかもしれません。（映画の本工房ありす編『今井正「全仕事」――スクリーンのある人生』ＡＴＣ、一九九〇・一〇）

本作は同年のキネマ旬報ベストテンの第九位になっており、同時代的に決して評価が低かったわけではないが、興行面でいえば、今井が述べるように、「老人問題」というテーマは時期尚早だったかもしれない。武田泰淳は、「すぐれた作品」と評価しつつ、本作の興行が振るわなかったことについて、「『自然死』に刃むかう術のない、人間の無力を、思い出すことは、お客さんの喜ぶところではない」ことが理由だろうと述べている（武田泰淳「映画月評」、『毎日新聞』一九六二・一・二六）。しかし高齢化社会が喫緊の課題となっている現在の視点からすれば、老人のペーソスを陰鬱になることなく描き出した本作は、あらためて見直されるべき作品であり、また映画としても魅力にあふれている。

そうした魅力の源泉は、主演の二人に加え、老人ホームに収容された飯田蝶子、浦辺粂子、東山千栄子、村瀬幸子、岸輝子、原泉、殿山泰司、左卜全、上田吉二郎、伴淳三郎、斎藤達雄、渡辺篤、山本礼三郎、中村是好、菅井一郎ら、歴々たる名優の喜劇的な掛け合いにあることは疑いない。しかし、そのような演技を引き出した、水木のシナリオによるところも大きいと考えられる。水木は本作のシナリオ上の工夫を、次のように述べている。

いちばんの苦労というのは、このつまらない材料をどうして見せるか、もたせるかということですね。こんな見たくもない、金払って年寄りばっかり出てくる映画なんか、だれが見たいもんですか。（中略）やっぱり自分の問題として見てもらわなければならないんだから。そうするとストーリーというものは非常に平凡なところへもって行かなければならない。特殊な、自分の関係のない環境にもって行ったんではひとの話になってしまうでしょう。（中略）だから短編的手法をとって、それだけの時間を一本にしてもたせることが可能なんじゃないか、やってみたいという、これも一つの冒険ね。それを今度ためしてみたわけです。（水木洋子「「にっぽんのお婆あちゃん」創作ノート」、『シナリオ』一八巻一号、一九六二・一）

水木によれば、シナリオのプロットに、「短編的手法」として群像劇の形式を採用することで、ごく普通の老人が町中を徘徊するという平凡な物語を、長編映画として魅力的なものに変えようとしたというのである。その点で本作は、いわば芸人たちが次々と演目を魅せる、一種のヴォードヴィルのような構造になっているといえるだろう。私たちは、次から次へと繰り出される名優の喜劇を、個々の演目を鑑賞するかのように楽しむことができるのである。

明治時代の青木や江川の玉乗りから、現在の浅草演芸ホールに至るまで、浅草には常にヴォードヴィルがあり、本作にも出演している清水金一や渥美清ら数多の喜劇人が輩出されてきた。本作は、単に舞台として浅草を表象するのみならず、その構造においても浅草を象徴する映画といえるだろう。

行くあてのないフラヌール

この映画は、浅草のロケーション撮影もさることながら、精巧なオープンセットも光っている。西参道商店街を模したオープンセットは、約三八〇万円をかけて作られ、置かれている商品は、商店街から借用して「特別出演」させたという（「谷栄、蝶々おばあちゃんくらべ」、『読売新聞』一九六一・一一・七）。

そうした劇中の浅草を、主人公の老人二人はフラヌールとして、近代的な消費を楽しみながら、あてもなくさまよい歩く。橋幸夫のレコードに耳を傾けてみたり、浅草寺の境内で買った豆を鳩に撒いたり、三木のり平ら香具師の居並ぶ露店をひやかしたり、鶏の蒸し焼きとビールを飲み食いしたり、好みの布地や下駄を選んだり、木村功の化粧品のセールスに聞き入ったり、浅草を存分に楽しみながら、次第に行くあてがない現実が重くのしかかってくるのである。しかし、そうした当てのなさ自体も、ある意味で浅草に集まる人々が共有していた、都市の楽しみ方だったといえる。ストリップ劇場である浅草フランス座の座付作者だった井上ひさしは、同座出身の渥美清との対談で、映画館や劇場を囲むように存在していた歓楽街について次のように語っている。

井上　浅草行って映画見ようとか、渥美清さん見ようとかいってみんなで来てね。それが終わった後、自分で自分がわからないっていうのありますよね。ひょっとするとどっか行っちゃうかもしれ

サトとくみが訪れた「鮒忠」は現在も営業を続けている

ない。そういう人が昔、集まってきてました。芝居みてすぐ帰れなくて、それで歩いているうちに結局取っ捕まってお金がなくなって帰っていく。そういう道って面白いですよね。でも、今それを作っても直行するだけだと思います。

（「渥美清VS井上ひさし」『おかみさん』八号、一九九二）

映画館や劇場で楽しんだ後、暇をもてあました観客が行くあてもなくぶらぶらしながら、歓楽街の怪しげな店に吸い込まれていく。それが、昭和三〇年代の代表的な浅草の楽しみ方であった。楽しみながらもあてどなく、どこか後ろ暗い、主人公の二人のとりとめのない歩みも、そのような当時の浅草の享受の仕方を、踏襲していたといえるだろう。

しかし、浅草は決して理想郷ではなく、そこに深く入り込もうとすれば、瞬く間に厳しい現実へと引き戻される。近代の歓楽街となった浅草において、消費という行為に関わることができない者は、あえなく排除の対象となってしまうのである。二人の老人が逃げるようにたどり着いた「鮒忠」の社員寮では、調理人の若者たちから邪魔者扱いされ、疎外されることとなってしまう。浅草は、行くあてのないフラヌールたちの逃避先であったが、それはつかの間のはかなさを享受できる近代の空間に過ぎなかったのである。

（上田　学）

〔作者紹介〕

みずき・ようこ――一九一〇年八月二五日～二〇〇四年一一月三日。東京生。本名は高木富子。菊池寛の脚本研究会で学んだ後、新派や新劇、ラジオドラマの脚本を書き、従軍記者を経て、戦後は八住利雄の推薦で『女の一生』（亀井文夫監督、一九四九）のシナリオを執筆、映画界で脚本家として成功を収める。とりわけ今井正や成瀬巳喜男とのコンビで知られ、『ひめゆりの塔』（今井監督、一九五三）、『浮雲』（成瀬監督、一九五五）などのシナリオを手掛けた。

いまい・ただし――一九一二年一月八日～一九九一年一一月二二日。東京生。社会問題やヒューマニズムを追求し、かつ高い娯楽性を両立させた巨匠として知られる。一九五〇年にレッド・パージで東宝を退社した後は、独立プロの代表的監督として活躍。『また逢う日まで』（一九五〇）、『キクとイサム』（一九五九）など、水木洋子のシナリオによる監督作も多い。初監督作は『沼津兵学校』（一九三九）、代表作に『青い山脈』（一九四九）、『真昼の暗黒』（一九五六）、『武士道残酷物語』（一九六三）など。

〔作品紹介〕

『にっぽんのお婆あちゃん』M・I・Iプロ、一九六二・一・一封切本作のシナリオはシナリオ作家協会『年鑑代表シナリオ集一九六二年版』（ダヴィッド社、一九六三・六）に収録されている。ただし、引用文中の台詞の順番は改変されているなど、実際の映画とはいくつかの変更点がある。以下は、映画のクレジットである。

〔スタッフ〕

製作：市川喜一
原作・脚本：水木洋子
監督：今井正
撮影：中尾駿一郎　音楽：渡辺宙明
美術：江口準次　照明：平田光治
録音：安恵重遠　編集：河野秋和

〔キャスト〕

くみ：北林谷栄　サト：ミヤコ蝶々　花：飯田蝶子
わか：浦辺粂子　はつ：原泉　艶：村瀬幸子
かく：岸輝子　末野：東山千栄子　先生：斉藤達雄
鈴村：渡辺篤　主事：織田政雄　関：左卜全
三谷：中村是好　コック：清水金一　手塚：杉寛
加藤：小笠原章二郎　杉山：山本礼三郎　お巡りさん：柳谷寛
象水：殿山泰司　大川：上田吉二郎　多田：菅井一郎
昭子：十朱幸代　ひろ子：五月女マリ　志保子：関千恵子
青木：市原悦子　栄養士：沢村貞子　掛軸屋：三木のり平
達二：渡辺文雄　お巡りさん：渥美清　小野：小沢昭一
田口：木村功　福田：田村高広　兼井：伴淳三郎

【コラム】

路上の叡智——添田唖蝉坊・知道『浅草底流記』

隅田公園の落書き

浅草は落書きの宝庫である。浅草を歩いていると、たのしい落書きにたくさん遭遇する。皮肉と毒と批評がいっぱいの、落書きらしい落書き。隅田公園にはとりわけ多い。二〇二〇年の東京五輪に向けて、また外国人目当ての観光地と化している現在の浅草には、「警告」「注意」と朱書きされた警察や行政の看板がやたらと目につく。

「許可なく、隅田公園にて物品の販売や演奏を禁止する」

「エサやり禁止——鳥（ハトやスズメなど）や猫へエサを与えるのは止めて下さい」

「近隣及び他の利用者の迷惑となる下記の行為は禁止する——園内での野宿酒盛り及び大声を上げるなどの行為」

美化と排除の看板である。落書きは、こうした「警告」や「注意」の看板に集中している。今日、アメリカ経由の「タギング」「グラフィティ」と呼ばれる、スプレーガンを噴射する落書きが主流だが、浅草で見かける落書きの多くは、まさに落書きの古典であり、王道といってよい。使われているのは、旧式のマジックペン。目立たないがゆえに、注意深く目を凝らさなければ、おそらく見過ごしてしまう。落書きは、わずかではあるが、見慣れた風景を歪め、見慣れないものにする。落書きのある公園は、どこか人をソワソワさせる。よく目を凝らせば、見慣れた文字が微妙に変形していることに気がつくだろう。いつもの見慣れた看板とは、何かがちがうのだ。「許可なく」の「く」が「女」に書き替えられて「許可な女」になっている。「エサ」の「エ」が「土」に書き替えられて「土サ」に、「禁止」の「止」が「歩」に書き替えられて「禁歩」に、「大声」の「大」が「天」に書き替えられて「天声」になっている。

「許可な女、隅田公園にて物品の販売や演奏を禁止する」

「土サやり禁歩——鳥（ハトやスズメなど）や猫へ土サを与えるのは止めて下さい」

「近隣及び他の利用者の迷惑となる下記の行為は禁止する——園内での野宿酒盛り及び天声を上げるなどの行為」

「許可な女」とは、どういう女だろう。

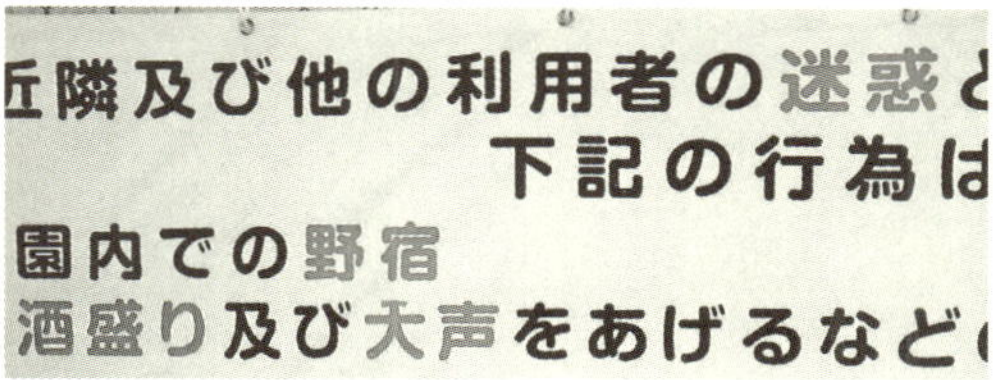

面妖ではないか。「エサ」ならぬ「土サ」とは、いったい何なのか。「禁歩」からは、公園で寝泊まりする路上生活者の安眠を妨害するな、との切なる願いが感じられる。「天声」とは、まさに天の啓示ではないか。泥酔した路上生活者のわめき声、やり場のない底辺の声を聞け、耳を傾けよ、ということか。見慣れた看板が、落書きひとつで、このような不可思議な啓示にあふれたメッセージに生まれかわる。

それにしても、威圧的な看板の文句を逆手にとる、じつに痛快な書き替え＝落書きではないか。しばしば便所などで見かけるモノローグ的な落書きとはちがい、ここにはパロディの精神が息づいている、といってよい。落書きが批評的、川柳的なところが、いかにも浅草らしい。

よみがえる啞蟬坊の街頭演歌

明治から大正の浅草を拠点に、風刺や諧謔、自嘲や反語的皮肉に満ちた街頭演歌で人気を博した添田啞蟬坊が、いまふたたび見直されている。街頭演歌こそ、浅草の路上から生まれた大衆の批評と叡智の結晶といえる。歌詞を辿るだけで、とても一〇〇年前のものとは思えない普遍的な世界が、そこには広がっている。

貧にやつれて目をくぼませて　うたう君が代千代八千代
アラほんとに現代的だわネ
（「現代節」一九一五年）

お前この世へ何しに来たか　税や利息を払うため
こんな浮世へ生れてきたが　わが身の不運とあきらめる
（「あきらめ節」一九〇六年）

物価が高いから賃金増してくれと
いうてる間に　物価がまたあがる
社会の風潮　日にすさむ
労働問題研究せ　研究せ
（「労働問題の歌」一九一九年）

膨張する膨張する国力が膨張する
資本家の横暴が膨張する
おれの嬶アのお腹が膨張する　いよ
いよ貧乏が膨張する
ア、ノンキだね
月給を二倍にしてあげましょう　税
金も二倍にしてあげましょう
物価は三倍四倍にしてあげましょう
わたしの算術なかなかうまいでしょ
ア、ノンキだね
（「ノンキ節」一九一七年）

貧乏が膨張する平成の日本に欠けているのは、まさにこうした風刺と諧謔、自嘲と反語的皮肉の精神といえようか。ここでは政治への怒りが、自嘲に支えられている。社会への批判が、笑いを介して大衆の間で共有されている。笑いや自嘲や諧謔を伴わなければ、怒りや批判が大衆的な広がりと力を獲得することはできない。怒りは、批判は、運動は、笑いに支えられていなければならない。唖蟬坊の演歌は、あらためてその大切さを教えてくれる。

街頭演歌の起源は、自由民権運動の演説歌（壮士節）である。唖蟬坊は一八歳のとき、横須賀の路上で演説歌に出会い、国を憂い、権力を批判するそのスタイルの虜になった。「新聞紙条例」「集会条例」によって言論の自由、集会の自由が制限・弾圧されたこともあり、政治運動の舞台は街頭へ、路上へと一気に拡散した。政治運動、啓蒙活動は、演説歌という路上の芸能に託されていったのである。やがて唖蟬坊は、無骨で硬直したメッセージ性の強い演説歌のスタイルを、大衆的で歌いやすいユーモラスな歌詞と曲調に包んで、新しい演歌のスタイルをつくり上げた。自作の歌詞カード（演歌本）を印刷して売りながら、職業演歌師として全国を渡り歩く生活がはじまった。「ア、ノンキだね」「労働問題研究せ」「アラほんとに現代的だわネ」「あきらめる」等々の鋭い社会批判と風刺の口上は、ラジオやレコードが普及するはるか以前に、路上から路上へ、社会の底辺から底辺へ、全国津々浦々に浸透していった。

浅草の路上を埋め尽くす香具師の口上

『浅草底流記』（一九三〇年）には、浅草の路上を埋め尽くす香具師の口上が紹介されている。バナナ屋、メリヤス屋、薬屋、反物屋、草履屋、靴屋、玩具屋、植木屋、楽器屋、本屋、雑貨屋、古着屋、煎豆屋、洋傘屋、化粧品屋……。「香具師は舌の尖で、木の葉を金にする魔術師だ」。

中でも興味深いのは、弁舌ひとつであらゆる本を売りさばく「大ジメ師」と称する香具師の群れである。「リツ」と呼ばれる法律書を売る香具師は、日本一の民衆法律家と自称する人気の漫談家であり、周りにはいつも大きな円陣が出来上がる。商品をすべて売りつくまで、集まった人たちをけっして立ち去らせるようなことはしない。太いステッキで大地を叩きつけながら、法律を知らなければ労働者は泣き寝入りをするだけだ、と舌鋒鋭くまくし立てる。「こないだ、本所のある工場の職工が、腕を一本取られた。機械に食われたのだ」。そして出血多量で死んでしまった。法律も何も知らないお内儀さんは、会社の言うままに葬儀費用三〇〇円の受取書にハンコを押してしまう。「何を知らんという事は情けないもんだ、到頭三百円で誤魔化されてしまったじゃないか。エエおい、人間一匹が三百円とは何事だい。花屋敷のブルドッグだって一頭五百円するじゃアねぇか。しっかりしてくれ、いやしくも人間一匹、黙ってたッて千円以下ッてことはないんだ。だから剣劇の看板なんか阿呆面して見上げるヒマにゃア工場法でも一通り眼を通しておけというんだよ、俺は」。

まるで啓蒙家か、アジテーターである。壮士節の記憶が、政治演説の名残りが、浅草の路上に生きている。こうした香具師の口上と張り合い、切磋琢磨しつつ育まれたのが、啞蟬坊の演歌であった。『浅草底流記』を読むと、そのことがよくわかる。

（楜沢　健）

〔作者紹介〕

そえだ あぜんぼう――一八七二年一一月二五日～一九四四年二月八日。神奈川生。本名平吉。演歌師。土木作業員として働いていた横須賀の街頭で壮士演歌に出会い、演歌師を志す。自由民権運動の流れを汲む無骨な演説歌のスタイルを、大衆的で歌いやすいユーモラスな歌詞と曲調に包み、新しい世相風刺的な演歌スタイルをつくり上げた。「ラッパ節」を機縁に堺利彦と知り合い、社会主義に開眼。演歌組合青年親交会を設立。「ああ金の世や」「ノンキ節」「むさらき節」などが大流行。ラジオやレコードの普及で演歌師を廃業。最後の作品は「生活戦線異状あり」。著書「新流行歌集」「流行歌明治大正史」「啞蟬坊流生記」など。

そえだ・ともみち――一九〇二年六月一四日～一九八〇年三月一八日。東京生。添田啞蟬坊の長男。演歌師・作家・評論家。日本大学中学校中退。売文社に勤務後、父の演歌活動に参加。「添田さつき」の芸名で演歌師となり、「パイノパイノパイ」などの流行歌で人気を博す。街頭演歌の衰退とともに、作家活動に入る。演歌の歴史をまとめ、演歌師の生活記録を残す。著書に「演歌の明治大正史」「流行り歌五十年　啞蟬坊は歌う」「香具師の生活」「日本春歌考　庶民のうたえる性の悦び」「小説教育者」などがある。

〔作品紹介〕

初出＝『浅草底流記』（近代生活社、一九三〇・一〇）

所収＝『添田啞蟬坊・知道著作集２　浅草底流記』（刀水書房、一九八二・八）

浅草の美、その映像的表現

加藤泰・鈴木則文『緋牡丹博徒　お竜参上』

44　今戸橋（夜）

暗い。

遠い船宿の灯。

旅姿の常次郎が立っている。

お竜、走るように来る。これからの果し合いに、身につけるものもスッパリ替へ、風呂敷に包んだ一刀をさげている。

ハタと止まる。

ふり向く常次郎。

みつめ合う。静かに歩みよるお竜。

常次郎「お竜さん、お供させてもらいますよ」

お竜「……青山さん」

常次郎「お蔭で、妹も無事、くにの墓へ……」

お竜「……」

常次郎「あなたのお君さんは……」

お竜「……はい（万感胸に迫る）」

常次郎「参りましょう」

お竜「お志は……。でも、これはサシの勝負ですから

……」

常次郎「では、そこまで……。骨は拾はせて戴きます」

手にした笠と合羽を投げる。笠と合羽は川へ。主題歌の前奏初《ママ》まる。

コートを捨てて抜く。

お竜も、抜く。

ツーッと中へ。

中へ入る途端、左右の暗がりから、勘八、木和田がとび出て入口の扉をガーンと締める。同時に、物蔭、階上から、鮫洲政一家とその助っ人がドッと現はれる。

お竜「鮫洲政さん、一対一じゃなかったんですか」

鮫洲政「やかましいッ。(常次郎を指差して)兄弟分の敵だ、叩っ斬れッ」

凄まじい殺し合いとなる。

死闘は二階へ。三階の小休憩所へ。勘八を斬る。木和田を斬る。

四階。五階。六階。九階の新聞縦覧所へ。突然、銃声!! 縦覧所に一隊を従へ待ちかまへていた鯖江がぶっ放したのである。二発!! 三発!! お竜も帯に隠したピストルで応戦。常次郎が鯖江を斬る。十階の休憩所へ。そこから、十二階の展望台まで螺旋階段である。

螺旋階段をのぼりながらの死闘。

十二階。展望台。

45 お竜と常次郎が行く(夜)

主題歌、流れて、
闇の待乳山裾を、
闇の猿若町を、
ドブのある横路地を、
銘酒屋の裏道を、
十二階へ。

46 凌雲閣(夜)

附近は、所謂、十二階下の銘酒屋街。
入口を出た処から、瓢箪池、六区の通りが見える。
お竜、常次郎、来る。
鮫洲政「(すぐ常次郎に目を止めて)手前、青山ッ」
常次郎「へい」
鮫洲政「やい、お竜、一対一の約束だぞ、汚えぞッ」
お竜「立会人です」
鮫洲政「ふん」
お竜「鮫洲政さん、勝負は運否天賦、どっちが負けても恨みっこなしにしましょう」
鮫洲政「当り前よ、来いッ」

追いつめられる鮫洲政。
お竜、常次郎、迫る。
お竜「鮫洲政さん、死んで貰います」
血まみれの鯖江が、這いあがってくる。ピストルに残った弾でお竜を狙う。常次郎が気付いて斬る。
鯖江、螺旋階段を落ちて行く。
お竜と鮫洲政の死闘。鮫洲政を斬る。鮫洲政は、展望台の手摺を越えて、長く尾をひいた悲鳴と共に落ちて行く。
大息で、顔を見合はせるお竜、常次郎。
お竜「……青山さん……」
常次郎「お竜さん……」
お竜「……」
常次郎「じゃ、この始末は、私につけさせて下さい」
お竜「いいえ……」
常次郎「(強く)いや、今、あんたが居なくなったら、あんたのお君ちゃんは……、また、一人ぼっちだ……。私にも……。(スッパリ微笑んで)私は、もう決めたんだ。とめないで下さい」
お竜「……青山さん」
常次郎「じゃあ」
身を翻して階段を駆け降りて行く。
お竜「あっ、青山さん(追う)」

47 六区・(夜)
凍った風にはためく幟。
そして、その向うの空の闇に凌雲閣。
(加藤泰・鈴木則文「緋牡丹博徒　お竜参上」)

浅草と東映の関係

『緋牡丹博徒　お竜参上』(一九七〇年)は、東映任侠映画を代表するシリーズのひとつ、『緋牡丹博徒』シリーズ全八作の六作目にあたる作品である。物語は、明治三〇年代の浅草が舞台となっている。引用したシナリオは、映画の最後のシークエンスにあたり、凌雲閣におけるお竜(藤純子)および青山常次郎(菅原文太)と、鮫洲政(安倍徹)一家の決闘、そしてその後の二人の別離が描かれている。加藤

『緋牡丹博徒　お竜参上』（東映京都、1970 年）

泰は、オープンセットにおける撮影の様子を、次のように回想している。

> 撮影は年が変った昭和四十五年一月八日から二月の二十六日までだった。二十六日は、前の日からの冷たい氷雨が降り止まず、六区や凌雲閣の夜のオープンで、雨の合間を待ち待ちの、震えあがっての作業が最後であった。（加藤泰「緋牡丹博徒お竜参上・コーフン逮捕の記」、『シナリオ』三〇巻六号、一九七四・六）

冬の京都の夜、刺すような冷たさのなかでのオープンセットの撮影は、最後のシークエンスも含め、この作品に独特な緊張感を与えている。

さて本作を製作した東映は、戦後に設立された東横映画と太泉映画を前身とする、メジャーとしては新興の映画会社である。同社の任侠映画は、一九六〇年代から七〇年代にかけて、凌雲閣の跡地にあった浅草東映劇場で盛んに上映され、多くの観客を集めた。また『日本侠客伝　雷門の決斗』（マキノ雅弘監督、一九六六年）や『昭和残侠伝　血染の唐獅子』（同、一九六七年）、『関東テキヤ一家　浅草の代紋』（原田隆司監督、一九七一年）など、浅草を舞台とした任侠映画も数多く製作された。しかし、同社と浅草の関係は、必ずしも歴史あるものではない。浅草は、かつて日本最初の映画館、電気館が存在していたように、長い歴史をもつ映画館街であるが、日本映画の最盛期において、同地における東映の存在は、必ずしも大きなものではなかった。たとえば一九五三年当時の浅草の映画館は、戦前からの映画会社である松竹系が同社の洋画配給も含め八館、東宝系が同じく洋画も含め四館だったのに対し、新興の東映系の配給はわずかに一館のみであり、しかもその一館である常盤座も、松竹の経営によるものだったのである（『映画館のある風景　昭和30年代盛り場風土』キネマ旬報社、二〇一〇・三）。

しかしながら、東映と浅草は、奇妙な縁によって結びついていた。その縁は明治大正期にさかのぼる。当時、浅草の興行街に大きな影響力をもっていたのが、根岸興行部であった。根岸興行部の歴史は、一八八六（明治一九）年に、根岸浜吉という人物が、浅草公園六区に常盤座を開館させたことにはじまる（台東区史編纂専門委員会編『台東区史　通史編Ⅲ』東京都台東区、二〇〇二・二）。ちなみに常盤座は、明治期の六区における随一の劇場であり、本作でお竜を客分として迎え入れる大親分、鉄砲久（嵐寛寿郎）が仕切る東京座は、この常盤座をモデルにしていると思われる。実際、

常盤座正面図（1908年、東京都公文書館所蔵）

シナリオに収録された浅草寺界隈の地図は、本来、常盤座があった場所が、東京座に代わっている。また先述したように、常盤座は戦後、浅草唯一の東映系映画館として存続しており、そのことも同座が本作の舞台となったことに関係あるだろう。

浜吉は明治末に没するが、一九一三年に、彼の婿養子である小泉丑治が、常盤座に加え、金竜館、東京倶楽部の二つの劇場を開館させ、それらを経営するために根岸興行部を設立した（岩崎昶編『根岸寛一』根岸寛一伝刊行会、一九六九・四）。三館を廊下でつなげるという新方式や、折からの浅草オペラの流行による大成功で、根岸興行部は、六区に大きな影響力をもつこととなるのである。ちなみに、現在も続く木馬館は、丑治の息子の吉之助によって開館され、彼の孫の吉太郎は映画監督として知られる。その後、根岸興行部は事業拡大の失敗や、関東大震災の被災などにより、一九三〇年には松竹に合併されてしまう。しかし、そこで映画界と根岸興行部との関係が解消してしまうわけではない。ここで注目したいのが、小泉の甥にあたる根岸寛一の存在である。彼は、まず根岸歌劇団で浅草オペラのプロデューサーとして頭角を現した。その後は、牧野省三に澤田正二郎を斡旋した縁もあって浅草を離れ、京都で直木三十五らと聯合映画芸術家協会を設立するなど映画製作に進出し、一九三五年には日活多摩川撮影所の所長となり、同時代を代表する映画人として活躍することとなる。

さらに寛一は、一九三八年に満映に招かれ、理事およびプロデューサーとして〈満洲国〉における映画製作の確立に尽力するが、敗戦直前に病気により帰国した。そして帰国後の一九四六年、日活多摩川と満映で、ともに仕事をしたマキノ光雄らと、その設立に中心的な役割を果たしたのが、東映の前身、東横映画なのである。根岸興行部とともに繁栄した、かつて大衆文化の中心地であった浅草の興行街の輝きは、時を経て、映画評論家の評価は低くとも、何

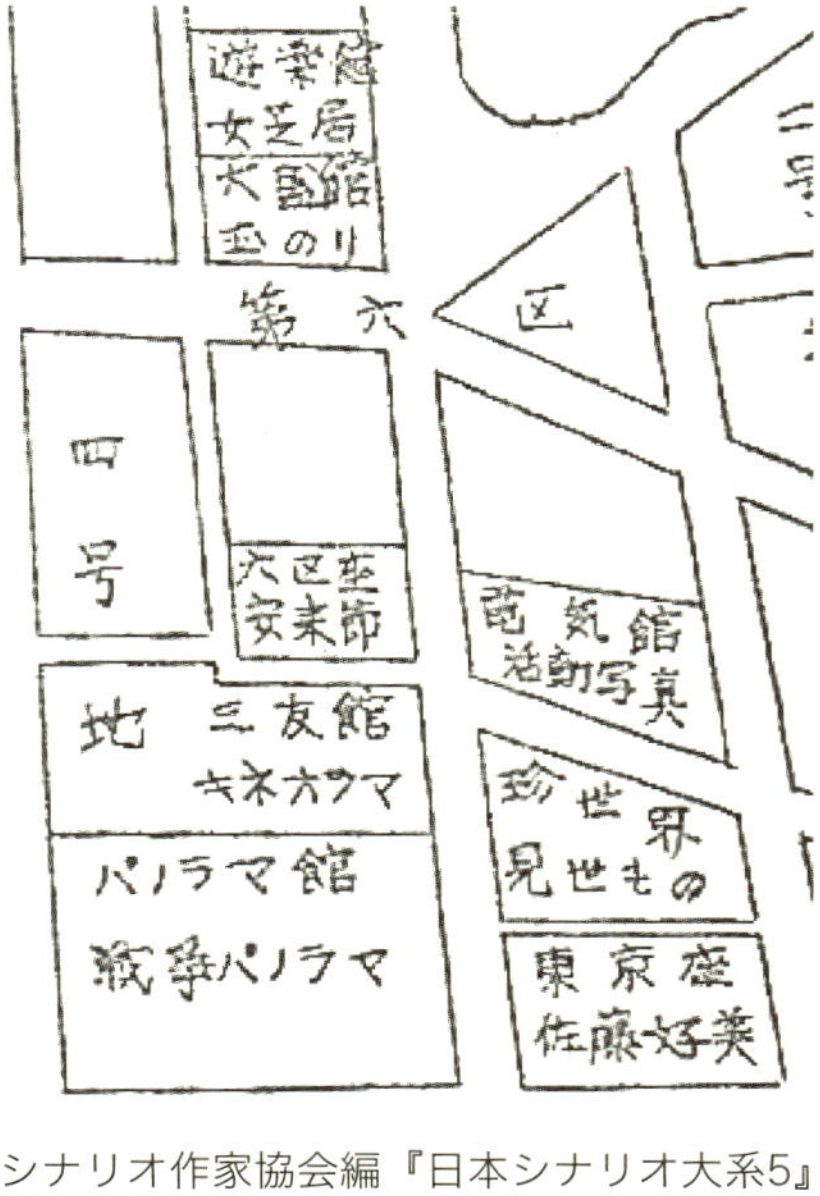

シナリオ作家協会編『日本シナリオ大系5』（映人社、1975年）

最晩年の常磐座

よりも人気俳優を中心としたスター・システムを第一とする、東映の社風へと引き継がれていったといえるのではないだろうか。

そして、『緋牡丹博徒　お竜参上』の監督である加藤泰もまた、そのように満映を経て東映に入社した映画人のひとりであった。

昭和二十年八月の敗戦のとき、僕は残ってました。というても、別に残ろうと思って残ったわけじゃありません。ぎりぎりのときに招集されまして、鉄砲しょって一週間ほどオイチニオイチニやっとったら敗戦になって、しばらくしようがないからいたんだ。（中略）僕はソビエトの文化映画を日本語版にする仕事をしてた。（加藤泰著、山根貞男・安井喜雄編『加藤泰、映画を語る』筑摩書房、一九九四・一〇）

加藤泰がこの時期に監督した作品は、『虱はこわい』（一九四四年）という、アニメーションとドキュメンタリーを組み合わせた、ユニークな啓民映画（文化映画）が知られている（『満洲の記録　満映フィルムに映された満州』集英社、一九九五・八）。その後、東映に入社した加藤は、やがて時代劇映画の巨匠としての立場を確立していくことになる。

浅草の魅力、美術の魅力

本作のシナリオは、監督でもある加藤泰（一九一六〜八五）と、藤純子演じる「お竜」の生みの親であり、シリーズのシナリオすべてに参加した鈴木則文（一九三三〜）により執筆された。その分担について、鈴木は次のように述べている。

はじめ加藤さんが一人で書いていたんですが、煮つまってしまったんです。加藤さん、バーンと悪役が出るシーンがなかなか書けないんです。盲目の娘がなんたらというところをメンメンとやっている訳です。それで僕がお手伝いを……。あの有名な今戸橋は僕が書いたんです、もう加藤さんになりきって。ただミカンがころがるところはシナリオにはありません。加藤さんの演出です。

（加藤泰『加藤泰映画華』ワイズ出版、一九九五・六）

本作は、同じく加藤泰が監督を務めたシリーズ三作目『緋牡丹博徒　花札勝負』（一九六九年）の物語を引き継ぎ、かつてお竜が手術を手配した盲目の孤児、お君（山岸映子）を探すシーンからはじまる。お君が浅草にいるかもしれないと告げるのが、菅原文太演じる常次郎である。常次郎は、お竜のあとから浅草を訪れるが、やがて故郷の岩手へと旅立とうとする。そこでお竜と常次郎が別れを語りあうのが、鈴木が述べた雪のなかの今戸橋のシーンである。加藤泰が得意とするロー・アングルからのカメラ、とりわけ落とした蜜柑をお竜が拾い、常次郎に渡しながら、お互いを見つめ合うショットは、本作の屈指の名場面のひとつである。

さて、本作は今戸橋をはじめ、いたるところで明治時代の浅草のランドマークが登場し、重要なシーンを演出する。たとえばスリになったお君が、お竜につかまる六区興行街や、お君が鮫洲政の子分たちにいたぶられ、のちに鉄砲政も襲われる淡島堂、先に述べたように常盤座を模したと思われる、鉄砲政が仕切る東京座、鮫洲政の子分、鯖江らが暴れ、常次郎らと一悶着を起こす瓢箪池、熊坂虎吉（若山富三郎）から譲られた馬車で、お竜が通る吾妻橋など、物語が展開していくなかで、その背景には多くの浅草の風景が描かれている。それらのセットを作り出したのは、東映美術を代表する美術監督、井川徳道である。

浅草公園十二階（『東京名所写真帖』1911 年より）

東映は、すでに述べたように新興の映画会社で、あくまで役者に重きを置いたスター・システムが製作の中心にあった。それは逆にいえば、大映や東宝など、セットに潤沢な予算をつぎ込んでいた他社に比べると、美術に割ける予算は限られたものであった。そのため東映の美術は、映画の高い人気とは裏腹に、低い評判に甘んじていたとされる。しかし、同作の美術は、井川自身が語るように、東映としては例外的に、第二四回日本映画技術賞（美術部門）を受賞し、高評価を得た。このことについて、井川は次のように述べている。

あのときは、日活の『戦争と人間』（山本薩夫監督）、横尾嘉良さんがあの当時でびっくりするほどの美術予算で中国街をオープンセットで再現してましたね。それと最終選考に残って、競って、決選投票で半々になったらしいんです。予算がなくて様式的に処理したことへの同情票もあったかもしれないけど、見てる人は見ているんだなあと、感謝しました。

（井川徳道『リアリズムと様式美　井川徳道の映画美術』ワイズ出版、二〇〇九・八）

プログラム・ピクチャーとして、限られた予算、時間のなかでも、同作の美術は十分な魅力をはなち、舞台となった明治三〇年代の浅草の、昼の賑やかさ、夜の寂しさといった雰囲気を伝えている。

もう一人の主人公、凌雲閣

さて、先に浅草の多くのランドマークが、本作に登場することについて述べたが、そのようなランドマークを象ったセットの背景で、つねに登場し、この映画の舞台が浅草であることを、観客に繰り返し想起させるのが、凌雲閣の存在である。井川は、「私が小林清親の明治の版画をずっと見て、その情景というか、江戸の情緒というものを頭に入れていた」とも述べている（井川前掲書）。近代の浮世絵師として、文明開化の激動のなかで活躍した小林清親の画風は、闇の中の淡い光を描く、〈光線画〉と評される特徴をもっていたとされる（酒井忠康『開化の浮世絵師　清親』平凡社、二〇〇八・六）。浅草生まれの清親は、同地の多様な表情を、浮世絵に描いている。そして、夜の浅草における暗い闇のなかで、淡い光を発し、遠くにぼんやりと輝いている凌雲閣は、まさに映画のショットを、明治期の清親の浮

小林清親「浅草夜見世」(1881 年、大英博物館所蔵)

世絵のように演出するのである。

さらにいえば凌雲閣は、やや不自然なほど、浅草の街中のあらゆるショットに登場して、その存在を主張している（細馬宏通「『緋牡丹博徒・お竜参上』地図」http://www.12kai.com/12kai/hibotan.html）。このことについて、井川は次のように述べている。

> ロケハンティングで浅草へ行って、淡島さんの境内のところでいちおう忠実にスケッチをして、その周辺の雰囲気を見て、本当は十二階建てが位置関係ではむこうにあるはずはないんだけども、あのシーンとしては幟をはためかした六区のその向こうに見えるというかたちで表現したのです。今戸橋でも、そこから見て十二階がはたして見えるかというと見えない。だけど切り出しで十二階建てを様式でほのかに表現したということである。（井川前掲書）

映画のなかで、遠景として、つねに存在している凌雲閣。渡世人として、浅草の外部からこの街を訪れたお竜は、いわばその塔の周囲から中心へと次第に近づきながら、物語を展開させていく。そして凌雲閣に、お竜と常次郎が一緒に近づき、その内部に入るとき、物語は最後のシークエンスを迎えるのである。本作はお竜の物語であると同時に、凌雲閣の周囲にいた、浅草の人々を生き生きと描いた作品でもある。その点で、凌雲閣は、この映画における、もう一人の主人公ともいえる存在ではないだろうか。

（上田　学）

〔作者紹介〕

かとう・たい――一九一六年八月二四日〜一九八五年六月一七日。東京生。本名は加藤泰通。叔父は時代劇映画の名匠として知られ、日中戦争で戦病死した山中貞雄。山中の紹介で東宝に入社し、理研科学映画、満映、大映を経て、宝プロで『剣難女難』（一九五一年）を初監督。その後、東映の時代劇映画や任侠映画のプログラム・ピクチャーで監督として異彩を放ち、ロー・ポジションやロング・テイクを用いた、独特な映像美を築き上げた。

すずき・のりぶみ――一九三三年一一月二六日〜二〇一四年五月一五日。静岡生。一九五四年に東映へ助監督として入社し、『大阪ど根性物語　どえらい奴』（一九六五年）を初監督。監督としての代表作は「トラック野郎」シリーズ全一〇作（一九七五〜七九年）で、東映のプログラム・ピクチャーを数多く手がけた。また脚本家としても成功を収め、「緋牡丹博徒」シリーズ全八作（一九六八〜七二年）で、共同執筆を含め、すべてのシナリオを担当した。

〔作品紹介〕

『緋牡丹博徒　お竜参上』東映京都、一九七〇・三・五封切。本作のシナリオは、加藤泰と鈴木則文の共同執筆であり、シナリオ作家協会編『日本シナリオ大系5』（映人社、一九七四・六）に収録されている。以下は映画のクレジットである。

〔スタッフ〕

企画　俊藤浩滋・日下部五朗
監督　加藤泰
撮影　赤塚滋
録音　渡部芳丈
照明　和多田弘
美術　井川徳道
編集　宮本信太郎
音楽　斎藤一郎
装置　矢守好弘
装飾　松原邦四郎

〔キャスト〕

矢野竜子　藤純子　肘の喜三郎　汐路章
熊坂虎吉　若山富三郎　豆　徳　平沢彰
鉄砲　久　嵐寛寿郎　鈴村　高野真二
鮫洲の政五朗　安部徹　勘　八　林彰太郎
鯖　江　名和宏　二保の順吉　沼田曜一
ニッケル　山城新伍　金井金五郎　天津敏
お　浪　三原葉子　大　鳥　鳳啓助
五十嵐君子　山岸映子　おまつ　岡島艶子
島の銀次　長谷川明男　礎石キミ　夏珠美
青山常次郎　菅原文太　他

【コラム】

映画のなかの〈写された／作られた〉浅草

浅草は、日本の映像文化の歴史と深いかかわりをもつ土地である。日本最初の映画館、電気館の開館が、一九〇三年の浅草においてであることは、よく知られている。浅草寺の境内にある映画弁士塚は、最盛期の映画館街の名残りを今に伝えている。しかし実際の浅草と映像文化の関係は、それ以前にさかのぼることができる。映画が輸入される以前、浅草は幻燈という映像文化の作り手たち――池田都楽、中島待乳、鶴淵初蔵など――が集まる国内の一大拠点であった。こうした幻燈の製造業者が浅草に集積していた背景には、技術的に密接な写真との関係が考えられる。日本の写真師の草分けである下岡蓮杖をはじめ、明治期の浅草は東京でも有数の職業写真師が多く集まる地区であった。さらにいえば、浅草に隣接する隅田川は、前近代の映像文化である写し絵の盛んな地域であり、結城孫三郎のように、船上で投影した映像を見せる写し絵師が、すでに一九世紀から映像文化の担い手となっていた。浅草公園六区の映画館街は、こうした映画以前の映像文化との歴史の連続性において、誕生したといえるだろう。

　映画に撮影された浅草の歴史も、映画史のはじまりにまでさかのぼる。一九〇一年、アメリカン・ミュートスコープ・アンド・バイオグラフ社から派遣されたカメラマン、ロバート・K・ボナインが、『浅草寺』*Asakusa Temple, Tokio, Japan*という映画を撮影している（Kemp R. Niver, *Early Motion Pictures: The Paper Print Collection in the Library of Congress*, Washington: Library of Congress, 1985）。浅草に関して最も古いと考えられるこの映画は、現存しており、わずか一七秒間ではあるが、浅草寺の境内を行き交う明治の人々が写されている。

　ところで、映画のなかの浅草といえば、『浅草物語』（島耕二監督、一九五三年）や『にっぽんのお婆あちゃん』（一七〇頁）など、浅草でロケーション撮影された作品は、かつての浅草の雰囲気を、貴重な映像のなかに残している。浅草および近郊でロケーション撮影された映画は数限りなく、近年も、『の・ようなもの』（森田芳光監督、一九八一年）、『異人たちとの夏』（大林宣彦監督、一九八八年）、『菊次郎の夏』（北野武監督、一九九九年）、『転々』（三木聡監督、二〇〇七年）、『夢売るふたり』（西川美和監督、二〇一二年）などに、ノスタルジーを感じさせる浅草の風景が登場している。それらが〈写された〉浅草ならば、その一方で〈作られた〉浅草、すなわち浅草を再現したスタジオのセットも、多くの映画のなかに出現する。

〈作られた〉浅草の表象として、映画に登場する代表的な存在が、凌雲閣である。『緋牡丹博徒　お竜参上』（一八二頁）など数多の作品において、凌雲閣は、物語の空間が浅草であることを決定づける表象として機能してきた。浅草の映画として代表的な『浅草の灯』（島津保次郎監督、一九三七年）において、凌雲閣は遠景のみならず、眺望室のセットが、山上（上原謙）とポカ長（夏川大二郎）の出会いの場として重要な役割を果たすし、戦後のリメイク『浅草の灯　踊子物語』（斎藤武市監督、一九六七年）でも、麗子（吉永小百合）とポカ長（浜田光夫）の出会いの場に変わっただけで、やはり眺望室のセットが効果的に映画を演出している。

『浅草寺』（アメリカ議会図書館所蔵）

これに対し、〈写された〉浅草、すなわちロケーション撮影の表象として代表的なのが、松屋、およびその屋上遊園地である。川本三郎は、『お嬢さん社長』（川島雄三監督、一九五四年）から『とんかつ大将』（同、一九五二）『東京暗黒街　竹の家』*House of Bamboo*（サミュエル・フラー監督、一九六〇年）まで、すなわち隅田川対岸の遠景に見える松屋のシルエットから、出会いやガン・アクションの舞台となる屋上遊園地の遊具まで、さまざまな映画のなかに登場する〈写された〉浅草としての松屋を紹介している（川本三郎『銀幕の東京　映画でよみがえる昭和』中央公論社、一九九九・五）。それだけ多くの映画に登場したということは、屋上遊園地に巨大なスカイクルーザーを備えた、隅田川のほとりにそびえたつ松屋の特異な建築が、同時代の人々の強い関心を惹いたものと考えられる。映画における凌雲閣が、明治大正の浅草のイコンだとすれば、昭和のそれは、特異な屋上のシルエットをもった松屋といえるだろう。そして松屋の屋上遊園地が廃止された現在は、一九六〇年に設置された雷門の大提灯にとって代わられる。

なお映画における浅草の表象として、凌雲閣や松屋と並んで重要なのが、踊り子の存在である。『浅草の灯』では、高峰三枝子が浅草オペラの若い踊り子を演じるが、ほかにも『男はつらいよ　寅次郎わが道をゆく』（山田洋次監督、一九七八年）でＳＫＤ（松竹歌劇団）のスターを演じた木の実ナナなど、踊り子は〈作られた〉浅草を構成する重要な要素である。その一方で、〈写された浅草〉としても、たとえば『お嬢さん社長』にＳＫＤやその本拠の国際劇場が登場している。踊り子は、〈写された／作られた〉浅草をつなぐ存在といえるかもしれない。

（上田　学）

ハダカと浅草の遠近法

井上ひさし「入歯の谷に灯ともす頃」

「お母さんの日記をこっそり持ち出して刑事さんに見せたのは、もっとはっきりと刑事さんの気持をたしかめるためだったの。刑事さんはあのとき、涙を流しそうになっていたでしょう?」

佐久間は答えずに、エプロンの上の漣しのぶを見ていた。彼女はツンパだけの姿になっていた。乳房は垂れ下り、腰は贅肉で凸凹していた。だが笑い顔は昔のままだった。

「お母さんも刑事さんのことが好きなんだわ」

チェリーが佐久間の耳の傍で囁いた。(中略)

「だから取調室の中でお母さんと話をしてよ」

佐久間はますますチェリーという女がわからなくなった。

「どうやって取調室の中でお母さんと……?」

「逮捕するのよ。公然猥褻罪の現行犯で」

ただ呆れて立っている佐久間にチェリーは片方の目をつぶってみせた。

「お母さんは、これから、全開するわ。そこを捕まえるのよ。お母さんは最初は厭がっていたわ。でも、まず取調室で刑事さんと差し向いになって、そこから話をはじめるのが一番よ、って言ったら、渋々頷いてくれたわ」

佐久間はこわごわエプロンに目を移した。漣しのぶはツンパを脱いで全裸で立っていた。佐久間の横で、源治がもぎりのおばさんに「ど、どうしたんだろう、漣ちゃんは。ここで見せたらやばいぜ」などと言っている。「そうだよねえ」と、もぎりのおばさんもひそめた声で「佐久間さんだから見逃してくれているんだよ。これがきびしい刑事《デカ》さんなら、丸裸になったところで御用！　だよ」

漣しのぶには、尻を割る勇気はないのだろう、ツンパを手にさげたまま、まだ棒のように突っ立っている。笑顔は消え、額のあたりが脂汗で光りはじめた。

「これ以上は無理だわ」

チェリーが佐久間に囁いた。

「久しぶりの舞台、……それに、刑事さんが見ている……あれやこれやでお母さんには全開する勇気が出てこない。ねェ、刑事さん、お母さんを助けるつもりで、このへんで逮捕して！」

佐久間がためらっているので、チェリーがまた言った。

「刑事さん、東京では毛を見せただけで踊子を逮捕するわからず屋の刑事さんもいるわ。ねえ、そのわからず屋の刑事さんになって！」

とうとう佐久間はエプロンの上に向って、吃りながら叫んだ。

「さ、さ、漣しのぶ。公然猥褻罪現行犯で逮捕する！」

佐久間の声で漣しのぶはツンパを前に当てエプロンの上に坐りこんだ。客席は不満の声をあげ、佐久間の横では、もぎりのおばさんが「まあまあ、なんてことだい。佐久間さんて案外きびしいんだね」と不平を鳴らした。そして、佐久間の耳許でチェリーが「ありがとう、刑事さん」というのが聞えた。

（井上ひさし「入歯の谷に灯ともす頃」）

井上ひさしの浅草

空腹を満たすためにあれこれ企んで騒ぎを起こし失敗を繰り返す三人の苦学生と、彼らを信じては振り回されるお人好しでどこか抜けた、関西弁の私立大教授・モッキンポット神父――一九七一～七五年に『小説現代』に断続的に発表された井上ひさしの『モッキンポット師の後始末』（講談社、一九七二・一二）および『モッキンポット師ふたたび』（講談社、一九八五・一）の世界である。その第一篇では、孤児院出身のフランス文学科の苦学生・小松が浅草フランス座の文芸部員のアルバイトを始め、そのことを聞きつけたモッキンポット神父がフランスを代表する国立劇団である「コメディフランセーズみたいなもんでっか」と誤解したことから騒動が巻き起こる。

その小松（！）の生い立ちと経験は、山形県東置賜郡《ひがしおきたま》小松町に生まれ、のちにこまつ座を率いた井上ひさしを連想させずにおかない。

結核療養中であった浅草フランス座の人気芸人・渥美清が浅草に復活した一九五六年。浅草フランス座で文芸部員のアルバイトを始めたのが、上智大学文学部でフランス語を学ぶ学生・井上廈《ひさし》であった。安月給の激務ながらも、渥美清を目の当たりにしてここで芝居に深くのめり込んだ経験が、後の放送作家・劇作家としての井上ひさしを生み出すこととなる。それはフランス座の、ストリップの、なにより浅草の黄金時代でもあった。

ストリップと浅草の時代があった

敗戦後の日本社会は飢えきっていた。それは食糧への渇望、だけではない。例えばカストリと呼ばれた粗悪な密造焼酎が出回って人々を酔わせ、敗戦直後から粗悪な紙で刊行された多くの「カストリ雑誌」は刺激的で強烈な「エロ」を振りまいた。一方で一九四七年に岩波書店が刊行した『西田幾多郎全集』を求めて人々は長蛇の列をつくる。

その四七年一月、東京・新宿三丁目にあった帝都座五階劇場で「ヴィナスの誕生」上演という、画期的な事件が起こった。仕掛け人は元東京東宝劇場社長で、公職追放中の秦豊吉。額縁の中に立つ女性が数秒間上半身を晒すだけのその「額縁ショー」は、あまりに素朴で当時の二〇円という決して安くはない観劇料とはさすがに不釣り合いと思えてしまうのだが、爆発的な人気を博した。新たな知識や刺激、表現を渇望する人々の熱狂と響き合うように、敗戦後の社会は性と裸体の表現を解放していったのだ。

現代人は忘れがちであるが、戦後の高度成長期に至るまで（そして空白期を経て現代に再生しつつあるが）、浅草はその時代ごとの江戸・東京における一大アミューズメント・パークであり続けた。その浅草が新宿に誕生した新たなショーを見過ごすはずはない（木内昇の長篇小説『笑い三年、泣き三月。』［文藝春秋、二〇一一・九］は、戦争の傷を抱える登場人物たちの人間模様を織り交ぜつつ敗戦直後の浅草における劇場の熱狂時代を手堅く描くが、その源泉の一つがまだ素朴な段階にあるストリップである)。「額縁ショー」の年の夏には秦の勧めを受けた東洋興行の松倉宇七がロック座を開場、翌年春には百万弗劇場で動くストリップ上演。以後続々と開場する小屋では、客をステージに上げ盥の中に座る踊子の背中を流させる入浴ショー、舞台上に組まれた雲梯を踊子が移動していくのを様々な角度から観る立体ストリップなど、多様な演出が編み出され、さらには時の人「熊沢天皇」の「行幸」と「台覧」すら得た。カメラマン、ジャーナリスト、そして風俗ライターとして浅草を深く愛し愛された広岡敬一によれば、昭和三〇年代前半に浅草ストリップはその黄金時代を迎えたとされる(『浅草行進曲』〔講談社、一九九〇・一二〕、『戦後性風俗大系　わが女神たち』〔朝日出版社、二〇〇〇・四〕)。

浅草フランス座という劇場があった

「入歯の谷に灯ともす頃」の舞台は、発表時とほぼ同じ一九七二年初冬〜七三年冬の浅草のストリップ劇場。建設中の場外馬券場(現・ウインズ浅草)や公園六区交番などの描写は著者が働いた浅草フランス座を想起させ、したがってその劇場では『浅草キッド』(太田出版、一九八八・一)に描かれるコメディアン志望の北野武＝ビートたけしが修行中である(七三年頃にフランス座を訪れた井上ひさしは、「なんだ、昼間からストリップなんて見やがって」とぶつぶつぶやく不機嫌なエレベーターボーイとすれ違っている。フランス座に入ったばかりの北野武であった)。

衆議院議員選挙を前に、勤続約二五年の浅草署防犯課公安係刑事・佐久間は、六区の劇場を見回る。選挙対応で取締りが手薄になるとふむ劇場側は踊子の露出度を上げて客寄せを図り、客も過激なショーの上演を期待して集まってくるからだ。劇場の前では、闇市以来浅草に根付いた呼込み・源治が茶化した地口で客を引き入れている。

清き一毛《いちもう》、出せワレメ! 見せて安心はみんなの願い! 今日から始まった総選挙に対抗して当劇場がファンの皆様に提供する、明日の日本を駄目にする総ヌード! お客さま、いまこそ決断と実行あるのみです、お早くお入り下さい。

呼び込み・切符売り子・もぎりなど劇場スタッフをかいくぐる佐久間の潜入は、最後の難関である二〇年来働くもぎりのおばさんに見破られ、さりげなくも迅速に裏方へと

浅草フランス座の地口的な看板　1974年。台東区立図書館所蔵。撮影：高相嘉男氏

警告されて失敗。職務を離れ一人の男としてショーを観るはずが、彼の存在を知りつつ挑発的に「ツンパ」（パンツ）を剥ぎ取り「全開」する（全裸で性器を客に晒す）新人踊子・チェリー星空の登場と「公然猥褻」での現行犯逮捕によって、物語が動き出す。

ハダカのエキスパートたち

全盛期を過ぎた浅草にかつてのような客の入りはなくとも、ストリップとストリッパーの裸体は警察による監視と取締りの対象である（さらに東京ではストリップへの規制は他地域よりも厳しかったという）。「全開」したチェリーを佐久間が逮捕するのは当然の帰結である。が、刑法一七五条に従って「公然猥褻」取締りの職務を遂行しているはずの佐久間とストリップ劇場との関係は、どこか違和感を感じさせもする。

チェリー逮捕直前に佐久間が観ていたのは当時人気のレズビアン・ショーだったが、彼はあからさまな嫌悪を隠さない。素人であることを売りにしてすぐに裸体で絡み合うだけのショーには技量も覚悟も、衣装代すらもいらず、踊りに年季を入れるプロフェッショナルなストリッパーたちにこそ彼は肩入れしてしまうからだ。一見職務を忘れたような感想だが、それはストリップを取り締まる彼の立場とは矛盾しない。「じらす」、「見せる／見せない」基礎訓練のないストリップは、ショーとしての価値もなければ取締りの駆け引きや緊張感も感じさせない、つまりは取るに足らないものでしかないのだ。

チェリーのショーは浅草ストリップ黄金時代のメリー真珠やR・テンプルら伝説的ストリッパーを彷彿とさせ、彼女も遠からず「有楽町の日劇の五階」（日劇ミュージックホール）からスカウトされるだろうとうならされる佐久間は、しかし、舞台芸術について学んだわけでも親しんでいたわけでもない（三〇歳で結婚した妻はその一年後に発病し、一年前に亡くなるまで看病と仕事だけが彼の生活であった）。彼の批評の根拠は、ひとえに浅草の公安係刑事としての長年の取締りで身についた、彼言うところの「目学問」ゆえである。たたき上げの彼がその経験の中でエキスパートとなっていったように、ストリップ劇場の多くの踊子やコメディアン、裏方たちもまた浅草のエキスパートであった。取り締まる／取り締まられる関係が、決定的な対決よりもどこかゲーム参加者たちの仲間意識すら感じさせるのは、熟練の技量を持つ者たちの駆け引きの様相を帯びているからであって、温情などという彼の性格だけでは説明できまい。そして、警察はじめ実社会の利害関係を超えたそういう共犯的な関係を可能にさせる場こそが、ほかならぬ浅草なのであろう。

そうした浅草のイメージは、静かに、しかし根強く行き渡っていたに違いない。井上ひさしは浅草のコメディアンにとって「浅草フランス座は東京大学、新宿フランス座が早稲田大学、池袋フランス座が立教大学。（中略）浅草ロック座が日本大学。当然、日劇ミュージックホールは東大大学院で、その上の日劇はハーバードのビジネス・スクール」（「浅草フランス座は喜劇の学校だった」、『東京人』一九九八・八）と回想するが、これはストリッパーの上昇コースでもほぼ同じであった。

あるいは、池波正太郎が書いた決して多くはない現代小説に、『娼婦の眼』（青樹社、一九六五）としてまとめられる連作がある。戦後の大阪で秘密裏に営業する高級デートクラブの一番人気は、肉体そのものからそのテクニック、さらに客への心配りまで完璧に仕事をこなす娼婦であり、浅草のストリップ劇場で演技を磨き上げたという設定である。池波が浅草出身であることを差し引いても、優れたプロフェッショナルを生み出すにふさわしい街として浅草が違和感なく参照されており、彼女はその出自を生かして躍動していくのである。

「懐かしい部屋」での再会

チェリー逮捕により佐久間の浅草をめぐる認識（または

自信）がずれ始める。佐久間に逮捕され取調室に連行されることを期待するチェリーの挑発的な「全開」は、売り上げに躍起になる劇場主とその犠牲になる踊子という刑事的な常識からは想定外であった。しかも彼女はかつて何度となく取り調べた踊子・漣しのぶの娘であることが、母そっくりのチェリーの踊りからも思い出されてくる。チェリーの目論見は、佐久間に恋心を抱きながらそれぞれの立場ゆえ結ばれることはあり得なかった母のために一芝居仕組むことだった。

全裸で踊る踊子を取り締まったはずが彼女のシナリオに躍らされていた佐久間を最後に待っていたのが、冒頭のシーン。母のために母を逮捕させると言う娘を前に、佐久間も刑法一七五条も骨抜きにされ、踊子たちと刑事の立場は反転してしまったようだ。いや、そうなることで初めて、佐久間は浅草の踊子と初めて向き合うことができた。そして、かつての体型を失ってはいても突然のカムバックに一五年前の雰囲気を醸し出せる漣しのぶは、最盛期を過ぎながらも過去の魅力を今なおどこかに秘めている浅草という街と重なるかのようだ。佐久間は漣しのぶと再会するだけでなく、かつての浅草へと導かれていくのである。

「あなたは、誰に強制されて、観衆の前で、全裸になったのかね？」

漣しのぶが答えた。

「……半分は自発的にですわ」

「なぜ、自発的に全裸になったのです？」

「あなたに逮捕してもらいたいため……」

佐久間は赤くなり、それを隠すつもりか、急いで次の質問に移った。

「で、あとの半分は誰に強制されました？」

「娘に、です」

「あなたの娘さんはそれによってどのような利益を得られるのです？」

「なんにも」

漣しのぶは笑いながら言った。

「なんにも、です」

踊子と刑事が再会した取調室では、「猥褻」も二人の社会的な役割も無意味になっていく。一五年を経た漣しのぶは、取調室を静かに見回しつぶやく――「懐かしい部屋だわ、ここは」。それは、浅草に生き続けた男性と浅草に戻ってきた女性とがそれぞれ抱いていた浅草への思い、そして浅草への確かなまなざしである。浅草はユートピアとして、かすかではあるが確実にその姿を現すのだ。浅草で「目学問」を鍛えた佐久間は、浅草の舌学問、そして下学問にも通じていた。

　たしかに、刑事の知っている浅草の戦後の黄金時代は、食物と密接に結びついていた。浅草へ行けば一皿一〇円か二〇円で一応腹いっぱい食べることができる、そのことが浅草を人で溢れさせていたのだ。腹がいっぱいになった人間が次に求めるのは女と娯楽だろう。つまり、吉原と興行街が浅草に寄りかかっていたのであって、浅草が吉原や興行街をあてにしていたわけではなかったのだ。

「だから、浅草がさびれるってことは、土地ッ子には残念なことだろうが、大きな見方をすれば悪いことじゃない」

　小説の内外で浅草とストリップは凋落期にあった。一九五五年に岐阜市で始まった全裸のショーは瞬く間に関西に広まり、「全開」する「特出し」が劇場を席巻する。東京周辺の千葉や神奈川でも「特出し」が主流になり、客を舞台に上げ踊子と絡ませる「まな板ショー」すら始まっていた。東京特に浅草では、取締りの厳しさに加えて、身体表現としてのショーを見せることへの自負を強く残してはい

新春の浅草フランス座　1974年1月3日。台東区立図書館所蔵。撮影：高相嘉男氏

たが、「特出し」の勢いと客の熱烈な支持など時代の嗜好から取り残され、客足は遠のいていく。浅草の衰退の始まりを象徴するように、七五年には劇場での圧倒的な人気を追い風にして渥美清が浅草を出てテレビ界に進出。井上ひさしも約一年のアルバイトの後、渥美を追うように浅草を卒業していった。

浅草の神話へ

フランス座を、浅草を去った後の井上ひさしは「ひょっこりひょうたん島」はじめ放送作家として活躍、一九六九年には劇作家としての実質的なデビュー作『日本人のへそ』（新潮社、一九七一）を上演する。音楽性や笑い、権力批判に吃音矯正など井上のエッセンスがふんだんに盛り込まれたこの戯曲では、岩手から浅草に流れ着いたストリッパー・ヘレン天津の一代記がその核に据えられる。以後、浅草での体験は劇作家・井上ひさしの中で強力な軸となり、「モッキンポット」シリーズをまとめた時期を中心にして多くの作品に引き継がれていった。

一九七三年初演の『珍訳聖書』（新潮社、一九七三・二）。劇中劇中劇中劇とも言うべきめくるめく反転を繰り返す構成のこの戯曲において、最後に観客・読者が目にするのはこの劇の仕掛け人であり「浅草のキリスト」として期待される男と、「浅草」だ。舞台はもちろん、ストリップ劇場・浅草ラック座。寂れた劇場を救うのは「エロ」と「笑い」と「ぶちかまし」（権力批判）だと力説する彼に劇場関係者の反応は薄く、拒絶・排除されてしまう。架空の「浅草」で屋台のラーメンを待つ間に刺殺される彼のあまりにもうらぶれた「受難」を通して、観客・読者の意識と視線は現実の浅草とは何かへと導かれていく。それは浅草をめぐる神話であり、浅草のキリストは、物語の最深層においてしか降臨しないのだ。

その集大成が『浅草キヨシ伝』（一九七七年初演）である。実在した浅草のホームレスで名物男のキヨシ（「イサムよりよろしく」のイサムのモデルでもある）の視点から浅草の変遷を語るこの戯曲では、遥か古代の浅草寺縁起から大正時代の高村光太郎、昭和の永井荷風に小沢昭一、さらには昭和天皇に至るまでの様々な言説が引用され、「出納係」によってコラージュされていく。いわば浅草をめぐる言葉の歴史絵巻とも言うべきこの戯曲のねらいは、最早明らかであろう。浅草にキリストの降臨を待つまでもなく、ここに新たな「浅草」が生み出されていくのである。

これら一連の作品群において、井上ひさしが懐古的に浅草を描いたのでも、浅草の衰退から目を背けたのでもなく、他ならぬ彼自身の「浅草」を創造していったことには注意を払おう。漣しのぶと佐久間の場合をはじめ、それら一連の「浅草」は絶えざる反転の中にしか現れない。それは彼が現実の浅草の再現など意図していなかったからであり、同時に彼にとっての「浅草」と出会うことの困難さをも物語っている。井上的「浅草」の嚆矢である『日本人のへそ』初演パンフレットはこう結ばれた――「浅草をもっと愛し、そして、より憎むために、わたしは、この劇を書いた。」(「涙ながらに浅草を語れば」)。

閉館と再開を繰り返した浅草フランス座は、「全開」せず見せる／魅せる浅草の正統に徹した初代浅草駒太夫の花魁ショーによって昭和末期に最後の輝きを放ったが、二〇〇〇年に演芸場「東洋館」となり、ストリップ公演に幕を引いた。現在の浅草のストリップ劇場は、浅草ロック座を残すのみである。

(津久井隆)

〔作者紹介〕
いのうえひさし――一九三四年一一月一六日、山形県東置賜郡小松町(現・川西町)生まれ。本名・井上廈《ひさし》。文学青年で地方劇団を主宰した父(五歳の時に病没)の蔵書を読んで育つ。家庭での不和や経済問題のため、中学三年から高校時代を孤児院で過ごし、仙台第一高等学校を経て五三年に上智大学文学部に進学。五六年秋からはアルバイトとして浅草フランス座の文芸部員兼進行係となり、コントの原稿も手がけた。放送作家として活動を始め「ひょっこりひょうたん島」(NHK。六四～六九年)が大ヒットする。『日本人のへそ』(六九年)以来の劇作家としての活動は、『頭痛肩こり樋口一葉』での「こまつ座」旗挙げ(八四年)へと展開し、小説家としても直木賞受賞作『手鎖心中』(七九年)を始め多才な作品を残した。『吉里吉里人』(七三～八〇年)や『國語元年』(八五年)などで東北地方や方言・日本語と向き合ったほか、広島の原爆投下を描く『父と暮らせば』(九七年)はじめ戦争も主要なテーマとし、後には「九条の会」結成に際し呼びかけ人の一人となった。八七年には故郷に蔵書を寄贈し「遅筆堂文庫」を開館、生活者大学校を開くなど、社会に開かれた活動も展開した。二〇一〇年四月九日、肺癌で死去。

〔作品紹介〕
初出＝『オール讀物』(一九七三・一二)
所収＝短篇集『イサムよりよろしく』(文藝春秋、一九七四・七)に収録。現在は『井上ひさし短編中編小説集成　第2巻』(岩波書店、二〇一四・一一)で読むことができる。

【コラム】

地上げと原っぱ——八〇年代浅草の、とある風景

バブルの風景

一九八〇年代後半のバブル景気は、東京の風景を大きく変えた。江戸・東京は震災や戦災で破壊されるたびに新たな風景を伴い復興してきたのだが、この時期には金銭や実力行使などの力で土地が強力に集約され、住人と町の関係を根こそぎ変えてしまった点に特色がある。その力とは、もちろん地上げだ。

例えば、地上げによって長屋や商店のあった一画がマンションになったとき、なにが生じるのか。

両国生まれの日本語学者・秋永一枝の調査によれば、一九五〇年代に浅草界隈に住む三代目東京っ子たちの過半数は浅草生まれの久保田万太郎の文章にある下町言葉を認知できているが、長屋の消滅と住人の変化で、そもそも久保田自体が認知されなくなっているという。あるいは、地上げによって建ったマンションで旧来の住人が転出し新たな住人に入れ替わるとき、子どものいる世帯の減少も招いた。八〇年代末から九〇年代にかけて、台東区では下谷・二長町・坂本などの百年近い歴史を持つ小学校が、新入生を失い統廃合に追い込まれている。地上げは町の風景に深刻な影響を及ぼし、町を再編した。

浅草と地上げ

浅草もまた、地上げと無縁ではなかった。地上げで土地建物を買い集め法人所得番付の第三位（一九八六年五月期）になったある企業は、法人税六五億円を脱税・滞納し話題となるが、その企業が最後まで手放さなかったホテルの一つは浅草にあった（『朝日新聞』一九八八・八・二二）。地上げで入手した浅草の物件を手放さなかったのは金を生む優良物件であったからであり、その起源は地上げで動いた金である。ことは大企業に限らない。浅草南部の鳥越町などを中心に、横丁や商店街など庶民の町の変貌が続いていた。井上ひさしの『浅草鳥越あずま床』（新潮社、一九七五・五）に描かれるような（または、その世界を彷彿とさせる）床屋も地上げで廃業したという。ちなみに、井上の最初の妻・西舘好子は鳥越の出身で、彼女の父が同作のモデルとも言われている。

浅草と地上げの縁をひとつ。大ヒットした伊丹十三の映画『マルサの女』シリーズはよく知られているが、第二作『マルサの女2』（一九八八）では地上げ

屋との対決が描かれている。宮本信子が演じる「マルサの女」に徹底した演技指導を行ったのは、浅草税務署上席調査官（当時）で、後に女性初の東京国税局特別国税長官を務めた斉藤和子であった（『朝日新聞』二〇一三・七・一三）。

原っぱという空間

漫画やアニメの「ドラえもん」でドラえもんやのび太たちが集まり遊ぶ場所は、土管のある「原っぱ」である。土管や資材が置かれたなにもない空間、自由に出入りでき、子どもたちが柔軟な想像力で自分のものとできる空間。現代の東京中心部ではお目にかかれないその原っぱを建築物に変え、あるいは建築を破壊して一時的な原っぱを生み出したのが地上げの時期である。

浅草聖天町に生まれ、江戸時代を舞台とした小説で知られる池波正太郎がその死の三年前に発表した自伝的な現代小説のタイトルは『原っぱ』（新潮社、一九八八・四）。まさにバブル期に発表されたこの小説には池波自身の経歴が多分に投影されており、六〇代の劇作家で浅草出身の牧野が上野の地下道で見かけたホームレスが、小学校時代の恩師だと気づくところから始まる。小学校では図画以外は好きになれなかった彼が町内の子どもたちと楽しく遊べる場所が三〇〇坪の原っぱ（その半分は当時は材木置場）であり、学校内で水筒から酒を飲むなど、同じく学校では居心地の悪さを感じていたであろう恩師から絵の修業をするかと話しかけられた場所でもある。

新潮文庫版。表紙の絵は池波による

かつての半分の広さになっても、原っぱは八〇年代の浅草界隈では稀少な存在だ。

いまは空地も半分になってしまい、（中略）五階のマンションが建っている。（中略）

「夜の所為《せい》か、子供が出ていないね」

「昼間だっていないよ」

「どうして？　折角、これだけの原っぱが残っているのに……」

「だって、そうだもの。今の子供はパ

80年代上野地下道のホームレス（カット・池波正太郎）

ソコンやファミコンに夢中だから外では遊ばないんだよ」

この原っぱは町内の菓子店・翁堂《おきなどう》のご隠居が子どもたちのためにあえて残している地所であることが明らかになるが、その思いは町内の子どもたちにも、その土地をいずれは売却したがっているご隠居の子ども（養子）にも届きそうにない。

しかし、それでもなお原っぱが残っているのは、この翁堂の昔ながらの蛸饅頭という菓子が不思議によく売れるためである。しかしその蛸饅頭を買おうという牧野を、友人はたしなめる。――「なんでもあんなものにこだわるんだ。ただの饅頭に蛸の絵が焼印で捺してあるだけじゃあねえか。うまくも何ともない、つまらない饅頭だよ」

その饅頭はグルメを喜ばせるものでも、格別に美味なものでもなかったのではないか。しかし、その土地と切り離せないもの、そしてその場所の記憶と結びつき、ひいては故郷そのものであったに違いない。そして翁堂の経営を支える蛸饅頭とその味は、浅草の土地を原っぱとして維持することに一役買っていた。

作られる記憶、失われる記憶

バブル崩壊後、ある新聞記事はバブル期にテレビが担った役割を考察・分析している（「受け手は（5）実像と虚像」、『朝日新聞』一九九三・三・一五）。それによれば、テレビでのイメージの地価への影響を利用して下町の地上げの代替地として選ばれたのは、TVドラマ「金曜日の妻たちへ」シリーズ（TBS系、一九八三〜八五年）の舞台となった東急田園都市線沿線であったという。ドラマのヒットと連動し、実際に八七年頃から横浜中心部よりも横浜市郊外を走る同沿線の地価が上昇したことが紹介されている。

よく言われるように、近代の東京は東の下町から西の郊外へと拡大してきた。「金妻」の田園都市線はその典型例であるが、人は新たに形成されていく郊外のベッドタウンに、それまでよりも広大な住宅の獲得だけではなく、それまでの生活とは異なるであろう品の良さや瀟洒を、あるいは文化的ななにかを夢見たのだろう。そして地上げ屋はそれらを利用し消費したのだろう。両者が交錯したとき、人々は下町を離れて、新たに造成された西の町へ向かった。もちろん、居住地の

選択の自由を誰も非難はできない。しかしそれは町との、町の記憶との訣別でもあったことにこだわりたい。

　それが地上げによる町の破壊であることは言うまでもない。『原っぱ』での牧野の友人の一人で、地上げに抗してきた田村は、浅草近くの町を出て埼玉県東松山へ移住する思いを牧野に伝える。

「けど、田村。ここは君の地所なんだろう？」
「うん。だが、地上げ屋は実にひどいことをするよ」
「どんなこと？」
「一口にはいえない。ずいぶん、おれも闘ったんだが、これ以上、我慢できない。魚屋も八百屋もない、行きつけの鮨屋もない、銭湯《ゆや》もないような町内で暮しても仕方がないじゃないか。少くとも、おれのような人間はダメだね。いさぎよく、負けることにしたよ」（中略）
「東松山へ行っても同じことだよ」
「だって、あそこは、おれの生まれ育った、つまり故郷じゃない。旅をしているつもりで暮せばいいんだ」

　古来から人生は旅で喩えられてきた。田村の言う「旅」にも、根無し草《デラシネ》としての拭いきれない寂しさと諦観がつきまとう。しかしバブルの狂騒と破壊のなかで大半の人と町は無自覚に流されていったのであり、その結果生じたのが、現在の我々が生きるどこか無表情な町なのではなかろうか。田村が言う町の変貌は、実は借地の問題とも関わっている。作中の彼らの行きつけの鮨屋がそうであるように、地主が土地を手放してしまえば、借地人は立ち去らざるをえない。

　土地と土地の記憶が危機にさらされたのがバブルの季節であった。『原っぱ』末尾で翁堂のご隠居が守ってきた原っぱ（ご隠居の思いであり、この町の記憶そのもの）がマンションに取って代わられてしまったように、町の均質化と、可能性を内包していたかつての原っぱの消滅とは軌を一にしている。

　ごちゃごちゃとした印象の浅草の町の風景。我々はそれを「下町的だ」と言ってすませてしまいがちだ。しかし、そこにはなにが建てられているのか、空き地だとしたらその前にはなにがあったのか。その風景の来歴を想像することで、この町は様々な顔を見せてくるに違いない。

（津久井隆）

浅草の「見世物」から浅草という「見世物」へ

寺山修司「浅草放浪記」

六区には、相変らず映画館、寄席、ストリップ小舎がならんでいるが、かつての「犯罪大通り」といった名目はない。きわめて無気力になって、新興の盛り場の前に肩だけをいからして立っている、零落した歓楽街といった印象であった。

かつて西洋操り、猿芝居、山雀演芸などで知られた花屋敷は、いまでは遊園地、子どもの遊び場化し、浅草オペラや十二階の東京名物も、有楽町や東京タワーにお株を奪われてしまった。玉乗りも女角力も安来節も次第にすたれ、宮戸座、金竜館、富士館、金車亭などども、過去の語り草である。

わずかに木馬館演芸場が、安来節、浪曲などをやって面白を保っているが、客席はガラガラで、「浅草時代」の終りを最後まで見とどけようといった気概を感じさせてくれる以上に見るべきものはなかった。

買ったばかりの帽子をかむり、ポケットに手をつっこんで、六区をぶらぶらしていると、いい年をして親がなつかしくなってくる。もしかしたら、この町に残されているのは、今では過去になってしまった「一家団欒のまぼろし」のようなものなのかも知れない。

花やかな娯楽場、演芸、家族慰安のためのセンター、食堂、見世物などがさびれたあとでも、師走の空っ風の中を「一家団欒」のまぼろしだけが、迷い歩いている。もう昔の浅草なんかどこにもないのに、浅草に住みたい心情だけがとり残されて人なつかしそうに大衆食堂の片隅で、流行歌などきいているのである。

「浅草に日活ロマン・ポルノがないのはね、当然ですよ」と、スシ屋の新ちゃんが言った。

「あれは全部天然色だからね、デラックスだからね、信用できないんですよ。俺はOPチェーンとか大蔵映画、国映なんて好きだから言うんじゃないがね、三〇〇万ピンクは黒白でしょう。画面が灰色なんだよね。つまりさ、人生が灰色なんだよね。それが、ナオンができてホテルにしけこむとき、パーッと色がつくでしょう。ベッドシーンだけ総天然色になる。わかってるんだよね、要するに。それが〝朝が来たアなら、さアよならね〟で、ホテル出ちゃうと、また黒白にもどる。人生、きびしいからね。ベッドシーンだけ、色つきってのがホントだよ。その点、ロマン・ポルノは全篇カラーで、区別がない。メシ食う場面も、あれをする場面も同じじっていうんじゃ、味気ないもんね、浅草の人はそんなうまい話にゃ、のらないんだよ」

「でもさ」と、新ちゃんの妹のヨシ子が口をはさんだ。「お金かぞえるところもさ、カラーにすればいいのにね。宝くじ当った場面なんか」

新ちゃんが怒って「おまえは黙ってろ！」と怒鳴った。「まだ、アジも知らないくせに」

ヨシ子が口をとがらした。私は思わず、鼻がつまって涙が出た。ワサビがきいたらしい。人生がぜんぶ総天然色というのは信用できないという新ちゃんの言葉の背後には、彼の上京後の苦労がひめられている。

（寺山修司「浅草放浪記」）

寺山修司と浅草

一九七〇年代の浅草六区の街並みは、寺山修司の語るように、いわゆるかつての浅草の姿を留めてはいなかった。「零落した歓楽街」。そう語る寺山は、映画館や花やしき、木馬館などにかつての浅草の痕跡を見出そうとするが、浅草は確実にその終わりを迎えようとしていた。当時浅草に残されていたのは「「一家団欒のまぼろし」のようなもの」だけであり、「もう昔の浅草なんかどこにもない」と言う。しかし、寺山は「浅草に住みたい心情」を手放すことができなかった。

寺山修司と浅草と聞いて、その結びつきが奇妙に思えたり、また、久保田万太郎や井上ひさしなどの浅草とゆかりのある劇作家と比べてそれほど強くはないと感じることが多いだろう。事実、寺山が浅草に言及した作品はほとんど残されていないと言っていい。しいて言えば、寺山の元妻の九條映子（のち今日子）が「浅草の国際劇場（現在・ビューホテル）を本拠地にしていた、松竹歌劇団（ＳＫＤ）」（九條今日子『回想・寺山修司――百年たったら帰っておいで』（デーリー東北新聞社、二〇〇五・一〇））の女優であり、寺山と九篠との関係から寺山の浅草での足取りを想像することはできそうだ。

しかし、冒頭引用文後半の「スシ屋の新ちゃん」のセリフの中で、寺山は浅草の特徴的な部分をしっかりと摑み取っているのだ。ポルノ映画について語る新ちゃんは「人生がぜんぶ総天然色」であることが信用できない。むしろ、「灰色」の人生の中で一瞬だけ「総天然色」となる時がある。そこれこそが人生だと考える。ここにはかつて浅草に生きた人間の人生観の一面が現れている。

ところで、二〇一五年の現在、浅草を目指して、例えば、国際通りを雷門通りに向けて北上しながら歩いてみると、ある場所からいきなり「総天然色」の光景が眼前に広がることに気づく。浅草は街並がいわば「灰色」と「総天然色」による境界線によって囲まれている。例えば、朱色の雷門、金色のオブジェが輝くスーパードライホールなどによって彩られた区域が浅草を浅草たらしめていることを、現在において多くの人々が実感するだろう。三〇年ほど前に浅草に生きた人間の人生観は、現在、浅草の街並みの中に受け継がれている。浅草を訪れる人々の中には、今でもその人生観を体感することを求めているかもしれない。

「浅草放浪記」において寺山が捉えた浅草は、今日タブー視され表舞台から排除されたものが多い。だが、寺山のおよそ四半世紀に及ぶ芸術活動を振り返ってみると、そうしたタブー視され排除されたものを中心に据え、日常性を問い直す試みが一貫して行われてきたとも言える。また、浅草は、そうしたタブー視されたものが歴史的に街の構成要素として組み込まれてきたことも事実であろう。そこで寺山と浅草を結ぶものは何か、なぜ寺山は「浅草に住みたい」のかということを、寺山が訪れたある劇場に注目しながら考えてみたい。

稲村劇場という見世物小屋

「とうさんは大阪の人で、かあさんは八戸の人でした。とうさんハントにこりまして、ポインターをかっておりました。かあさん、このポインターのめんどうをみているうちに、だんだんポインターがかわいくなり、そのうちに、おなかが大きくなってしまったのです。何とおそろしい話ではありませんか」（中略）

「そしてとうとう犬の子をうんでしまいました。かわいそうにかあさん、この四つ足のあかちゃんにたえきれず、八郎潟にとびこみ母子心中をはかりましたが、これも因縁でしょうか、あかちゃんの方だけが助けられて、一命救われました。みなさん、そのあかちゃんとは、何をかくそう、このひとです。どうかすみからすみまで、とっくとごらんください」

（「浅草放浪記」）

寺山が「十二月の空っ風にオーバーの襟を立てて入って」いったのは、当時浅草に実在した稲村劇場であった。

そこで寺山が見た「見世物」は、「ときとぷらずまに犯された犬娘」だという。『世紀末倶楽部 Vol. 4 見世物王国』（コアマガジン、一九九七・七）所収の「幻の見世物専門劇場 稲村劇場」によれば、稲村劇場は浅草「公園内（一区〜六区）の仮設興行、露店商の営業を統括・管理」する稲村興行社社長の稲村正雄がオーナーを務めていた。「浅草の地図の上にその場が示されたことはな」く、「〝仮設〟の常設小屋」として、「昭和二十年代後半から四半世紀に亘って、あらゆる見世物を舞台に上げてきた」。「稲村興行の主宰する「衛生博覧会」の常設館としてスタート」し、一九七九年七月、中上健次の戯曲「「かなかぬち」〜ちちのみの父はいまさず〜」による舞台公演を最後に解体した。

東京の花やしき通り、花やしき遊園地と場外馬券売り場に挟まれて、トタン板で蔽われたブリキの要塞のような建物があった。六区映画街のはずれに位置するこの一角は、戦後、急速に廃れてしまった浅草で、かつての街の熱狂に思いを馳せるには丁度いい陽だまりの場所だった。

（「幻の見世物専門劇場 稲村劇場」）

ところで、この「地図にない超カルトな見世物専門劇

現在の花やしき

場」が小屋をたたんでからも、浅草には見世物小屋が趣向を変えて存在していた。浅草おかみさん会が発行するタウン誌『おかみさん』一八号（二〇〇二・六）には、花やしきの園内で数年前まで営業していた見世物小屋について、以下のように紹介している。

> 花やしきの見世物小屋は浅草の片隅に、その昔、この地で栄えた見世物文化を、いかにもそれらしい演出で今に伝えている、生きた博物館のようにも思える。
> 中にはホロスコープのような現代的なテクノロジーを使ったものもあるが、女相撲の人形の大きさと、その仕掛けは一見の価値がある。何やら、1960年代から70年代にかけて一世を風靡したアングラ劇団〈天井桟敷〉（寺山修司）を思わせる〝奇怪さ〟がある。
> （「花やしきに見る江戸的見世物文化。」）

見世物小屋と寺山、そして浅草が一本の線で結ばれていることをこの記事は物語っているようだ。それがおかみさん会といういわば浅草の内側から保証されることによって、それらの結びつきはより強固なものに見えてくる。

浅草と見世物

浅草と見世物。かつての浅草の姿を捉えるためには看過できない組み合わせである。石角春之助は『浅草経済学』（文人社、一九三三・六）において、「観音様を中心としての浅草の発達は、食堂、女、見世物と言ふ順番であ」り、「食堂、女、見世物の三拍子が一つ所に集り、而かも、これ等が三つ巴として絡みつ」いたことで浅草が明治以降「完全なる大衆娯楽場」として発達したと指摘している。つまり「見世物」は浅草の発展の一翼を担っていたのである。そして、浅草の見世物と言えば、浅草五区に位置し、奥山と呼ばれた場所が中心であった。例えば、倉田善弘は「観音へ参詣したのちに奥山めぐりをする信者は多く、江戸時代には広い地域一帯に見世物小屋が立ち並んだ」と指摘している（「浅草の見世物――日本近代化の先兵」（『文学』二〇一三・七、八））。奥山には江戸期から花やしきの前身である「植六」があり、種々の草花を見ることができた。明治になり浅草公園が整備されてからしばらくは、「見世物として軒を並べてゐたのは、極めて低級な、大道芸人の如きか、奥山の観音様の本堂を巡ぐり、葭簀張りの如き小舎掛けで、最も安直なる芸を公開してゐた位」（石角『浅草経済学』）であったが、やがて「大機械の見世物」、「西洋人の曲芸師」などが出現していくようになる。

ところで、「見世物」とは何か。朝倉無声は「見世物年代記」で、「見世物とは、寺社の境内又は繁華なる場所の一隅に小屋を掛け、奇鳥珍獣異魚畸形児等により、籠貝菊等の細工及びいきにんぎょう生木偶木偶の類、さては手品軽業力持曲馬等を興行し、観覧料を徴収して公衆に縦覧せしむるのを云ふ」と定義している（無声版『此花』第二号付録（一九一二・一〇）、『見世物研究　姉妹編』（平凡社、一九九二・五）所収）。また、朝倉は『見世物研究』（春陽堂、一九二八・四）において、「畸人を初め珍禽獣や異虫魚、さては奇草木石等の天然奇物を見世物としたのは、恐らく元和偃武（一六一五）以後の事」で、「畸人即ち不具者を見世物としたのは、寛永（一六二四―四四）年代」が最古と記しており、江戸期を通じてそうした「見世物」が興行されていたことがわかる。以後、明治に入ってそうした見世物の上演を禁止する通達がなされ、次第に衰退していくようになるが、『見世物研究』には、一八七二年七月に奥山で、また、一八八一年には六区でそうした見世物の興行があったことが記されている。寺山もまた、「浅草放浪記」において『武江年表』、『甲子夜話』、『見世物雑誌』などの近世の書物を参照しつつ、その歴史的文脈を確認しているのである。

寺山と見世物、そして「復権」へ

稲村劇場を出た寺山は近くのモツ煮込み屋に入っていく。

「見世物なんて、どうせいかさまだからね」

と親父が言った。だが、私にはたった今見てきた不具の中年女が、インチキだったとは思えないのだ。

そのことは、彼女がほんとに身体障害者だったからではなく、小屋掛けの「見世物」だったからである。そしてそれは天幕小屋の中で二人一組で演じているいかさまロクロ首や、下半身に鯉のぼりをはいた東京人魚の場合でも同じことである。どんな事実も、木戸銭をとって見世物化したときから虚構としての現実性に転化される。

それらは、おおむね「親の因果が子にむくいた」見せしめとして、人前にさらされているのであり、生体学的な資料ではないのだから、ホンモノかインチキかを論じたところで、大した意味が生まれてく

現在の浅草、通称「煮込み通り」

る訳ではないのである。
（「浅草放浪記」）

寺山は「犬娘」の「中年女」を差別的に捉えてはいない。あくまでも見世物小屋の内部で「見世物化」し、口上によって物語化され、「虚構としての現実性」を帯びた存在として「犬娘」が「犬娘」たり得ていることに寺山は強い関心を寄せているのである。一方で、「親の因果が子にむくいた」とする口上に窺える道徳性に対しては半ば否定的であった。

こうした奇形見世物の主題は、ほとんど「かわいそうなのはこの子でござい、親の因果が子にむくい」という呼込み文句に要約される。つまり、親の非道行為に天が与えた罰を見せるのであって、その根底には仏教的な因果応報、地獄という観念の成立と同じものが見られるのである。そのため、奇形見世物は、神社や寺の境内に小屋掛けして公開し、屏風絵の地獄草紙などと同じように、道徳的な説教をともなうのが常だった。
（「浅草放浪記」）

ここで寺山はその口上が「「血」というものの類感性への誤った認識」に基づいたものであり、それによって「わが国の家族制度を、経済的にではなく信仰的に統一」することで、「「親の因果が子にむくい」と道徳化されていった見世物の歴史」の中で、「悲しい犠牲者を出しつづけながら、政治化されることもなく、歴史を血で染めてきた」と語る。

寺山はかつて「見世物よ、もう一度」（『街に戦場あり』天声出版、一九六八・六）において、「少年時代、私は見世物小屋が大好きであった」と述べていた。そして、「「一見、醜態がましき観物」のように見えるグロテスクな虚構の中に地獄を見、それによってほんものの現実の調和といったものに目をひらいていた」のである。つまり、寺山は因果や道徳律に支配されない「見世物小屋」に「美の世界」を見出しているのであり、それゆえに、寺山は「見世物の復権」を唱えたのである。いずれにせよ、寺山の演劇スタイルの根底には見世物という浅草の歴史的文脈の一部が流れていることがわかる。

浅草という「見世物」

三浦雅士は「不具についてのノオトB」（『鏡のなかの言葉』新書館、一九八七・四）で、「寺山修司が不具や畸形を好んでその作品に取りあげたのは、それらが私とはいったい何者かという問いをつねに潜在させていたから」であり、「私とはいったい何者かという問いの視覚化が不具であり畸形であるということになる」と述べている。ここでいう「不具や畸形」は街そのものにも当てはまる。寺山は江戸川乱歩の小説「一寸法師」（『東京朝日新聞』一九二六・一二～一九二七・二）について論じる際に、舞台である浅草について以下のように記している。

夕暮れになると町全体が見世物小屋化し、覗き趣味や変装魔、人形嗜好症、畸形児などが、おのれの因果を背負って徘徊していたというのも、まぎれもない「もう一つの現実」だったろう。何か知らねど夕暮に、青い輪廻が泣きじゃくる、とでも言いたげな当時の浅草。木馬館の木馬がまわり、ひょうたん池に夕もやの立ちこめる奥山界隈は、変態風俗の極彩色のパノラマを思わせる。

（寺山修司『畸形のシンボリズム』白水社、一九九三・二）

寺山は一九二〇年代半ばの浅草の街自体が「見世物小屋」であり、そこにある種の「畸形」を感じていく。浅草

現在の稲村劇場跡地付近

という街の持つ「異形」さが、「私」とは何か、街とは何か、都市とは何かという問いを投げかけてくる。それに答えるために、寺山は一九七〇年代の浅草を放浪し、そこに「住みたい心情」を吐露するのだ。六区は「かつての「犯罪大通り」といった名目」もなく、「きわめて無気力になって、新興の盛り場の前に肩だけをいからして立っている、零落した歓楽街といった印象」を放つ。その中で「異形」さを放つ稲村劇場は「異形」の「見世物」を上演していた。その「虚構としての現実性」を帯びた「見世物」がかつては町を、そして「私」自身を問うていたのである。

浅草という街は現在でも「見世物」と化している。今日多くの観光客で賑わう浅草は、人々が色彩によって区切られた境界線を越えてやってくる。その境界線の内側で、人々は賽銭、おみくじ、食べ物、娯楽、みやげなどの「木戸銭」を払い、自ら「虚構としての現実性」を帯びて浅草と一体化する。こうした現在の浅草の姿は、寺山がかつて捉えた稲村劇場の論理、そして寺山が訪れた「スシ屋の新ちゃん」の人生観によって色濃く縁取られているように感じられるのだ。

（能地克宜）

〔作者紹介〕
てらやま・しゅうじ――一九三五年一二月一〇日〜一九八三年五月四日。青森生。青森高校在学中より創作活動に関心を寄せ、一九五四年一一月、早稲田大学教育学部在学中、短歌「チェホフ祭」五〇首で『短歌研究』特選に選ばれ歌壇に登場する。以後、詩や戯曲を発表し、一九六七年、横尾忠則らと劇団天井桟敷を結成。「青森県のせむし男」「大山デブコの犯罪」「毛皮のマリー」等を上演。その後、映画制作、小説執筆等、様々な表現活動を手掛ける。代表作に歌集「血と麦」、「田園に死す」、随筆「書を捨てて、町へ出よう」、「競馬放浪記」、評論「月蝕機関説」、「臓器交換序説」、小説「あゝ、荒野」、戯曲「毛皮のマリー」等がある。

〔作品紹介〕
初出＝『旅』（一九七三・二）
所収＝『花嫁化鳥　日本呪術的紀行』（日本交通公社出版事業部、一九七四・一〇）

【コラム】

〈見世物〉としての演芸——小沢昭一の叙述から

かつて隆盛を誇った浅草の映画館がすべて閉館してしまった二〇一六年現在、その興行街としての命脈を保ち、多くの観客を集めているのが浅草演芸ホールである。浅草の代表的な名所のひとつにもなった浅草演芸ホールは、たしかに東京に残された数少ない定席であるが、しかし前身はストリップ劇場として著名なフランス座であり、決して伝統ある寄席ではない。そもそも田圃を造成して作り出された明治期の浅草公園六区の興行街の中心は、劇場や見世物小屋、後に映画館によって占められ、寄席は万盛館がわずかに存在していたに過ぎなかった。

勿論、浅草という街全体において、決して寄席の存在感がなかったわけではない。たとえば雷門前の並木通りに面した並木亭は、数百人を収容する、関東大震災前の東京を代表する堂々たる二階寄席のひとつであったし、伝法院通りにあった金車亭は、講談では一流の寄席であったとされる（三遊亭圓生『寄席切絵図』青蛙房、一九七七・一二）。ただし、それらはいわゆる「エンコ」と呼ばれた六区の興行街の中心から外れており、講談や落語は近代の浅草の演芸の主流ではなかった。「エンコ」の演芸は、玉乗りから女芝居、オペラ、レビュー、軽演劇、ストリップ、漫才へと移り変わる、雑多な〈見世物〉によって構成されてきたといえる。

そうした〈見世物〉としての浅草の演芸の性格を、的確に言い表しているのが小沢昭一である。小沢はストリップについて、次のように述べている。

> 芸術家などと自称して、何の希少価値も持たないやからより、ヌードはとりあえず「見世物」という先取点を一点とっている。ひとさまに何か演ってみせるときは、それが、歌であれ、はなしであれ、演技であれ、また局部であれ、貴重品である限りお金がとれるのだ。（中略）はだかは低級だ、と、そのことで軽蔑するならば、だったらそれとおなじように、何の準備も訓練もせず、もちろん天性のすぐれた資質もなく、ただ「好きだ」ということだけで演ってる人、演ってるだけならいいが、金を取ろうとする人は、はだかの前に大きな顔は出来ない。これは「芸なし新劇」といわれる新劇の人間のはしくれとしての自戒である。（小沢昭一『私は河原乞食・考』三一書房、一九六九・九）

これは、図らずも谷崎潤一郎が、「旧派や新派の一流の俳優達が、浅草という所を卑しめて、自ら高しとして居るのは、僕に云わせると、チャンチャラ可笑しい」（『自転車』と『活動写真』と『カフェー』の印象」『中央公論』一九一八・九）と述べていることとも重なる。浅草は、オーソリティとしての歌舞伎の〈日本的なるもの〉とも、新劇の〈西洋的なるもの〉とも異なる、〈見世物〉として「お金がとれる」独自の演芸を、歴史的に変遷させてきたのである。

小沢は、そもそも浅草の中心を占める「観音さま」浅草寺や「三社さま」浅草神社の由来についても興味深い指摘をしている。

> 観音さまや三社さまの由来、成り立ちは、実は、本など読んで調べれば調べるほど、曖昧模糊、複雑怪奇である。なにもカミサマをおとしめるつもりでそう言うのではなく、日本のカミサマは、伊勢神宮をはじめ、古くアリガタイ神ほど、つかみどころがなくアヤシゲなのである。はやいはなし、得体の知れている乃木神社、東郷神社などは、カミサマとしてはもうひとつパッとしない。浅草のカミサマの繁栄は、得体の知れなさ――「何事のおわしますか」がよくわからないところから来ているように思える。（小沢昭一『ぼくの浅草案内』講談社、一九七八・六）

近世に浅草が、両国と並んで江戸の〈見世物〉の中心地となった背景には、浅草寺の存在が深く関係している。近世の〈見世物〉は、たとえば両国なら回向院のような、大寺院の開帳にあわせて興行され、人々も開帳と〈見世物〉をあわせて楽しむ風習が一般的だったとされる（川添裕『江戸の見世物』岩波書店、二〇〇〇・七）。信仰と世俗が、いわば表裏一体の関係にあったのである。小沢が述べるように、浅草に集まった人々にとって、浅草寺も〈見世物〉も、まさに共通の「アヤシゲサ」への興味において受容されていたといえるだろう。そのような「アヤシゲ」な〈見世物〉が集まっていた浅草寺北側一帯の奥山は、「エンコ」の〈見世物〉の源流でもあった。明治維新を経て、浅草寺界隈が官立の公園となったことで、奥山の見世物小屋はクリアランスの対象となり、新たに造成された六区に移転させられることになる（『台東区史　社会文化編』東京都台東区役所、一九六六・三）。そして六区で、玉乗りから漫才まで、雑多な〈見世物〉の変遷史を生み出していくのである。

現在の浅草寺と六区は、間に林立する商業ビルに阻まれて、街区として断絶している印象がある。しかし、かつて両者の間に瓢箪池が存在した時代には、むしろ対岸までの視界を遮るものはなく、浅草寺と六区は、かえって池を挟んだ空間的な一体感があったものと考えられる。近世以来の浅草の〈見世物〉としての演芸が、近代になっても近傍から離れられないまま、雑多なジャンルを変遷させながら人々に親しまれつづけたのには、「アヤシゲサ」の源流としての浅草寺の存在が、浅草の演芸には不可欠だったからではないだろうか。

（上田　学）

墨堤からながめる浅草

沢村貞子『私の浅草』

おひる頃、母の用足しは上首尾ですんだ。母娘で出かけてくることはめったにない。すこし時期は早いけれど、お花見としゃれようか、と母から言い出して、私たちは帰り道、向島へまわった。

母が、長命寺の桜餅を買っているあいだ私はひとりで土手へ出た。うらうらと暖かい日だった。気の早い桜が一輪二輪、赤く色づいて、ふくらんでいた。

ぼんやり隅田川を見おろしている私の背に、突然、男のダミ声がきこえた。

「ようよう、姉ちゃん、ちょいと、そこのべっぴんさん」

ふり向いてギョッとした。つい五、六間うしろの桜の木の下に、道路工事の人夫らしい七、八人の男が腰をおろしていた。

おべんとうを食べながら、みんなこっちを向いてニヤニヤしている。

「赤い帯がよく似合うよ」

「誰を待ってるのよう、いやだわね」

「いつまで待っても、あの人こないよ」

「それより俺とあそぼうよう――」

私はカーッとして、胸がドキドキした。足がすくんで動けない。

黙ってそっぽを向いている私を見て男たちは図に乗ったらしい。両手で耳をおおいたくなるような、いやしい言葉が投げかけられてきた。中のひとりが立ち上がって、ひときわ高い声で、

「あーら、あたし、はずかしいわ」

と、シナを作ってみせた。どっと笑い声がおこった。

そのとき——私は顔をまっすぐあげて、ツカツカと男たちの前へすすんだ。

笑い声が、ハタと止まった。いきなり目の前に立ちふさがった小娘を見上げて、みんなポカンとしていた。

「いいかげんにおし。ここは天下の往来なのよ、娘がとおって何がわるいの。桜の花見て隅田川みて、何がおかしいのよ。誰を待っていようと大きなお世話よ、ほっといとくれ。おべんとう食べるなら黙っておたべ。行儀の悪い。女の子からかって、おかずのたしにしようなんて、ケチな料見《（ママ）》おこすもんじゃないわ」

私はただ夢中だった。しゃべりながら、腹立たしさに膝がふるえた。うしろへ来た母が、青い顔をして左の袖をちぎれるほどひっぱった。呆気にとられた男たちは、箸をもったまま、黙って私たちを見つめていた。

桜のつぼみにやわらかい陽があたっていた。あたりはしんとして川面を吹く風が、私のあつい頬にこころよかった。

（沢村貞子『私の浅草』より「浅草娘」）

沢村貞子の浅草

長身で面長の色白、一五世羽左衛門似の二枚目の父の周囲に、女性が絶えることはなかった。周囲の反対から役者になれず宮戸座の狂言作者に収まった彼、竹柴伝蔵の願いは「自分の息子は皆役者にする」こと。三六歳と当時としては遅い結婚でも、相手の容姿は不問、丈夫な男の子を産めそうな働き者であることだけが求められた。もちろん、生まれる息子は自分似の美形であるという絶対の自信ゆえだ。五〇代まで公然と愛人がいたことなど、現代ではとうてい受け入れられない女性蔑視のその言動も、当時の浅草の一面である。

東京なら歌舞伎座の檜舞台を踏む歌舞伎役者、とまでは

『わたしの脇役人生』（ちくま文庫版）

叶わなかったが、父の願いは長男・澤村國太郎、次男・加東大介という二人の俳優として成就した。いや、息子たちだけを溺愛し娘にはさして期待も関心すらもかけなかった彼からすれば、娘が後年に「名脇役」と呼ばれる女優になったことは、その願いを叶えすぎたとも言えるだろう。その娘が浅草区千束に生まれた沢村貞子である。天保の改革により江戸三座が一八四二年に移転してきて以来の芝居町である浅草猿若町の西に住んだ彼らは、芝居の町・浅草を体現する一家だ。同じく猿若町そばにあり兄弟が子役から出演した宮戸座は、その規模も格式も小芝居であったが、活気に満ちたその芝居は浅草の生活のひとつであり、六代目菊五郎に引き抜かれた市川鬼丸（三世尾上多賀之丞）のように、実力ある役者の世界でもあった（一八八七年開場の吾妻座が九六年に宮戸座と改称、震災の焼失と再建を経て一九三七年に閉館した）。

　その生い立ちに鑑みるとき、浅草育ちの沢村貞子が人夫たちを向こうに回して啖呵を切る場面は、春の墨堤の桜を背景とした、お誂えに過ぎるほどの舞台にすら見えてくる。後には、戦時に向かう東京・新宿駅で長い髪をつかねて毛糸で編んだターバンで包んでいる姿をスパイだ、非国民だ、「日本人なら日本人らしく、日本古来の髪形をしろ」とからんできた男に、自分の髪型の実用性を説く一方で「日本古来って仰しゃるけれど、一体どこまでさかのぼったらいいんですか？」と切り返し（『わたしの脇役人生』新潮社、一九八七・四）、遅刻してきた共演の寺田農に震え上がるほどの説教を食らわし彼の遅刻はその後数十年に一度もなくなった（山崎洋子『沢村貞子という人』新潮社、二〇〇四・一二）――そうしたエピソードに、人は下町生まれの女性の生涯変わらぬ芯の強さを、いなせな姿を見るのかもしれない。さりげなくもしっかりと着物を着こなし、日々の家事や料理を淡々と、しかし優雅に楽しみながらこなし、時に他人にお節介を焼き、時におっちょこちょいで、曲がったことは許さない。現代の日本人が忘れてしまったがゆえに懐かしく思い出す下町生まれの女性——多くの人の思い描く沢村貞子像はそのまま、啖呵を切る「浅草娘」へと、人々の期待通りのイメージへと接続するかのようである。

浅草で「女」であること

しかし、浅草で「娘」であることとは、「女」であることとはどういうことなのか。亭主関白で気ままに振る舞う父にとって、愛人の呼び出しに応じて出かけることも、限られた食費で切り盛りする家族の食卓上に自分だけ仕出しの料理や店屋物を取り寄せて食べることも、稼ぎのある家長に許された当然の行為であり後ろめたさなどない。母は家庭のやりくりと子育てに精を出し、夫の浮気にも自分の容姿への引け目から控えめに認めているようだ。それは近所のおかみさんたちにも共通する傾向、すなわち「女遊びは男の甲斐性」と許容する「浅草は浮気男の天国だったようである」（「たかが亭主の浮気」）。兄弟の食事の世話に追われて自分はなかなか食べられない少女期の貞子の姿に何ら疑問を抱かない兄弟たちは、浅草の「女」に対する「男」の資質を知らぬ間に身につけているようだ（「どんどん焼き」）。だから少女期の貞子は、好きなものを食べ自由に行動できる「男」に生まれかわることを神社で祈ったりもする。

妻＝母たちはその関係を受け入れ、「針が持てない女は、亭主や子供にボロをひきずらせることになるんだよ。そんなことしたら、それこそ女の恥だからね」（「お豆腐の針」）と、娘たちに日々の炊事や掃除、針仕事などを、あるいは長唄などの芸事をたたき込む。

それは夫や父への奉仕だけが目的であっただろうか。浅草の「女」たちは「こんにちさまに申しわけない」（「こんにちさま」）と毎日を働いたという。与えられた環境の中でその役割を、日々を精一杯生きねばならない、その思いの結晶が「こんにちさま」なのであろうと沢村貞子は言う。あるいは、勉強を続けたいと両親を説き伏せて府立第一高等女学校（現・都立白鷗高等学校）を受験し合格した彼女に向けられる近所の親しいおじさんの「見損なったぞ、貞坊。どうしてそんなところへ行くんだ。女が学問なんかしたらろくなことはねえ。（中略）せっかくのべっぴんさんが台なしだ。そんなことよりせいぜい磨き上げて、いい旦那を見つけるこった」（「仁王の松つぁん」）という非難も、女子教育に対する当時の無理解だけではなく、彼らが何を尊重していたのかの裏返しでもあったはずだ。浅草に生きる彼女たちに求められ、そして彼女たちが自らの芯としたのは、そうした日々の生き方だったのであろう。そして、夫に無条件に服従して見える貞子の母が、不況による銀行の倒産や関東大震災に直面しておろおろと涙を流すだけの夫に代わって一家を冷静かつ的確に導いていったのは、浅草の「女」の面目躍如たる出来事であった。それは「男」と「女」のトラブルの仲裁からから子育てのアドバイスまで、身近に事あれば幡随院長兵衛よろしくどぶ板をかたかたならして飛び出していく「ドブ長さん」と呼ばれたおかみさんたちにも通じる。彼女たちの日々の生活は、決して豊かではないなかで互助的に町の連帯を作っていった。後年、周囲につい口出ししてしまう自らを「おせっかいな下町女」と繰り返した沢村貞子も、その系譜に連なっていくのである。

「浅草娘」、啖呵を切る

表面的には男性上位の浅草の中で、沢村貞子もその母も控えめで口出しすることもなく、それを自明のこととしていた（その一方で、彼女の父は、資産家との縁談に「娘を玉の輿にのせて左うちわなんて、そんなうすみっともないことが出来るか」と即座に断り、母は娘の意志を尊重しようとしたことは付言しなければならない）。そうした彼女が発した啖呵は、ジェンダー意識からの男性一般への告発でも、怒りでもなかったのではないか。とすれば、墨堤で人夫相手に切られた啖呵も、からかわれた少女一人の怒りだけには還元できないであろう。『私の浅草』をはじめとしたエッセイから浮き上がるのは、各人が自らの役割に応じて日々を確かに生きるという、彼女（たち）の浅草生活であった。その積み重ねが浅草の「女」を作り上げていく。彼女たちが他人に介入するのも、自分たちの関係を結んで生活を維持していくためであった。ところが人夫たちの図に乗ったからかいは、自らをわきまえず、他人の領分に不当に踏みこむだけの行為でしかない。皆に開かれた「天下の往来」や隅田川の桜で勝手な振る舞いをする人間の性根は「ケチな料見《（ママ）》」として退けられるのである。それゆえこの場面は決定的な対立とはならず、彼女の母と「屈強な、兄貴分らしいひとり」、そして彼女との間で穏やかな幕引きとなる。それは浅草での女性たちの置かれた位置、そして彼女たちが作り上げる共生的な日常生活の表れである。「女」たちは怒りや悲しみにとらわれている暇はない。家事などに追われても耐え忍ばねばならない浅草の「娘」であることに不満や悲しみを感じた貞子に、母はかつてこう言っていた――「女の子は泣いちゃいけないよ（中略）泣いてると、ご飯の仕度がおそくなるからさ」（「泣いちゃいけない」）。

浅草をちょっと離れて

女性たちは浅草の日々のなかで「娘」に、「女」になっていく。しかし、沢村貞子がそうであったようにそれは自覚的で自明な成長なのではなく、その日々を見つめる別のまなざしがなければ気がつけない。冒頭の出来事のあった夜、彼女はこう振り返る。

なぜ、急に、あんな激しいことを言ってしまったのかしら――自分でも、どうしてもわからない。
ただ、わかったのはやっぱり私は、単純で一本気な「浅草の娘」なんだ、ということだけだった。
十七才の、春の思い出。

そして、その墨堤が舞台であることは、非常に示唆的であると思われる。

ほとんど家を離れることのない母の用事に付き添って本所に行った帰り、母が長命寺の桜餅を買うのを墨堤の桜を眺めながら待っている間の出来事であるから、舞台は隅田川東岸（向島）である。現在なら浅草から一九八五年完成の桜橋が通じるが、当時は竹屋の渡しが山谷堀と三囲神社附近とを結んでいた。川を渡るとき、浅草という日常からほんの少し離脱する。桜の季節を前にうきうきとした母娘の様子にうかがえるとおり、それは日々の生活や役割からの、ほんのつかの間の解放であった。あるいは、川向こうの異質なものと接触したときに、自らの内なる浅草的な価値観が強く意識されたと言ってもいい。

六〇代半ばで書かれたこのエッセイは出来事から半世紀後の回想である。また、新築地小劇場での活動のために治安維持法で検挙・拘留され、釈放後に京都へ向かった二二歳以来、沢村貞子は浅草を離れ、東京では長く渋谷区西原に、晩年は横須賀市秋谷の海を望むマンションに住んだ。すなわち、ここで描かれるのは書き手から二重に遠ざかった「娘」と「浅草」の姿である。自らの半生を振り返るとは、浅草で「娘」として生活した日々の回想だけでなく、現在の自分が何を支えに作り上げられていったかを考えることであろう。雑誌発表時には「早春の向島」と題されたこのエッセイが「浅草娘」と改題されたことは、そのことをよく物語る。あの出来事で自覚した「浅草の娘」であることとは一時の感傷だけではなく、その後の人生の中で体現されていったものの後年における総称である。逆説的になるが、浅草を離れることで浅草を眺め意味づけることができたのだ。

浅草と隅田川の向こうへ

したがって墨堤のあのシーンに読者が「浅草」的な何かを「懐古的に」感じたとしても、そのまなざしは沢村貞子の経験へと届くことはない。さらに言えば、一七歳の筆者が川向こうに行った春、隅田川も浅草も不可逆の大きな変化のなかにあったからだ。

『私の浅草』はじめ彼女の文章では数え年で自分の年齢を記述している箇所が多々あり、ひとまずそれに従えば、一七歳の春は一九二四年（満年齢なら二六年）。二三年九月一日の関東大震災から半年後の出来事となる。

震災で本所方面が壊滅的被害を受け、特に被服廠跡地や隅田川の橋梁に殺到した多くの人命が失われたのは周知の通りである。一方で浅草寺・浅草公園や上野公園では樹木が防火帯となって延焼を食い止め、その後の一時避難所としても機能した。復興事務局『帝都復興事業誌』（一九三一年）によれば、避難民は浅草公園に一〇万人、上野公園には五〇万人と推計されている。庶民のなかでは浅草寺が焼けなかったのは観音様の御利益だとしたが、当時の東京市および政府は公園の防災拠点としての意義に注目し、震災復興事業では隅田公園・浜町公園・錦糸公園の三大公園を筆頭とする大小の公園の整備に着手した。

一九二三年一二月、帝都復興院理事会は予算四八〇万円（実費は約七五〇万円に上った）で約四万坪におよぶ日本初の本格的な臨川公園を隅田川両岸に計画、内閣の認可を得て翌年四月に内務省から告示された。二四年一〇月から造成を開始し、費用削減や予定地の範囲に大小の変更が繰り返され、用地取得にも時間を要して三一年三月二三日に完成。その翌日に開園し、月末に東京市に移管されている。彼女をからかった人夫たちは、墨堤の応急処置か隅田公園の造成につながる作業か、なんらかの震災復興のための作業中だったのだろう。

隅田公園の設立趣意は、震災後の隅田川、ひいては浅草の行方をよく示している。

隅田川上流両岸ノ中東岸枕橋附近ヨリ言問附近迄、

隅田公園の絵はがき

西岸吾妻橋附近ヨリ浅草区今戸町ニ至ル沿岸ハ古来史蹟ニ富ムカ故ニ此等旧蹟ヲ保存スルト共ニ、隅田川ヲ利用スル臨川公園タラシムル目的ヲ以テ約三萬二千坪ヲ選定セリ

（復興局『大正十三年十二月末現在　復興事業進捗状況』）

平時には文化や自然に親しめ非常時には市民の生命を保護する公園の建設は、経緯は異なるが、八代将軍吉宗による桜並木の整備で墨堤が名所化したことをも思い出させる。震災後の墨堤の復旧・復興は、再びの再編＝創造であった。墨堤の幅は四間から一八間へと拡幅され区域拡張のための埋め立ても実施、再度の計画変更の中で牛嶋神社を移転させたほか、江戸時代以来の料亭・八百松や徳川邸（旧水戸藩下屋敷）のすべて、三囲神社・長命寺の境内の一部が公園用地に組み込まれた。学生による隅田川のボート競技は春の風物詩として知られるが、東京帝大および高等商業の艇庫も移転させられている。同じく破壊からの復興となる敗戦後から高度成長期には、いわゆる「カミソリ堤防」が水と人を分断し、隅田公園東岸の中心には首都高速六号線の高架が通された。現代の隅田川の風景を見るとき、隅田川の水と歴史に親しむはずの臨川公園の設立趣意は、墨

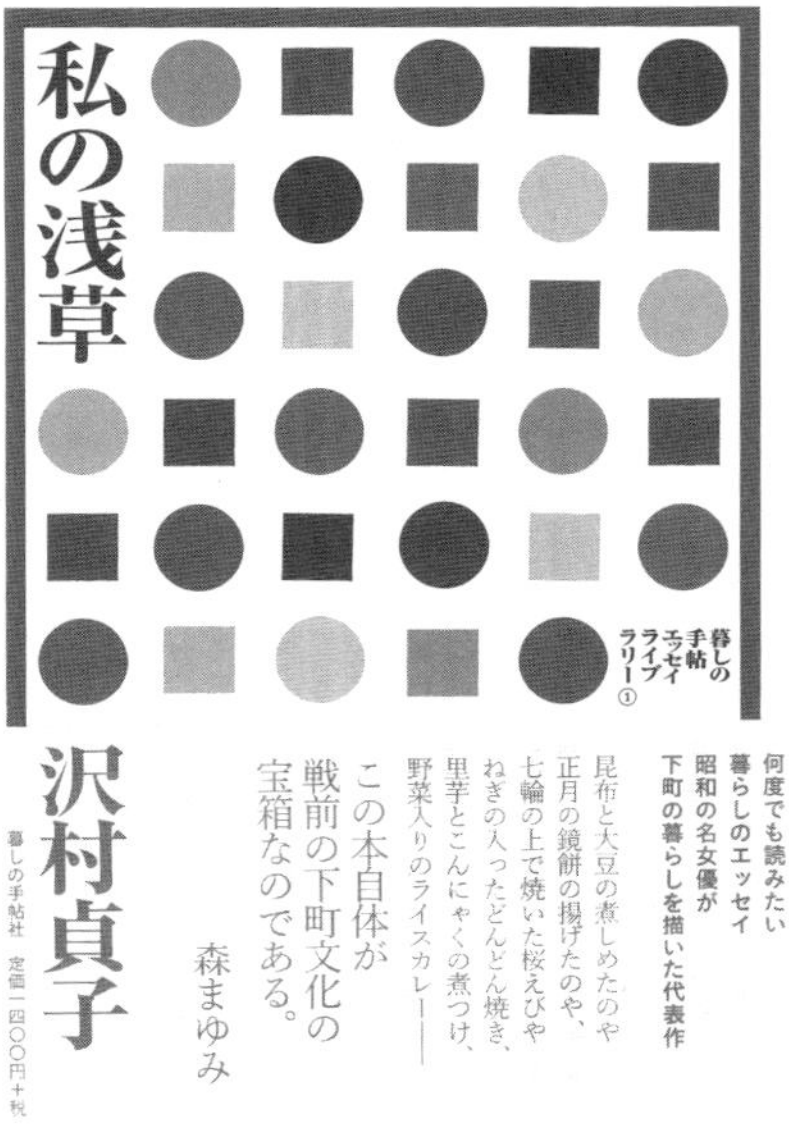

『私の浅草』暮しの手帖社（新装版）

堤をモニュメントと化しながらの新たな歴史・風景の創出の宣言であり、人々との関係を新たなものとすることの予言であった。

　災害による破壊と復興において生じるこうした出来事に、高みからの批判だけで済ますわけにはいかない。しかし、震災・敗戦とその復興を契機に、近代の浅草・隅田川が変貌していくことは念頭に置こう。隅田川に架かる橋の大半は震災後に掛け替えられた。震災に耐えた浅草寺は空襲で焼失して五重塔の位置変更を伴う新たな堂宇となり、ひょうたん池が埋め立てられて六区興業街に新たな土地が出現する。

沢村貞子と浅草は朝ドラにもなった
（『別冊グラフＮＨＫ』より）

変わったのは風景だけだったろうか。社会の激しい変化に伴いライフスタイルや価値観が変わり、住人や世代の入れ替わりもある。沢村貞子の描く「浅草」が読まれる理由の一つは、その世界や人々がもはや身辺から遠ざかってしまったからでもある。

　変貌または衰退した浅草を前に、人々は失われた浅草や隅田川へ、あるべきイメージへと思いをはせる。どこにもないユートピアの下町、そしてその住人や生活へと。そうした人々のまなざしに、期待通りに映じたのが沢村貞子のエッセイであったのではなかろうか。注意すべきは、彼女の文章はそれ自体の輝きを放ち読者の幻想に媚びるものなどでは決してないこと、そして彼女自身にとっても、そこで描かれる浅草は自らの内なる浅草だったということだ。良くも悪くも、浅草は人々の懐古さらには幻想を喚起し、そして受け入れる場所となっていった。

一例を挙げよう。沢村貞子の自伝的エッセイ『貝のうた』（講談社、一九六九）を原作に一九七八年四月に始まったNHKの連続テレビ小説「おていちゃん」の平均視聴率は四三%、最高視聴率は五〇%を記録した（ビデオリサーチ社による）。「おていちゃん」は当時の人々が浅草に求めていたものを明快なイメージとして提示し、満たしたのであろう。その大ヒットは常に衰退が言われていた高度成長期後の浅草に、一時的とはいえ多くの客とにぎわいを呼び寄せた。

その時々の人々の勝手な浅草幻想を許容しつつ、浅草は破壊や衰退と復興を繰り返してきた。そこにこの街の包容力ないしはしぶとさがあるのであろう。そして、『私の浅草』と題された本書もまた、今日なお読者を招き入れ、包み込んでいる。

（津久井隆）

〔作者紹介〕

さわむら・さだこ――一九〇八年一一月一一日、東京府浅草区浅草千束町生まれ。本名・大橋貞子（ていこ。旧姓は加藤）。父は宮戸座の狂言作者・竹柴伝蔵、兄弟は共に俳優の澤村國太郎と加東大介、姉は社会福祉活動家の矢島せい子。府立第一高等女学校を経て日本女子大学校師範家政学部に進学するが、二九年に新築地小劇場の研究生となって左傾し、中退を余儀なくされる。三二年、治安維持法違反で検挙され、容疑否認で拘留は一年に及んだ。釈放後は運動から身を引き、京都で日活の映画俳優に転じていた兄の元で女優となり、映画やテレビでの「名脇役」の位置を築く。六九年発表の半生記『貝のうた』以後の執筆活動では、「老女」の視点からのエッセイ（『私の三面鏡』、『わたしの脇役人生』、『寄り添って老後』など）や毎日記録した料理ノートに基づく『わたしの献立日記』などで幅広い読者を獲得した。八九年に女優を引退し、神奈川県横須賀市に転居。一九九六年八月一六日没。遺骨は遺言に従って夫の遺骨と共に葉山沖の海に散骨された。

〔作品紹介〕

初出＝連載「私の浅草」より「早春の向島」（『暮しの手帖』一九七四・二）。のちに改題。

所収＝『私の浅草』（暮しの手帖社、一九七六・一一）

同書は花森安治の勧めで一九七三年一二月から七五年六月まで「私の浅草」と題して連載したエッセイをまとめたもので、装幀・カットは花森による。七七年に第二五回日本エッセイスト・クラブ賞を受賞。現在は暮しの手帖社から刊行の新装版が入手できるほか、著者自身の朗読による新潮カセットブック（一九八八年）もある。

連続テレビ小説「おていちゃん」の映像はNHKアーカイブスに数回分が断片的に現存するのみであるが、『別冊グラフNHK　おていちゃんの浅草』（NHKサービスセンター、一九七八・六）や『朝ドラの55年――全93作品完全保存版』（NHK出版、二〇一五・一〇）でその概略や関連情報を知ることができる。

【コラム】

浅草への陸路――雷門から入る啄木／雷門から入らない犀星

雷門は浅草の表玄関

二〇一五年の現在もやはり、雷門が浅草の表玄関といった印象を受ける。現在そこには人力車が並び、多くの観光客を車夫たちが迎えている。そして、浅草を訪れた人々はこの雷門から浅草を満喫していくのだ。明治期に刊行された観光案内『東京横浜一週間案内』（史伝編纂所、一九〇一・一〇）には、「浅草雷門にて下車し、これより」「赤煉瓦造りの仲見世を素見《ひやか》し、仁王門をくゞりて、正面の観音堂に参詣すべし」とある。続けて、「一通り観音堂の礼拝《おがみ》をすましたる上は、それより、公園内にある種々の見世物等を見物すべし」と浅草観光の道筋が示されており、今日までそれは浅草観光の最も基本的なコースとなっていると言える。一八六五（慶応元）年一二月、火災によって焼失し、一九六五年五月の再建まで浅草に雷門はなかった。しかし、雷門再建以前もそして現在も、停留所「雷門」は浅草に存在し続けている。「雷門」は浅草に向かう陸路の交通網の表玄関であった。

一九二七年一二月三〇日、浅草、上野間（浅草、田原町、稲荷町、上野）に日本で最初の地下鉄が開業した。現在の地下鉄銀座線の一部区間である。運賃は十銭。開業翌日の『朝日新聞』には「珍しもの好きの東京人、朝から雪崩を打つて各駅に押寄せ午前中だけで上野が二万、浅草が一万その他の駅を合計するとザツト乗客四万人に上」ったとある。浅草への交通手段が一つ増え、昭和初年代の浅草は一層賑わいを見せるようになる。その二年後に地上出口を一階とする食堂ビルが建てられた。雷門のすぐ近くであった。

酒井眞人『東京盛り場風景』（盛文堂、一九三〇・一二）には、「浅草が、あの雑沓の客を吸引する道は、主として雷門と田原町との二ツの入口」で、「客の大部分は、市電、青バス円太郎、円タク、地下鉄等によって、先の二ヶ所の入口から吸ひこまれる」とある。地下鉄だけでなく、市電（都電）や青バス（現在の都バス）もまた、「雷門」と一つ手前にある「田原町」を停留所としていた。

そのうち、「雷門電車停留場」は地下鉄開業以前から、浅草への陸路の交通網が交錯する地点でもあった。例えば一九一〇年には以下のような記述が残されている。

本区に於ける電車線路の中心なり浅草方面より来りて上野方面に向ふもの、

及びこれと反対の進行をなすものも、共に此停留場に多くの客を昇降せしむ。或は、この停車場に止まりて、来りし方に引返すものもあり、南千住方面に往復するものは又たこの停留場にて乗換ふ。近来この停留場と、吾妻橋を隔てたる本所仲之停留場との間に乗換の便を開きたるより、交通の便は益々大となれり。

（松山傳十郎『浅草繁盛記』実力社、一九一〇・一二）

そして、「東京市内に於て、電車線路相交錯する要点は他にこれあるべきも、昇降客の最も多くして、その目的の行先地たるは、雷門停車場を以て最とすべく、又以て本区繁昌の一端を想像する料となすべし」（『浅草繁盛記』）とあるように、「雷門」は当時の陸上交通の要所となっていたのである。

この頃「雷門」の停留所に止まる市電は『東京電車便覧』（読売新聞社、一九一一・四）によれば二路線あった。「品川上野浅草間循環」「大門上野浅草間循環」「土橋新橋上野浅草間循環」「本石町上野浅草間循環」の四つの行き先を持つ「品川大通線」と「雷門南千住口間往復」の「千住線」である。一九六〇年代に入り都電が廃止されるまで、「品川大通線」は一番系統（品川、上野駅前間）として、「千住線」は二二番系統（新橋、南千住間）として一部区間に変更が生じつつも存続していた。「品川大通線」は一九〇四年の開業、「千住線」は一九〇八年の開業であった（東京都交通局編『わが街　わが都電』（東京都交通局、一九九一・八）、「鉄道歴史地図」（http://rail.crap.jp/））。

運賃は一九一一年の時点で四銭、地下鉄開業時は七銭であった（『東京都交通局四十年史』東京都交通局、一九五一・八）。運賃や乗車区間を考えると、地下鉄開業時は市電を利用した方が経済的だったとも言える。例えば、東京市浅草区役所編『浅草区史上巻』（文会堂書店、一九一四・一二）には、地下鉄開業以前の雷門降車客数が記されており、地下鉄開業初日よりも多くの人々が利用していたことがわかる。

> 雷門附近に於ける降車人数は、未だ確実なる統計なきを以て之を知ること難しと雖、市電電気局運転課調査によれば平常一日（午前六時より午後一時に至る七時間）の乗客にして区内に於いて下車する人数は約四万千六百人（大正二年二月十日）乃至六万六千六百人（大正二年四月十三日）に達すといふ。其の一班を知るに足らん。

一九二三年六月の時点で全三五系統を運行する市電の中で終点を「雷門」とする路線が五系統あり、関東大震災以前まではその数から言っても「雷門」を終点とする路線が最も多かった（東京市電気局編『乗客調査五十年史』東京都電気局、一九三六・一二）。また、一九〇七年には運賃七銭で利用できる乗合馬車が「浅草雷門より千住五丁目まで」を通っていた（東京倶楽部編『最新東京案内』綱島書店、一九〇七・一二）。

これほど多くの人々が利用する「雷門」は市バスでももちろん停留所となっていた。東京市電気局庶務課掛「東京市に於けるバスの発達」（『調査資料』一九二六・六）によると、東京でバスの運行が開始された一九一九年三月には、上野、雷門間が開通し、翌月には雷門、浅草橋間、浅草橋、日本橋間が営業を始めている。一九二五年二月に路線が改定され、「雷門」を停留所とするのは押上線と「雷門」を終点とする雷門線の二路線となった。この路線を含む九つすべての路線の中で最も乗車率の高かったのが雷門線である。「斯くの如き好成績を収めるのは、何と云つても帝都に於ける商業区域沿線であり、更に上野、浅草二公園に至る目貫の方面を控えて居るから」であった。

さらに、一九五〇年代に入り、無軌条電車（トロリーバス）が運行された際にも「雷門」に停留所が設置されていた。池袋駅から浅草駅までを山手線の外周に沿って走る１０４系統と呼ばれる路線が一九五八年から運行していたが、一九六七年にはトロリーバスの全線が廃止された。しかし、現在も都営バスの複数の路線で「浅草雷門」のバス停を設置している。

浅草への陸路――石川啄木と室生犀星

ところで、浅草を訪れる文学者はどのような交通手段を用いていたのか。例えば、一九〇八年、本郷区森川町（現在の文京区本郷）に下宿した石川啄木は、専ら市電を利用していた。「明治四十一年日誌」によると、一〇月四日、金田一京助とともに、夕方日比谷から四〇分かけて「築地浅草行」の市電に乗って浅草に向かったことがわかる。そこで二人は凌雲閣（十二階）下の「塔下苑を逍遥ふ」た後、「大勝館」で活動写真を見たという。以後啄木は翌年の四月にかけて十回以上その地を訪れたことを「ローマ字日記」の中で記している。ある時は「田原町で電車をすてて浅草公園を歩」き（四月一日）、またある時は「雷門で降りて、そこの牛屋へ上がって夕飯を食った」後、千束町へと足を運んでいた（五月一日）。啄木は当時、方々に借金を抱えていたが、給料を前借りしては、「電車の二十回券を買っ」て浅草、時に吉原まで足を運んでいた（四月二五日）のである（例えば一九一一年時点で二〇回券は八〇銭であった）。浅草の経験を、啄木は例えば、「こみ合へる電車の隅に／ちぢこまる／ゆふべゆふべの我のいとしさ」（『一握の砂』東雲堂、一九一〇・一二）と歌っている。

　一九一〇年、金沢から上京したての室生犀星は根岸そして根津に下宿していた。犀星もまた頻繁に浅草を訪れていたが、ほとんど徒歩で向かっていたようだ。自伝小説『泥雀の歌』（実業之日本社、一九四二・五）には「私は昼間は仕事をさがしに行くふうをして、車坂から真直ぐ浅草公園に抜ける一本道をぶらつき、そして公園にはいると魚釣りをし、帝国館や電気館にはいり「新馬鹿大将」や探偵物の映画を見物してゐた」とある。「車坂から真直ぐ浅草公園に抜ける一本道」とは上野から西に延びる現在の合羽橋本通りのことであり、国際通りにぶつかっている。

> この根津の谷間から谷中にかけて美術学生が多く、髪は肩まで垂れ、みな四角な髭を生やしてゐた。そして髭を生やした私は国元から送らせた書籍《ほん》や着物、マントは悉く金に換へられ、その金は悉く浅草公園で費ひはたされた。谷中から上野公園を抜け、陸橋を渡つて車坂から、例の浅草公園の大勝館に打つかる一本道路を私は或る時は午後から、或る時は夕方から、また或る時は突然午前十時といふのにその長たらしく、ゴミゴミした蛇屋だの古靴屋だの家具屋だののならんだ通りを歩いて行つた。
>
> （『泥雀の歌』）

「浅草公園の大勝館」は現在、ドン・キホーテ浅草店が建っている。そこを左に曲がれば、かつては六区映画館街、瓢箪池、凌雲閣、そしてその先へと進むことができた。この道を何度も通って犀星は浅草へ赴き、そこで所持金の大部分を費やしていく。

　啄木は雷門から六区の先にある千束町へと足を運ぶこともあったが、犀星は専ら六区から浅草に入りその先へと足を運んでいた。犀星が雷門から仲見世を抜け、浅草寺を参拝し遊興施設に赴くといったいわば浅草観光のポピュラーな道筋を結果的に回避することによって、犀星の文学では浅草の裏の部分がクローズアップされ、ダイレクトにそこに生きる人々の姿が浮かび上がってくる。一九一〇年前後、啄木は官能美を追求した耽美派の雑誌『スバル』の編集者、犀星は寄稿者であった。両者はほぼ同時期に浅草を訪れ、浅草で体験したことを文学作品に取り込んでいった。それぞれが浅草の何を求め、そして浅草の町に何を見出していったのかについて考える際に、どこからどのような手段で浅草に入ったかを考慮すると、作家ごとの作品の特徴が一層際立って見えてくるように思われる。

（能地克宜）

吾妻橋コレクション

半村良『小説　浅草案内』

向こう岸のビヤホールで生ビールを一杯ずつ飲んでの帰り。

「やっぱり浅草はいい」

峰岸は吾妻橋を逆戻りしながらそう言った。ビヤホールで土地の値上りや税金について、さんざん文句を言ったあとだった。

「どうしていいと思う」

私はちょっと意地悪な質問をしてみた。自分に浅草の人間であるという思いが強くなっていたからだろう。

だが峰岸の答えはかんたんだった。

「風の吹きようがよそより遅いからさ」

「なるほどね」

私にもそれは共感できるところがあった。ファッションも景気のよしあしも、よそとかわらず敏感にうけとめる町だが、それでいてうけとめたあとの形がしっかり昔とつながっている。だからどんなに新しいものをうけとめても、激しい形にはならない。これが赤坂や六本木あたりだと、新しいだけで昔の色はあとかたも残さない。

「みろよ」

峰岸の歩調が急に遅くなった。

和服を着た若い女と、ジャンパー姿の青年が、欄干にもたれて川面を眺めている。その向こうには、ちょうどいま船が着いたばかりの、水上バスの発着所と〈松屋〉が見えている。

「昼間でよかった。これが夜中なら心中寸前の図だ」

「いいカップルじゃないか。やはり浅草へ来てよかった」

峰岸はとうとう足をとめてしまい、タバコに火をつけた。ポカポカと暖かい日ざし。ぬるいような風。娘の髪はごく短くて、男の子のようだ。全体に黄色っぽい感じのきものを着ているが、よそゆきくさいところは微塵もない。近所からちょいと出てきたような感じだ。

いっしょにいる青年の姿もいい。コーデュロイのズボンにジャンパー、そしてハンチングをかぶっている。

「あんな組合せ、よその町にあるか……」

峰岸はくぐもった声で言う。

「何を見ているんだろう」

私は欄干こしに、彼らが見ている川面をのぞいた。もちろん下はさざ波だけ。

「夫婦になるんだろうなあ」

峰岸は羨ましそうに言う。十何年か前に離婚して、それ以来ずっと独身なのだ。

青年が欄干から急に体をはなし、腕時計をみて娘に何か言った。娘の笑顔がちらっと見えた。

二人はすぐ手をつなぎ、小走りに浅草のほうへ去って行く。娘の走り方はいたって活潑で、洋服を着ているときと同じようだった。

「いいなあ、ああいうの」

それを見送る峰岸は、目をしばたたいていた。

（半村良『小説　浅草案内』より「寒い仲」）

半村良の浅草

「お前はもともと下町の人間なんだし、だいいち世田谷なんぞに住む柄じゃねえんだ。どうせ東京に戻ってくるんなら下町にしろ」

北海道・苫小牧から三年ぶりに東京へ戻った作家は、酔った旧友のその一言をきっかけに、翌朝には新宿のヒルトンホテルを出て浅草へと向かう。仲見世には鞄屋を営む旧友がおり、彼は作家の意志が本気だと見て取るや、好条件のマンションをすぐさま探し出す。作家はそれを縁に「観音裏」と呼ばれる浅草見番のそばに居を構え、執筆を始める。

『小説　浅草案内』では、浅草に住み着くことになった半村良その人とおぼしき作家の浅草での一年が、一二話の連載のなかに描かれていく。右の一節はこの小説の冒頭の一節であるが、半村自身もまた、隅田川東岸の下町で育ち、様々な職を転々として小説家としての地位を固め、この時期には作中の作家同様に苫小牧での三年の生活を引き払って東京に戻ってきていた。浅草を歩き、見て、交友範囲を広げ、飲み歩く作家が生き生きと浅草の中に描かれるのは、浅草が作中の作家にとっても、半村良自身にとっても広義のホームグラウンドであるからであろう。

壮大な伝奇SFの一方、第七二回直木賞受賞作『雨やどり』（河出書房新社、一九七四・二）や時代小説にみられる人情ものでも知られる半村良の世界は、周知の通り、一筋縄ではいかない。「浅草案内」と題されたこの小説でも、それは同じ。巧妙な仕掛けを施しつつ、浅草は現れる。

〈二つ〉の物語

『小説　浅草案内』の第八話「寒い仲」は、一月二日に友人と二人で「三時ごろから飲みはじめたのはいいのだが、二リットル入りの生樽が二つと、ボージョレーが一本、ブランデーが二分の一ボトルという、やや羽目をはずした仕儀」ですっかり酩酊した「私」（作中で半村と呼ばれる）に旧友の峰岸から電話がかかってくることから始まる。二月に浅草で会った二人は、まず吾妻橋を東に越えてアサヒビールのビヤホールへ。その帰りの吾妻橋上の風景が、冒頭に引用した一節である。

ボーイッシュだが着物を着こなす若い女性と、バブル経済の時代に古くささを感じさせるファッションの青年。ちぐはぐな印象も与えるカップルは、しかし、「私」と峰岸の浅草観／浅草らしさを体現したような二人だ。バブルの軽さや狂騒の一方で昭和の終焉が重い実感を伴って語られるこの場面で、浅草と対比的に六本木や赤坂が参照されるのは当然である。それらの土地は凋落した浅草と表裏の関係にあるのだから。

手を取って浅草へと小走りで戻っていくカップルを「いいなあ、ああいうの」という二人は、そこに何を見たのだろう。下町生まれであり浅草に半年以上定着した「私」に対し、「いいなあ」と言った峰岸は浅草への訪問者である。画家である彼は世田谷区代田の叔母の家をアトリエとし、やがてはそこを相続するだろうことから、相続税や地上げと日々直面している。この後飲み歩き続ける二人の会話から、峰岸が「私」を誘ったのは、かつて不倫の果てに自分の元を去ったピアニストの妻（「私」も知っている）がリウマチでピアノを断念し、男にも去られたあげく、実家で自死したことを知ったからだと明らかになる。浅草のカップル、ひいては浅草の発見には、そうした峰岸の事情から来る浅草への二つの憧憬、そして「私」の追認的な共感がある。ひとつはさりげなくも幸福そうな二人への、ひとつは時代の狂騒から取り残されている浅草への。

「浅草らしい」カップルを見た二人は「私」のなじみの店を飲み歩き、その一軒で痴話喧嘩の男女に出くわす。聞こえるやりとりからわかるのは、一流企業で出世には遠い中年サラリーマンと三流クラブのホステスとの不倫関係のもつれ。その二人の喧嘩を背景に、中年男二人は、亡くなった峰岸の妻の話をしんみりと続ける。

くどいまでにその物語を再現することで見えてくるのは、「寒い仲」が巧妙に〈二〉を仕組んでいることだ。三組の二人（「私」と峰岸、橋の上のカップル、痴話喧嘩の二人）、東京の東西の代表として参照される浅草と六本木・赤坂・世田谷、そして昭和の終わりへの強い予感（「俺たちも二つの元号にまたがって生きなきゃならないのか」）。峰岸からの最初の電話は一月二日。その日、「私」が「馬鹿飲み」した酒量とその表現の仕方（ボトル半分、ではなく、「二分の一」と記すことに注目しよう）。

そしてその中心に選ばれるのが、吾妻橋である。

浅草生活者にとっての橋／吾妻橋を越える経験

地下鉄浅草駅から地上に上がった、あるいは東武鉄道の浅草駅を出て地上に降りた、または水上バスを下船して上陸した吾妻橋の西詰。多くの人々は浅草側からの最初の光景として、川向こうを眺めるだろう。ビアジョッキのビールと泡をイメージしたというアサヒビールタワーと、（人々がそう認識しているのかはさておき）炎のオブジェを屋上に載せるスーパードライホールの刺激的で印象的な光景を、鉄道や水上バス、もちろんバスを降りた人々も目の当たりにする。それは紛れもなく、浅草の代表的な風景の一つである。そこは古くから親しまれた風景でもある。広重の浮世絵

で駒形堂や浅草寺とともに描かれる吾妻橋の架橋は一七七四年。江戸時代に大川（隅田川）に架けられた五つの橋の最後にあたり、当初は大川橋と呼ばれた（一八七六年に架けられた木橋から正式に「吾妻橋」と命名）。明治初期までに数回の掛け替えを経て、一八八七年に隅田川で初の鉄橋として竣工。一九二三年の関東大震災で木製の橋板が焼失したため架け替えられた三一年竣工のアーチ橋が、現在に至っている。

此岸と彼岸、こちらとあちらを分ける川。現代の私たちにとって橋の存在も渡橋という行為もあまりに自明のことだが、それは長い歴史でのごく短い経験でしかない。かつて橋は時の権力者によって支配され、私的に管理されることもあった（道路を管理するのは行政である。公私にわたり存在した橋銭という通行料は、自動車社会の中で形を変えて維持されている）。隅田川なら、現在の行政区画ではわかりにくいが、下流に架かる「両国橋」が表すように元は武蔵と上総の二つの国の政治的な境界であり、東岸の「向島」という名が表すように人々の生活感のなかでの境界でもある。橋はその境界をつないでいる。

佐江衆一『浅草迷宮事件』（集英社、一九八二・九）では質店の幼い男児・利招《としあき》を中心に、昭和初期から戦時中に至る浅草界隈が、少年の成長とともに少年の視点から描かれる。浅草区浅草栄久町（現・台東区寿一・二丁目および蔵前四丁目）に住む彼が「浅草」と認識するのは、お得意さんがいて自身も出かけていく公園六区とその周辺、質店を訪れる顧客および彼が歩いて行ける行動範囲である。その感覚は、少年と同じく浅草栄久町の質店の次男として生まれた佐江自身のものであっただろう。

　おばさんは立ちどまりもしないで、吾妻橋を渡っていく。
　ぼくは橋のたもとで足が自然にとまって、あたりをみまわす。左に、ぼくのよく知っている松屋デパート、振りむくと仁丹塔がみえる。でもぼくの胸はドキドキしてくるのだ。ここまでは勝ちゃんたちと遊びにくるけれど、勝ちゃんたちと橋をわたったことはいちどもないし、ひとりで吾妻橋をわたるのははじめてなのだ。
（中略）ひとりで橋をわたるのは怖い。隅田川はこんなに広くて、吾妻橋はこんなに大きくて長かったかしら。
橋の向うはぼくの知らない遠い町だ。

質入れされた幼い娘の着物に惹かれてその母娘に関心を抱き、その思いが募るままに「おばさん」の後を追って向島へと吾妻橋を越境していく彼の体験は、家族に秘めて抱く少女への思いと合わせた成長譚として、小説の軸の一つとなっている。だから彼にとって再度の吾妻橋の渡橋は、新鮮な感覚をもたらす――「ぼくのよく知っているぼくの町へ吾妻橋をわたってもどっていくのに、見知らぬ遠い町へ連れていかれる感じをわななきながらたのしんでもいるのだ」。

浅草の小料理屋の美しい女将をめぐる人間関係を描いた伊集院静『浅草のおんな』（文藝春秋、二〇一〇・八）では、主人公の女将を向島のマンションから浅草の店へと通わせている。

葉桜が頭の上の方でざわめいているのを耳にしながら志万は墨堤通りを右に折れ、吾妻橋の袂に立つとちいさく息をもらした。（中略）志万は浅草寺の方にむかって、お願いしますね、とつぶやいて、手を合わせた。そうして唇を結んで橋を渡りだした。橋を渡る度に、今日も頑張らねば、と志万は自分に言い聞かせる。朝の仕込みの時と合わせて一日に二度、この橋を渡る。

かつて男との関係の果てに死を選ぼうと浅草を彷徨い、隅田川へ身投げするところを通りすがりの男に声をかけられて思いとどまった志万は、過去を封印して小料理屋の女将として生きようと浅草を選択する。そうした彼女が吾妻橋で行うのは、一人の「おんな」から多くの客＝男の視線や欲望を投げかけられる「女将」へと自らを演出していく際の自己確認、あるいは儀式である。川は、あるいは橋は、二つに分かれた世界を生きねばならない彼女の現在をよく表す。だが、それゆえに吾妻橋は「浅草のおんな」として生きるという彼女にとって、任意の通勤経路の一つでしかないのも確かではある。

それらが実体験に根ざすものであれ想像的なものであれ、あるいは地元民であれ外来者であれ、吾妻橋あるいはその橋を渡る行為は、浅草の境界線を象徴的に浮き彫りにする。

心中の橋／異界との接点

「私」と峰岸のいる吾妻橋にひとたび戻ろう。橋の上のカップルを「私」は「これが夜中なら心中寸前の図だ」と評する。茶化したようなこの感想は、しかし吾妻橋の古くからの表情を読者の前に開示してくる。

「心中の本場は向島、身投げをするのが吾妻橋、犬に食いつかれるのが谷中の天王寺、首くくりが赤坂の食い違い」とは三遊亭圓生の言だが、「星野屋」、「身投げ屋」、「文七元結」、「唐茄子屋政談」など、（それらには救済の有無や実行と未遂の差違はあるにせよ）確かに落語では吾妻橋を身投げの名所としたものが数多い。その系譜は落語にとどまらない。ごく一例を挙げれば、浅草南部の鳥越町に育ち生きる幼なじみの中年悪ガキ仲間の懲りない騒動を描く井上ひさしのコメディ「浅草鳥越あずま床」シリーズの一篇「たまげたこまげた吾妻橋」（『小説新潮』一九七五・九）に吾妻橋での身投げ未遂とその後の騒ぎが取り上げられ、また本書で取り上げている映画「日本のおばあちゃん」でも、浅草での偶然の出会いから意気投合し、ともに帰る場のないことを知って死を選ぶ二人の老女が向かった場所は、吾妻橋である（老女たちの身投げが未遂に終わるのもまた吾妻橋の物語の定型ないし正統である）。フィクションに限らず、明治期以降の新聞を参照すれば、現実の吾妻橋からの「身投げ」や「心中」を伝える記事は、未遂も含め枚挙に暇がない。

〈死〉の臭いを漂わせる吾妻橋そして隅田川。梅若丸伝説に由来する能「隅田川」に代表されるように、隅田川は彼岸と此岸を、そして現実の政治を表す境界線であった（梅若丸の名残は木母寺として川の東岸に位置している）。例えば「法界坊」で知られる歌舞伎の演目「隅田川続俤《ごにちのおもかげ》」（一七八四年初演）のラストシーンでは、殺された破戒僧・法界坊と野分姫の霊が殺人を犯した男女に憑依して、彼らは隅田川の岸辺で破滅的に踊り狂う。

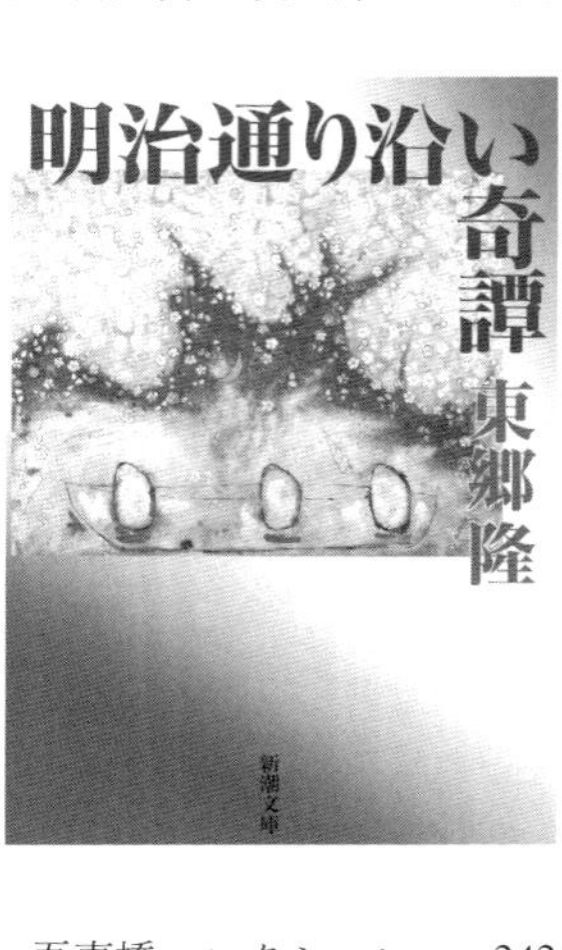

その水脈は現代へと続く。例えば現代と戦前とをタイムスリップで結ぶ長野まゆみ『時の旅人』（河出書房新社、二〇〇五・三）では、関東大震災で倒壊していく凌雲閣から投げ出された少年は、平成の隅田川に放り出されて救出されたことで現代の男子高校生と交流し、その過程で大正と平成の歴史が浮上する。あるいは、吾妻橋行きの水上バスで出会った侍姿の男との遭遇を描く東郷隆「花見の人」（『明治通り沿い奇譚』〔集英社、一九九三・六〕所収）。隅田川の花見酒の酔いのなかで人ならざる者たちの大名行列を見たと物語るサムライは、隅田公園の桜のもとで酔い続け、やがて消えていく。彼の語り、

さらにはその存在の真偽の判断を宙づりにしたままに。より積極的には、雨の夜に増水した吾妻橋と言問橋の合間に飛び込んだ少女を助けたことで彼女とのつきあいが生じた大学教授の男を描く森真沙子「水妖譚」（『東京怪奇地図』〔角川書店、一九九七・一二〕所収）。あまりにも非現実的な出来事と、彼女を美人局のように利用して金をゆすろうとするその父の存在で男の心は揺れつつも、彼は彼女との関係を断ち切れない。この小説でも少女が何者であるのかは明らかにされないまま、隅田川の流れは男の過去を呼び覚まし、恍惚とともに男を水底へと招き入れる。少女も、その川も、ちょうど水妖《ウンディーネ》のように。

いずれの小説でも、日常と非日常、さらには異界が交錯する。多くの書き手がその舞台として隅田川を選んでいる、あるいは隅田川に招かれているのはおもしろい。

橋は二つの岸を結ぶ。そして川と橋は〈死〉と縁が深い。三途の川はあの世との境界であり、境界をまたぐ橋は二つの〈異界〉を、異質なものを、そして男女を結ぶ。

橋がつなぐもの／ふたたび半村良の浅草

ここまで、〈死〉や〈異界〉を強調して話を広げすぎたきらいはないではない。しかし〈異界〉は死者の世界に限定されず、異質な世界との接触は日常の現実にあふれている。橋は異質なものの接点であり、そこは様々な人や物語のすれ違う場でもある。とすれば、吾妻橋の上での一瞬の光景は、「私」たちになにを垣間見せたのか。

吾妻橋上のカップルは、浅草へと小走りで戻っていく。「心中の図だ」とふと漏らした「私」からすれば、彼らが浅草へ戻ることとは死なないこと、すなわち生きることと同義である。大げさに聞こえるかもしれないが、この小説における複数の「二人」たち皆の選択でもある。「私」と浅草を飲み歩いた峰岸は別れた元妻の記憶を抱きつつ地上げ屋や役所に抗して世田谷の家を相続する決意を固め、痴話げんかのカップルは朝帰りとおぼしき姿で翌日の浅草寺に仲よく姿を見せる。

一九八七年九月から翌年八月まで連載（全一二話）された『小説　浅草案内』は、作品外の時間とあわせるように三社祭から三社祭までの浅草の一年を語っていく。その最

浅草側から見た吾妻橋

終章「祭りのあと」では三社祭を終えた浅草の人々のよそいきではない祭りのあとを、作中のオールスターキャストで描き出す。様々な出会い（や別れ）を描きつつ、浅草に流れ着き創作と取材を兼ねての一年間は、「私」を傍観者・取材者からそこに生きる者へと変貌させていった（平村良自身にとって、その一年は上野を舞台に東京大空襲による戦災孤児と闇市を描いた長篇『晴れた空』〔集英社、一九九一・七〕の取材時期と重なっていることが本文中で示唆されている）。浅草に来た直後、その魅力に触れ始めた「私」は「私はこのまま浅草にいるつもりだ」と感想をつぶやき、それは冒頭の場面での峰岸への浅草での先輩風をふかすような発言にもつながっていた。しかし一年を経て、浅草に生きることは祈りのようですらある願望とともに小説を結ぶ一言となる。

なんとかしないと生涯根なし草でおわってしまいそうだ。浅草よ、私をこのまままつかまえておいておくれ。私はお前が好きなのだ。

浅草を訪れた表現者は多いが、その多くは傍観者のまなざしから自由にはなりきれなかった。飲み歩きつつ浅草の人々と深く関係を築き、自ら「つかまえておいて」と願う半村良の、あるいは彼が想像／創造した「私」のような例は、決して多くはないのではないか。その〈浅草〉は、地理的・空間的なものでも、ましてやイメージでもなく、そこに生きる人々が創る世界である。実在の店（浅草寺周辺の有名店である梅園や大黒屋に始まり、この小説で重要な店として位置づけられている、浅草見番そばのカフェ・エルなど）を語る一方で、架空の店（その一例は、作中で複数回「紹介」されている、吉原大門前にあるという焼肉《やきにく》屋「国木屋《くにきや》」）をまことしやかに騙り読者を攪乱するこの小説は、結局のところ、そこに生きる人々を描き出しながら「浅草らしさ」と向きあおうとしている。そのことに作中の「私」が自覚的になったのには、浅草の外から来た峰岸の視線が大きな役割を果たしていた。それはこの小説における一つの転換点であり、〈浅草〉に生きようとする自己の再発見の契機でもある。そして「私」は根を張る願望ないし決意を固めるのである。

橋は人を集め、人をつなぐ。二人が浅草で飲み歩いたのは節分の前日であった。〈二〉と〈境界〉の物語である「寒い仲」にふさわしく、結びは翌日の浅草寺の豆まき。節分は、二つの季節の接点であり、新たな始まりである。

（津久井隆）

〔作者紹介〕

はんむら・りょう――一九三三年一〇月二七日、東京市葛飾区柴又に生まれる。本名は清野平太郎。四二年には母と五歳年下の弟・浩二とともに石川県能登に疎開、終戦前に東京に戻る。五二年、都立第三中学校（現・都立両国高等学校）卒業後は、紙問屋の店員、板前見習、バーテンダーなど多様な職業を経験した。広告代理店勤務の六二年に「収穫」で第二回ハヤカワSFコンテストに入賞。六三年には日本SF作家クラブ発足とともに初代事務局長に就任。七一年刊行の最初の長篇『石の血脈』、七三年に泉鏡花賞受賞の『産霊山秘録』で伝奇ロマン・伝奇SFの世界を確立、自身を「嘘屋」と称した。また、七一年発表の「戦国自衛隊」は七九年の映画化の後にも大きな影響を及ぼし続けている。七五年に『雨やどり』でSF作家として初めて第七二回直木賞を受賞、世田谷区上町に仕事場「半文居《はんぶんこ》」を構える（半村を頼り上京した清水義範がアシスタント）。八四年から八八年にかけて苫小牧に転居した後、浅草に住み、栃木県鹿沼市などを経て、二〇〇二年三月四日、東京都調布市で肺炎のため死去。

〔作品紹介〕

初出＝「小説　浅草案内」第八話「寒い仲」（『小説新潮』一九八八・四）

所収＝『小説　浅草案内』（新潮社、一九八八・一〇）。同書収録のうち四編（「つくしんぼ」・「日和下駄」・「へろへろ」・「冗談ぬき」）は、一九八九年にNHKラジオ第一放送「日曜名作座」でラジオドラマとして放送された（全4回。朗読は森繁久弥・加藤道子、脚本は蓬萊泰三）。

【コラム】

浅草の銭湯・温泉

浅草の銭湯の歴史をたどる

時代はうつる　昭和の名湯
表構へはさながらカフェー
男湯二階、女湯一階

◇…復興と進展でさすが大東京の敷地もだん〳〵狭められ凡ゆる建物は平面から立体へと変つてゆく、のれんを潜つた大江戸時代からの銭湯の趣も時代の潮流とともに押し流されて鉄筋コンクリート二階建の銭湯が生まれざるを得なくなつた、ツイ先頃日本橋通り四丁目裏と、浅草雷門付近に二軒ほど出来たのがそのさきがけとして生まれたものだ、既に開業してゐる、何んでも近々の内に廿五、六軒ほどこの種のモダーン銭湯が下町に建つさうだ

◇…浅草のいはゆる文化湯を見物に行つて見る、——写真の様にその建築は小ホテルの感じ、入口は気のきいたハイカラなツイタテが目かくしになつてゐるあたりどうしてもカフエーのやうである（中略）なんでも新し好みの東京のことだから大変な繁盛だと主人公ホク〳〵だつた

（『東京朝日新聞』一九二八・五・一七）

昭和初期、浅草に誕生した公衆浴場を紹介する新聞記事である。掲載された写真を見ると、間口の狭い二階建てのビルディングが写っている。「モーター仕掛けで湯を二階に上げる」「浅草のお湯は従来一五〇坪からの敷地を要したのが、僅か九〇坪で男女湯二つづつも出来上がった」とあり、おそらく震災の区画整理で生まれた狭い土地を活用して建てられた施設ではないかと思われる。

戦後の高度経済成長期まで、東京都内には二〇〇〇軒を超える公衆浴場が存在した。これらの伝統的な銭湯はその後減少の一途をたどり、平成一六（二〇〇四）年には一〇〇〇軒弱に、そしてその後の一〇年でさらに四〇〇軒近くが廃業している。

その原因はもちろん自家風呂の普及なのだが、東京湾岸や隅田川沿いに数多く存在した大規模工場の移転や、中小の町工場の減少の影響も大きい。地方から上京してきた工場労働者の姿が町から消えたため、彼らの日々の生活を支えた銭湯もまた廃業を余儀なくされたのである。近年の都心回帰で区部の住人は増加したが、新築のマンションはもちろん風呂はついている。新たな顧客開拓をめざ

し、施設のリニューアルをすすめた店も多かったが、釜をマキから重油炊きにした銭湯は、皮肉にも燃料費の高騰に直面して苦悩することになる。さらに東日本大震災の被害をきっかけに、修繕をあきらめて店じまいをする浴場もあった。経営者の高齢化もすすんでいたのである。

昭和三〇年代から四〇年代の東京区分地図を見ると、台東区内にも数多くの銭湯があったことがわかる。その多くは消えてしまったが、今なお健在なところを何軒か紹介したい。

浅草一丁目の蛇骨湯は、江戸期から続く歴史をもつ老舗。彫刻家・高村光雲の回想録『幕末維新回顧談』には、幕末の浅草寺と蛇骨湯の描写がある。

仲店の中間、左側が伝法院で、これは浅草寺の本坊である。庭がなかなか立派で、この構えを出ると、直ぐ裏は、もう田圃で、左側は田原町の後ろになっており、蛇骨湯という湯屋があった。井戸を掘った時大蛇の頭が出たとやらでこの名を附けたとか。有名な湯屋です。後ろの方はその頃新畑町といった所、それからまた田圃であった。(『維新幕末回顧談』)

嘉永六(一八五三)年の浅草絵図には、伝法院庭園の西側の田原町三丁目には町屋が立ち並んでおり、そこに「蛇骨長屋」の記載がある。浅草寺北側はいわゆる浅草田圃、田原町の西は上野の山まで寺院が密集する寺町であった。

大正時代末と思われる蛇骨湯の写真を見ると、正面に大きなメダリオン(楕円形の装飾)を並べたモダンな建物だったことがわかる。木造家屋の正面を洋風に飾った、いわゆる看板建築とよばれる様式である。東京の銭湯は大屋根と唐破風をもつ宮造りが有名だが、震災復興期にはこのような洋風建築の意匠を取り入れたものもあった。日本堤にあった廿十世紀浴場(昭和四年築、平成一九年廃業)も優美なアールデコのデザインで評判となった。

蛇骨湯は銭湯ながら地下から温泉をくみ上げていることで知られている。黒湯とよばれる鉱泉は、東京湾岸から房総半島にかけて分布するものだ。リニューアルされた浴室は地元住民だけでなく、外国人観光客にも人気がある。

風呂とアミューズメント

昭和三四(一九五九)年、埋め立てられた瓢箪池の跡地に新世界ビルが建設された。浅草寺は五重塔の再建資金を捻出するために、瓢箪池を中心とする六区の土地を売却したのである。新世界ビルは地上七階・地下二階のビルの屋上には塔屋をおき、その上に載せられた鉄骨の五重塔がシンボルになっていた。

新世界ビルの屋上には展望台とプラネタリウム、子供向けのプレイランドとマジックランドなどが用意され、地下に大浴場と大広間、宴会場を備えていた。温泉を中心にしたアミューズメントパーク、と言いたいところだが、メインは三フロア吹き抜けの大キャバレーであった。この新世界のキャバレーを訪れた作家・曾野綾子は、「三百五十円でショーが見られて、女性のサービスまであって、しかも彼女らに心付けをやる必要は全くない、とあれば天下にこれほど安いキャバレーはないだろう」と記している。

キャバレーの舞台で演じられたものは剣舞からカンカン踊り、寸劇からバーレスクにいたるまでさまざまで、要は浅草の興行で今までやってきたことを一カ所にあつめて踊り子たちに演じさせたわけである。宿泊客を囲い込んで、建物の外に出さない温泉街の大旅館に発想が近い。地下一、二階にある大温泉浴場では、大人百二〇円、子供一〇〇円を払えば、風呂に入って寿司やどんぶり物などの食事や飲み物が一品ついたという。

「ご家族連れでどうぞ」というキャッチフレーズながら、現在の健康ランドやスーパー銭湯などと比較するとかなり風俗寄りだったのは、やはり後背地に吉原をもつ浅草という街の特異性なのかもしれない。三島由紀夫は昭和三五(一九六〇)年の短編『百万円煎餅』の舞台にこの新世界ビルをえらび、市井の堅実な若夫婦のやりとりから驚くべき結末までを丁寧に描いて話題となった。新世界ビルは昭和四七(一九七二)年に閉鎖、現在はJRAの場外馬券売り場・ウインズ浅草になっている。

現在、浅草のアミューズメント浴場として人気を集めているのが浅草ROXまつり湯だ。浅草六区にあった浅草松竹座と松竹映画劇場、松竹演芸場の跡地に建てられた複合ビルの六階と七階で営業している。バラエティに富んだ浴場と、食事やマッサージなどを楽しめる。ビル内の施設だが、スカイツリーを望むことのできる露店風呂の評判がいい。二一世紀の清潔なヘルスセンターであり、ここには当然ながら妖しげな性の匂いはまったくない。

浅草で朝風呂につかる

浅草寺西参道に設けられた山門風のゲートの隣に、蔦のからまる古色蒼然としたビルが建っている。浅草観音温泉である。

ここは朝の六時半から営業しているのである。仲見世のシャッターは閉まり観光客の姿は少ないが、早朝の参拝者、犬を散歩させる老人など、浅草寺境内は、薄暗いうちから地元の人々が意外なほど行き来している。境内から離れるとき、多くの人がふりかえって本堂に一礼するのが印象的だ。

扉をあけて中に入った。フロントに座っていたのは二代目の御主人。先代は浅草四丁目の名銭湯・曙湯を開いた人物で、浅草寺の寺領一五二坪を借りてボーリングを始めたという。地下六〇〇メートルから湯が噴出し、温泉施設をオープンさせたのが昭和三二(一九五七)年だった。

七〇〇円を支払って靴を脱ぐと、壁一面に並んだ下足箱にまず圧倒される。ここもやはり多くの人々で賑わった娯楽施設だったのである。いつからここに鎮座しているのか、つやつやと光る木製の馬の遊具が壁際に置かれている。

観音温泉は一階がフロントと浴室、二階にはいくつかの小部屋を設けてマッサージのサービスをおこない、三階の大広間は演芸場として使われた。現在は一階の浴場のみの営業となっている。昔は朝の開業時間前から客が並び、団体客も多かったというけれど、現在はその面影はない。何回か訪問しているが、地元の年配者以外が利用しているのを見たことがない。

浴室は吹き抜けで、半円形の浴槽の向こうに人魚のタイル絵が飾られている。壁面と床にしきつめられた豆タイルが懐かしい。浴室も脱衣所も壁も床も何もかも古いのだが、実に美しく清掃されている。浴槽の熱い湯につかって壁のガラスブロックを見ていると、表の通りの様子が、浅草寺境内へと行き来する人々のシルエットが見えるのだ。朝はゴミ収集車がすぐ外で作業をしているのが見えるのもご愛嬌である。

訪問した時間によって、来ている客が異なるのも面白いところ。夏の昼前に入ったときは、紋々を背負った年配者が二、三人、湯に静かにつかっていることが多かった。洗い場にいつまでも動かず横になっている爺さんもいて、ぎょっとしたこともある。

早朝に行くと、たいてい一緒になるのが地元の商店主である。よそ者は黙って体を拭いて服を着るのだが、どうしても話が耳に入ってしまう。

「○○屋の倅は開成でしたか」

「そう、あすこはずいぶん勉強させてたからね、でも店を継がせたんですよね」

「そりゃ勿体ないですなあ」

職人言葉と商人の言葉は全く違うものだとどこかで読んだことを思い出した。脱衣所で話すご主人たち、いわゆるべらんめえ調は皆無で、どのオヤジも実にきれいな言葉づかいなのが印象的だった。一風呂浴びて一服したら店に戻り、開店の準備をするのだろう。

浅草観音温泉、数十年前で時間が止まったような幻のような場所でなのである。いつまでも幻のように存在していてほしいものだが。

（広岡　祐）

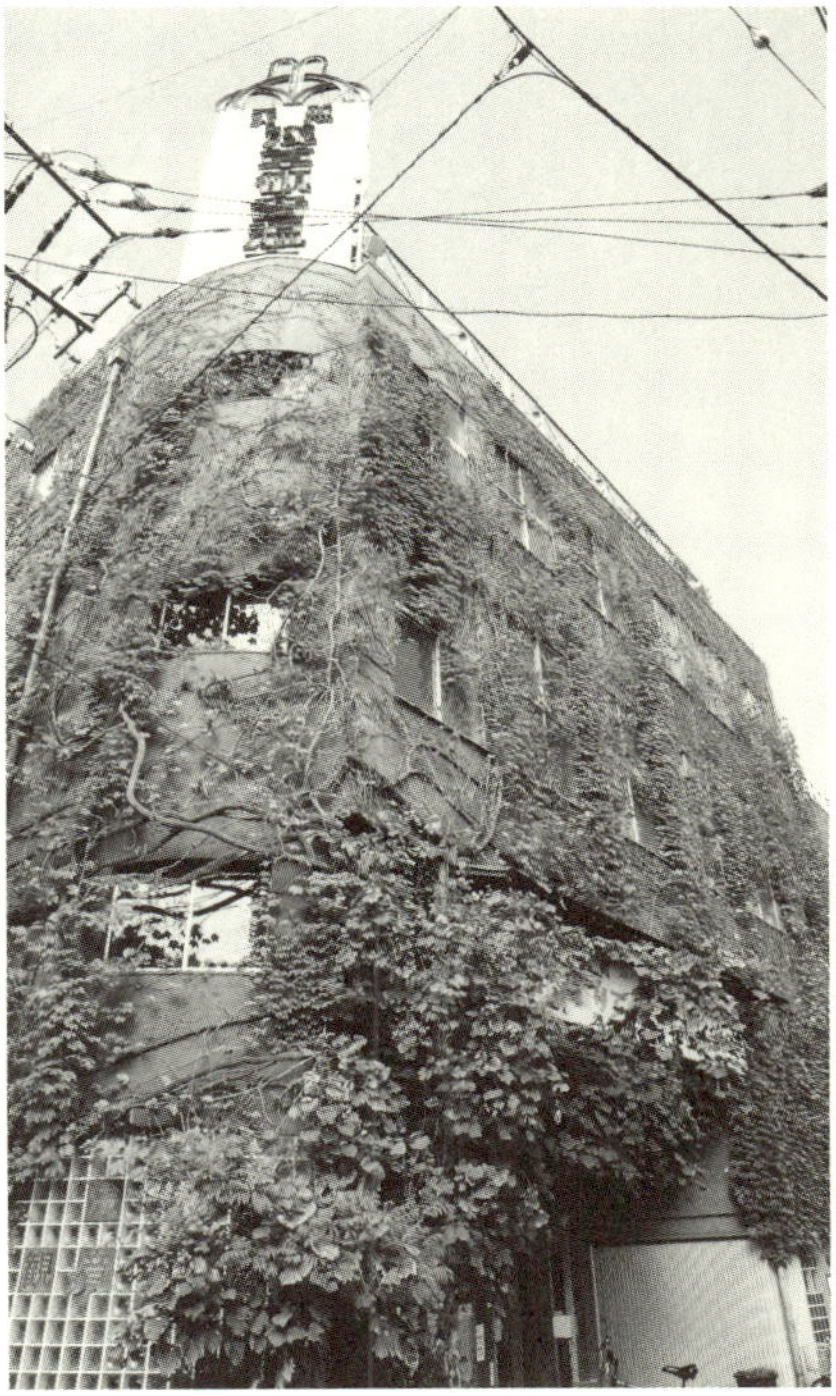

浅草観音温泉

芸人によって重ねられた都市の年輪

ビートたけし『浅草キッド』

「あんたは何回かきたことがあるから知ってるけど、こっちのお兄さんは初めてだね。なんかインテリっぽくて真面目そうだけど、二人とも同じ仕事なんかい」

見るからに下町の姐さんタイプという『さくま』の女将が、江戸っ子のなまりの強い口調できいてくる。

「あ、こっちは一応、大学出だからね。生意気なんだ。オレも途中までは行ったんだけどな。高校時代はオイラだって成績優秀だったんだぜ」

「へー、そうは見えないけどね。二人とも若いけど、なんの仕事してんのか、見ただけじゃわかんないわね」

「あっ、オイラは役者志望。まだ浅草フランス座で修行中だけどね。こっちは作家志望。井上ひさしに憧れて劇場なんかに入ってきやがんの。いのうえも何考えていやがんだか。今の浅草なんて55号の欽ちゃんはとっくに出て行っちゃっていないし、デン助だってこないだ解散しちゃうし、六区の通りはあのとおりガラガラだしで見るものなんかなにもないのによ。オレたちゃほんとに『遅れて来た青年』なんだからまったく」

「ハハハハ、ボクも気がついたら浅草にきてて、気がついたら浅草フランス座に入ったって感じでね。でも浅草ってとこは石川啄木に永井荷風から、高見順、坂口安吾、川端康成、久保田万太郎と、いろんな文豪がからんでますよ。やっぱり将来大物の作家になるには一度は浅草で生活してみなくっちゃ駄目ですよ。六区だって見なさい、明治、大正、昭和とエノケン、ロッパの時代からあれだけの芸人が出ていて、あそこの劇場街の通りには、浅草で活躍して死んでいった喜劇役者たちの亡霊がウヨウヨ飛びかってますよ」

「なにをいってやがんだい。どっかできいてきたようなことといいやがってさ。まー、飲めや、いのうえよ。オレのおごりだよ、今日は。」

「ハイ、遠慮なく、いただきます」

もらったばかりの給料を全部遣っちまっても惜しくないくらい、オイラは久しぶりに嬉しい気分だった。ここにきてようやくオレと気持ちを同じくする仲間に巡り会えた思いだった。そんなオレたちの意気に感じたのか、『さくま』の女将も出世払いよなんていいながら、オイラたちがふだんじゃとても食えないような上等の鯨の尾の身やら、子持昆布やら刺身やら、出せる料理をめいっぱい出してご馳走してくれた。

女将のおごりでチュウハイもいやというほど飲み、オレといのうえはフラフラになって『さくま』の店を出た。隅田川から吹きつける風は冷たかったが、しかし酔ったオレたちには心地よかった。

「いのうえ、ちょっと観音様に寄ってくからついてきな」

「酔の参拝ですか、風情がありますね。行きましょ、行きましょ」

言問通りを渡り、裏口から観音様の境内に入って行く。夜更けて誰もいない境内は、ぼんやりとした照明灯だけがひっそりと立って、妙に寂しいものだった。

「いのうえ、拝むぞ。オレは絶対に売れる芸人になれるように。いのうえは井上ひさしになれるようにか!?」

「なーに、いってんですか、タケさんは」

「タケでいいよ。どうかフランス座にもっとお客が入って師匠が喜びますように。深見千三郎を超えるような芸人になれますように」

観音様の横にある湯島天神から大黒天。弁財天に六角堂。出世地蔵に子育地蔵と、酔った勢いであたりかまわず片っ端から拝んで歩いてまわった。

翌日から、オイラといのうえの二人三脚の生活が始まった。

（ビートたけし『浅草キッド』）

『浅草キッド』刊行の時代

『浅草キッド』（一九八八）は、ビートたけしが漫才ブームのなかでスターダムを駆け上がっていく以前の、浅草における下積み時代を描いたエッセイである。同書の初出は、『諸君！』に一九八七年に発表された同名の連載であり、少年時代を描いた『たけしくん、ハイ！』（太田出版、一九八五・三）の「青春貧乏篇」という位置づけであった。この連載は、『ＦＲＡＩＤＡＹ襲撃事件』のあとで」と冠がついていることが示すように、たけしが一九八六年末に写真週刊誌の編集部への暴力沙汰をおこした後、約半年の謹慎期間を経た後に発表されたものである。この事件によって、たけし自身が「あらゆることは、終わりになるなあって、予感がした」（ビートたけし『真説「たけし！」――オレの毒ガス半生記』講談社、一九九九・六）と書いているように、同書が刊行されたのは、彼がマス・メディアを席巻した一コメディアンから、新たな創作の場を求めていった、活動の転換期にあたっている。ちなみに刊行の翌年には、北野武の名義で、初監督作『その男、凶暴につき』が公開されている。

浅草について、たけしは『浅草キッド』以前にも多くの文章を書いているが、そこで描かれた浅草は、後述する師匠の深見千三郎や浅草フランス座の踊子たちを除けば、基本的には彼の毒舌の攻撃対象としての否定的な場所に過ぎなかった。『浅草キッド』で、浅草の描かれ方がどこか郷愁を漂わせるものに変わったのは、創作活動の変化と同時に、次のたけしの発言にみられるように、興行街としての浅草の衰退が著しかったこともあったのかもしれない。

最近の六区の風景も、しかし大分変っちゃったな。生の劇場もオレたちがいた浅草フランス座と演芸ホールとロック座くらいになっちゃった。昔は浅草の悪口を散々いいまくって、まだ悪口の俎上にのせられたけど、浅草にくるたんびにあまり明るいニュースを聞かないもんだから、悪口のいいようがなくなっちゃった。

（「貧乏自慢貧乏くらべの青春時代「浅草キッド」の頃」『おかみさん』九号、一九九三）

この発言は、同書で構成を務め、また冒頭の引用にも「いのうえ」として登場する、ライターの井上雅義と、たけしとの対談で出てきたものである。同書の構成も務めている彼は、一時期、井上ひさしをもじった「井上ひさしブリ」という名前で執筆活動をしており、本書刊行の前年には、『週刊明星』誌上で「井上ひさしブリの欲ばりレポート　ビートたけしと北の屋家族」という連載をもっていた。その第八、九回は、ビートたけしの歌謡曲「浅草キッド」（一九八六）の背景を語る、「『浅草キッド』ストーリー」と副題がついた、まさに同書の原型のような記事となっている。

〈浅草芸人〉としてのビートたけし

ビートたけしは、浅草出身の芸人として知られる。現在に至るまで、浅草は近代の東京における演芸の拠点のひとつであり、多くの芸人を輩出してきたことはいうまでもない。しかし彼が浅草で活躍していた時代に、〈浅草芸人〉という肩書は、必ずしも肯定的な意味をもってはいなかった。マス・メディアにおけるたけしの人気を確立したのは、ニッポン放送のラジオ番組「ビートたけしのオールナイトニッポン」だったが、その構成作家の高田文夫は、次のように述べている。

「ビートたけしと北の屋家族」（『週刊明星』1987 年1 月）の秋本治による
ビートたけし（前左）と井上雅義（前右）のイラスト。

八〇年ツービートの出現で笑いの本場浅草などと言われる様になったが、六〇年代七〇年代などはさっぱり。（中略）欽ちゃんはテレビの人というイメージ、渥美は日劇からＮＨＫというイメージだったのだ。あの頃は意図的に「浅草出身」というのを薄めていたのかもしれない。テレビというのは都会的でスマートなものという印象。浅草はすでに東京の田舎と思われ始めていたのだ。

（高田文夫『誰も書けなかった「笑芸論」』講談社、二〇一五・三）

〈浅草芸人〉であることが、かつて「浅草から丸の内へ――という出世コースは、エノケン、あきれたぼういず、から、脱線トリオ、佐山俊二、渥美清、そして萩本欽一に至るまで、〈輝ける花道〉」（小林信彦『日本の喜劇人』晶文社、一九七二・五）だった時代は、すでに過ぎ去っていた。その一九七〇年代という時代に、たけしはあえて〈浅草芸人〉になることを選んだのである。この点において、たけしは、それまで浅草を振り出しに成功を収めてきた〈浅草芸人〉の先達と比べ、異質な存在であったといえる。たとえば、〈浅草芸人〉の一人であった前田隣は、毒舌で知られたたけしの話芸について、次のように述べている。

あいつら漫才なんて最初からどうだっていいと思ってるからさ。やつらはいつでも辞めてやるわって覚悟だから、そりゃなんだってできるよ。たけしは浅草の芸人気質じゃないからね。浅草芸人のふりをしてるけど、会った当初からやつには新宿の匂いがして、ああ、浅草じゃないなって俺は感じたもの。新宿でデモなんかやってた学生運動あがりだろうってね

（井上雅義『幸せだったかな　ビートたけし伝』白夜書房、二〇〇七・一二）

大学を中退し、新宿などでいくつかの職業を転々としたたけしが、エレベーター・ボーイとして浅草フランス座に入ったのは、ようやく二五歳のときであり、芸人を志す年齢として決して若くはなかった。そして、本書で描かれる浅草フランス座の下積み時代は、わずか二年ほどのことに過ぎない。従来の〈浅草芸人〉から異質な存在とみなされていたたけしが、〈浅草芸人〉の系譜に位置づけられるのは、浅草フランス座という劇場と、深見千三郎という師匠の存在があったからにほかならない。

芸を継承する空間

たけしが修業した浅草フランス座は、現在も続く浅草演芸ホールの二階に、かつてあったストリップ劇場である。たけしが「約三十軒ちかい劇場の建物が、まるで映画の撮影所のセットのようにせまい六区の通りにひしめきあっていた」と記しているように、当時の浅草公園六区は衰退したとはいえ、いまだに映画館や劇場が集まる興行街を形成していた。そのなかでストリップ劇場は、コメディアンを養成する空間として、重要な役割をになっていたのである。浅草フランス座で座付作者をしていた井上ひさしは、「踊りのおもしろさや、女性の美しさを引きたたせるために、それと正反対のものを並べて『構造』をつくる」ために、ストリップにはコメディが不可欠であり、「そのころのストリップ劇場は、踊り子二〇数名、歌手数名、喜劇俳優を一〇名以上も擁し、さらに一〇人前後の専属楽団を抱えた堂々たる劇場」だったと述べている（井上ひさし・こまつ座編『浅草フランス座の時間』文春ネスコ、二〇〇一・一）。そのような空間は、多くのコメディアンを鍛え上げた。渥美清は、その最も有名な一人である。

一人前の喜劇役者になるには、生の舞台で、それも厳しい観客の前で、長い間、修業しなければならなかった。また、そうやって育っただけに俳優として長持ちするわけで、渥美清さんはこの社会システムが生んだ最後の、そして最大の俳優だったと思います。（井上ひさし前掲書）

ただし、井上や渥美を育てた一九五〇年代の浅草フランス座の最盛期は、たけしが在籍していたころ、すでに過去のものとなっていた。修業のための舞台としてはともかく、井上ひさしがいう、スターダムへとつながる「社会システム」は、もう閉ざされていたのである。

そうした閉ざされた「社会システム」のなかで、浅草フランス座の座長を務めていたのが深見千三郎であった。たけしは、漫才師として成功するまでに、松鶴家千代若らに弟子入りしているが、現在まで著書などで師と仰いでいるのは、深見だけである。たけしは深見の魅力について、同書で次のように描いている。

「タケ、おめぇな。いくら貧乏してるからって芸人の端くれなんだからな。芸人は食うもん食わなくたって着るもんには金をかけるものなんだよ。（中略）もっともいまの浅草にはタケが見習うような芸人なんか一人もいやしねぇけどよ」

残念ながら師匠のいう通りだった。六区の通りには松竹演芸場に出演している芸人がゴマンと行き来していたが、師匠のいうようにセンスがよくてモダンで、今風でオシャレな格好をしている芸人は少なかった。（中略）それだから、いまだにダンディさを忘れずに昔のモボモガ時代のセンスをそのまま継いでいる深見の師匠だけがかろうじてオイラの救いだった。（中略）いい年をこいても真っ赤なセーターを着て喫茶店などに入って行く姿は、昔ながらの浅草芸人の突っ張りがあって、オイラは好きだった。

中村玉二郎という旅役者の息子として北海道で生まれた深見は、レコードなどで有名になっていた姉の芸妓、美ち奴を頼って浅草に移り住み、一時は日活太秦撮影所で片岡千恵蔵に師事するなどしながら、一九四〇年頃にはオペラ館の軽演劇に出演するようになっていた（伊藤精介『浅草最終出口　浅草芸人・深見千三郎伝』晶文社、一九九二・七）。先に述べた井上雅義は、深見について、次のように述べている。

その人は当時の浅草芸人と画然と違ったものを持っていた。それは浅草が最も輝いていた頃──戦前昭和のモダニズムを唯一、体現していたのだった。もしかすると江戸後期にまでさかのぼるべきかもしれない、独特の洒落っ気や意気がりやテレかくしなどのセンス。それを親子ほど歳の離れたその人の中に見出したのだ。一九三〇年代のモダンボーイとしての深見千三郎の青春。その残り香を胸いっぱいに吸って、ビートたけしは誕生したのだ。

（井上雅義前掲書）

深見がオペラ館に出演していたのは、六区の劇場街が戦局悪化で閉鎖される直前、最後の輝きを放っていた時代であった。たけしと深見が、一九七〇年代の寂れつつあった浅草において、ともに異質な存在であり、だからこそ両者に相通じる芸の伝承がおこなわれたとするならば、その点において、たけしは尖端的なモダニズムの空間であった、戦前の浅草の芸を継承する、正統な〈浅草芸人〉であったといえるだろう。

（上田　学）

〔作者紹介〕
びーと・たけし──一九四七年一月一八日〜。東京生。一九八〇年の漫才ブームで頭角を現し、一躍コメディアンとしてマス・メディアの寵児となる。多数の著書のほか、『戦場のメリークリスマス』（大島渚監督、一九八三年）などで俳優としても活躍する。映画監督としては本名の北野武の名義で、『その男、凶暴につき』（一九八九年）を初監督、ヴェネツィア国際映画祭金獅子賞を受賞した『HANA-BI』（一九九七年）など、国際的に高い評価を得ている。

〔作品紹介〕
初版は『浅草キッド』（太田出版、一九八八・一）。一九九二年、新潮文庫に収録）。浅草フランス座で修行した経験をもつ浅草キッド（水道橋博士・玉袋筋太郎）主演の「浅草キッドの「浅草キッド」」（篠崎誠監督、二〇〇二年）で映画化されている。

【コラム】

浅草の祭り

三社祭り

毎年五月に行われる浅草神社の祭礼。明治初期に神仏分離令が出されるまでは浅草寺の祭り（観音祭）としてとりおこなわれていた。三社祭の本社神輿（宮神輿）は土師真中知を祀る一之宮、檜前浜成の二之宮、竹成の三之宮の三基。祭りに先立ち、浅草寺本尊御示現（浅草神社宮神輿本堂堂上げ・堂下げ）が催される。

浅草最大の祭りで、三日間で一五〇万人を超える来場者を誇る年中行事のメインイベント。本社神輿のほか、四四町会一〇〇基におよぶ町神輿の渡御がみられる。本尊御示現は、祭りに先立ち本社神輿を浅草寺本堂に安置する行事で、平成一二（二〇〇〇）年に行われた舟渡御と同時に復活したもの。勇ましい神輿渡御とは異なる神事の魅力があり、神仏習合の伝統を体感できる。

浅草寺寺舞

金龍の舞

昭和三三（一九五八）年、本堂再建を記念して創始された。長さ一八メートルの金龍が、観音菩薩をイメージした蓮華珠を守護して舞い踊る。毎年三月と一〇月に奉演。

白鷺の舞

『浅草寺縁起』に記録されている白鷺の舞を再現したもので、昭和四三（一九六八）年の「東京百年祭」を機にはじまった。五月の三社祭のほか、四月と一一月に奉演。

福聚の舞

外国人訪問者にも人気の高い金龍の舞

二月節分会で奉納される七福神の舞と、五月の端午の節句で奉演される宝の舞。昭和三九（一九六四）年の宝蔵門落慶を記念して創始された。

空襲で堂宇の大半が焼失した浅草寺にとって、戦後の復興は悲願であった。本堂、雷門、宝蔵門（旧仁王門）などの建造物の再建とともにすすめられたのが、地元有志による寺舞の創始だった。これは信徒の団結を高めるだけでなく、浅草寺の観光名物としても大きな役割を果たしていくことになった。

大根祭り

待乳山聖天として知られる本龍院の祭り。昭和四九（一九七四）年にはじまったもので、毎年一月に催されている。本尊の歓喜天（聖天）に供えられた大根をふろふき大根にして、御神酒とともに参拝者にふるまう。家内安全、商売繁盛を祈る法会である。

本龍院は聖観音宗の寺院で、浅草寺の子院のひとつ。十一面観音菩薩の化身とされる歓喜天を祀る。境内各所にみられる二股大根と巾着は聖天さまのシンボル。夫婦和合の神として知られ、花柳界の信仰も深い。

隅田公園桜まつり

吾妻橋から桜橋付近の台東区側（花川戸一丁目～二丁目・浅草七丁目）で、毎年三月下旬から四月上旬にかけて開催される花見のフェスティバル。隅田公園に植えられた約六四〇本の桜（ソメイヨシノ・オオシマザクラなど）を楽しむことができる。夜のライトアップも人気がある。

関東大震災の復興事業・隅田公園を活用したイベント。向島・墨堤は江戸時代から続く桜の名所である。美しく整備された隅田公園の花見風景は、震災後に数多く発行された「大東京観光絵葉書」に取り上げられている。

浅草流鏑馬

江戸時代に浅草神社の正月行事として行われていたものを昭和五八（一九八三）年に復活させたイベント。隅田公園の東武線鉄橋から言問橋の間に設けられた馬場で毎年四月に開催されている。伝法院から馬場までの行列も行われる。

浅草神社の神事を観光行事として復活させたもの。縦に長いリバーサイドパークの形状をうまく活用したイベントである。

下町七夕まつり

道具街として有名な「かっぱ橋本通り」で毎年七月に開催されるイベント。浅草から上野にかけての通り沿いに多くの七夕飾りが設けられ、パレードや出店が楽しめる。

西浅草のかっぱ橋周辺は、食器・調理器具の問屋が集まる道具街で知られる。合羽橋交差点を中心に、西浅草から北上野までの約一・二キロメートルの通りで開催される初夏のイベントである。色鮮やかな装飾だけでなく、音楽や踊りなどのさまざまなパフォーマンスも見どころ。

四万六千日（ほおずき市）

毎年七月九・一〇日に開かれる縁日。この日は浅草寺本尊・観世音菩薩の功徳日であり、参拝すると四万六千日分の御利益があるとされる。

この縁日に合わせて、境内には色鮮やかなほおずきを売る屋台が立ち並ぶ。境内を埋める屋台は見ていて楽しいもので、夏の風物詩のひとつである。

浅草夏の夜まつり・とうろう流し

八月に行われる灯篭流しの行事。終戦翌年の昭和二一（一九四六）年浅草で開催された復興祭りでおこなわれた「流灯会」がルーツとされる。高度成長期につくられた高潮防止用の堤防にとって川面に近づくことができなくなっていたが、平成一七年の隅田川親水テラス化工事とスロープの整備によって復活した。川面を流れる数千の灯篭が幻想的である。

台東区（旧下谷区・浅草区）は東京大空襲の被害を最も受けた地域のひとつで、約一万二〇〇〇人の犠牲者が出ている。隅田公園内には高射砲陣地がおかれていたが、避難民は公園内の軍用地まで殺到したという。

浅草サンバカーニバル

昭和五六（一九八一）年にスタートしたコンテスト形式のパレードで、三社祭と並ぶ一大行事に成長した。八月最後の週末に開催され、浅草に夏の終わりを告げるフェスティバルとなっている。

六区の興行街の衰退と観光客の減少に悩んでいた浅草が、復興の狼煙としてスタートさせた大イベント。

酉の市

一一月の酉の日に行われる祭礼。台東区千束の鷲神社と北側の長國寺の酉の市は、江戸時代から続く由緒あるもの。境内と国際通りを埋める屋台は圧巻である。

「おとりさま」として知られる鷲神社は天日鷲命と日本武尊を祭神とする神社で、開運と商売繁盛の神として信仰を集めている。浅草寺と浅草神社の関係と同じく、鷲神社と長國寺は明治の神仏分離令によって分割されたものであり、本来はひとつの宗教施設であった。

歳の市（羽子板市）

一二月一八日、浅草寺の師走を飾る最後の縁日。「納めの観音」として多くの参拝者が訪れる。

歳の市は本来正月用品を調達する市だが、明治の中ごろから羽子板の販売が人気を集めるようになった。浅草寺では縁日の前後三日間が羽子板市となり歳末の風物詩となっている。

（広岡　祐）

焼跡と復興と、戦災孤児のゆくえ

木内昇『笑い三年、泣き三月。』

「闇市以外に行きたい場所はないんですか？　どこでもご案内しますよ」

愛想のいい言葉とは裏腹に、少年の表情は乏しい。

「そうさねぇ、そしたらこのまま浅草に行こうかな。どのみち宿はそっちにとるつもりだったから」

口だけで息をしながら話すのは思いのほか難しい。

少年は「エンコか……」と重苦しくつぶやいたのち、急に話題を変えて、トランクの中の食糧が尽きたらその後はどうやって食っていくのかと訊いてきた。善造には幾ばくかの蓄えもあったし、芋くらいなら道端で万歳芸のひとつも見せれば簡単に手に入るはずである。だいいちこれから淺草に出て一花咲かせるわけで、そうなれば飯くらい、取り巻き連中がいくらでも食わしてくれようと善造は愉しく想像し、しかし少年には、「いつでも手に入るもの」と息継ぎができる範囲で手短に答えた。

「つてがあるんですか？」

「そりゃもう、あちこちに」

少年はしばらく思案したのち、鞄から手を離した。

「エンコまで僕がお連れします。東京がはじめてだったら、そのほうが安心でしょう？」

「エンコじゃないよ。浅草に行くんだよ」

「浅草のこと、こっちじゃエンコっていうんですよ。浅草公園の『公園』を逆さに読んでエンコ」

言うなり、石段を下りていく。晴れて自由に息が吸えるようになった善造は、腰を浮かして少年を呼び止めた。上野―浅草間には「東洋唯一の地下鉄道」が通っていると金澤を出る前に調べており、汽車が地底を走る様を見物するのを楽しみにここまで来たのだ。なんとしても乗ってみたい。


だが少年は、運賃を払うなんてもったいない、浅草までは歩ける距離なのだから、とにべもない。さらに膨れっつらの善造に寄って、囁いた。

「だいたいノガミの地下なんて潜るもんじゃないですよ。闇市どころじゃないですから」

「ノガミ?」

「上野のことです。ひっくり返してそう呼ぶんです」

（木内昇『笑い三年、泣き三月。』）

東京大空襲後の上野・浅草

物語は昭和二一（一九四六）年一〇月の上野駅から始まる。田川武雄は、両親と兄を東京大空襲で亡くした一一歳の少年だ。駅の地下道で浮浪児狩りにあうも施設を脱走し、ふたたびノガミに舞い戻り通路を寝ぐらにしている。上野駅に降りたつ田舎者に近づき、案内するふりをして荷物を掠め取る毎日である。「成功率八割」の生業だったが、浮世離れした善造と話すうち、この男について冬を越すことを決心する。

昭和二〇（一九四五）年三月一〇日未明の東京大空襲は、下町周辺に壊滅的な打撃を与えた。深川区・本所区・日本橋区とともに爆撃目標となった浅草区は、旧三五区のなかでもっとも人口密度の高かったこともあり、死者九三四三人、負傷者八二四六人、焼失戸数三三〇五八戸（警視庁消防部発表）という甚大な被害を受けている。

警視庁所属のカメラマン、石川光陽の撮影したフィルムには、空襲直後の浅草周辺の風景が記録されているが、焼跡でかろうじて姿が残った建築は、浅草区役所、浅草松屋デパート、地下鉄ビルディング、神谷バーなどのコンクリートのビルディングである。またそれらの建物も多くは内部に火が回った、いわゆる「焼けビル」の状態だった。

空襲は多くの戦災孤児を生み出した。本作に登場する武雄のように、降り注ぐ焼夷弾の中で親兄弟を失った子供たちのほかに、学童疎開先で東京壊滅の報を聞き、身寄りを失い孤児となった者も多かったという。日本橋区出身の小林信彦は、自伝的ドキュメント『一少年の観た〈聖戦〉』（筑摩書房）のなかで、東京大空襲について回想している。ちょうどこの日に疎開先の埼玉県から引き上げる予定だったが、教師から帰京の無期延期を告げられたという。そして「三月十日に東京に帰る予定だったのはぼくたちだけではない。東北の方に疎開していた学童たちは九日の夜に列車で東京へ向かい、十日の朝に上野駅に着いた。見わたす限り、けむる焼跡で、家は焼失、一家は全滅していた。そのまま戦災孤児になった者がいるのはこうした事情による」と記している。

焼け残った劇場とバラックが並ぶ浅草六区・四号地の裏路地に、元活動屋の杉浦保・通称たもっさんが小さな実演の小屋を開業、善造と武雄は厄介になる。善造に芸人と間違えられた復員兵のみっちゃん・鹿内光秀とともに、あれやこれやと舞台の方向性を探るなか、出した結論はやはりエロ。〈胸部、腹部、大腿部を露出するレビュウ。麗しき踊り子求む　ミリオン座〉の張り紙に、驚くほど多くの女性が応

空襲時の傷跡が今も残る言問橋

募し、厳正な審査の結果、合格したのが淑子、聡子、ふう子の三人。光秀の言うところの「おかめ三銃士」であった。

六区興行街の戦中戦後と、浅草寺の復興

「嫌だねぇ。戦中は戦中で憲兵がウロウロして厄介だったけど、平和は平和でまた面倒なのよ。ああいう暇な連中が湧いて出るからさ」

支配人は小声でこぼして、肩をそびやかした。

「だいたい浅草ってのはね、昨日今日、浮かれはじめたわけじゃあなくって、昔っから一貫して浮かれてたわけ。戦中だってこんな感じだったのよ。もちろん電力の制限やらで営業時間は短かったりしたけどさ、戦争にはそんなに飲まれてなかったのよね」

善造は以前の浅草をまったく知らないので、頷きようもない。

「なにしろさ、あの三月の大空襲の二日後にはさ、六区で働いてた人たちは、みんな焼け残った小屋に戻ってきたんだから。でさ、ひと月後にはなんとか形が残っている電気館と帝国館を開けてさ、三日館無料で興業やったんだから。空襲なんかにまけるもんかーってさ。『乙女のゐる基地』って映画をかけたのよ。ま、あたしだったらあの映画は選ばなかったけどねぇ。でも、それでちゃんと客が来たんだから」

「えっ！」武雄がしゃっくりみたいな声を出した。

「だって、ここも焼け野原だった……ですよね？」

「そうよぉ。小屋もあらかた焼けちゃったし、あちこちに死体が転がってたねえ。隅田川なんてひどいことになっててさ、浮かんだ仏さんを引き上げては、どんどん隅田公園に運んで、ひとまず埋めたりしてさ」

武雄の小さな手が、いっそう強く善造の指を握る。

ミリオン座に「戦争を振り返り反省する市民団体」の訪問を受けた、支配人のたもっさんが回想する戦争中の記憶。話を聞く武雄が「いっそう強く」善造の指を握るのは、両親と兄を隅田川の川辺で失ったためである。

浅草で公開される映画は、昭和一八年ごろからほとんどが国策映画となったが、この年三月公開の『姿三四郎』は、斬新なアクションと登場人物の描写で大評判となった。名匠・黒澤明の初監督作である。活動写真の面白さに満ちた

娯楽作品だったが、「米英的」との批判を受けたという。

昭和一九年に入ると『あの旗を撃て』『加藤隼戦闘隊』『轟沈』『雷撃隊出動』陸海軍後援の大作・話題作が並ぶが、戦局の悪化にともない、内容も次第に悲壮になっていく。

東京大空襲の翌月、四月一一日から始まった被災者慰問の無料興行は満員盛況だった。このとき公開された『乙女のゐる基地』は佐々木康監督の松竹作品。主演・水戸光子・佐野周二で、陸軍航空隊の基地で戦闘機の整備にあたる女子挺身隊員の物語である。ちなみにその翌週の四月一九日からは、浅草松竹ほかで長編アニメーション映画『桃太郎 海の神兵』が公開されている。南方での海軍の活動を題材にした、日本アニメーション初期の大作である。大阪松竹座で封切初日に鑑賞して涙したという手塚治虫をはじめ、この作品の思い出は、空襲後の荒涼とした焼跡の記憶とともに語る人が多い。

清水金一（シミキン）一座をはじめ、六区を拠点にした役者たちは、空襲の下でも公演を続けた。意外なことに、当局からたえず睨まれていた軽演劇は、戦局の悪化につれて「国民の精神昂揚の為」に規制が緩和され、アドリブも自由になったという。森川信率いる新青年座は、敗戦直前の八月四日から金龍館で興行を打っている。森川信は戦前戦中の六区で人気者だったコメディアンのひとり。戦後は松竹映画『男はつらいよ』初期作品の車竜造（おいちゃん）役で、やはり浅草出身の渥美清を支えた役者である。ちなみに戦争が終わった二年後の昭和二二年、森川信一座は戦後のストリップ人気にあやかり、いち早く常盤座で劇中に裸の女性を登場させている。

六区浅草松竹（金龍館）

歓楽地浅草の核である、浅草寺の戦後はどうだったか。本堂の観音堂は空襲で焼失したが、敗戦直後から再建計画がはじまり、昭和二〇年一〇月には早くも仮本堂が完成している。翌月行われた落慶法要では、本尊を伝法院から移す遷座式が行われた。業火の中、本尊は無事だったのである。この仮本堂の建物は、本堂再建後に影向堂となり、現在は淡島堂として境内に健在だ。焼け落ちた鐘楼は翌二一年の一二月に再建されている。

特筆すべきは、昭和二五（一九五〇）年の大ニュースである。天台宗の寺院だった浅草寺がこの年、本山と決別し〈聖観音宗〉として独立したのである。当時の新聞が、このあたりの事情を実に分かりやすく説明しているので引用してみよう。

浅草観音さま。一山二十五寺全部が、六日までに天台宗宗籍離脱を届け出た。今後は浅草寺がみずから本山となって、観音宗（仮称）を起こそうという。天台宗離脱のスローガンは「本山の利権争い排除」「宗政革新」とあるが、（中略）何かにつけて本山に吸い上げられる。みずから本山となれば、それが助かる、というのが本当のハラらしい。「末寺に甘んじていると、戦災復興の寄付金まで、本山にシテやられる。これで観音さまも再建できるし、浅草の町も昔に帰れる」と地元でも賛意を表している。

（『朝日新聞』一九五〇・八・七）

新憲法制定にともなう政教分離で、東京都から公園地を返還された浅草寺は、その後も再興のためにさまざまな手を打っていく。なかでも大きな波紋を呼んだのが、大池（瓢簞池）の埋め立てと、跡地の売却である。これも観音堂再建の資金調達のためだったが、本山離脱とは異なり、こちらは地域住民や露天商の猛烈な反対に直面することになった。浅草寺側は予定どおり工事を進め、昭和二六（一九五一）年一一月に埋め立ては完了、旧浅草公園三区・エンコの象徴だった水辺の風景は永遠に消えることになった。

昭和三二（一九五七）年一〇月に悲願の浅草観音堂が完成し、七年後には宝蔵門が、そして昭和四八（一九七三）年には回廊をもつ五重塔が落慶する。

皮肉なもので、瓢簞池埋め立て後の浅草寺の再建事業は、浅草という歓楽街の衰退と重なるのである。関東大震災後の復興の中で浅草オペラが衰え、あらたに軽演劇が人気を集めたように、戦後の浅草では人気の中心は劇場での実演から映画へと変わっていった。そして観音堂が復活した昭和三〇年代後半にはその映画産業も斜陽を迎え、浅草は核となる娯楽を失い迷走することになるのである。瓢簞池の跡地に建てられた地上八階・地下二階のレジャー施設、新世界ビルは昭和四七（一九七二）年に閉館、跡地は中央競馬会のビルが建ち、馬券売場になった。

テレビの発展や高度経済成長にともなうレジャーの多様化も確かに浅草衰退の要因ではあったが、西郊の発展に伴って拡大を続ける新宿や渋谷、池袋といった新興のターミナルと決定的に異なる点があった。ターミナル駅周辺の盛り場が、通勤通学客が立ち寄ることで発展していったのに対し、浅草という街は、かつては下町の商家の奉公人をターゲットにした「仕事が休みの日に遊びに出かける」場所だったのである。空襲による下町の壊滅と、その後の商圏の移動とともに、かつての歓楽地としての役割は、古くなり飽きられたテーマパークのように失われていった。浅草寺や地元の商店が結束し、新たな復興案を模索し始めるのは、昭和も終わりに近づいてからである。

駅頭から消えた子供たち

善造は武雄に家族の葬儀をおこなうことを提案、ふう子のアパートに近所の小寺の老住職を呼んで読経してもらう。同居人たちは、父親と兄は軍人で、名誉の戦死を遂げたという武雄の嘘を信じている。光秀は坊さんの説法の出てきた不用意な言葉に激怒する。


「このガキの父親も兄貴も兵隊に行って立派に戦って死んだんだ。英霊に対してそんな言い様があるかっ!」

勢い余って坊さんの額を叩いた。「みっちゃん!」と善造が叫ぶ。武雄は何か言わなければ、と立ち上がる。が、頭にはひとつの言葉も浮かばない。そこにどう居たらいいのか、それすらわからなくなって、なにも言わずに部屋を飛び出した。

「坊ちゃん!」

善造の声が聞こえたが振り向かず、階段を駆け下り、下駄も履かず一散に走る。千束町を抜け、ひさご通りを駆け抜け、エンコを横切る。瓢箪池の雑踏をかき分け、人に突き当たりながらでたらめに走るうち、髪を柔らかな風に撫でられた。不意に、父が着ていたコールテンの背広の感触が頬や手の平に甦って、武雄は足を止める。

うっかり川岸に来てしまったらしい。エンコに住みながら、ずっと近づくのを避けていた隅田川だ。四肢の力が一気に抜けて、武雄はその場にへたり込む。おととし見たときより、川は少し汚れたようだった。大空襲で絶えていた人々の営みが戻ったからかもしれない。

ついうっかり、露と消えた——。

うっかりしていたのは、父さんでも母さんでも兄さんでもなく、自分だ、と武雄は唇を嚙む。茶色の上着というだけで、見も知らない家族についていって大空襲を生き残ってしまった。縁もゆかりもない人たちに仕事をもらって、一緒に生活までして、飢えないことに満足して、カメラに出会って浮かれて、またうっかり生き延びている。

ポケットから、半月ほど前に拾った新聞の切り抜きを取り出した。何度となく読んだ記事にまた目を通す。

ある夫婦が、ノガミの地下道で暮らしていた浮浪児を引き取った。その子が、空襲で亡くした自分たちのひとり息子にとても似ていたからだった。十三歳だという浮浪児は、読み書きもできたし、利発で気働きもあって、夫婦は死んだ息子が本当に帰ってきたようだと喜んだ。この子には息子の分まで幸せになってほしいと誠心誠意世話をし、彼を大事に育てた。「親子」の暮らしが数ヶ月続いたある日、夫婦は「息子」の服を買いにふたり揃って街へ出掛けた。買いものを終えて帰ると家はもぬけの殻で、金目の物はすべて盗まれていた。「息子」はもう二度と、戻ってこなかった。

新聞は、子を失う辛さを二度も味わうことになった夫婦に寄った論調だったが、武雄は心底から、この浮浪児を立派だと思った。きっと彼は、死んでしまった自分の家族をいっときたりとも忘れていないのだ。楽に食えるからといって、本当の家族を戦争の中に置き去りにすることなく、今も常に背負っているのだ。

立派な印刷工だった父とは似ても似つかぬ善造を、うっかり「父さん」と呼んでしまうようなヘマを、彼はけっしてしないはずだった。

武雄は川から眼を逸らし、抱えた膝の間に顔をうずめた。嗚咽がこみ上げそうになったけれど、やはり涙の一滴も出なかった。あの日から思い切り泣くこともできない。溜まった涙はきっと、目の奥で腐って膿になっているのだ。

後を追ってきたふう子は坊さんの言葉を褒め、気が楽になったと話しかける。あんな簡単に片付けていいはずがない、と反論する武雄に、「あれやこれやに巻き込まれた」でいい、私たちはこれから生きていくことが先決なのだと語る。

上野駅不忍口から地下鉄銀座線の上野広小路方面へ向か

う地下通路がある。昭和七（一九三二）年竣工の上野駅舎は旧状を残しながらも内部は近代的にリニューアルされたが、ゆるやかなスロープのこの通路は七〇年前とほとんど変わっていない。敗戦直後の面影を色濃く残し、どこか暗鬱な印象を受ける。数多くの引揚者や戦災孤児たちが暮らし、命を落とした場所である。

戦災で親兄弟を失い、浮浪児となった子供は全国で三万五〇〇〇人を数えたといわれる。飢えを乗り越えるため、生きるためにスリやかっぱらいなどの犯罪に手を染め、想像を絶する苦労を重ねる彼らに対する社会の目は厳しかった。定期的に行われた「刈り込み」と称される浮浪児狩りに捕まると、トラックに乗せられて施設に送られる。そこではたいていヒエラルキーにもとづく暴力や差別という、別の辛苦が待っていた。

昭和二〇年年代から三〇年代にかけて、江戸川乱歩は児童向けの探偵小説・怪人二十面相シリーズで、東京の浮浪児たちを何度も登場させている。小林少年ひきいる少年探偵団の弟分として、「チンピラ別働隊」という組織を結成させているのだ。コナン・ドイルのシャーロック・ホームズシリーズに登場するホームズの協力者、ベイカー・ストリート・イレギュラーズ（Baker Street Irregulars）を模したものだと説明があり、メンバーは上野公園をねぐらとする浮浪児たちである。作品中に出没するのは、社会から忌避された現実の戦災孤児ではない。少年探偵団員たちが行動できない夜間に活動し、荒っぽい言葉づかいで危険を恐れず、大人をせせら笑い、宿敵怪人二十面相さえ驚かせる活躍を見せる痛快な少年像をあえて創りあげたのである。犯罪に走らぬようチンピラたちを教育する小林少年と明智小五郎。子供とは思えない、まったくあきれ返る連中です、と書きながらも、彼らを描く乱歩の視線はあたたかい。

昭和二五（一九五〇）年。登場人物たちは成長し、それぞれの進むべき道をおぼろげにつかみつつあった。善造は相方と再会し、再び旅芸人へと戻ることを決意する。仲間と出会った当初は、寡黙で活字しか信用しなかった武雄も一五歳、彼もまた自分の未来に向かって踏み出していく。

木内作品の魅力は、大きく変転する時代の流れに抗わず、自然体で生きていく市井の人々、そして男女の姿である。この『笑い三年、泣き三月。』も同様で、前向きな登場人物たちの姿は心地よい。

物語がスタートするのは昭和二一年一〇月、終章は朝鮮戦争が始まった昭和二五年の春である。これは最初から最

多くの戦災孤児たちが暮らした上野駅地下道

後までGHQ、連合国軍総司令部による日本の占領統治期にあたっているが、物語の舞台になった浅草には、GIもMPもジープも登場しない。絶対的強者である占領軍の影が、浅草には及んでいないように見せる作劇術は、本来浅草という街がもっていた江戸の異郷・異界としてのイメージを明確に再現しているのである。本作品は上質な群像劇であると同時に、きわめてオーソドックスな浅草文学でもあるのだった。

（広岡　祐）

〔作者紹介〕
きうち・のぼり――一九六七年〜。東京都に生まれる。中央大学文学部卒業後、出版社勤務を経て独立、インタビュー雑誌編集者として活動する。二〇〇四年、小説第一作『新選組幕末の青嵐』を発表。『茗荷谷の猫』（二〇〇八）で、第二回早稲田大学坪内逍遙大賞奨励賞受賞。平成二三（二〇一一）年、明治初期の根津遊郭を舞台にした『漂砂のうたう』で第一四四回直木賞受賞。『笑い三年、泣き三月。』は直木賞受賞第一作となる長編である。二〇一四年、『櫛挽道守』で第九回中央公論文芸賞、第二七回柴田錬三郎賞、第八回親鸞賞を受賞。エッセイ集に『東京の仕事場』『ブンガクの言葉』がある。

〔作品紹介〕
初出＝『別冊文藝春秋』（二〇一〇・三〜二〇一一・五）
所収＝『笑い三年、泣き三月。』（文藝春秋、二〇一一・九）

【浅草散歩】①

浅草をちょっと知っているつもりの先生と初めて浅草を訪れる学生の半日

二〇一五年八月某日。

大学のある町から東京へと向かう高速バスに乗り、早朝の三時間を車内で過ごした。降車したのは浅草。浅草エキミセ前のバス停だ。「リーズナブルなゼミ旅行がしたい」、「一度浅草に行ってみたい」という学生の声と、「浅草を案内したい」という目論見が合致し、夏のゼミ旅行は浅草に行くことに決まった。

東武浅草駅をスタートに雷門を目指して雨の中私たちは歩き出した。「この建物は三年前に開業当時の外観に復元されたんだよ。」「レトロ感漂ってますね。」

神谷バーを右に曲がると雷門が見えてくる。しかし、あえて神谷バー前の横断歩道を渡り、細い路地を抜けて並木通りから雷門を目指して歩くことにした。

「地下鉄や私鉄の浅草駅ができる前は、この「雷門」停留所が浅草の表玄関だったんだよ。今日は一〇〇年ぐらい前に刊行されたガイドブックに沿って浅草を歩いてみよう。」

〔①雷門バス停〕

並木通りの突き当たりに見える朱色の建築物、雷門。朱色の色彩が視野に入ったところから、浅草は始まる。

「さあ、ここから浅草が始まるよ。雷門の写真を撮るなら、信号を渡る前がおすすめだよ。渡ってから撮ると、知らない観光客が必ず入り込むからね。」

撮影後、交差点を渡っていざ雷門へ。

「先生、ここで写真撮っていいですか?」

「えっ?」

〔②雷門交差点〕

小雨の降る中でも仲見世は観光客で溢れていた。「雷門から始まる仲見世は浅草寺へと続く参道の……」

「人形焼きだぁ。できたて食べたいね。」

「あげまんじゅうだって。おいしそう。」

あ、冷やし抹茶。」

〔③仲見世〕

学生たちは浅草の歴史よりも、現在の仲見世、人混みで溢れる雨の中の仲見世、甘い匂いを漂わせてくる仲見世に強い関心を示しているようだ。「教養」としての浅草を伝えようとした当初の目的から外れていく浅草散歩。私は一〇〇年前のガイドブックをカバンの中にしまい、浅草を実際に何度も歩いた経験をもとに、学生たちを案内することにした。学生も私も財布の紐が徐々に緩み出していく。

ゴールのＥＫＩＭＩＳＥ屋上では、曇天の中スカイツリーを見上げることも、街を見下ろすこともできなかった。

しかし、学生たちは初めての浅草を十分に満喫したようだ。予想外の事物に次々と遭遇しながら歩くこと。これもまた浅草を歩く魅力の一つなのだ。

（能地克宜）

ホテル京阪浅草
牛鍋屋
「米久本店」
⑧
凌雲閣〔十二階〕跡地
⑨
⑦
花屋敷
浅草神社
⑥
稲村劇場跡地付近
④
浅草寺
⑤
奥山・瓜生岩子像他
五重塔
⑩ 電気館跡
浅草公会堂
⑪
OTAKARA×ICHIBA
かんざし屋
⑬
尾張屋
⑫
③
仲見世
スタート
雷門交差点
②
① 雷門バス停

④浅草神社

「おみくじ引くなら浅草神社から行ってみよう。いろいろあるよ。」

「大吉！　水晶のストラップ付きでした。」

⑤奥山・瓜生岩子像他

「福島出身の社会事業家、瓜生岩子って知ってる？」

「知りません。」

「じゃあ、この碑の悼辞を書いた金子洋文は？」

「聞いたことあります。」

⑥稲村劇場跡地付近

「昔ここに見世物小屋があったんだよ。駐車場に今はない建物のイメージを重ねて見るっていうのも浅草の街の楽しみ方なんだよ。」

「小さい頃、地元で見世物小屋入ったことあります。」

「それよりも、晴れてたら花やしき入りたかったです。」

⑦凌雲閣〔十二階〕跡地

「パチンコ屋の前のプレートに注目！」

「ここにあの十二階が建っていたんですね。」

「良かった。十二階は知っているね。」

⑧牛鍋屋「米久本店」
「高村光太郎は知っているよね。「米久の晩餐」って詩を書いているんだ。」

「家の近くに智恵子記念館あるんですよ。」

「牛肉かぁ、お腹空いてきました。」

⑨ホテル京阪浅草
「このホテルの壁を見てごらん。」

「わあ、ここにも十二階あった。」

⑩電気館跡
「ここが日本最初の常設映画館だったんだよ。」

「江戸東京博物館に模型ありましたよね。」

「そう、良く覚えていたね。」

⑪OTAKARA×ICHIBA
「これもある意味おみくじだよ。三〇〇円。」

「先生、もう一回やりましょう。今度はルンバ当てたいです。」

「旅行先でどうやって持って歩くの?」

⑫尾張屋
「永井荷風がよく通っていたお店だよ。」

「天ぷらそばおいしそう。天丼も食べたい。」

「よし、二つずつとって分けよう。」

⑬かんざし屋
「先生ちょっとストップ。かんざし見たいです。」

三〇分経って笑顔で戻ってきた。

まさかの衝動買い。

かんざし二本で一二、〇〇〇円!

【浅草散歩】②

歌舞伎女子、新春の浅草にお芝居と歴史を訪ねる

テレビドラマで偶然見かけてから、歌舞伎役者の尾上竹也に夢中。そんな彼に惹かれて歌舞伎を見始めた私。二〇一五年のお正月は、新春浅草歌舞伎から。

めったに来ないけど、浅草は想像以上の大混雑。今日は気合いを入れて着物で来たのに、仲見世を歩くのはかなり大変…ふうん、扇のお店があるのね。あ、舞台用かつらに舞台化粧の専門店がある。え？こっちは芝居用の日本刀のお店？　観光客向けのお土産屋ばかりでなくて、芝居関係のお店も多いんだ。…まずい、遅れる！

お参りは後回し。公会堂へ急がなきゃ。開演前の鏡開き、間に合った！　お正月らしさにお芝居に、初日に来られてよかった。この華やかな感じを楽しまなきゃ。

竹也の「助六」はやっぱり素敵！　でもなんで、新年早々「奥州安達原」なの？旅人を殺しまくり、最後は自分の娘を殺す老婆の物語って、暗いなあ。今回は「浅草と芝居」特集だけど、この演目って浅草と縁があるの？　プログラムの地図を頼りに姥ヶ池に行ってみたらわかるかな。

怪しげな店ばかりかと思い込んでた伝法院通りは、舞台衣装を売る店に江戸切り子の店もあって、びっくり。公会堂の周りにも着物や三味線の店が多かったわね。レンタル着物で出てくる外国人も多いし、浅草は思ったよりしっかりと「和」の空間。

仲見世の混雑避けて、こっちからいこう。この昭和の感じの劇場って、なに？結構イケメンがいる劇団が芝居やるんだ。かなり化粧濃くて演歌歌手みたいだけど、ちょっと気になるかも。

團十郎像見てから初詣。二天門の東には、あれ、浮世絵のミュージアムと和小物のショップが。ちょっと寄り道して、花川戸公園（助六の名字だ！）の姥ヶ池に到着。ここがあの伝説の場所なのか。

浅草六丁目。ここは昔は浅草猿若町という江戸の芝居町。今は芝居らしさがないのが残念ね。中村勘九郎（のち一八代勘三郎）が平成中村座をやった場所は、ここから隅田川の方へ、待乳山聖天の前あたり。西に行けば、明治・大正時代の劇場・宮戸座の跡。

宮戸座跡の横は浅草見番だわ。夕方だからか芸者さんの出入りもあって、浅草の雑踏とは違って艶めいた感じ。

今日はだいぶ歩いて疲れちゃった。着物だし。仲見世に戻ってあんみつでも食べようかしら。それか、背伸びして和食でお酒なんてのもいいかも。お芝居と、お芝居の歴史の一日の締めくくりをしよう。

（津久井隆）

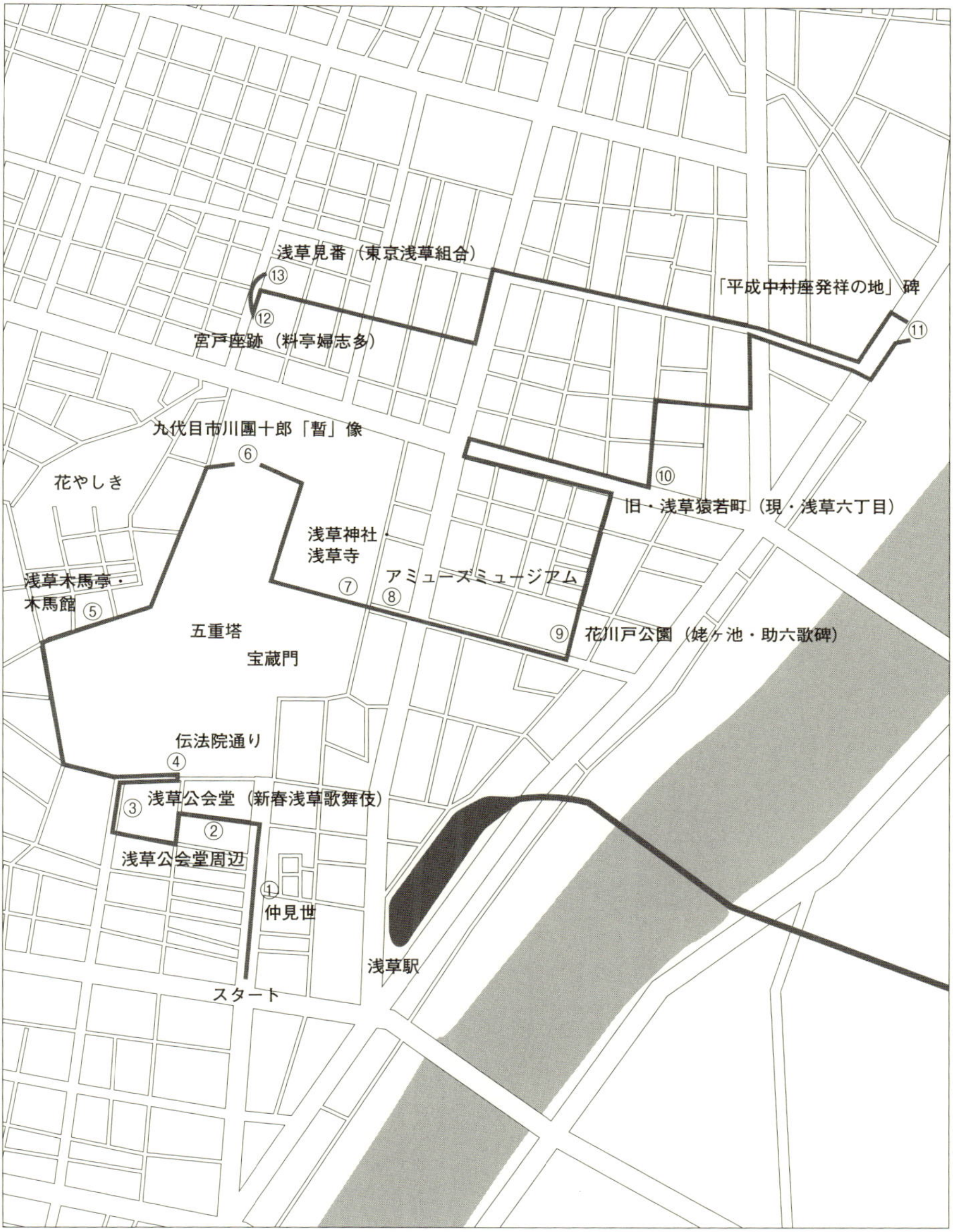

※新春浅草歌舞伎で「奥州安達原」が上演されたこと、および役者名「尾上竹也」はフィクションです。なお「奥州安達原」は歌舞伎や人形浄瑠璃で実演される演目です。

①仲見世

芝居が題材の絵馬が掲げられて芝居気分。舞台用のかつらと化粧品のお店は、役者さんもご贔屓なんだって。舞台用小道具のお店も。日本刀、すっごくリアル！

②浅草公会堂周辺

呉服屋さんとか、レンタル着物のお店に（今日の私にはいらないわ!）、三味線のお店も。地味な路地なのに、あなどれない。

③浅草公会堂（新春浅草歌舞伎）

新春浅草歌舞伎は若手歌舞伎役者の登竜門。いい若い役者も出てた。ま、なにより竹也が一番ですけど。

④伝法院通り

江戸切子のお店のおじさんは一見とっつきにくそうだけど、いろいろ教えてくれたわ。冷やかしの客には厳しかったけどね。

⑤浅草木馬亭・木馬館

大衆演劇や浪曲の芝居小屋。レトロな感じの建物に、こってりと化粧した俳優のポスターが似合う！

⑥九代目市川團十郎「暫」像

海老蔵のお父さんは十二代目團十郎。九代目って、海老蔵のおじいさんのおじいさんの…　う〜ん。

⑦浅草寺・浅草神社

厳しいと評判のおみくじも、まあまあ。歌川国芳が姥ヶ池伝説を描いた絵馬「一ツ家」は、いつか見たい！

⑧アミューズミュージアム

一階は和小物のお店、可愛いものあった！　二階は浮世絵の展示。九代目團十郎の絵も。代々の團十郎はにらむ眼が特徴的。

⑨花川戸公園（姥ヶ池・助六歌碑）

石枕で旅人を殺す老婆の血なまぐさい伝説の舞台は、綺麗な公園。遊んでいるボクたち、そこは鬼婆がいたのよ。助六の歌は、九代目團十郎の作。團十郎、大人気だ。

⑩旧・浅草猿若町（現・浅草六丁目）

芝居町の賑わいのない普通の町で、案内板がちょっと寂しげ。それぞれの小屋で定式幕の色の順番が違っていたんだ。

⑪「平成中村座発祥の地」碑

隅田公園で旗挙げした平成の歌舞伎。亡くなった勘三郎さん、一度観たかったな。

⑫宮戸座跡（料亭婦志多）

縁のある沢村貞子・加東大介の姉弟は、昭和の映画に不可欠の名脇役！

⑬浅草見番（東京浅草組合）

近所には料亭もあって、どことなく艶めいた一画。いつかは体験してみたいけど、まだまだ先のことかしら。

【浅草散歩】③

落語家・金原亭馬治さんと歩く浅草

二〇一五日一一月某日。

懇意にしている噺家さん、馬治師匠との待ち合わせは、雷門前。浅草演芸場が仕事先の一つでもある師匠にとってこの街は、前座時代から「働く場所」でもあった。小雨ぱらつくあいにくのお天気に、仕事着でもある着物一式を入れたカートを、散歩前に演芸場に預けようということになり、「そんなら、ここは人力車の相乗りで！」と、車屋さんのお世話になることにした。

「えびす屋浅草」の車夫・屋喜部力人さんは、漫画『下町食物語　浅草人』の主人公である風祭風介（日頃は人力車夫だが、その実はフリーの凄腕洋食シェフ）似の爽やかさ全開の好漢である。役者を志し、沖縄から出てきたが、ウチナーグチ（沖縄弁）の訛りがなかなか抜けないので、人に進められて、この浅草ガイドをしながら車を引く修業をしているんだという。「日本中、いや世界中のお客さんと色んなコミュニケーションができるから、ほんとうに勉強になります！」と話してくれた。

この話から書き始めたというのも、恐れ入ったのは、車夫の屋喜部力人さんから話を引き出す、馬治師匠の取り成りが、ほんとうに自然で暖かいこと。考えてみれば師匠とは長いお付き合いだが、私とは親子ほど年の離れた彼が、浅草で明日を夢見る若い人に、こんなさりげない「兄さんぶり」を発揮しているのを見ると、なんだか心底嬉しくなってしまった。これも、この浅草が、馬治師匠にご自身の「前座」時代を思い起こさせる街だったことも手伝っていると思う。

散歩を終えた馬治師匠は、「結局、食うところと飲むところばっかりでしたねえ」と笑いながら、「浅草って、噺家にとっちゃ、出入りする店が、今でも前座・二つ目・真打の身分に対応してますね。寄席は浅草以外にもあるけど、よその街じゃ、行く店と身分に暗黙のルールがあるってことは、もう、そんなにはないですよ。自分たちがあえてそうしてるっていうより、ここに来ると自然とそうなるんだな」と発見があった様子である。

最後に立ち寄った「帯源」さんでは、この春、前座から二つ目に昇進する後輩のために、プレゼントの帯を見立てるとのことだった。

ふらっと立ち寄る浅草の飲食店。隣席の「若い人」が見ている「夢」を想像するのも、楽しみの一つになった。

（金井景子）

⑨ 牛鍋屋「米久本店」
⑦ 焼肉「本とさや」
⑥ 焼肉「豚八」
⑧
デリカパクパク
⑩ 定食屋「水口食堂」
⑪ 天婦羅屋「天健」
⑤たぬき
③ 珈琲アロマ
② 蛇骨湯
⑫ 鰻屋「小柳」
⑬ 帯専門店「帯源」
① 尾張屋
④ 焼きそば「花屋」

①蕎麦屋「尾張屋」

馬生一門の打ち上げや、演芸場での稽古終わりに、よく来るお蕎麦屋さんです。師匠から噺のポイントを伺いながら食べるのは、いつも盛り蕎麦の大盛りと天丼。

②蛇骨湯

一言で言うと、ここは「前座のパラダイス」！　前座時代って、浅草演芸場で雑用をするしごとがあるんですが、ここにサボりに来るんですよ。黒い湯が特徴。髪の毛そのまんま洗うと、ボサボサんなりますよ。俺、サボりすぎてここにばっかり来てたから、いま、こんな髪んなったのかなあ。

③喫茶店「珈琲アロマ」

ちっちゃい、何気ない感じの喫茶店ですけど、ここは前座が絶対に入っちゃいけないランクのお店です。浅草には「身分に応じて入っていい店」ってのがある。外の通りから、中にいる師匠連を垣間見て、「あそこへ入って、珈琲飲めるようになりたいな」って思ったもんです。

④焼きそば「花家」

前座時代から、小腹が空いたらここへ。焼きそば一人前三五〇円。馬生師匠のお宅が銀座なので、浅草演芸場から地下鉄使って行く時、「田原町」駅の入口にあるので、ソースの匂いに誘われて。

⑤「たぬき」

演芸場のしごと（前座は、着物を畳んだりなど、出演者のお世話をするのが義務付けられてます）の後、先輩に連れられて、来ましたよねえ。気楽な炉端焼の店だけど、やっぱり注文するものなんか、考えてたよなあ。「高いもの頼んで、生意気しちゃいけない」なんて殊勝なことを、笑。

⑥焼肉「豚八」

若手を酒や肉でシゴく先輩に、ずいぶん鍛えられた、道場みたいな店です。夜中の二時に連れられて入って、その先輩が「ウーロンハイ二〇杯！」（もちろん、巨大ジョッキ）なんて注文した時は、目の前が暗くなったもんです。

⑦焼肉「本とさや」

ここも、飲食道場系のお店。前座の最初は、「ついてったら、飲み潰されるぞ！」とかいろいろ聞いてても、「タダで飲める！」ってのは魅力。こわいもの見たさ、みたいなのもあり。でも、それが想像をはるかに超える修行だってことに気づいた時には、「時、すでに遅し」。どういうわけか、入店したときよりも、明け方出たときの「夜明けの浅草」、思い出します。

⑧お弁当屋「デリカパクパク」

もう、とにかく安い。私が前座時代は弁当が一個、二〇〇円（注・現在は二五〇円）。まさに「青春の味」でしたが、当時でも「差し入れ」にして喜ばれたかと言えば…　笑！

⑨牛鍋屋「米久本店」

創業明治一九年の老舗。馬生師匠の打ち上げはこの店ですね。私がカミさんを初デートに誘ったのも、この店でした。「美味いもの食わせて、良いとこ見せよう！」って思ったら、ここだったんですねえ。

⑩定食屋「水口食堂」

浅草演芸場のそばで、食堂だけど安くって幾らでも飲めるお店。なぜかメニューも一〇〇種類くらいある。「アイツ、ちょっと良い仕事が入ったらしいよ」って聞くと、金のない連中同士で先に飲んでいて、そいつを呼び出して払わせたりしたもんです。

⑪天婦羅屋「天健」

お正月に、前座同士で、「今年こそ頑張ろう！」って、晴れがましい気持ちいっぱいに貸し切って行ったお店です。

⑫鰻屋「小柳」

古今亭一門の新年会は、毎年ここです。前座から二つ目になる年には、師匠がここで五、六〇人もの一門勢揃いの前で、お披露目をしてくださいます。

⑬帯専門店「帯源」

私ら、高座に上がる時に締める帯は、ここですね。前座から二つ目になって、先輩に連れられてここに帯を買いに来る時は、ほんとうに嬉しかったなあ。

樋口一葉文学碑
一葉女史たけくらべ記念碑
樋口一葉旧居跡
吉原遊郭大門見返り柳
正岡子規句碑
樋口一葉文学碑
樋口一葉玉梓乃碑
正岡子規句碑
猿之助横町碑
池波正太郎生誕地碑
守田座・市村座・猿若町碑
トーキー渡来之碑
花の碑（滝廉太郎）
正岡子規句碑
水原秋桜子句碑
凌雲閣碑
（ホテル京阪浅草壁面）
次頁参照
姥ヶ池碑
河竹默阿弥住居跡之地
石川啄木歌碑
久保田万太郎生誕の地
正岡子規歌碑
斎藤茂吉歌碑（三筋保育園内）
久保田万太郎句碑（安藤鶴夫）
（駒形どぜう前）
川柳発祥の地碑

鳥獣供養碑
浅草花やしき
九代目市川團十郎「暫」像
浅草凌雲閣記念碑
河竹黙阿弥顕彰碑
中村吉右衛門句碑
市川猿翁句碑
半七塚
こち亀「浅草物語」の碑
久保田万太郎句碑
川口松太郎句碑
石川漢記念碑
福地桜痴紀功碑
㐂劇人の碑
爪生岩子刀自像（下田歌子悼辞）
映画弁士塚
正岡子規
没後百年記念碑
鳩ポッポの歌碑
曾我廼家五九郎碑
（金子洋文悼辞）
添田唖然坊・添田知道筆塚
河竹黙阿弥翁住居跡之碑

浅草寺新奥山――記念碑・句碑でたどる浅草

浅草寺境内には数多くの石碑や記念碑、句碑が置かれているが、西参道入り口わきの木立には、他所から移されたものも含めてさまざまな碑が立ち並び、墓所のようなたたずまいを見せている。この一帯は本堂裏手に広がっていた歓楽地・奥山（五五頁参照）にちなんで新奥山とよばれている。

文学関係の碑も多い。浅草に住んだ歌学者、戸田茂睡が生前に建てた逆修五輪塔は寿碑とよばれている。宗因・芭蕉・其角の句が刻まれた三匠句碑は、文化六（一八〇九）年の建立である。第二次大戦後に建てられたものは、主に六区で活躍した芸能関係者の顕彰碑が多い。

石碑のなかで面白いのは、五重塔北側の広場におかれた鳩ポッポの碑。童謡「鳩ポッポ」の歌碑として昭和三七（一九六四）年に完成したものである。かつてドバトは浅草寺の名物であり、境内にエサを売る小屋も常設されていた。戦争中に中断していた境内の豆売りは、終戦後五年目の昭和二五年に再開、豆売りおばさんの復帰はニュースになった。

エサをやりつづければ当然数は増加する。平成に入り、糞や羽毛による苦情が相次いで区役所に持ち込まれるようになった。三〇〇〇羽を超えた鳩のトラブルに、ついに区は餌やり禁止を決定。寺も殺生をするわけにもいかず、豆売り小屋の撤去をおこなっている。

鳩ポッポの碑、おそらく境内でもっとも人の集まる石碑だと思われる。鳩のほとんどいなくなった境内では、石碑にあしらわれたブロンズ製の鳩たちが、観光客の記念撮影の対象になっているのである。（広岡　祐）

明治二五年の正岡子規を想う

隅田公園の一隅に、「雪の日の隅田は青し都鳥」の句碑がある。場所は、台東区隅田七―一、待乳山聖天さまの斜め向かいに位置する隅田川沿いである。二〇〇一年正岡子規の没後一〇〇年を記念して、台東区俳句人連盟すみだ句会によって建立された。大正時代まで川向こうと浅草を繋ぐ足として利用されていた「竹屋の渡し」から待乳山を臨んで詠んだ句である。

東京帝大に学んだ学生時代の夏休み、桜餅で有名な向島「月香楼」に仮寓して友人たちと『七草集』を編む風流を楽しんだ子規は、隅田川や向島、そして浅草の句を数多く残した。句碑に刻まれた句は一八九二年に作られたものである。この年子規は二六歳、根岸の陸羯南の隣家に引っ越している。ひそかに小説家を志して「月の都」を執筆し、それを携えて向島の幸田露伴に批評を請うて、辛口批評を貰った年でもある。もし大褒めされていたら、近代日本の俳句・短歌の改革運動はどれほど遅れたか――と思うと、露伴に感謝したい気持ちになってくるから不思議である。ちなみに、肺結核に罹患した自身の体のことを考え、大学を切り上げて文学の道を邁進する決意を固めた年でもあった。

子規が生涯を通じて詠んだ隅田川の句は、二三句。詠まれた季節は春夏秋冬ときれいにばらけている。それに比べて、浅草を詠んだ句は「やぶ入りの人許りなり浅草寺」（一八九四）や「浅草やや、あた、かき撫仏」（一八九九）など一一句。全体のうち「春」の句が九句と偏りがある。子規は春の浅草に詩情を唆られたようである。

その句に詠まれた季節を楽しむと、句碑巡りは一層味わい深いものになる。

（金井景子）

川柳発祥の地碑
——川柳こそ浅草の文学

「川柳」の名称は、江戸中期、俳諧の前句付点者（選者）であった柄井八右衛門の俳号「無名庵川柳」から来ている。柄井川柳は旧浅草新堀端天台宗龍宝寺前の名主であった。龍宝寺は現在の台東区蔵前四丁目にあたる。一七五七（宝暦七）年八月二五日、当地ではじめての万句合が開催されたことから、二〇〇七年八月二五日、三筋二丁目交差点に川柳二五〇年を記念して発祥碑が建立された。万句合で選ばれた川柳を編纂したのが句集『誹風柳多留』である。

「川柳は歌俳に対して挑戦した文学である」。「時の川柳社」を主宰した川柳人・三條東洋樹は、かつてそう書いた。「川柳はまず歌俳のその貴族的な優雅な姿勢に反旗を翻す事から発足して、俗の中から掘り出した真理や、庶民的な魅力を堅持しながら、封建社会からの人間解放、社会制度への批判とメスを進めた」。浅草でなぜ川柳が生まれたか。その秘密の一端が東洋樹の言葉に隠れている。歌俳ではなく、川柳が浅草にはよく似合う。

（楜沢　健）

鳥獣供養碑——震災の傷跡

株式会社花やしきが運営する現在の浅草花屋敷は、都心に立地する数少ない遊園地として知られ、現存する日本最古のローラーコースターなどで、休日ともなれば多数の来園者で賑わいをみせている。しかし、花屋敷が現在のような大型の遊具中心の遊園地となったのは戦後のことであり、戦前はむしろ、動物園と植物園をあわせたような施設として知られていた。

一八五三年に森田六三郎によって開かれたこの庭園は、ロバート・フォーチュンが幕末に描いたように、動植物の博物学的コレクションの様相を呈していた。明治期の『風俗画報』では、各種の植物に加え、「ほろゝゝ鳥。羆熊。鹿。猿。虎。朝鮮鷲。野鷹。五位鷺。熊鷹。狐の類。孰れも檻に入れ籠に放ち。各其名を記しぬ」（『風俗画報臨時増刊新撰東京名所図会』第四編、一八九七・四）と描かれている。ただし花屋敷は一九二三年の関東大震災で被災し、そこにいた動物も大きな被害を受ける。

> 花屋敷では出火と同時に虎其の他の猛獣類を射殺し、象、小虎六疋、水鳥類を五重搭下に避難せしめその他はこと〳〵く焼けるにまかせたが鹿二頭、熊五頭、猿十数頭、その他水鳥類はをりのなかの水たまりに隠れてゐたので熊一頭を除くのほかは皆たすかり殊に子虎、象は焼け残りの暑気で大元気にたはむれてゐた
>
> （『震災惨話』新生社、一九二三・一二）

このとき命を落とした動物を弔うために建立されたのが、この鳥獣供養碑である。その後、生き残った動物も売却され、一度は閉園した後、戦後に現在のような遊園地として再び花開くことになるのである。

（上田　学）

驚きの発見

浅草神社の境内には十基ほどの「碑」がある。その中で、初めて浅草神社を訪れる若者の多くが最も目を留めるのが、「こちら葛飾区亀交番前派出所」(通称「こち亀」)の碑ではないだろうか。主人公両津勘吉が少年時代の同級生村瀬賢治と共に宝物(ベーゴマ)を埋めたのがこの境内にある木の下だった(「浅草物語の巻」(コミックス第五七巻、一九八九・四、集英社)所収)ことにちなみ、この「浅草物語」の「碑」(碑銘「友情はいつも宝物」)は二〇〇五年八月六日に建立された。「浅草物語」は知らなくとも、「こち亀」は若者の多くが知っている。この「碑」はコミックス発行部数一億三〇〇〇万部突破の記念でもある。

およそ、私たちと「碑」との出会い方は次の二通りであろう。事前にガイドブック等で下調べをしてからその場所に赴くか、偶然訪れた地で遭遇するか、である。前者は既知の情報や収集した情報の確認であり、後者は意外性や驚きの発見につながる。「川口松太郎って誰?」「久保田万太郎? 聞いたことあるかも」「「こち亀」! 知ってる〜!」。浅草神社境内の「碑」巡りは、時に若者の「碑」に対する食いつきのギャップを生じさせる。しかし、それは「こんなところに、こんなものが」という意外性や驚きの発見でもあり、未知なるものに対して関心を示す一つのきっかけにもなるのだ。

(能地克宜)

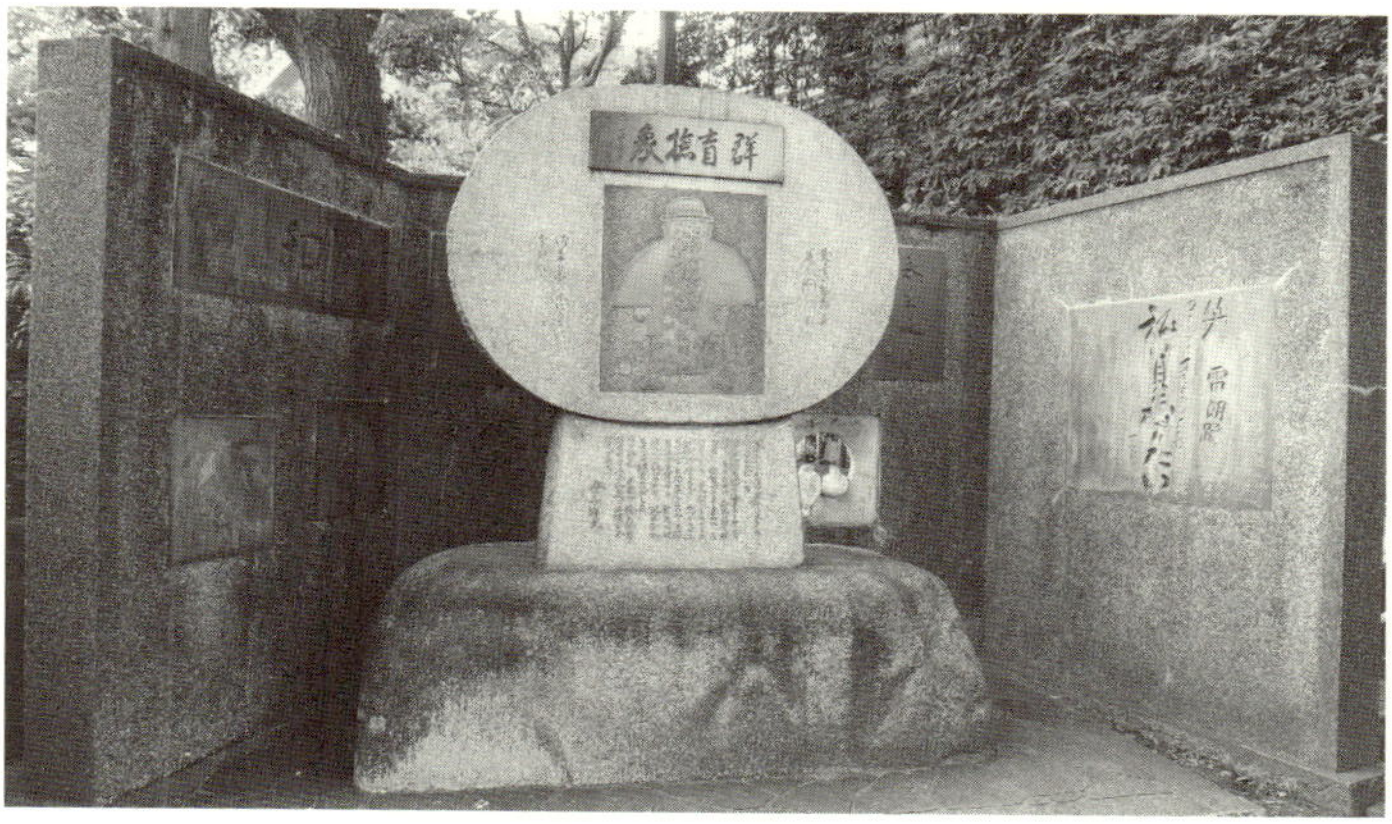

曾我廼家五九郎の顕彰碑（奥山）

石川啄木歌碑

東京大空襲慰霊碑

人名・書名・作品名索引

【あ】

R・テンプル　201
浅草キッド　257
秋永一枝　206
秋本治　253, 288
　▷『こちら葛飾区亀交番前派出所』　288, 290
あきれたぼういず　254
芥川龍之介　101
朝倉無声　215
　▷『見世物研究』　215
　▷「見世物年代記」　215
浅原六造　110-112
東 MAX　38
渥美清　175, 177, 198, 204, 254-256, 266
安倍徹　184
嵐寛寿郎　186, 193
在原業平　110
淡島寒月　55
　▷『梵雲庵雑話』　56
淡島椿岳　55-57
安藤広重　61
　▷『浅草金竜山』（江戸名所百景）　61
飯田蝶子　174, 177
井伊直弼　46
井川徳道　189-193
池田都楽　194
池波正太郎　86, 201, 207
　▷『娼婦の眼』　201
　▷『原っぱ』　207, 209
いしいしんじ　110
　▷『東京夜話』　110
　▷『とーきょー　いしい　あるき』　110
石井漠　110
石川啄木　232, 234, 235, 250
　▷『一握の砂』　235
　▷「ローマ字日記」　234
石角春之助　24, 118, 129, 169, 215
　▷『浅草経済学』　129, 130, 215
　▷『浅草裏譚』　118, 169
石田衣良　112
　▷『池袋ウエストゲートパーク』　112
石田信夫　165
　▷『安来節』　165
石浜金作　116
伊集院静　241
　▷『浅草のおんな』　241
泉鏡花　101
伊丹十三　206
　▷『マルサの女』　206
　▷『マルサの女 2』　206
市川鬼丸　224
市川喜一　172, 177
市川團十郎　278
一瀬直行　76, 168
　▷『彼女とゴミ箱　浅草文学』　168
　▷『台東風俗文化史』　76
伊藤精介
　▷『浅草最終出口　浅草芸人・深見千三郎伝』　256
いとうせいこう　16
伊藤博文　65
稲葉雪子　165
稲村正雄　213
戌井昭人　10, 85
　▷『松竹梅』　20
　▷『すっぽん心中』　10, 19, 21, 28, 31
　▷『どろにやいと』　10, 21, 31
　▷『俳優・亀岡拓次』　10
　▷『ひっ』　10, 19, 21

▷『ぴんぞろ』 10, 14, 17, 18, 20, 25, 29, 31, 85
▷『まずいスープ』 10, 22, 30, 31
井上ひさし（井上廈） 18, 23, 25, 110, 175, 196-199, 201, 204-206, 212, 250, 251, 253, 255, 256
▷『浅草キヨシ伝』 204
▷『浅草鳥越あずま床』 206, 242
▷『浅草フランス座の時間』 255
▷「イサムよりよろしく」 204
▷「入歯の谷に灯ともす頃」 196, 197, 199
▷『表裏源内蛙合戦』 110
▷『戯作者銘々伝』 110
▷『太鼓たたいて笛ふいて』 25
▷『珍訳聖書』 204
▷『日本人のへそ』 204, 205
▷『モッキンポット師の後始末』 197
▷『モッキンポット師ふたたび』 198
井上雅義（井上ひさしブリ） 252, 253, 254, 256, 257
▷『幸せだったかな　ビートたけし伝』 252, 253, 254, 256, 257
井上馨 65
今井正 170, 172, 173, 177
▷『今井正「全仕事」――スクリーンのある人生』 174
▷『にっぽんのお婆あちゃん』 170, 172, 177, 194
今井兼次 134
色川武大 14
▷『あちゃらかぱいッ』 14
岩崎徂堂 130
▷『新事業発見法』 130
岩崎昶 187
▷『根岸寛一』（編） 187
ヴィーチ、ジョン・グールド 47
上田吉二郎 174, 177
上田敏 64
上原謙 195
浦辺粂子 174, 177
瓜生岩子 274
海野弘 116
江田不識 125
江戸川乱歩 14, 15, 102, 110, 112, 147, 218, 270
▷「一寸法師」 218
▷「押絵と旅する男」 15, 102, 103, 104, 108, 109, 112, 147
榎本健一（エノケン） 18, 128, 251, 254
▷「浅草奮闘記」 128
江馬建 94
江馬修 88, 89, 93, 97
▷『延安賛歌』 97
▷「奇蹟」 88, 89, 93, 94, 96
▷「血の九月」 96, 97
▷『羊の怒る時』 93, 96, 97
▷『山の民』 97
エンコの六
→浅原六造
太田正雄
→木下杢太郎
太田圓三 66
大林宣彦 194
▷『異人たちとの夏』 194
大宮敏充（デン助） 250
大森亮潮 169
▷『浅草人情地図』 169
オールコック、ラザフォード 47
岡田捷五郎 148
岡田信一郎 148
岡本綺堂 86, 113
小沢昭一 23, 30, 169, 204, 220, 221
▷『ぼくの浅草案内』 169, 221
▷『私は河原乞食・考』 220, 221
小沢求 158
尾上多賀之丞 84
尾上松也 38
折下吉延 99

【か】

片岡千恵蔵 256
加藤馨
▷『脚本家水木洋子　大いなる映画遺産とその生涯』 173
加藤泰 182, 184, 185, 188, 189, 193

▷『虱はこわい』 188
▷『緋牡丹博徒　お竜参上』 182, 184, 185, 188, 193, 195
▷『緋牡丹博徒　花札勝負』 189
▷『加藤泰、映画を語る』 188
加東大介 84, 224, 231, 279
加藤馨 173
金子洋文 274
神長瞭月 124
神谷伝兵衛 70
柄井八右衛門 288
川上勉 154, 155
▷『高見順　昭和の時代の精神』 154, 155
川口松太郎 290
川島雄三 195
▷『とんかつ大将』 195
▷『お嬢さん社長』 195
川添裕 221
▷『江戸の見世物』 221
川端康成 10, 14, 15, 31, 112, 114, 115, 118, 130, 131, 134, 142, 250
▷「浅草」 140, 141, 142
▷『浅草紅団』 14, 15, 112, 114-123, 130, 131, 134
▷「『浅草紅団』について」 116
▷「浅草は東京の大阪」 115, 116
▷『伊豆の踊子』 116, 123
▷「嘘と逆」 117
▷「金銭の道」 116
▷「夜のさいころ」 116
川本三郎 195
▷『銀幕の東京　映画でよみがえる昭和』 195
姜徳相 96
▷『関東大震災』 96
木内昇 198, 262, 263
▷『笑い三年、泣き三月。』 198, 262, 263, 270, 271
菊田一夫 158
貴司山治 138, 139, 142, 143, 145
▷「出郷」 145
▷「地下鉄」 138, 139, 142, 143
▷「地下鉄争議ノート」 143
岸輝子 174, 177
喜多川周之 119
▷「浅草十二階とバルトン」 119
北野武 →ビート・たけし
北林谷栄 172, 174, 177
北原白秋 146
▷『海豹と雲』 147
▷「鋼鉄風景」 147
▷『大川風景』 146, 147
北原怜子 158, 159
木下杢太郎 58-67
▷『浅草観世音』 58-60, 63, 65, 67
▷『浅草公園』 58, 60, 62, 67
▷『パンの会の回想』 64
木村功 175, 177
金原亭馬治 280
九條今日子（九條映子） 212
▷『回想・寺山修司——百年たったら帰っておいで』 212
久野節 136
久保田万太郎 101, 154, 206, 212, 250, 290
▷『雷門以北』 101
倉田善弘 215
▷「浅草の見世物——日本近代化の先兵」 215
▷『日本レコード文化史』 125
黒澤明
▷『姿三四郎』 265
小泉丑治 187
小泉吉之助 187
幸田文 160, 161, 163, 166, 167
▷『おとうと』 166, 167
▷『このよがくもん』 160, 161, 163, 165-167
▷『こんなこと』 163, 167
▷『父　その死』 163
▷『流れる』 166, 167
幸田露伴 163, 164, 167, 287
小金井喜美子 162, 163
▷『鷗外の思ひ出』 162
小島猪三郎 80

▷『新撰東京案内鑑』 80
五所平之助 158
後藤新平 100
小林信彦 254, 264
▷『一少年の観た〈聖戦〉』 264
▷『日本の喜劇人』 254
小林清親 191
今東光 116
コント 55 号 250

【さ】

斉藤和子 207
斎藤武市 195
▷『浅草の灯　踊子物語』 195
斎藤達雄 174
斎藤寅次郎 18
佐江衆一 240
▷『浅草迷宮事件』 240
酒井忠康 191
▷『開化の浮世絵師　清親』 191
酒井眞人 129, 131
▷『東京盛り場風景』 129, 131, 232
坂口安吾 250
櫻川ぴん助 19
佐々木康 265, 266
▷『乙女のゐる基地』 265, 266
サトウハチロー 111, 112
▷『エンコの六』 111
佐野周二 266
佐野利器 100
佐山俊二 254
澤田正二郎 187
沢村貞子 84, 113, 222-228, 230, 231, 279
▷『貝のうた』 231
▷『私の浅草』 222, 223, 226, 228, 230, 231
▷『わたしの脇役人生』 224, 231
澤村國太郎 84, 224, 231
三條東洋樹 288
山東京伝 134
三遊亭圓生 220, 242
▷『寄席切絵図』 220
シーボルト、フィリップ・フォン 46, 47
島耕二
▷『浅草物語』 194
島崎藤村 97
▷『夜明け前』 97
島津保次郎 195
▷『浅草の灯』 195
清水金一（シミキン） 175, 177, 266
清水谷孝尚 169
清水谷孝尚・小森隆吉
▷『東京路上細見④——浅草・河童橋・鳥越・浅草橋』 169
下岡蓮杖 194
小食通 169
▷「浅草附近の料理店探検記」 169
昭和天皇 139, 204
新門辰五郎 110
菅井一郎 174, 177
菅原文太 184, 189, 193
祐光正 112
▷『浅草色つき不良少年団』 112, 113
鈴木則文 182, 184, 189, 193
スタルク、フィリップ 149
関敬六 41
ゼノ・ゼブロフスキー神父 158, 159
仙台四郎 23
添田啞蟬坊 2, 24, 118, 124, 178-181
▷「あきらめ節」 179
▷『浅草底流記』 2, 124, 178, 180, 181
▷「現代節」 179
▷「ノンキ節」 180, 181
▷「労働問題の歌」 180
添田知道 124, 125, 178, 181
曽野綾子 247

【た】

高田文夫 253, 254
高橋勇 131
▷『文壇資料　浅草物語』 131

高見順　10, 30, 150, 151, 154, 157, 169, 250
▷『浅草』（編）　168, 169
▷『東橋新誌』　150, 151, 155, 156, 157
▷『如何なる星の下に』　10, 156, 157
高峰三枝子　195
高村光太郎　204, 275
▷「米久の晩餐」　275
高村光雲　67
▷『幕末維新回顧談』　247
瀧廉太郎　124
竹柴伝蔵　223, 231
武田泰淳　174
武田麟太郎　13
▷「大凶の籤」　13
橘幸夫　175
脱線トリオ　254
立川談志　22
田中小実昌　14
谷崎潤一郎　14, 86, 221
▷「『自転車』と『活動写真』と『カフェー』の印象」　221
▷「秘密」　86, 87
ツービート　254
土橋長俊　148
都筑道夫　86, 111
▷『ホテル・ディック　探偵は眠らない』　111
鶴淵初蔵　194
手塚治虫　266
テニスン、アルフレッド　66
寺田農　224
寺山修司　210-219
▷「浅草放浪記」　210, 211, 212, 213, 215, 217
▷『畸形のシンボリズム』　218
▷『街に戦場あり』　217
十朱幸代　173, 177
東郷隆　242
▷『明治通り沿い奇譚』　242
十河信二　100
徳川家光　48
徳川家康　47
徳川夢声　154
徳川慶喜　65, 110
徳永政太郎　128
戸田茂睡　286
殿山泰司　174, 177
羽鳥徹哉　116
冨永照子　32, 42
▷『おかみさんの経済学』　42

【な】

直木三十五　187
永井荷風　60, 64, 134, 136, 137, 204, 250, 275
▷『吾妻橋』　136, 137
▷『あめりか物語』　60
▷『断腸亭日乗』　134
中上健次　213
▷「「かなかぬち」～ちちのみの父はいまさず～」　213
中島待乳　194
長野まゆみ　242
▷『時の旅人』　242
中村勘九郎（18 代中村勘三郎）　57, 276
中村是好　174, 177
中村玉二郎　256
夏川大二郎　195
夏目漱石　60, 65
▷『三四郎』　60
西川美和　194
▷『夢売るふたり』　194
西舘好子　206
西村勝三　150-153, 157
▷『西村勝三翁傳』　152
二代目江戸家猫八　154
根岸寛一　187
根岸吉太郎　187
根岸浜吉　186, 187
野一色幹夫　168
▷「あさくさ喰べあるき」（『浅草』）　168
野坂昭如　14, 27, 30
野田宇太郎　63

▷『異国情調の文藝運動』　63

【は】

萩本欽一　38, 40, 250, 254
萩原朔太郎　68, 71-73
▷『ソライロノハナ』　72, 73
▷「あさくさ」　72
▷「神谷のバアにて」　71
土師真中知　258
はしのえみ　38
土師真中知　47, 54, 56
秦豊吉　198, 199
花川戸助六　110
花森安治　34, 231
浜田光夫　195
早川徳次　143
林芙美子　25
▷『放浪記』　25
原泉　174, 177
バルト、ロラン　120
▷『エッフェル塔』　120
伴淳三郎　36, 174, 177
半村良　236-238, 243-245
▷『雨やどり』　238, 245
▷『小説　浅草案内』　236-238, 243, 245
ビートたけし（北野武）　14, 199, 250-257
▷『浅草キッド』　14, 199, 250-253, 257
▷『菊次郎の夏』　194
▷『真説「たけし！」――オレの毒ガス半生記』　252
▷『その男、凶暴につき』　252, 257
▷『たけしくん、ハイ！』　252
東くめ　124
東山千栄子　174, 177
樋口一葉　3, 4
左卜全　174, 177
檜前竹成　47, 54, 56, 258
檜前浜成　47, 54, 56, 258
平賀源内　110
▷『風流志道軒伝』　110
広岡敬一　199
▷『浅草行進曲』　199
▷『戦後性風俗大系　わが女神たち』　199
フォーチュン、ロバート　44-50, 52-54, 65, 289
▷『幕末日本探訪記　江戸と北京』　44, 46, 47, 54
深井志道軒　110
深沢邦之　38
深見千三郎　251, 252, 254, 256, 257
福沢諭吉　64
▷『西洋事情』　64
ブコウスキー、ヘンリー・チャールズ　21
藤純子　184, 189, 193
藤原義江　110
フラー、サミュエル　195
▷『東京暗黒街　竹の家』　195
古川ロッパ（緑波）　251
ペリー　65, 70
ベンヤミン、ヴァルター　4
▷「一九〇〇年頃のベルリンの幼年時代」　4
ボナイン、ロバート・K　194
▷『浅草寺』　194, 195
細馬宏通　192
▷「『緋牡丹博徒・お竜参上』地図」　192
堀辰雄　126, 127, 128, 129
▷「水族館」　126-133
▷「手のつけられない子供」　128
▷「花を持てる女」　128
▷「幼年時代」　128

【ま】

前田隣　254
牧野省三　187
マキノ雅弘　185
『昭和残侠伝　血染の唐獅子』　185
『日本侠客伝　雷門の決斗』　185
マキノ光雄　187
正岡子規　287
▷「月の都」　287
松居桃楼　158, 159

▷『蟻の街のマリア』　158
松倉宇七　199
松鶴家千代若　256
松本零士　149
松山巖　108, 147
▷『乱歩と東京―１９２０都市の貌』　108, 147
松山傳十郎　233
▷『浅草繁盛記』　233
マルケス、ガルシア　27
三浦雅士
▷「不具についてのノオトＢ」　217
三木聡　194
▷『転々』　194
三木のり平　175, 177
三島由紀夫　248
▷『百万円煎餅』　248
水木洋子　170, 172-175, 177
▷「喜劇 にっぽんのお婆あちゃん」　172
水戸光子　266
ミヤコ蝶々　172, 177
宮本信子　207
村瀬幸子　174
室生犀星　74-76, 78, 83, 234, 235
▷「蒼白き巣窟」　75
▷「生ひ立ちの記」　75
▷「幻影の都市」　74-77, 80-83
▷「魚と公園」　75
▷「小景異情」　75
▷「泥雀の歌」　75, 235
▷「ヒツポドロム」　75
▷「弄獅子」　75
メリー真珠　201
モーパッサン　120
森鷗外　162, 163
森川信　266
森田芳光　194
▷『の・ようなもの』　194
森田六三郎　49
森真沙子　243
▷『東京怪奇地図』　243

【や】

矢田挿雲　50
▷『新版江戸から東京へ』　50
屋根屋三右衛門　61
山県有朋　65
山岸映子　189, 193
山口文象　66
山崎洋子　224
▷『沢村貞子という人』　224
山田守　66
山田洋次　195
▷『男はつらいよ　寅次郎わが道をゆく』　195
山本権兵衛　100
山本薩夫　190
山本礼三郎　174, 177
結城孫三郎　194
横尾安五郎　163, 166
横尾嘉良　190
横山源之助　3, 4
▷『日本之下層社会』　3
与謝野晶子　65
吉永小百合　195
吉見俊哉　104, 105
▷『都市のドラマトゥルギー――東京・盛り場の社会史』　104

【ら】

リヒトホーフェン、フェルディナンド・フォン　47
ローシー、ジョヴァンニ・ヴィットリオ　125
ロチ、ピエール　44, 50, 51, 52, 53, 54, 65
▷『秋の日本』　44, 50, 54
▷『お菊さん』　50, 54

【わ】

ワーズワース、ウィリアム　66
若山富三郎　189, 193
渡辺篤　174, 177

【ほか】

『浅草区史上巻』　233
『東京横浜一週間案内』　232
『映画館のある風景　昭和30年代盛り場風土』　186
『おかみさん』（8, 9, 18号）　32-34, 37, 38, 41, 176, 214, 252
「おていちゃん」　231
『関東テキヤ一家　浅草の代紋』　185
「御府内備考」　44
『最新東京案内記　夏の巻』　80
『最新東京案内』　234
『下町食物語　浅草人』　280
『乗客調査五十年史』　234
『仁山智水帖』　76, 79
『図説関東大震災』　89
『増補改訂　浅草細見』　107
『大正震災志写真帖』　90, 95
『大東京繁盛記　下町篇』　101, 146
『台東区史　社会文化編』　221
『台東区史　通史編Ⅲ』　78, 186
『帝都復興事業誌』　228
『東京案内』　50, 56
『東京電車便覧』　233
『東京都交通局四十年史』　233
『東京遊覧案内』　78
『パーレーの万国史』　64
『浅草繁盛記』　233
「幻の見世物専門劇場　稲村劇場」　213
『満洲の記録　満映フィルムに映された満州』　188
『桃太郎　海の神兵』　266
『わが街　わが都電』　233

【著者略歴】

金井景子（かない・けいこ）

1957年、大阪生まれ。小学校の塾、中学、高校、大学、専門学校、社会人講座で日本文学とジェンダー論を教えてきた。現在は、早稲田大学教育学部教員。主な著書に、『真夜中の彼女たち――書く女の近代』（筑摩書房、1995）、編著に、『幸田文の世界』（翰林書房、1998）、『声の力と国語教育』（学文社、2007）などがある。

楜沢　健（くるみさわ・けん）

1966年、東京生まれ。文芸評論家・早稲田大学他非常勤講師。早稲田大学大学院文学研究科博士課程単位取得退学。主な著書に、『だからプロレタリア文学』（勉誠出版、2010）、『だから、鶴彬』（春陽堂書店、2011）、『川柳は乱調にあり』（春陽堂書店、2014）、共著に、『葉山嘉樹・真実を語る文学』（花乱社、2012）、編著に、『アンソロジー・プロレタリア文学』全7巻（森話社、2013〜、第3巻まで刊行）などがある。

能地克宜（のうぢ・かつのり）

1975年、東京生れ。早稲田大学大学院教育学研究科博士後期課程単位取得退学。博士（学術）。専門は日本近代文学、室生犀星。現在、いわき明星大学教養学部准教授。主な著書に、『犀星という仮構』（森話社、2016）がある。

津久井隆（つくい・たかし）

1974年、宇都宮生まれ。早稲田大学大学院教育学研究科博士後期課程単位取得退学。専門は日本近現代文化研究。巣鴨中学・高等学校教諭。主なエッセイに、「大阪への旅――文楽へのお誘い」（『アジア・文化・歴史』2016. 4）などがある。

上田　学（うえだ・まなぶ）

1979年、千葉生まれ。立命館大学大学院文学研究科博士後期課程修了。博士（文学）。現在、日本大学他非常勤講師。専門は映画史・映像学。主な著書に、『日本映画草創期の興行と観客　東京と京都を中心に』（早稲田大学出版部、2012）などがある。

広岡　祐（ひろおか・ゆう）

1966年、東京生まれ。明治大学文学部史学地理学科卒業。東京都内の高校で社会科講師をつとめながら、近代史の研究と写真撮影を続けている。主な著書に、『漱石と歩く、明治の東京』（祥伝社、2012）などがある。

浅《あさ》草《くさ》文《ぶん》芸《げい》ハンドブック

2016年5月27日　初版発行

著　者　金井景子・榑沢健・能地克宜・津久井隆・上田学・広岡祐

発行者　池嶋洋次
発行所　勉誠出版株式会社
〒101-0051　東京都千代田区神田神保町3-10-2
TEL：(03)5215-9021(代)　FAX：(03)5215-9025
〈出版詳細情報〉http://bensei.jp

印刷・製本　太平印刷社
装　　丁　宗利淳一

ISBN978-4-585-20049-9　C1001

新装版 沖縄文学選
日本文学のエッジからの問い

岡本恵徳・高橋敏夫・本浜秀彦 編

日本近現代文学における本土中心の常識をくつがえす、沖縄文学の全体像を俯瞰するアンソロジー。「近代」、「アメリカ統治下」、「復帰後」、「90年代以降」と、四つに区分した時期の中で、特に重要な作品を厳選。山之口貘の詩から、芥川賞受賞作四作品を含む三六篇に加え、作家書き下ろしのコラムも所収。

A5判並製・432頁
本体2600円＋税

芹沢光治良戦中戦後日記

芹沢光治良 著／勝呂奏 解説

〈人類はまだ幼年期を脱したのにすぎない。絶望することはない。高い理想をめざして努力すべきだ〉（昭和二十年八月十日）。一九四一年から一九四八年まで、『人間の運命』の作家が残した克明な日記を初公開。戦中戦後の日本知識人の暮らしと思いを知る、貴重な資料。勝呂奏（桜美林大学教授）による詳細な解説を付す。

四六判上製・560頁
本体3200円＋税

上海一〇〇年
日中文化交流の場所《トポス》

鈴木貞美・李征 編

戦前・戦後にまたがり日中文化交流の場であった上海。上海を描いた作家である芥川龍之介、横光利一、晩年を過ごした田村俊子、戦後の上海で生活をした堀田善衛ら作家たちの姿や、雑誌や翻訳事情などを発掘。日中双方の研究者によって、いまだ未解明な部分が多い近代東アジアの実像に迫る。

四六判上製・296頁
本体4200円＋税

〈異郷〉としての大連・上海・台北

和田博文・黄翠娥 編

〈異郷〉である東アジアの都市で日本人は「自己」と「他者」をどのように捉えたのか——「故郷」とは何か、「日本」とは何か、「日本人」とは何か、中国大陸部を代表する港湾都市である大連と上海、台湾最大の都市・台北に焦点を当て、一九世紀後半〜二〇世紀前半の「外地」における都市体験を考察。日本人の異文化体験・交流から、政治史、経済史、外交史からは見えない新しい歴史を探る。

A5判上製・432頁
本体4200円＋税

アジア遊学一六七

戦間期東アジアの日本語文学

石田仁志・掛野剛史・渋谷香織・田口律男・中沢弥・松村良 編

勢力を増した日本の「東アジア」におけるプレゼンスは、「日本語文学」にどのような問題を突きつけたのか。メディアやツーリズムの発達、雑誌・出版・映画の興隆、植民地支配による異文化接触などを視野にいれつつ、一国主義的な文学概念を相対化し、「東アジア」の「日本語文学」の可能性と問題点を考察。現代の諸問題につながる〈越境〉のダイナミズムと、ハイブリッドな文化現象を照射する。

A5判並製・272頁
本体2800円＋税

アジア遊学一八二

東アジアにおける旅の表象

異文化交流の文学史

王成・小峯和明 編

「旅」は、文化形成にいかに影響してきたか。旅は非日常的な移動であり、時空間の差異と同時に精神意識に大きな変化をもたらす。古典および近現代の文学、メディア、宗教、芸術など、様々な領域にみられる旅の表象について横断的に検証し、東アジアの文化交流史の一端を浮き彫りにする。

A5判並製・224頁
本体2400円＋税

アジア遊学一八三

上海租界の劇場文化

混淆・雑居する多言語空間

大橋毅彦・関根真保・藤田拓之 編

西欧諸国と日本の租界が乱立し、六〇ヶ国もの国籍を持つ人びとが生活をしていた上海では、多種多様な文化が混淆、雑居する空間がひろがっていた。中国の伝統演劇から、コンサート、ロシアバレエ、オペレッタの上演、映画やアニメの上映など、ライシャムシアターをはじめとした劇場文化の動向から、二〇世紀前半の上海における人と文化の諸相を探る。

A5判並製・228頁
本体2400円＋税

アジア遊学一九四

世界から読む漱石『こころ』

アンジェラ・ユー／小林幸夫／長尾直茂 編

夏目漱石『こころ』は、一九一四年に連載が開始されて以来、日本近代文学を代表する作品として読まれ続けてきた。また、優れた翻訳によって、国内だけでなく、海外でも読まれ、研究される作品となっている。国内外の研究者による様々な論攷から、百年を経た過去の作品としてではなく、いま世界で読まれる文学作品としての魅力と読みの可能性を提示する。

A5判並製・224頁
本体2000円＋税